烟波江南 著

将军家的小娘子

U0716656

浙江出版联合集团
浙江文艺出版社

将军家的小娘子 下／ CONTENTS 目录

将军家的小娘子 下 CONTENTS 目录

第三十二章
血雨腥风

赵儒看着瑞王说道："当然了，你自然可以不回去，比如说受伤或者被刺杀一类的理由。"

瑞王刚是一喜，脸色却很快就变了，看着一脸严肃的赵儒，说道："如果没有英王世子开始说的那个'皇太弟'，这样自然可以，可是如今，诚帝只会以为是我推托。"

瑞王妃和楚修明也过来了，瑞王妃看了瑞王一眼，就坐在了他的身边，说道："王爷可有决定了？"

楚修明也道："岳父，你若愿意，我护送你和岳母到边城，就算到时候诚帝下了圣旨让岳父回去，我也能保住你们。"

瑞王眼睛亮了一下，却又黯淡了下来："如今情况，按照诚帝的性子……除非我死或者被他看管起来。除此之外，怕是都要牵累我母后。"

不管太后到底是好人还是坏人，做过什么事情，但对瑞王这个儿子，太后还是很好的，所以诚帝不可能放着母后不管。

楚修明没有说话，因为瑞王说得不错，诚帝那个性子，遇到了波折从来不会从自身考虑，只会去迁怒别人。那么，帮着瑞王说话，让他们离京的太后自然首当其冲。

如今还有一个办法就是送个儿子回京，庶子还不行，必须是嫡子，也就是说沈轩和沈熙这两个孩子必须送一个到京中。

这点大家都想到了，可是没有人提出来，就连瑞王都是如此。在他心中，这两个嫡子都是要继承衣钵的，如果送庶子有用，那么瑞王就不会有丝毫的犹豫。

沈轩正在闽中，准备做出一番事业，而沈熙也在边城。

"熙儿如何了？"瑞王忽然看着楚修明问道。

其实在楚修明刚过来的时候，瑞王就问过这件事情，可是今天忽然又问了起来。瑞王妃抿了下唇，心中已经有了猜测，却没有说什么，而是端着茶杯喝了一口。赵儒喜欢喝茶，更喜欢自己制茶，家中的茶叶都是赵儒自己园子里面种的茶叶，有些苦涩，可是喝完以后口齿留香。

往日，瑞王妃很喜欢，可是今日却觉得连唇舌都是苦涩的。

楚修明闻言说道："因为熙弟想要上战场建功立业，让岳父和岳母为傲，我与夫人无奈，就先把他送到军营里，让他和新兵一起训练，就算以后熙弟还想上战场的话，也更多了几分安全。"

瑞王缓缓吐出一口气说道："这孩子比我有出息。"

不管是赵儒还是楚修明，甚至瑞王妃都没有说话，瑞王看向了瑞王妃说道："王妃给我生了两个好儿子，像我！"

这话一出，就是一向德高望重的赵儒都没忍住翻了个白眼。瑞王妃倒是习惯了瑞王说话的方式，说道："雏鹰总是要长大的，他们会飞向更高的地方。"

瑞王看了眼瑞王妃说道："我回去。三女婿你护送王妃他们回边城。"

这话一出，赵儒带着几许惊讶。楚修明皱眉看着瑞王说道："岳父……这般回去，怕是就再难出来了。"

"我知道。"瑞王道，"无所谓，反正我也不爱出门。"

瑞王妃笑道："我与王爷一起回京，让陈侧妃带着两个孩子去边城，有三女婿、锦丫头和熙儿照顾，我也放心。"

瑞王一脸感动地看着瑞王妃说道："王妃，京城危险，你还是和三女婿他们走吧。"

"妾说过会永远陪着王爷的。"她既然嫁给了瑞王，正妃该有的，瑞王都给她了，整个王府也都交给她，所以就算她并不爱瑞王，在这个时候也不会抛弃他的。

更何况，瑞王妃眼神闪了闪，她还想要亲眼看着诚帝得到报应。

赵儒缓缓叹了口气，他是知道自己这个女儿的，既然已经做了决定，就不会再反悔，所以只是看着瑞王说道："女婿啊，我就这么一个女儿，养得娇纵了些，到了京城后，你多护着点。"

"岳父请放心。"瑞王心中感动，连眼睛都红了，说道，"她是我的妻，我一定会护好她的。"

赵儒笑了笑，看向瑞王妃说道："既然你选择了，我也不多说什么，只是你要记得，你还有儿子在等着你，还有你的老父老母在等你，知道吗？"

六皇子当年是被诚帝给害死的，若是哪天他得知了女儿真捅死了诚帝，赵儒觉得自己都不会太过惊讶。

赵儒忽然想到，如果有一日，楚修明护着太子嫡孙攻入京城，说不定城门就是女儿安排人给打开的。这么一想，他忽然觉得这次女儿陪着瑞王回去，对诚帝来说是祸不是福。

瑞王妃可不知道赵儒心中所想，她只是笑了一下说道："那就叫陈侧妃过来吧，我交代她一些事情。既然王爷已经决定了回京，我们就宜早不宜迟，如果等诚帝的圣旨下来，意义就不一样了。"

瑞王听完也是点头说道："那就收拾东西，我们这两天就走。"

瑞王妃应了下来。楚修明也不再多说什么，反正他把陈侧妃带回去就够了。不过他想到赵家子弟带回来的消息，说道："岳父，我想借你的玉牌用一段时间。"

瑞王一脸疑惑地看着楚修明。楚修明道："有些用处。"

瑞王妃看了眼瑞王说道："王爷，三女婿一直都是稳重的孩子，想来是有用的。"

不同辈分的玉牌也是不相同的，太子一脉的玉牌更是与普通皇室的不同，瑞王的自然和太子他们的不同，但是相比起来已经是最接近的，糊弄人足够了。

瑞王犹豫了一下才点头说道："好。"

赵儒此时也说道："你回去后，除了进宫见太后外，就留在瑞王府中不要出去。"

"知道了。"瑞王道。

赵儒说道："你们在这里等我一下。"说着就起身往内室走去。

楚修明看着瑞王说道："岳父，如果有什么不好办的事情，你就让人去京中客仙居点一份他们招牌的玉笋羊羔肉，并且用珍珠付账。"

瑞王惊讶地看向了楚修明，楚修明只是沉声说道："若是有什么不好，那么客仙居的人也会主动送自制腊肉到你府上。"

如果说刚刚瑞王还因为楚修明要玉牌的事情有些犹豫的话，此时已经心甘情愿了。他就算再不知事也明白，楚修明他们想要在京城安下这般探子，也极其不容易，特别是客仙居已经营数十年，名声也不错。如果楚修明不说，任谁也不会想到，客仙居竟然是他的。

"我知道了,三女婿你放心。"瑞王说道。

陈侧妃过来,瑞王妃看着她说道:"我与王爷决定回京,你带着两个孩子跟着楚修明回边城。"

陈侧妃闻言面色变了变,严肃地道:"王爷、王妃你们放心,我绝对会照顾好孩子的。"

瑞王妃一笑说道:"好了,回去叫丫鬟收拾东西吧。"

瑞王妃接着说道:"让人把五丫头和皓哥叫过来。"

"是。"

楚修明道:"岳父、岳母,那我先告辞了。"

瑞王闻言说道:"晚上我就把玉牌送去给你。"

楚修明点了点头。

等人都走了,瑞王妃才看着瑞王说道:"王爷也给小四起个名字吧。"

瑞王想了一下说道:"单名一个'晴'字吧。"

"远芳侵古道,晴翠接荒城。"瑞王妃的声音带着一份怅然,此时还真有几分贴切。

"好名字。"

瑞王愣了愣,其实他想的不过是"雨过天晴"罢了,此时听着瑞王妃的话,也觉得如此解释更好一些。

沈蓉和沈皓是一起过来的。自从离京后,这对姐弟几乎都不分开,他们根本不知道发生了什么事情,甚至连楚修明来的事情都不知道,到了楚原后,更是足不出院。

两人给瑞王和瑞王妃请安后,就站在了一旁。瑞王妃柔声说道:"坐下吧。"

沈皓偷偷看了看瑞王,瑞王见到沈皓,面色缓和了许多,说道:"我与你们母妃准备回京,你们跟在陈侧妃的身边继续前行,记得要听话。"

沈蓉一听,赶紧说道:"父王,女儿想留在父王身边伺候。"

如果有选择的话,沈蓉根本不愿意离京,如今让他们跟在陈侧妃的身边,想到当初许侧妃对陈侧妃的欺负,还有她们姐妹当初欺负沈锦的情况,她如何愿意?

瑞王叹了口气,倒是觉得沈蓉懂事,闻言说道:"你们听话,跟着陈侧妃走。"

"我不要。"沈皓叫道,"我要和父王回京城。"

瑞王妃其实早就料到了,她也不想让沈蓉去边城,给自己儿子添麻烦,闻言便道:"就算是京城有危险呢?"

"女儿要留在父王身边伺候。"沈蓉咬紧这句话。

瑞王妃说道:"也好,不过只能带你们姐弟两个其中一人回京,我们要赶路,两个孩子照顾不过来。"

沈皓眼巴巴看着沈蓉,沈蓉也看了沈皓一眼,咬咬牙说道:"让弟弟跟着陈侧妃走,弟弟是男孩子,自当多出去看看。"

这话一出,沈蓉自以为得体,可就是瑞王都看出了她的真实意图,更别提瑞王妃了。

"既然你想跟着走,就跟着走。"瑞王面色一沉说道。

沈皓不敢相信自己的姐姐:"姐姐,你也不要我了吗?"

沈蓉说道:"我是为了你好,你年纪小,赶路的话身子撑不住。"

"我不怕。父王,让我和你们一起回去吧。"沈皓祈求地看着瑞王。

瑞王说道:"你们出去吧,就这样定下来了。"

瑞王妃柔声说道:"皓哥,你放心,陈侧妃一定会好好照顾你的。"

沈皓都哭出来了,可是见瑞王的脸色却不敢多说什么。沈蓉见目的达到了,赶紧拉着他出去。

等沈皓和沈蓉离开,瑞王才咬牙说道:"既然她想死,就让她去死好了,小小年纪如此心机,皓哥可是她亲弟弟,她都敢如此。"

瑞王妃缓缓叹了口气,说道:"五丫头年纪也不小了,此次跟着一起回京,亲事上怕是不太好办了。"

"不用管她!"瑞王口气极差地说道。

赵儒和赵岐都在书房等着他们,等他们进来,赵儒就把一把看起来有些年头的钥匙放在了瑞王的手上:"赵家在京中的那个老宅,在墙角的下面,有一道暗门。如果真出什么事情,你们就带人从那边走,能到城外一处庄子上。记得到了以后马上往西走,会看见一个废弃的义庄,进到最里面有一口枯井,下去以后就有个暗室,可以躲藏五十人左右,当初准备的东西想来如今已经不能用了,记得提前安排人准备东西。"

那个密室也正是当初能送走太子次子的关键,本来是赵家人为自家准备的,可是他们现在已经离京,就不再需要了,而恰恰是瑞王和瑞王妃最需要的。

瑞王已经从最开始的惊讶到后面的佩服,道:"我记住了。"

瑞王妃想了一下说道:"我把翠喜留下,到时候父亲再帮我们安排几个信得过的人,到时候去义庄那边安排。"

赵儒闻言点了下头,说道:"也可以。"

瑞王也知道这样更稳妥一些,说道:"谢谢岳父了。"

赵儒看着瑞王说道:"记得,到时候只能带最稳妥的,否则义庄那边可是没有别的出路了。"

瑞王咬牙说道:"我记住了。"

赵儒看着瑞王妃说道:"你母亲想你,去瞧瞧她,陪着她多说一些话。"

瑞王妃看了父亲一眼,这才起身说道:"好。"

等瑞王妃离开,赵儒才看向了瑞王:"我有几句话,想私下与你说说。"

"岳父请说。"瑞王态度恭顺地说道。

赵儒问道:"若是永嘉三十七年的事情重演,那么你准备怎么做?"

瑞王毫不犹豫地说道:"带着妻儿和侍卫通过这条路躲起来。"

"那么诚帝呢?"赵儒看着瑞王,沉声问道。

瑞王毫不犹豫地说道:"不能让他知道这件事。"

赵儒并不觉得意外,神色平静,忽然问道:"那么太后呢?"

瑞王整个人都愣住了,有些呆滞地看着赵儒,在知道京城中有危险的时候,他真的会自己带着人跑,不管母后吗?

赵儒缓缓叹了口气说道:"如果带太后的话,你能保证瞒着诚帝和众人的耳目吗?"

不能!除非太后就住在瑞王府中,否则绝对不可能瞒过去。可是太后能离宫吗? 不可能! 诚帝绝对不会允许的。

"你自己好好想想吧。"赵儒道。

瑞王点了点头,面上满是挣扎。

边城,沈锦都怀疑自己听错了。她趁着日头好,正抱着东东在外面玩,可是听着赵嬷嬷的话,总觉得有些不太对啊。

"夫君有几个表妹?"

"如果夫人想问的是那个来投奔,后来差点与将军有婚约,却出卖了将军的那个的话,就这么一个。"赵嬷嬷道,"她说手里有英王世子写给将军的信。"若非如此,她甚至进不了边城的城门。

沈锦皱了皱眉头说道："那就把信要过来，人带给王总管，她既然能给英王世子送信，想来也知道一些英王世子的情况。"

沈锦以为赵嬷嬷他们是担心这般处理了楚修明的表妹会让楚修明不高兴，所以安慰道："等夫君回来，就说我的主意好了。"

赵嬷嬷看着沈锦，笑了起来，说道："夫人，其实就算夫人说要见那位表姑娘，等夫人见过了，老奴也会建议夫人如此处理的，不管是赵管家还是王总管这般事事要问下夫人，甚至明明有主意了也要禀了夫人才行事，只是表示对夫人的尊重而已。"

沈锦愣了一下也明白了，不管是王总管还是赵管家都在向其他人表示他们的态度。若是他们长久疏忽不与沈锦说事情，任何命令都不通过沈锦去下，那么下面的人难免就会在心中轻视了她，甚至有样学样。上行下效，并非一句玩笑话，而且以王总管等人的本事，想要架空沈锦也不是什么难事。

赵嬷嬷能这般说，也是因为她真心对沈锦的，害怕沈锦轻视了王总管他们这些人，这样对她很不利。

"我知道了。"沈锦颠了颠东东，"谢谢嬷嬷了。"

赵嬷嬷道："夫人不觉得老奴多事就好了。"

"不会的，我知道你是为了我好。"沈锦道。

"对了，赵管家他们让夫人放心，英王世子虽然构陷瑞王，逼得瑞王为难，只是将军如今就在瑞王的身边，定会平安把陈侧妃带回来的。"

沈锦根本不担心这件事，因为有夫君在，而不管是赵儒还是瑞王妃如今都不会愿意得罪她。硬生生扣着陈侧妃？这般吃力不讨好的事，他们如何会去做？所以她从来不觉得和聪明人打交道危险，因为聪明人会衡量得失，她最怕的就是和那种自以为聪明的人打交道。

不过这些话沈锦是不会说的，她喜欢别人的关心和好意，说道："嗯，那就好。"

赵嬷嬷看了看日头，说道："夫人，也该回去了。"

沈锦点头说道："哈，东东也该饿了呢。"

东东听见自己的名字，就扭着小脑袋看着沈锦，沈锦给他拉了拉帽子，说道："嬷嬷，我先进去了。"

"好。"赵嬷嬷送了沈锦等人进去,这才出去安排那位表姑娘的事情。

沈锦并不觉得能从那位表妹嘴里得到什么消息,如果她真知道多的话,也不会被英王世子派过来。会如此说,不过是表明了一个态度而已。

沈锦想到那位表妹有什么倚仗,却不想她的倚仗如此大,等她放出来的时候,不仅是王总管他们,就是沈锦都愣了,她看着赵嬷嬷问道:"她说她有谁的遗腹子?"

"是将军的三哥,楚修曜的。"赵嬷嬷脸色难看,"说是当初发现有孕后,就把孩子生了下来,她因为一时糊涂做了错事,也觉得无颜,就一直没有回来。现在那个孩子在英王世子手里,所以她才来这一趟。"

"可是,她当初差点定亲的不是我夫君吗?"沈锦有些犹豫地问道。

赵嬷嬷摇了摇头,说道:"老奴也不知道是怎么回事。"

现在这事情难办了,如今楚修曜已经不在了,是真是假谁也不知道,若是真的话,这个孩子可是楚修曜唯一的儿子。

沈锦和赵嬷嬷对视一眼,最重要的是,这个孩子还在英王世子手里!

沈锦想了一下,让赵嬷嬷把赵管家、王总管和那个表妹带到了会客厅,而她自己照顾好东东后,就让安平伺候她换了一身衣服。

安宁给沈锦准备的是一身云霞锦的衣裙,腰身的位置带着一些褶皱,更显得她腰细腿长。沈锦的头发只用了发带,除了当初楚修明亲手给她做的那个木镯外,连耳饰也没有戴。

沈锦到了会客厅的时候,就看见一个穿着月白色衣裙的女子坐在靠门口的椅子上,听见脚步声就转过了头来。沈锦本以为她二姐沈梓已经算是难得一见的美女了,可是和眼前这个女人比起来,她二姐就太过青涩了。

细细的柳叶眉微微蹙起,带着几分清愁和幽怨的味道,唇色有些淡,身姿窈窕,微微侧坐着的时候,更是带着几分弱不禁风的味道,想让人拥入怀中好好呵护一番。可是那双眼却是含情带媚,给她平添了几分风流妩媚。

爱美之心人皆有之。如果这个美女不是来给他们找麻烦的,沈锦觉得她能多欣赏一会儿。她坐在主位上,道:"换衣服挺快的。"

美女眼角抽了一下。沈锦并非无缘无故这样说,这位表妹今天刚到边城,在路上也奔波了许久,到了以后又被人拦了下来,还差点被赵管家他们押进牢里审问,怎么可能像是现在这般衣裳整洁,就连头发都丝毫不乱。

王总管脸上露出几许笑容。美女咬了咬唇,有些委屈和无奈地说道:"我要见表哥。"

"哦,他不要见你。"沈锦道。

美女眼睛都红了,带着哀怨看向了沈锦:"我不信。是不是你不让表哥见我? 否则表哥绝不会这般对我的。"

"嗯,是啊。"沈锦毫不犹豫地承认道,"我不想我的夫君见你。"

美女目瞪口呆地看着沈锦,她第一次遇到这样的女人。

沈锦忽然想到:"对了,这位表妹怎么称呼?"

"谁是你表妹?"女子明明已经气急败坏了,可是这般说起话来也像是娇嗔一样,尾音又带着几许沙哑的味道,格外诱人。

沈锦无奈地看了女子一眼,就像是在看不懂事的孩子:"赵嬷嬷,她叫什么?"

"此女姓'薛'单名一个'乔'字。"赵嬷嬷躬身说道。

沈锦点了下头说道:"薛乔,你说有话说,现在可以说了。"

"我要见表哥。"薛乔看着沈锦要求道。

沈锦端着普洱茶喝了一口,这才说道:"哦,夫君不在,你有事与我说也一样。"

薛乔瞪着沈锦不依不饶地说道:"我不信,你骗我,你不过是不想让表哥见我。"

"我是啊。"沈锦理所当然地说道,"你自己考虑一下,要不要与我说你有什么事情。"

"不可能。"薛乔毫不妥协,她必须要见到楚修明,那么手上的底牌才有用处。

沈锦看了她一眼,也不再管她,而是看向了赵管家说道:"英王世子写了什么信来?"

"那是给表哥的。"薛乔道。

赵管家却只当没有听见,直接把信件交给了沈锦。薛乔刚想起身,就被身后的丫鬟按住了肩膀,再也动弹不得。

沈锦拆开看了看,眉头皱了起来,然后把信放到了赵嬷嬷手上。

赵嬷嬷低头在沈锦耳边说了两句以后,就拿着信件往后院走去。薛乔眼神闪了闪,心中更是确定了楚修明在将军府,不过是沈锦不愿意让她去见罢了。

沈锦看完了信,问道:"你想好了吗? 要告诉我了吗?"

薛乔轻哼了一声,却不说话。沈锦无奈地看了她一眼,说道:"王总管,把她关进……"沈锦想了一下,"我记得将军府有一个小佛堂? 把她关到那里吧,让人守着,除了送饭,不要进去打扰。"

"是。"一直坐在旁边的王总管这才站起身来应了下来。

薛乔这时候脸色大变说道:"我要见表哥,你们难道不想知道那个孩子的事情了吗?"

"不太想。"沈锦很诚实地道,"又不是我夫君的。"

"你是要让楚修曜断了香火吗?"薛乔厉声质问道。

沈锦平静地和薛乔对视说道:"反正这边也只有楚修曜的衣冠冢,而且在你来之前,他已经断了香火很久了。"

薛乔简直不敢相信,沈锦竟然会说这样的话。难道她不怕楚修明知道了生气吗?莫非是有什么她不知道的事情?

沈锦看了王总管一眼,王总管就去喊了岳文来,然后把沈锦的话重复了一遍。沈锦补充道:"给她几床被褥,毕竟那边有些阴冷,别冻坏了。"

等人都走了,沈锦这才说道:"赵嬷嬷出来吧。"

刚刚让赵嬷嬷拿着信进去,不过是用一个障眼法。其实赵嬷嬷根本没有走远,此时拿着信件重新进来了。

沈锦示意赵嬷嬷把信给了赵管家和王总管后,又派人去请了赵端来。

这个信上,主要就写了两件事,一件事要借道闽中,另一件事约楚修明在禹城一见,而这两件事的报酬就是楚修曜的儿子。

让沈锦皱眉的并不是这两件事,而是信件最后写着,那个孩子左边后腰处有一块半月形的胎记。

"三哥身上也有这样的胎记?"沈锦问道。

如果不是的话,怎么可能会专门点出了这点?左后腰这样的位置,很隐蔽,若不是亲近的人,怕是根本不会知道。

赵嬷嬷脸色变了变,说道:"三少爷身上确实有这样的胎记,当初老爷身上也有,而二少爷和三少爷身上也是有的。"

沈锦抿了抿唇。赵管家和王总管也是第一次知道这件事,赵管家问道:"这件事,还有什么人知道吗?"

赵嬷嬷道:"楚家人都知道,我也是从老夫人那边听来的,所以如今也不敢确定,是薛乔听说的,还是……"

可是一般情况下,楚修曜的母亲怎么也不可能和一个姑娘说起自己儿子身上隐蔽处的胎记。

赵管家道:"三少爷绝不会是这样的人。"

王总管也点头,说道:"我也觉得不会是三少爷的。如今不过是仗着三少爷已经不在了,她才会如此肆无忌惮。"

沈锦应了一声说道:"那孩子怎么办?"

这话一出,众人都沉默了。若说不想见见这个孩子,那是纯粹的假话。如今楚家的人,不过楚修明和东东,这个孩子也可能是楚修曜的唯一血脉。

"这件事,还是写信与将军吧。"王总管道。

赵管家点头,赵嬷嬷更是同意。如今还真不好让沈锦做决定,并非不信任沈锦,而是不管沈锦怎么选择,就算是正确的,以后也难免会受到埋怨。

沈锦点了点头,她其实也是这么决定的,虽然把这般难题推给夫君,让夫君为难有些不好,可是她真的不知道怎么办才好。

赵端也过来了,王总管把信给赵端看了一下,赵端面色变了变。沈锦说道:"那孩子可能是三哥的。"

"这……"赵端叹了口气,说道,"这还真是……英王世子也是,抓住别人家的孩子干什么?"

赵管家道:"我们准备写信给将军,让他决定。"

"自当如此。"赵端想了想说道,"若那孩子是真的,那让道倒也可以接受。"

众人都没有说话,几个人移步去了议事厅,那里准备了纸笔,赵管家用早就约定好的暗号把英王世子的信重新写了一番后,又把边城现在的情况写了下来。

赵端问道:"这信你们准备让谁去送?"

"想着让沈熙和赵骏走这一趟。"王总管说道。

赵端闻言点头道:"那好,我去与骏儿交代几句。"

会选沈熙和赵骏,一是要借助沈熙的身份,二是因为上次将军的消息是到了楚原,此时他们也不知道将军到底是在楚原赵家,还是已经往边城这边走了。而赵骏毕竟是赵家人,对于那一片的路径比较熟悉,也更容易得到一些消息,从而方便找到楚修明他们。

众人定了下来后,面色都有些沉重。

不管这个孩子是真是假，他们打算怎么做，而主动权掌握在了英王世子的手上，如果他放出消息的话，想来诚帝肯定会怀疑，为了孩子，楚修明会与英王世子做什么交易。

赵管家和王总管看向了沈锦，就见沈锦也眉头紧锁。两人心中有数，按照诚帝的性子，是宁可错杀的，他本就不信任楚修明。

莫非英王世子从瑞王那件事上得到了启发？如果这样下去，恐怕还没等英王世子带兵打进京城，诚帝就会因为英王世子的阴谋和疑心，弄得一团乱了。

诚帝难道不知道英王世子是故意的？不，他觉得是个圈套。比如瑞王这件事，诚帝不是不知道瑞王的性格，可是他仍旧会怀疑，因为他赌不起这个万一，宁愿把所有可能的危险斩杀在种子中。最重要的是，他当上皇帝的手段，就是利用了太子对几个兄弟的信任，难免会觉得别人也会同样背叛他。

就算诚帝知道那是英王世子的阴谋圈套，也会跳进去。而英王世子恐怕很快就会发现这点，瑞王的事情不过是为了接下来事情的一个试探罢了。

所以在诚帝知道英王世子手中有楚修曜唯一留下的血脉后，他会做的就是开始对付楚修明，甚至会觉得比起英王世子，楚修明更加危险一些。

按照楚修明他们这边的想法，却想要多潜伏一段时间，更不想这么快把楚修远给推出去。毕竟一个真的太子嫡孙，反而更让诚帝和英王世子忌讳。万一他们两个都决定先对付边城这边，那么就不好办了。

最好的情况就是等诚帝和英王世子多消耗一些时间，他们也把那些蛮夷打杀到几年之内无力侵犯天启朝边疆后，再和京城中的那些人配合，一举拿下诚帝，以楚修远的身份，很容易被人接受。毕竟真要说起来，楚修远比诚帝还要名正言顺一些。

最重要的一点，诚帝如今用的传国玉玺是假的，而真正的传国玉玺被人藏了起来，但是藏在了哪里是一个谜。

"如果是真的话，答应了英王世子也不错。"沈锦的神色舒展了许多。

议事厅的众人，如今都像是吃了只苍蝇一般，说不清更希望那个孩子到底是真还是假的了。

沈锦说道："等夫君的消息吧。英王世子那边想来也不会觉得凭借一封信夫君就会相信吧？"

赵管家几个人点点头，不再说什么，其实他们不是没有办法，如今不过是投鼠忌器罢了。

沈锦和赵嬷嬷到后院的时候,她问道:"三哥是什么样的人?"

赵嬷嬷也料到了沈锦会问,说道:"和将军截然不同的人。其实真说起来,将军更像是老夫人,而三少爷更像是太老爷。"

沈锦有些疑惑地看向了赵嬷嬷,赵嬷嬷点头,说道:"按照老爷当初说的,将军如果是儒将的话,那么三少爷就是一员虎将。"

赵嬷嬷解释道:"勇猛有余却智谋不足。"

沈锦明白了,说到底楚修曜就是适合冲锋,而楚修明适合坐镇指挥。所以赵嬷嬷他们虽然信任楚修曜的人品,可是……若是楚修曜真的被人算计了,也是有可能的。

"那他是怎么死的呢?"沈锦问道。

赵嬷嬷沉默了一下才说道:"是代替将军的。"

原来,当时楚家就剩下了他们兄弟两个,楚修明如果去的话,还有一分生机,而楚修曜去的话,连那一分都没有。只是楚修曜一辈子就算计了楚修明一次,还成功了,代价就是死在了战场上,尸骨无存。

那一日,楚修曜是大笑着带着士兵走的,根本不像是去赴死,更像是恶作剧成功后的得意。

"那他与夫君长得像吗?"沈锦问道。

赵嬷嬷闻言点头说道:"很像。年龄相仿,特别是年幼时,他们站在一起不说话的时候,很多人都分辨不出来,倒是长大以后两个人的气质越来越不同,很少被认错了。"

沈锦动了动唇,说道:"会不会有一个可能,当初薛乔想要算计的人是夫君?"

赵嬷嬷闻言皱了皱眉头,思索了一下说道:"若是天黑的时候,也有可能分辨不出的。可是为什么? 那时候虽然没有明确定下来,可是老夫人生前确确实实提过让将军娶薛乔的,不过因为发生了一些事情,这才没有定下来。"

沈锦皱了皱眉头没有说什么,赵嬷嬷闻言道:"夫人,当初将军与薛乔并不亲近。"

"其实我不在意这些。"沈锦实话实说,"毕竟现在夫君是我的,以后也是我的,所以以前的事情,都已经过去了。我就是想不通,薛乔到底为何如此,还出卖了夫君他们? 对了,薛乔失踪是在三哥之前还是之后?"

"是之后。"赵嬷嬷沉声说道,"正是因为薛乔,那次的事情才这般凶险,从而害死了三少爷。"

沈锦想了一会儿也没明白，说道："只能等夫君回来了。"

赵嬷嬷应了一声，沈锦提醒道："让人看着点，别让薛乔自尽了。"

"老奴明白。"赵嬷嬷躬身说道。

沈锦点点头，没再说什么。

"远弟也快回来了吧？"沈锦算了算日子说道。

赵嬷嬷想了想点头道："若是一切顺利的话，下个月初就该回来了。"

沈锦应了一声，想了许久才说道："我觉得三哥一定是个疼弟弟的好哥哥。"

赵嬷嬷不知道沈锦为何会忽然提起这件事。沈锦往东东的房间走去："如果那个孩子真的是三哥的孩子，那么他一定也是疼弟弟的好哥哥。"

不知为何听到这句话的时候，赵嬷嬷的眼睛红了。虽然她是太子妃身边的人，可是在楚家这么多年，她如何不对楚修明忠心？

而被沈锦心心念念的楚修明此时正在护送陈侧妃等人回边城的路上，而瑞王和瑞王妃早几日就已经回了京。瑞王本来没打算回来，所以瑞王府中那些古董字画金银珠宝一类的东西，六成分给两个嫡子，剩下四成，沈锦和那两个庶子各一成，最后一成留给了外孙女。

除了沈锦外，那三个孩子没有成年前，所有东西都交给陈侧妃保管，还留给了陈侧妃不少银子当作养孩子的花费。

虽然瑞王没有说，可确确实实是在分家产，像是为了后事做打算，在离开前还专门去找了赵儒和赵岐，让赵岐保证如果以后瑞王妃回娘家了要好好善待她一类的，听得人又是心酸又有些哭笑不得。

陈侧妃虽然知道带着三个孩子会辛苦一些，可是想到马上就能和女儿一起生活了，难免高兴了许多。沈皓沉默地坐在马车里面，而沈晴和被沈琦起名叫"宝珠"的孩子，正躺在一起玩。

沈锦还没等回楚修明，楚修远先回来了。短短时日，楚修远看着精瘦了许多，在见到沈锦后，楚修远就笑着喊道："嫂子。"

"我让赵嬷嬷做了锅底,厨房也片了牛肉和羊肉,一会儿你多用一些,瞧着瘦了许多。"沈锦笑着说道。

东东坐在沈锦的怀里,有些好奇地看着楚修远,显然已经不认识他了。楚修远笑看着东东的样子,道:"好。"

沈锦笑道:"小家伙都不认识你了,快去抱着亲热亲热。"

东东瞪圆了眼睛看了看还坐在一旁的沈锦,倒是老老实实地被楚修远抱着。

楚修远到底几个月没有抱过孩子了,难免有些生疏,抱得东东有些不舒服地叫了两声。他赶紧调整了一下,让东东坐在他腿上,从衣服里掏出了一条链子给他戴上。

从沈锦这边看是一个琥珀,足有东东拳头大小。

"咿呀",东东伸手抓,然后兴奋地叫了起来。

看见东东喜欢的样子,楚修远的神色柔和了许多,就连身上的那股子煞气都像是削减了。沈锦看着倒是没多说什么,只是问道:"这次可遇到了什么危险?"

"并没什么危险。不过是布防而已,并没有与那些蛮夷发生冲突。"

沈锦也猜到了,如果真的危险的话,楚修明也不会只留下楚修远。

"我让人用你的名义给军营那边送了一些烤全羊和数十坛的烧刀子。"

"谢嫂子。"他知道这是沈锦给他做脸面用的。

等楚修远用完餐,两个人就去了议事厅,把赵管家、王总管和赵端给叫了过来。赵端第一次看见楚修远,难免有些激动,直接行叩礼。没等他跪下去,楚修远就快一步扶住了他的胳膊,正色道:"舅舅何须如此,若是没有赵氏一族的鼎力相助,也没有修远的今日。"

赵端眼睛都红了,满是激动地看着楚修远,他没想到楚修远会跟着沈锦这般称呼。赵氏一族当初愿意相助,是因为忠君,也是因为知道太子会是明君,这才铤而走险。为了这些,赵氏一族至今都被清流鄙视。赵氏一族从没后悔过,可是在听到楚修远的话时,赵端心中也多了几分感慨,他们当初没有白白牺牲。

楚修远也红了眼睛,继续说道:"我父生前就与我说过,我们父子能活下来,是因为更多人为我们付出了生命、名声与前程,我们父子都记得,更不会忘记。"

沈锦看着楚修远,从他身上好像看到了一些不同的东西,好像这一刻的楚修远不再是楚修明那个还有些青涩的弟弟,已经变成了太子嫡孙,一个被很多人赋予了希望、背负着许多多东西的人。赵端觉得这么长久的等待,并没有白费,楚家把他教得很好,知事明理有担当。

"有殿下,真乃天启朝之幸事。"

王总管和赵管家对视一眼,心中同样激动,楚修远可以说是他们照看着长大的。

楚修远道:"天启朝有诸位也是我天启朝的幸运,更是祖宗的护佑。"

"以后见面的机会还很多。"沈锦已经喝完了一碗茶,又吃了几块糕点,见他们之间还在互相恭维,就道:"你们都先坐下,把这段时间的事情先与修远说说,晚上的时候修远还要去军营的,等明日你们再一起好好商讨一番。"

楚修远闻言一笑,说道:"嫂子说得是,先坐下吧,以后共事的机会还有许多,到时候我们慢慢说。"

赵端也意识到了自己的失态,说道:"殿下说的是。"

楚修远坐下来后,赵端他们才分别坐下,楚修远说道:"舅舅叫我'修远'就是了。"

"于礼不合。"赵端说道。

赵管家笑道:"现在殿下的身份还不宜说透,不如与我们一般叫'殿下'为'少将军'?"

赵端这才说道:"如此也好。"

当说到薛乔的事情时,就见一直沉默听着的楚修远忍不住问道:"可是真的?"

"不知道。"沈锦看着楚修远,"怕是要等夫君回来才能辨认。"

"应该是真的。"楚修远道,"若是没有这些倚仗,英王世子也不会如此。"

其实这点众人也想过,楚修远接着问道:"你们准备如何?"

"若是真的,自然是要想办法把人接回来的。"沈锦道,"现在薛乔还被关着。"

楚修远看向了赵管家问道:"那些人可有说什么?"

"他们并不知道什么。"能问的他们都问了,可是英王世子派来的这些人还真是什么都不知道。

楚修远问:"那薛乔呢?"

"每隔三日就会有人去问她一句,可是至今没有开口。"王总管道。

楚修远沉默了一会儿说道:"嫂子,你说若是那孩子是真的,兄长会同意吗?"

这话一出,赵管家和王总管沉默了,楚修明会同意吗?他们也不知道。

沈锦道:"如果可能的话,夫君自然会想要把那个孩子换回来,并不仅仅是因为那个孩子是三哥的。"剩下的话沈锦却没有再说,但是众人已经明白了。英王世子那样的人,谁也不敢保证他到底会不会按照约定行事，若是让道以后，让他尝到甜头了，会不会直接扣住了孩子，以后好要求更多？

众人再次沉默了。楚修远抿了抿唇，说道："那个孩子如果是真的话，一定要保住。"

为了他，楚家已经牺牲太多了，他不想再看见楚家人牺牲了，更何况还是一个孩子。

沈锦看着楚修远说道："既然你回来了，以后边城的事情就交给你了。"

楚修远有些疑惑地看着沈锦，沈锦道："没事的话，我就不来议事厅了，你们有事情就找修远。"

"嫂子，"楚修远道，"还是你来吧。"

沈锦笑道："我要照顾东东，有事再来找我就好了。就这样定下了。"

楚修远见沈锦是真的不愿意，也就不再推辞。沈锦只觉得心中松快了许多。

天气渐渐冷了起来，自从不用去议事厅后，沈锦觉得浑身都轻松了，早早开始选皮子，然后和府中绣娘商量起了衣服的样式。

沈锦还选了不少东西让人送到边城其他将领的家中，不仅如此，还出了私房钱让人去买了许多布料、棉花，给边城的所有军士都做了新衣新鞋。

需要做的太多，沈锦就专门雇了不少人，交给他们去做，多少活计就做多少，做好以后就送到将军府的偏门，那边自然有人接收，给工钱登记以后，再继续领东西去做。

给的工钱多，要求也高一些，倒是没有人有怨言，有不少边城军士家的女眷来领了东西做，都格外用心。

薛乔到底没有扛得住，被关了近二十日后，什么都说了。此时被带出来的薛乔，再也没有了开始的那种娇艳。在那个冷森森的佛堂，虽然不缺她吃喝，可是除了隔五日会有人来问一句外，根本没有人再与她说话，甚至没有任何声音，就连脚步声都听不到。

她根本见不到人，每天的饭菜都是由小窗户送进去的，过了半个时辰后，如果她把那些东西放到小窗户口，自然有人会收走，可是如果她没有放过去，那个人也不会说什么。

薛乔被带出来看见许多人的那一刻，她整个表情都扭曲了，眼神有些呆滞。沈锦看着薛乔的样子，让人给她端了温水和糕点，然后问道："你准备告诉我们了吗？"

薛乔心中又恨又怕。当初就是这个她以为软弱可欺的女人，很淡然地说把她带进佛堂，然后她就被关了起来，她的身子不由得抖了抖："我说。"

王总管道："你当初是怎么把消息送出去的?"

薛乔现在巴不得有人与她说话,不管说什么都好,听到王总管的话,开口便道:"当初,我就是被英王世子送到边城的。"

"怎么回事?"赵管家沉声问道。

"当初就是英王世子救了我。"薛乔再也不隐瞒,直接说道,"那时我家被土匪闯入,全家都被杀了,几个人护着我。在我以为要死的时候,就是英王世子救了我,他是那么英伟不凡,却弯腰把我扶了起来,那时候的我那样卑微渺小,可是他……"

沈锦看着薛乔脸颊霞红、满目春色的样子,忽然问道:"你有没有想过,英王世子怎么会来得那么凑巧?"

薛乔看向沈锦,一脸严肃地说道:"因为这是我与世子的缘分,是上天注定了让他来救我的!"

"你误会我的意思了,我说的是英王世子让人假冒土匪杀了你全家,然后又把你救了。"

"不可能!"薛乔毫不犹豫反驳道。

沈锦看着薛乔,耸耸肩说道:"算了,说不清楚的。"

王总管沉声问道:"英王世子让你来做什么?"

薛乔闭了嘴不说话。赵管家说道:"反正当初你的目的已经达到了,这时候说也没什么不可以了吧?"

薛乔这才说道:"世子是让我挑拨楚修曜和楚修明之间的关系,传递一些消息。"

"接头的人是谁?"王总管问道。

薛乔又不说话了。

沈锦看着她的样子直接说道:"既然如此,把表姑娘送回佛堂继续休养吧。"

"我说!"薛乔身子一抖,脸色有些发白,说了几个人名出来。这些人都是当初出事后,他们清洗过的。

沈锦看向了赵管家,赵管家微微点头,楚修远声音很冷地说道:"你对得起姨母吗?她对你那么好,你却这般算计她仅存的儿子。"

薛乔抿了抿唇,带着几许难过说道:"我也不想的,可是……我不能对不起世子,若是没世子,也不会有今日的我。"

"然后你怎么算计三爷的?"王总管冷声说道。

薛乔这次倒是没有丝毫犹豫:"三哥觉得我会是楚四的妻子,根本对我没什么防备,他酒量很好,可是不能喝茶。"

"原来你一开始就打算对付的是三哥。"

赵嬷嬷问道:"那孩子确实是三爷的?"

"是。"薛乔脸上露出几分难过,"做那些事情,都非我所愿,我怎么会用这样的事情来骗人? 我也不想看着三哥断了香火。"

"那孩子的母亲是谁?"沈锦没有任何预兆地问道。

就见薛乔愣了一下,脸色难看了一些,才说道:"自然是我怀胎十月生下来的。"

可是刚刚那一瞬间,众人也都看出了蹊跷。赵端眼睛眯了一下,赵嬷嬷更是明白了。沈锦第一次如此动怒,就算是在京城的时候,被茹阳公主那般对待,沈锦都没有动气。

"你既然那么爱英王世子,甚至把他当成了神仙一般,为了他宁愿做那么多事情,怎么可能失身给三哥! 而且英王世子也不会让你做这样的事情,他好不容易控制住你,怎么会允许有丝毫的变故!"

沈锦说到这里,众人也明白了,特别是赵嬷嬷,此时更是清楚了。

其实有些话沈锦并没有说,从英王世子这段时间做的事情可以看出,他占有欲很强,那么就意味着不管他喜不喜欢薛乔,都不会忍受薛乔有别的男人。而女人如果有了自己的孩子,心中难免就会有些偏差。而英王世子也不想因为薛乔心疼那孩子从而做出什么不好的事情坏了他的计划。那么最好的办法就是,让众人以为孩子是薛乔为楚修曜生的,甚至让楚修明误会当初薛乔想要算计的人是他,但是因为楚修明和楚修曜长得太像,所以出了偏差。

只是英王世子百般算计,却遇到了沈锦这样不按常理做事的人。

薛乔最擅长的就是后宅中女人之间的斗争,那种杀人不见血、言语交锋一类的,沈锦就是不和她玩,甚至不按照他们的想法走。说不说? 不说,行,关起来。关老实了,说不说? 肯说了,好,出来说吧。就像是遇到了敌人,二话不说先打一顿,打多了人自然就乖了。

不仅如此,也不知道是血缘还是别的关系,沈锦对瑞王和英王世子的心思一猜一个准,那封信中的几个条件,其实就是为了能让薛乔留在边城提出的。英王世子自以为得意的一箭三雕,其一是让楚修明束手束脚,其二是挑拨诚帝和楚修明的关系,其三是让薛乔留在边城。如今最后一点怕是没办法了,而前面两件事,倒是让英王世子如愿以偿了。

"那么,后来你就一直待在英王世子身边?"赵管家冷声问道。

薛乔点头,他们都没有问那个孩子的母亲怎么样了。按照英王世子的性子,定是去母留子,不仅如此,恐怕是专门算计好了时间,让他们准备好的人与楚修曜发生关系,然后确定有孕后,就设下了圈套,然后带着人离开。

沈锦看向薛乔,问道:"值得吗?"

薛乔道:"只要能留在世子身边,不管怎么样都值得。"

赵嬷嬷问道:"你给英王世子生了几个孩子?"

生过孩子的女人和没有生过的是不一样的,薛乔一看就是已经生过孩子的,这也是为什么当初他们都没有怀疑那个孩子是薛乔生的。

薛乔抿了抿唇没有说话。赵嬷嬷冷笑道:"可是生了儿子? 英王世子承诺等成事后,就封你所出的儿子为太子?"

沈锦见薛乔没有说话,说道:"他是骗你的,如果一个人真在乎你,怎么会让你冒险呢?"

薛乔怒视着沈锦说道:"不可能,再说世子只有麟儿一个儿子!"

"因为身体不好生不出?"沈锦仿佛不经意道。

薛乔满目惊讶地看向了沈锦,说道:"你别胡说!"

"哦,看来是真的。"沈锦端着红枣汤喝了一口说道,"那我刚刚说错了,既然只有那么一个儿子,以后也生不出别的了,真成事了,恐怕你儿子还真的能当太子。只是我怎么记得英王世子有别的儿子呢?"

第三十三章
其乐融融

薛乔看了沈锦一眼并没有说话,沈锦继续问道:"是不是他骗你了?"

"世子才不是那样的人。"薛乔有些恼羞成怒,"我知道你们想套我的话,我是不会背叛世子的!"

沈锦不可思议地看着薛乔问道:"你为什么会觉得我现在还给你耍手段呢?"

薛乔沉默了,到底是有些怕了佛堂,想了一下说道:"我到世子身边的时候,世子无儿无女,若真是藏起来了,我也不知道。"她看向了沈锦又道:"就算是世子故意藏起来别的儿子,拿我的孩子当靶子,也无所谓,只要能对世子有用就好。"

赵嬷嬷冷笑一声说道:"你还真是大方。"

薛乔这种为了英王世子可以牺牲一切的态度,让人有些无法理解,不过至今为止,她所牺牲的都是别人。

沈锦不再问了。赵端心中叹息,多亏沈锦提前把薛乔给关怕了,否则他们真遇上了还不好处理。

沈锦却觉得,这个薛乔其实最爱的人是自己,如果她真如表现出来的这般深情的话,那么就不可能吐露出这些,而是在被关进佛堂,发现自己无法忍受的时候就该自杀了。

那个佛堂虽然没有利器,可是一个人真的想死的话,是怎么样都可以找到办法的。沈锦虽然让人注意着不让薛乔寻死,可是薛乔发髻上的金银饰品,腕上的玉镯这一类的都没有让人收起来,再不济还有腰带。

可是薛乔一次寻死的意思都没有,就算那时候看着快要因为见不到人烟听不见声音,要被逼疯了,她也没有丝毫寻死的意思,甚至连一次尝试都没有。

赵管家问道:"以前英王世子都在哪片活动?"

薛乔咬了咬有些发白的唇说道："我不知道。"

"去佛堂再想想吧。"沈锦很平静地说道。

薛乔脸色难看地道："我真不知道。"停了一会儿才说道，"世子怕不安全，就一直让我住在江熟的一个别院中。"

"那么他大概多久来找你一次？"王总管问道。

这些问题让薛乔觉得格外难堪，好像这话一说，她就要被众人笑话一般。薛乔自己也知道，说好听点是英王世子为了保护她才这般的，说难听些，她就是英王世子养的外室，根本没名没分。

"要不要去佛堂想想？"沈锦看着薛乔的样子，捧着玫瑰茶喝了一口。

薛乔咬唇。赵嬷嬷说道："表姑娘还是开口比较好。"

薛乔也是个识时务的人，特别是现在众人已经知道那个孩子并非她所出，最后一点顾忌也没有了，所以抬起了头，说道："我刚到世子身边的时候，世子陪过我一段时日，后来三年，大约每个月都会来三四日，近几年来得少些，不过……在大概永齐二十年的时候，因为我有孕，世子曾留在了江熟三个月陪在我身边。"

其实最后一句多少带着几分炫耀的成分，就像是要在沈锦这边挣回面子一般。不过沈锦他们在意的并非这点，而是在回想江熟是什么地方，附近又都有些什么了。

"你就一直住在江熟？"沈锦觉得英王世子不是一个能为看女人而会跋山涉水的人，江熟那边前不着村后不着店的，除非有什么值得英王世子图谋的东西。

薛乔道："没有，等孩子出生后，世子就把我们母子送到了丰曲。"

王总管又问了几个问题后，就让人把薛乔带下去严加看管了起来。

等人走了，楚修远问道："嫂子，你觉得她的话有几分真几分假？"

"九真一假吧。"沈锦想了一下说道，"按照时间来算，薛乔不可能在江熟住那么久。"

赵管家也道："因为江熟在永齐二十年左右的时候，曾发生过水患，只不过因为地方偏远和当地官员的隐瞒，并没有引起重视，消息也没传出去。"

这样一来倒是丰曲这个地方有些微妙了，想来应该是在丰曲住得更久一些。薛乔没有想到，她不过是为了面子多说了一句话，竟然就被人察觉出了破绽。

"莫非英王世子想要引我们去江熟？"王总管皱眉说道。

赵管家眼睛眯了一下说道："我倒是觉得他是想让我们把注意力放在这两个地方。"

可惜薛乔也不知道那个孩子到底被英王世子给藏在哪里,否则他们也不会像现在这般为难。

赵端沉思了一下说道:"也有可能,这两个地方都是陷阱。"

沈锦想了一下说道:"薛乔知道的东西很少。"

"薛乔是弃子。"楚修远也肯定了心中的猜测,"从一开始英王世子就没有信任过她。薛乔背叛过楚家,这样的人就算是英王世子自己安排的,恐怕也不会信任。"

这样一来,薛乔知道的事情很多应该是英王世子故意让她知道的,所以就算她说的是真话,可利用的价值也不高。楚修远难免有些失望,他还想要借机看看能不能得到那个孩子的消息,好早日证实一下。

"那薛乔怎么办?"赵端问道。

楚修远看向了沈锦,沈锦想了想说道:"还给英王世子吧,孩子那么小总不能没有母亲。"

赵嬷嬷闻言道:"那不如多留几日,总要展现一下我们的待客之道。"

"不过这样的话,英王世子难免会注意到夫人。"王总管口气里带着些许担忧。

沈锦闻言道:"若真能如此倒也是好事,恐怕英王世子只会觉得这些都是夫君安排的。"从英王世子的安排看,他眼中能势均力敌的人恐怕就只有楚修明了,这般早早地就开始算计,就是对付诚帝都没有如此。

几个人商量了一番,决定等过一个月,再把薛乔那一帮人给扔出边城,如今就把所有人分开关着,每个人的待遇都不一样。

只是还没等他们把人放了,楚修明就护着陈侧妃等人回到了边城。

说来也巧,楚修明回来的时候正是冬至的前一日。

冬至一到,整个边城都变得热闹了许多,家家户户开始准备饺子一类的东西,将军府早早地就为冬至忙活起来,军营那边更是送了几头猪,还有大白菜和面一类的过去。

楚修明和陈侧妃可以说是沈锦最重要的人,本来还因为楚修明不在,难免有些伤感的沈锦,站在将军府门口看见远远过来的人,红了眼睛,快步跑了过去。

她今日穿着一身彩绣金丝的棉质衣裙,外面是一件大红镶着雪白兔毛的披风。在看见沈锦的那一刻,楚修明就翻身下马,上前几步搂住了自家的小娘子,伸手抹去她脸上的泪,然后把兜帽给她戴好,道:"莫要吃了风。"

"夫君,"沈锦咬着唇,吸了吸鼻子说道,"我让人专门做了猪肉羊肉白菜的饺子给你吃。"

楚修明应了一下,并没有说什么。这样的饺子是沈锦爱吃的,因为她觉得单独的羊肉白菜有些膻,所以喜欢让人在里面加一些猪肉,还要加一些干了的馒头碎屑,除此之外还有酸菜和牛肉一起拌的馅。

而楚修明对这些并没有特别的喜好,不管是哪一样的馅他吃起来都无差别。

"岳母在车里。"楚修明道,"我们先回去。"

"好。"沈锦看向了马车,她小声问道:"那父王和母妃呢?"

楚修明牵着沈锦的手,步行回府:"父王和母妃回京城了。岳母的马车中,还有几个年纪小的,所以她没有露面。"毕竟小孩子吃不得冷风,这算是给沈锦解释。

沈锦并没有问什么,而是扭头看向了马车,马车被遮得严严实实的,自然看不清楚。后面还跟着许多辆装着行李物品的马车,也怪不得楚修明他们一路上走得有些慢了。

马车是直接进的将军府,沈锦说道:"你没有碰见沈熙他们吗?"

"没有。"楚修明微微皱眉说道,"想来是走岔了。可是出了什么事情?"

沈锦点点头:"晚些时候再与你说,远弟在军营,我已经让人给他送信了,想来快回来了。"

楚修明点点头没有再问什么。沈锦轻轻挠了挠楚修明的手,说道:"东东都快一岁了,认不得你了呢。"

若是换成别的人来说这样的话,怕是有怨怼的意思在里面,而楚修明知道,沈锦只是在告诉他这件事而已,并没有别的意思在里面。

"我还想着今年冬至,怕是只能和远弟他们一并用饺子了呢……母亲来了,也不知道吃得惯吃不惯这边的东西,除了大姐的女儿和幼弟外,莫非只有沈皓跟来了?"

"嗯。"楚修明对着赵管家他们微微点头,然后摆了摆手,就让他们先回去了,而他陪着沈锦进了内院。

沈锦虽然还有许多话想要与楚修明说,可是她也想去看望一下母亲。还没等沈锦开口,楚修明就说道:"你先去安排一下岳母那边的事情,等我梳洗后再去找你。"

"好。"沈锦这才咬唇答应了下来,"你梳洗完了就去探望一下东东吧,我一会儿就过来。"

楚修明点点头，替沈锦整理了一下披风，又把兜帽给她戴好，这才看了安平一眼，安平把已经备好的小手炉放到了沈锦的手上。

"去吧。"

"嗯。"沈锦应了下来，"赵嬷嬷炖了鸡汤，一会儿你记得用些。"

楚修明嘴角微微上扬，笑道："好。"

沈锦这才带着安平往不远处的一个院落走去。在知道英王世子做的事情后，沈锦就让人在将军府中收拾了两个院落，其中一个很大，只比主院略小了一些，正是沈锦刚到边城住的那个院子。

那个院子后来又收拾了几次，里面的东西甚至比主院这边还要精致一些，毕竟因为沈锦的喜好，主院这边更多的是以舒适、实用为主，里面并没有种什么花花草草，倒是种了不少果树，就连紫藤花这类的都换成了葡萄，还有那些随处可见的软垫等东西……

除了这个院子外，沈锦还专门给瑞王妃和陈侧妃收拾了个院子，那院子自然不比主院和瑞王那边的院子大，可是里面的布置很用心，沈锦早早就开始准备了，只是没想到这次来的只有陈侧妃和三个小的。

沈锦过去的时候，就看见陈侧妃这边已经开始收拾了，而沈皓正站在陈侧妃身边，看见沈锦的时候，还不由自主地往陈侧妃的身边贴了贴。陈侧妃见到女儿，就露出了笑容，却也没有忽视沈皓，伸手摸了摸他的头，柔声说道："在马车上的时候，不是还说想要好好泡泡热水吗？"

沈皓抿了抿唇，短短几年内经历了这么多，就算他资质再差，也长大了不少。他看了看沈锦又看了看陈侧妃，这才点了点头，跟着丫鬟往里面走去，不过在快要离开的时候，还是扭头看了看陈侧妃。沈锦把这些都看在眼里，等沈皓走了，就上前拥了下母亲说道："太好了，和做梦一样。"

陈侧妃何尝不是这样想。她自从进了瑞王府就没想到还有出来的一日，而这些都是因为她有个好女儿。

"多大的人了，怎么还和孩子一样。"虽这么说，可是陈侧妃的手却轻轻抚着沈锦的后背说道，"这一路多亏了女婿。"

沈锦进屋的时候，披风就已经脱下了，此时和母亲一并往内屋走去："院子可住得下？我本以为就四弟跟着母亲呢。"

陈侧妃闻言只是一笑，说道："足够了，王爷给你四弟定了个'晴'字。"

"沈晴？"沈锦念了念说道，"总觉得有些女气。"

"瞎说。"陈侧妃轻轻敲了女儿一下头说道，"你大姐的女儿叫宝珠，如今霜巧跟着照顾呢，我这边倒也没多少事情。"

沈锦想到当初沈琦说让她在边城给霜巧找个婆家的事情，她本都给忘记了，没想到这次霜巧过来了，也不知道有没有带什么话来。

"东东怎么样了？"陈侧妃虽然喜欢孩子，可是也有亲疏之分。她就沈锦这么一个女儿，她们两个相依为命了那么多年，就算沈晴从出生就养在了她的身边，也比不得她和沈锦之间的情分。

提到儿子，沈锦就笑道："等明日我就抱来给母亲瞧瞧，现在胖墩墩的，我都快抱不动了。"

"小孩子还是胖点好。"陈侧妃想到小外孙，就格外舒心，整个人像是卸掉了许多包袱一般，瞧着多了几分神采。

"现在天气冷，可不要随意抱了孩子出门，等明日我去瞧瞧他。我还做了几身衣服，也不知道东东合身不合身。"

"母亲，我的呢？"沈锦陪着母亲进屋后，仔细瞧了瞧确定没有缺什么东西，这才把头轻轻靠在陈侧妃的肩膀说道："母亲来了就好，我叫人备了厨子，若是母亲用不惯这边的口味，就让小厨房……"

沈锦絮絮叨叨说着边城的事情和安排。陈侧妃看着女儿，她的女儿如今和她一般高了，瞧着眉眼间没有丝毫的清愁，满身的快活劲。陈侧妃脸上的笑容一直没有消失，这样就好……女儿快乐就好……

陈侧妃舟车劳顿，沈锦并没有停留太久，确定她这边都周全后，就先离开了。等回到院子就直接往东东的房间走去。到门口的时候，看见楚修明怀里抱着东东，东东虽然没有哭，可是小脸紧绷着，眼中含着泪，就是不落下来，看起来有些严肃又有些可怜的样子。听见脚步声，父子两个就看了过来，在看见沈锦的那一刻，东东再也忍不住号啕大哭起来。

沈锦虽然想让他们父子联络感情，可是看到这样的情况，也格外心疼，赶紧过去把东东抱到怀里。东东小胳膊紧紧搂着沈锦的脖子，这才止住了大哭，可还是抽噎个不停。

"不哭,乖哦。"沈锦赶紧柔声哄了起来。楚修明在一旁看着,心情格外复杂,有些骄傲却也有些难受,东东果然都不认识他了。

"坏……"东东会说的字不多,都是一个个蹦出来的,还有些含糊,可是这个字却格外清晰,还害怕沈锦不明白,伸手指着楚修明。

沈锦轻轻亲了亲东东的脸颊,说道:"父亲……东东,那不是坏人,那是东东的父亲。"她的声音格外好听,不像是在楚修明和母亲身边的那样娇憨,反而带着一种轻柔。

"唔?"东东也不哭了,睫毛上还挂着泪,扭头看向了楚修明,不过小胳膊还是紧紧抱着沈锦的脖子。

沈锦抱着东东往楚修明身边走去:"东东,这就是父亲。"

东东一靠近楚修明就扭头埋进了沈锦的怀里,可是又忍不住偷偷去看楚修明。楚修明并没有动,只是温言道:"东东。"

东东有些迷茫地看了看楚修明,又看了看沈锦:"父父?"

楚修明只觉得心中一暖,鼻间有微微的酸意,闭了闭眼再睁开的时候,已经恢复了平和。他怕吓住儿子,用手指轻轻碰了碰东东的小手,东东像是受了惊吓一样,赶紧把手缩了回去,然后盯着楚修明看。楚修明并没有生气,反而露出了笑容,用手指小心翼翼靠近儿子的手。东东看向了沈锦,沈锦说道:"东东,那是你父亲。"沈锦只是重复着这句话,可能现在的东东还不懂其中的意思,可是就算楚修明离开了,沈锦也在告诉东东这件事。

东东动了动唇,然后微微伸出手碰了楚修明的手一下,然后又马上缩了回去,见楚修明没有动静,这才又伸出去,然后抓住了楚修明的一根手指:"父父?"

"嗯,东东。"楚修明的手指一动不动地让东东抓着。

东东低头看了看他手中的那根手指,然后又看向楚修明,眨了眨眼睛,松开了手,趴回了沈锦的怀里:"蛋……"他哭了好久,都饿了呢,想吃蛋羹了。

沈锦看向了楚修明,楚修明并不介意,本就是他先离开的,孩子这样的表现已经比他想的好了许多。沈锦柔声说道:"那叫嬷嬷给东东蒸蛋羹吃好不好?"

"啊……"东东叫了一声,然后头枕在沈锦的肩膀上,看着楚修明,也不知道在想什么。

楚修明看向了沈锦说道:"你先抱着孩子进去,我让赵嬷嬷去做些东东能吃的。"

沈锦点了点头说道:"好。"

可是谁知道楚修明刚刚出门,一直安静地趴在沈锦怀里的东东忽然叫道:"啊!咿呀啊啊啊!"

东东也不知道怎么了,既不亲近楚修明,却也不让他离开,楚修明和沈锦两个人都必须待在他能看见的地方,否则就叫个不停。平日里东东都乖巧得很,就算有时候沈锦离开,只要有安平她们看着就可以,谁想到今日这般闹人。只是不管沈锦还是楚修明都没有丝毫不耐,反而顺了他的意,陪着他。

好不容易把东东哄睡了,楚修明才悄悄离开去了议事厅,而沈锦就留在屋中陪着东东。东东睡得正香,沈锦侧身躺在他旁边,看着他随着呼吸一鼓一鼓的小肚子,手指轻轻碰了碰他的脸。谁说小孩子不知道事情,不过是因为表达不出来,反而容易被人忽略罢了。

楚修明在议事厅,先见过了赵端后,就听着楚修远把这段时间的事情与他说了一遍,王总管和赵管家他们在一旁补充。当听见"薛乔"的名字时,就算是一向冷静的楚修明,面色都沉了一沉,等全部听完才看向赵端说道:"舅舅,怕是还要麻烦你给赵老写封信。"

赵端应了下来,既然楚修明没有遇见沈熙和赵骏,那么就要想办法找到那两个人,然后让他们回边城来,若是真找不到就只能等他们自己回来了,怕是要耽误一些时间。

楚修远在楚修明面前,再没有平日的那种稳重,问道:"哥,那个孩子是不是三哥的?"

楚修明微微垂眸,说道:"十之八九是。"

"那必须救回来。"楚修远怕楚修明为难,先一步说道。这样就算出了什么事情,别人也怪不到楚修明身上。

楚修明并没有说话,心中计算着得失:"把地图拿来。"

"是。"赵管家亲自去捧了地图出来,楚修远和赵端两个人把地图铺展开来。

楚修明看着江熟和丰曲两个地方,然后手指轻轻点了点后,眼神就移到了这两个地方周围,手指沿着线划过,最终落到了离江熟较近的一处山脉附近,说道:"派人去这边探查一下,不要靠近,安全为上。"

边城专门养有探子,必须都是可信忠心之人。这样的人培养出来很难,做的事情也很危险,而那个山脉附近只不过是他的一个估测,为了这点损失人手很不值得。

楚修明在地图上微微画了一个圈,并不大,可是真的要派人探查起来,恐怕也要花费几个月的时间。

"十人组,三组。"

"是。"赵管家应了下来。

楚修远问道:"哥,你怀疑他们在这边?"

楚修明道:"那年的水患本就蹊跷,恐怕并非天灾而是人祸。"

这话一出,赵端的脸色变了变,说道:"若真是如此,那英王世子就太过丧心病狂了,只是为何还会让那薛乔说出这个地点?"

"太过自信。"楚修明沉声说道。说到底就是英王世子因为这么久的胜利,难免会滋生一些大意。他这次也是真的算计到了楚修明,恐怕诚帝那边也得到了消息。

众人商量了一番,赵管家问道:"将军可要见薛乔?"

楚修明面色一沉说道:"不用,就按夫人说的做。"

厨房那边送了热的汤面来,几个人直接端着吃了起来。开始的时候赵端在知道议事厅这个习惯后,还有些不适应,可是后来发现晚上用碗带汤的热食,整个人都舒服多了。

其实赵端不知道的是,在沈锦嫁过来之前,他们也没这个习惯,就算夜里要议事饿了,也是找些白日剩下的糕点一类的用用。后来沈锦每日都让厨房用大砂锅炖了汤,一锅吃完再炖一锅,盛了汤下了面就能吃了。因为众人都觉得不错,这才一直延续了下来。

楚修远把新制的边防图拿了出来,仔细和楚修明说了起来,这还是他第一次独自做这样的事情,难免有些紧张。虽然在出发前大致都商量下来了位置,可是这些也要等到了地方根据具体的情况来重新布置的。

所以那几处楚修远说得更加仔细,还加了自己的想法,楚修明听着时不时地点了点头。楚修远说完以后,楚修明笑道:"很好。"

楚修远脸一红,说道:"还是那边的老兵指点我的。"

"每个人都有擅长的,不可能样样专精,而你要做的就是知人善用。"楚修明道。

"是。"楚修远面色一肃,明白这不仅是为将之道,也是为君之道。

第二天沈锦醒来的时候,已经日上三竿了,不仅楚修明不在身边,就连东东也不在了,她撑着身子起来,只觉得浑身懒洋洋的。

赵嬷嬷此时也是面带喜色:"将军正带着小少爷和小不点玩耍。"

沈锦点了点头,坐在梳妆台前,让赵嬷嬷给她绾发,说道:"今日东东倒是肯和夫君亲近了。"

赵嬷嬷手脚麻利地给她打扮妥当,沈锦笑道:"走,我去看看。"

赵嬷嬷陪着沈锦往另外的房间走去。那个房间是专门收拾出来给小不点住的。

沈锦到的时候,就见东东正兴奋地坐在小不点的身上,楚修明弯腰扶着东东,免得他不老实摔下来,而小不点在屋子里面转来转去。

见到沈锦,东东就咧嘴叫道:"母!母母!"

沈锦以前也这样陪着东东玩过,可惜一直弯腰走路实在太累,而小不点又不会让别人这般靠近它,所以最多只陪东东玩一小会儿,而今天看见东东兴奋的样子,想来楚修明已经陪着他玩了许久了。

"东东,今天乖不乖?"沈锦走了过来,伸手直接把东东从小不点身上抱了下来,好让楚修明和小不点都歇一会儿。

楚修明眼底带着笑意,东东双手紧紧抱着沈锦的脖子,小脸红扑扑的。

沈锦亲了他一下,说道:"真乖。"

楚修明其实已经陪着东东玩了半个多时辰,此时站直了身子,也觉得有些酸。东东扑到了母亲的怀里,看向了楚修明,楚修明眼神闪了闪,也过去亲了他一下,说道:"乖。"

果然,东东高兴了。楚修明是知道东东的体重的,见沈锦抱了一会儿,就主动接了过来。东东看向了沈锦,"咿呀"叫了一声。

楚修明直接把东东扛在了肩膀上,东东惊呼一声,瞪圆了眼睛,小手没轻没重地抓着楚修明的头发,看着高兴极了,也不再要沈锦抱了。楚修明一手扶着东东的腿,一手托着东东的背,让他坐得很安稳。

小不点也跟在楚修明的身边,时不时地"嗷呜"两声,沈锦笑道:"我都有些饿了呢。"

楚修明闻言点了点头,因为他要两手护着东东,倒是没办法再牵着沈锦了。沈锦并不在意这些,只是走在了他的身边,东东能这么快就接受他,想来他今天早上花了大功夫的。一家三口到了饭厅的时候,就看见楚修远已经到了。楚修远看着楚修明的样子,笑了起来:"哥、嫂子,东东来,给叔叔抱抱。"

东东是认识楚修远的,咧嘴笑了起来,可是并不像以前那样对楚修远伸着手,虽然抛高高很有意思,可是他现在觉得坐这么高更有意思。

楚修远看着东东的样子,笑道:"果然是父子连心啊。"

等进了屋中，楚修明就把东东放了下来，抱在怀里。没多久陈侧妃也过来了，她身边还跟着沈皓，有些抱歉地笑了一下，说道："是我来迟了。"

沈皓紧紧跟在陈侧妃的身边，陈侧妃牵着他的手。沈锦笑道："母亲、弟弟，你们爱吃什么馅的饺子？"

沈锦自然看出了沈皓对她的敌意，这敌意中还带着几许戒备，像是怕沈锦把陈侧妃抢走一般。沈锦本就不是计较的性子，也看出沈皓是真心亲近陈侧妃的，而陈侧妃也不排斥，自然不会为难他。

沈皓看了看沈锦，低着头不说话，他也知道现在这样不好，毕竟沈锦才是陈侧妃的亲生女儿，可是……沈皓咬了咬唇，又往陈侧妃的身边靠近了一些。

陈侧妃心中微微叹息，没有说什么。楚修远其实不太喜欢沈皓这样的，在他看来男孩子就该有男孩子的样子，不过也和他没什么关系，就没有插嘴说什么。楚修明倒是温和地一笑，说道："岳母，先坐下吧。"

"嗯。"陈侧妃经过这一路，对楚修明倒是亲近了不少，虽然带着沈皓一并坐下，可是眼神却一直看着楚修明怀里穿着棉袄的东东。东东今天穿的棉袄是红底绣着金鲤的，头上还戴着一顶虎头帽，眼睛黑润润的，看着格外可爱。

沈锦见到沈皓的样子，也不故意拉着他说话，只是笑道："母亲，你看东东，可爱吗？"

"真是漂亮的孩子，还结实得很。"陈侧妃赞叹道，"是个好孩子，养得真好。"

沈锦得意地点头说道："自然了。"

陈侧妃瞋了沈锦一眼，也笑了起来，沈锦叫人去下了饺子，把所有馅的都下到了一起。除此之外还每人做了一碗酸辣汤。赵嬷嬷并没有跟着来，而是去厨房给东东准备吃食。

几个人坐在一起聊了起来，大多时候都是陈侧妃和沈锦在说，而楚修明他们听着。沈皓到现在才放松了许多，虽然还不愿说话，可是会抬头听着陈侧妃聊天，等陈侧妃听沈锦说话的时候，摸了摸茶杯，觉得温度正好，就往她的手边推了推。

陈侧妃虽然在听女儿说外孙的事情，却也没有完全忽略沈皓，此时微微侧头看了他一眼，正巧觉得口渴，就端着茶喝了几口，然后拿了块核桃酥放到了沈皓的手上，沈皓笑着吃了起来。

沈锦自然注意到了这些，看向沈皓的眼神更加柔和了一些。

东东坐在楚修明的怀里，看着沈皓吃东西，白嫩的小手使劲拍打着楚修明的手，指着沈皓："吃！"

楚修明低头看着东东说道："不能吃。"

东东听懂了"不"这个字，难以置信地看着楚修明，想了想叫道："父父，吃。"

沈锦哈哈笑了起来，等东东看过来时她也拿了一块点心很欢快地吃了起来。东东的小嘴一张一合的，沈锦一块吃完了也没让他尝一下，顿时，他的眼睛红了，"呜……"的一声叫了出来。

陈侧妃哭笑不得，有些责怪地看了沈锦一眼："哪有你这样逗孩子的。"

楚修明抱着东东轻轻颠了几下，东东没有落泪，只是生气地把头藏进了他的怀里。

几个人正在说笑，赵嬷嬷就带着人把东西端了上来，除了沈锦要的饺子和酸辣汤外，还有其他几道菜和东东的鸡蛋羹、鱼肉泥一类的。等都摆好了以后，几个人就落了座。赵端今日并没有过来，而是带着儿子赵澈回了专门给他们准备的院子。

楚修明端了鸡蛋羹先喂东东用饭，沈锦招呼着陈侧妃和沈皓先动筷子，而她自己也先给陈侧妃夹了一个，又给楚修远和沈皓分别夹了一个。他们吃饭用的并非什么大桌子，而是一张不大不小的圆桌，几个人正好坐得下，并不会离得太远。楚修远和沈皓挨着，倒是方便照顾沈皓。

这一盆饺子里面什么馅的都有，并非真的分不出来，因为都是用菜的汁水和的面，饺子的颜色有些差别。

楚修明有些生疏地喂着东东。他喂了两口鸡蛋羹，就舀了一些鱼肉泥给东东吃，东东特别喜欢那个鱼肉泥，还没等勺子到嘴边，就伸手去抱着他的手腕，往自己这边拽。

沈锦看着楚修远咬了一口饺子后，顿了顿问道："是什么馅的？"

"韭菜肉。"楚修远最不喜欢吃的就是韭菜，所以看着剩下的半个饺子，沾了沾酸辣汤才放到嘴里，然后有些怀疑地看向了沈锦。他觉得自家嫂子故意夹给他的，他注意到沈锦仔细看了看饺子皮的颜色后才夹给他的。

沈锦又看向了陈侧妃，陈侧妃无奈咬了一口，尝了尝才说道："是白菜鸡蛋的。"

"哦哦！"沈锦又看向了沈皓。

沈皓尝了以后说道："是肉的，里面有萝卜。"

沈锦高高兴兴地吃起了自己的，咬了一口是韭菜鸡蛋的，她和楚修远一样不喜欢吃韭菜,咽下去后说道:"韭菜鸡蛋的,不好吃。"

楚修远挑眉,等着沈锦把剩下的大半个吃掉,却见她直接把自己不喜欢的饺子放到了楚修明面前的盘子里面,又换了别的饺子吃,吃到喜欢的就自己吃掉,不喜欢的又放到了楚修明的盘子里面。

陈侧妃见楚修明并不生气,甚至很平静地把这些饺子吃了下去,就连楚修远也是习以为常的样子,神色更是轻松了不少。楚修远小心地避开了所有绿色皮的饺子,可就算这样,偶尔也会吃到不喜欢的。

东东已经吃饱了,坐在楚修明的怀里看着众人吃饺子,也不闹人。楚修远正在和陈侧妃他们说着这边的习俗,沈锦已经吃饱了喝着酸辣汤,说道:"等哪天暖和一些,我带你们出去转转,其实边城这边有很多好玩的地方和好吃的东西,不过味道有些重,母亲怕是吃不惯,三弟弟应该会喜欢。"

沈皓闻言眼睛亮亮的,他年岁不大,听到玩的,自然很有兴趣。沈锦接着说道:"不过这段时间二弟出门了,要不然让他带着三弟出去玩也不错。"

"我可以出去玩?"沈皓问道。

沈锦点头说道:"当然可以,等你对边城熟悉了,就可以自己出去了,不过要和门房打个招呼。"

沈皓看向了陈侧妃,陈侧妃微微一笑说道:"可以的。"

沈皓这才高兴地说道:"我知道了!"

等用过了饭,楚修明就带着楚修远离开了,而沈锦抱着正在打哈欠的东东说道:"母亲,等东东睡了,我再去找你们。"

陈侧妃闻言笑道:"孩子要紧,等我回去把孩子都哄睡了来看你就好。"

沈锦闻言笑着点头说道:"等天气再热些,就可以让三个孩子在一起玩了。"

陈侧妃点头,带着沈皓先离开了。

楚修明带着楚修远并没有去别处,而是去了书房,此时书房就剩他们兄弟两人,楚修远直接问道:"哥,你到底是怎么想的?"

"嗯?"楚修明坐下后,开始处理边城的事务。

楚修远看着楚修明,一脸严肃地说道:"哥,那个是三哥的孩子。"

"我知道了。"楚修明的手顿了一下,然后看向了楚修远说道,"会找回来的。"

楚修远抿了抿唇说道："哥，你有什么打算？"

楚修明道："如果让他牵着我们走，那我们永远也别想找到那个孩子。"

"所以哥你想找到一个英王世子不得不和你交换的条件？"昨天商量的时候，楚修明没有回答他的问题，反而说要派探子去那个山脉调查的事情。他并非放弃那个孩子，只不过是换一种方法。

楚修明点头，楚修远这才松了一口气，忽然问道："那英王世子不会狗急跳墙吧？"

"呵。"楚修明冷笑一声，"让他连跳墙的机会都没有。"

楚修远彻底放了心，也不打扰楚修明，而是坐在旁边帮着他把所有的事务分类。等楚修明批注完了，就自己拿过来看。他并非直接看批注，而是先思考自己会怎么做，最后才看批注，如果和他想的不一样了，就仔细看看批注再想一想，不明白的话，就单独放到一旁，等楚修明休息的时候问一问。如果意思是一样的话，他就会高兴地放到另外一边。

等处理完新的事务后，楚修远就把楚修明没回来时的那些也拿了出来，楚修明挨着看了起来，楚修远还时不时说一下自己处理事情时的想法。

楚修明和楚修远两兄弟在书房态度亲近的时候，皇宫中的另一对兄弟之间的气氛可就没有那么融洽了。

瑞王虽然主动带着瑞王妃回到了京城，可是诚帝也没有放松警惕，反而让瑞王把几个儿子也召了回来。这点瑞王表面上答应了，却没有去做，而是坐在椅子上低着头听着诚帝一直在说自己的不容易，还有外面的危险。

"是。"瑞王躬身应下，并没有打断他的话。

而瑞王妃此时到了太后宫中。在看见瑞王妃的时候，太后缓缓叹了口气。此时的太后竟比他们刚离京的时候苍老了不少，甚至连身边的甄嬷嬷也不见了，反而多了许多生面孔。

瑞王妃虽然不知道甄嬷嬷去了哪里，可也不好开口问，只是给太后请了安。太后看着瑞王妃，叫人端了茶水、糕点来说道："回来了就好，外面又是反民又是英王世子的，多乱啊。"

"是啊。"瑞王妃闻言，笑了一下说道，"母后近来身子可好？"

"能吃能睡的，就是担心我儿在外的情况。"太后微微垂眸，手指摸索了一下腕上的镯子说道，"你们出去可还顺利?"

瑞王妃挑着一些沿路的趣闻与太后说了起来，太后时不时地点点头，瞧着精神头倒是好了一些。瑞王妃道："王爷专门给母后带了不少东西回来，等儿媳规整一下就给母后送来。"

"嗯。"太后对着瑞王妃招了招手，说道："我怎么瞧着你瘦了许多?"

瑞王妃起身走到太后身边，太后握着瑞王妃的手上下打量了一番，说道："确实是瘦了。"

"想来是回来的时候赶路赶得有些急了。"瑞王妃柔声说道，"倒是母后瞧着才是瘦了许多。"

太后笑了一下没有说话，她如何能不瘦? 自从那日诚帝来她宫中大吵大闹了一次以后，就把她身边很多得用的人弄走了，甚至连甄嬷嬷都被罚了十板子后打发出了宫，诚帝说都是这些人蛊惑她的……

在知道瑞王回来的消息时，太后心中有些说不出的酸涩。说到底，瑞王一直是个重情义的孩子，只是可惜了……

瑞王妃也不再多说什么，太后伸手把自己的镯子取下来戴在了她的手上，说道："这个镯子陪了我许久，就送你了。"

"谢母后。"瑞王妃满脸喜悦，还微微晃动了一下。她注意到那些有些面生的宫女都仔细打量了一下她的镯子，这才收回了目光。

瑞王妃出宫的时候，瑞王还没有出来，她索性在马车中等着，没多久瑞王也过来了，只是面色有些难看，见了妻子就伸手握了一下她的手，然后让马车往瑞王府驶去。

一路上谁也没有说话，瑞王妃也看出了瑞王的情绪不对。等到了瑞王府，瑞王妃亲手拎着食盒下了马车，瑞王见了问道："怎么?"

"是母后专门让人给王爷做的。"瑞王妃柔声解释道。

瑞王缓缓叹了口气，伸手接了过来，如果是在书房面对诚帝的时候，瑞王还有一些后悔的话，在看见这盒糕点后，那点淡淡的后悔就消失了。两个人直接进了内室。

等两个人换了衣服后，瑞王妃就直接打发了人出去，然后亲手打开了食盒，把里面的糕点给摆放了出来，瑞王的神色缓了许多，没有说什么。

瑞王妃仔细看了一下，确定没有任何东西藏在里面后，这才取了腕上太后送的那个镯子。瑞王看着瑞王妃的动作,问道:"可是出了什么事情?"

"母后……有些不太好。"瑞王妃用的词还是比较委婉的,可是瑞王脸色已经变了。

"并非别的,而是瞧着神色有些疲惫,甄嬷嬷也没在母后身边伺候,还多了几张生面孔,原来母后宫中的几个大宫女,也没了踪影。"

瑞王的面色变了又变:"那可是母后啊!"

瑞王妃摇了摇头,仔细打量着手中的镯子,说道:"因为那边很多生面孔,所以不管是我还是母后说话都有所顾忌。对了,可有二皇子的消息?"

"没有。"瑞王说道,"陛下都没有与我说这些,他让我把轩儿他们都叫回京中。"

瑞王妃缓缓叹了口气,这个情况他们在路上都想过了,只是让瑞王应下来,先拖着就是。毕竟诚帝没有真的下旨,他们也不算抗旨不遵,如今只说天寒地冻不适宜上路即可。

瑞王眼睛都红了:"母后……他怎么能这般对母后呢?"

瑞王妃什么也没有说,仔细检查了手镯,也没发现什么特殊之处后,就把目光落在了那些糕点上。她觉得太后今日是有话想要告诉他们,可是却因为周围有诚帝的人,不能直接说,这才用了别的方式。

瑞王还在因为太后的事情伤心难过,瑞王妃已经动手把一块块糕点给掰开碾碎了,果然在一块糕点里面发现了个小纸团,打开最外层的油纸,里面是一层很薄的纱,上面写了三个字。

"王爷,你看。"瑞王妃把那三个字记下来后,就叫了瑞王。

瑞王愣了一下,接过瑞王妃递过来的东西,看着上面的字问道:"母后给的?"

瑞王妃说道:"我本想着母后是把东西藏在镯子里面,而这些糕点才是幌子,毕竟镯子这样直接戴在我手上更加安全一些,可是没想到母后竟然把东西藏在糕点里面了。"

瑞王闻言点了点头问道:"这是什么意思?"

"莫非是个地点?"瑞王妃想了一下说道。

瑞王觉得有可能:"派人去找。"

瑞王妃阻止了瑞王说道:"王爷,怕是只要出府,我们的一举一动都会被监视着。"

"那……"瑞王犹豫了一下。

瑞王妃只是一笑,说道:"不如王爷叫些地道的京城菜来开开胃?"

瑞王明白了瑞王妃的意思,点头说道:"也好! 叫人去……"

多亏了楚修明给他们在外面留了人手,否则就算有太后给的东西,他们也没有办法去探查。瑞王想到了诚帝可能为难太后,却没有想到就算他们回来了,诚帝也会如此对待太后。

瑞王很快就派人去客仙居点了不少菜品,其中就有一道他们的招牌菜玉笋羊羔肉,而且直接让客仙居的人准备好了材料带到瑞王府的厨房现做。这样的事情客仙居经常做,有时候还接一些酒席等。

瑞王点的东西都需要提前准备,今日只有一个管事跟着过来确定一下。管事是一个四十来岁的中年男人,有些胖,看着憨厚,被带进来的时候规矩很好,并没有乱看,正巧今日瑞王没有事情,就直接见了他。

等管事行礼后,瑞王就道:"明日的菜品可是有什么问题?"

"并无问题,只是那道玉笋羊羔肉,王爷是喜欢几个月的羊羔……"管事就着这类问题与瑞王讨论了起来,然后把瑞王的要求细细地记了下来。

瑞王反正也无所事事,倒是对这道菜很好奇,又仔细地问了几句。那管事看着憨厚,却是个会说话的,一道菜也说得趣味横生。到最后,瑞王直接取下了腰间的荷包扔给了他,说道:"赏你了。"

"谢王爷。"管事大大方方地接下来然后给瑞王行了礼,等瑞王摆手后,就退了下去。

回到客仙居后,管事才打开了荷包,就见里面是一枚玉佩,而玉佩上面穿着一颗珍珠,下面是个简单的万事如意结,管事随手给挂在了腰间,然后把荷包给拆了,就见荷包夹层的地方有一张小字条,仔细看了以后,管事连着荷包和字条一并扔进了炭盆里。

皇宫中,诚帝听着李福的回禀,问道:"他赏给了那个管事什么东西?"

"是个玉佩。"李福把大致的样子形容了一下,"那管事回去后,就给戴上了。"

诚帝问道:"能知道他们在府中都谈了什么吗?"

"这倒是不知道。"李福低着头说道,"能进正院的都是瑞王妃的亲近之人。"

诚帝手指敲了敲桌子,忽然问道:"那玉笋羊羔肉?"

"是客仙居的招牌菜,他们专门在城外养了一群羊羔,肉质鲜美,那玉笋也并不是真的笋……"李福把玉笋羊羔肉这道菜大致说了一遍,"不少人就是为了吃这道菜才去的客仙居。不过这次瑞王直接点了一只羊,还要他们弄了东西到王府厨房现做。"

"瑞王以前也去那里用饭?"诚帝问道。

李福躬身说道:"瑞王以往每隔十天半个月就会到客仙居一趟,后来瑞王不爱出府后,就时常让人去买了东西来。"

诚帝这才点头,如今冬日倒也是吃羊肉的时候。诚帝心中有些瞧不上,果然是个废物,不过也正是因为废物,才留了下来。他摆了摆手,李福就躬身退到了一旁。

　

和京城中的众人食不下咽比起来,边城中的人就热闹多了,中午的时候只是一家人在一起吃了饺子,晚上的时候,则把王总管他们,还有很多下属以及家眷叫了过来,大家都热热闹闹地坐在一起,中间的空地上厨子正在弄烤全羊,现烤现吃的羊肉又焦又香,别说那些男人,就是女人也吃得很高兴。

烤全羊下面,还用了个架子一类的东西,上面都是一些土豆、红薯、烧饼和馒头一类的东西,烤全羊的油滴在这上面,这些东西也烤得很香。

沈锦没有把东东带出来,陈侧妃和沈皓他们也没出来,沈锦让东东露了面以后,就送到了陈侧妃身边,每次有新烤好的东西就往后面送去一份。

沈锦并没有坐在楚修明的身边,男人们正在拼酒吃肉,而她和其他几位夫人凑在一起,说得开心的时候难免多喝了两杯,虽然给她们的都是果酒,可是沈锦酒量向来不好,不一会儿就喝得有些多了。

等众人散了的时候,沈锦明显已经有些醉了,眼睛亮晶晶地看着楚修明。楚修明的酒量是自小练出来的,又很节制,见自家小娘子的样子,眼神闪了闪,牵着她的手说道:"我们回屋,想来赵嬷嬷已经煮好了醒酒汤。"

"不要。"沈锦毫不犹豫地拒绝道,"很难喝啊。"

楚修明虽然觉得自家小娘子喝醉了很可爱,可还是心疼她第二天会难受,说道:"就喝一点好不好?"

"不好!"沈锦转了转头,发现周围已经没有了外人,说道:"要抱!"

楚修明轻笑说道:"好。"弯腰直接把沈锦打横抱起。

沈锦伸手搂住楚修明的脖子,她觉得好像不太对啊,眨了眨水润的眼睛,想了半天也没想出来到底哪里不对。

"不是这样抱啊。"

"娘子要我抱,我不是把娘子抱起来了吗?"楚修明低头看了眼满脸迷茫的沈锦,柔声问道,"哪里不对了?"

沈锦想了想,还是没想出来:"哦,好像没有不对。"

楚修明的声音更加温柔:"是啊,没有不对的。"

周围的丫鬟看到这样的情况,都很有眼色地退后了不少。沈锦看着楚修明的样子,笑盈盈地说道:"夫君,你真好看。"

"不及娘子。"楚修明道。

沈锦呵呵一笑,在楚修明的身上蹭了蹭,到门口的时候,屋门已经从里面打开了,赵嬷嬷果然已经煮好了醒酒汤。她见此就说道:"将军,醒酒汤就在内室的桌子上,老奴给少将军他们送些去。"

"嗯。"楚修明应了下来,直接走到内室,把沈锦放到了床上。

赵嬷嬷从外面把门给关上,厨房里烧着水,她吩咐人看着点让水一直温着,等将军和夫人要用水的时候直接拎过去就好。

而屋中,楚修明把沈锦放下后,就去端了醒酒汤,自己喝了一口含着然后喂给了沈锦。沈锦就算不想喝,可哪里是楚修明的对手,被灌了大半碗后,才满脸通红地趴在床上。楚修明眼中带笑,自己去把剩下的都给喝了,然后俯身压下。

东东还不满周岁,沈锦也就没给他断奶,虽然在晚宴前已经喂过一次,可是这么许久,又有些胀得难受,手软弱无力地推着楚修明:"别……"

他们两个人分开这么久,昨日又因为东东的原因,根本没有亲近。此时楚修明哪里还忍得住。沈锦在楚修明的身下娇吟不断,脚趾不断蜷缩着。如果说刚嫁给楚修明的沈锦是颗青涩的果子,如今生完孩子的她,已经真正成熟了起来。她微微扭动的时候,那纤细的腰肢和丰润的胸都格外诱人……

楚修明看着那红色并蒂莲布兜上洇开奶水,低头隔着布兜含住了,沈锦惊呼了一声,手不知道是在揽着楚修明还是想要把他给推开……

赵嬷嬷给楚修远送了醒酒汤后,就去了陈侧妃的院中,东东已经睡了,就在陈侧妃的床上。毕竟这院子没有特意给东东安排房间,陈侧妃见就赵嬷嬷一个人来,笑着说道:

"晚上天气冷，就别折腾孩子了。"

"老奴就是来与陈夫人说一下的。"

陈侧妃闻言说道："嗯，东东今日玩得有些累了，乖巧得很。"

东东今天第一次见到两个和他差不多大的小朋友，高兴坏了，三个人"咿咿呀呀"说个不停，周围的人都没听懂。不过三个小的倒是高兴，沈皓在一旁照看着他们，也累得够呛。陈侧妃倒是轻松许多，就坐在旁边看着他们一起玩，神色是在瑞王府没有的轻松自在。

赵嬷嬷笑着应了下来："陈夫人可莫要累着了。"

等赵嬷嬷离开，陈侧妃就让丫鬟伺候了梳洗，上床睡在了外侧，看着东东四肢大展的睡相，轻轻点了点他的鼻子，说道："怎么和锦丫头小时候一样，这么霸道。"

陈侧妃总觉得东东长得不像沈锦小时候，也不像楚修明。莫非长得比较像楚修明的父母？陈侧妃想了一会儿，也就不再想了。

第二天，沈锦直到中午用饭的时候才起的身。

喝了两杯蜜水后，沈锦才觉得嗓子好了一些。赵嬷嬷给沈锦煮了白菜鸡丝粥，还蒸了松软的包子。楚修明进来的时候，就看见沈锦靠着软垫端着粥吃得正香。看见楚修明的时候，她自以为凶狠地瞪他一眼，可是她的眼尾带着红晕，眼睛又水又润的，更像是娇嗔一般。

东东正坐在楚修明的肩膀上，见到沈锦就高兴地乱动了起来。楚修明直接把东东抱了下来，才走到了沈锦的身边，然后把东东放到床上，自己坐在了一旁。

沈锦并没有绾发，只是让赵嬷嬷给她编成了大麻花辫，用绣带系着，身上也是浅色的常服。东东穿着一身绣着许多小动物的棉袄，这是陈侧妃专门给他做的，所以今天就给他换上身，瞧着格外可爱。

沈锦让东东钻进她怀里后，就问道："东东都用了什么？"

"岳母早上专门给他做了羊乳羹，刚才还用了一小碗排骨汤面。"楚修明道。

沈锦伸手摸了摸东东的小肚子，说道："不能吃了，肚子都圆了。"

"啊！"东东指着沈锦的粥，然后张大了嘴，期待地看着她，还做了一个吃的动作。

沈锦捏了一小块沾着汤汁的包子皮塞到了东东的嘴里，东东就含着包子皮，小嘴一直动，没有往肚子里咽。

"夫君中午用了什么?"沈锦把剩下的包子给吃完，然后又开始喝粥，"要不要再吃个包子?"

楚修明道:"不用了。"他们中午吃的是煎饺子，昨晚剩下的那些饺子，让厨房煎炸了一下，吃起来味道也不差，还有海带排骨汤配着。

沈锦"哦"了一声也不再问，把一碗粥给吃完后，又吃了几个包子，这才满足地让人把东西收走。

东东见沈锦吃完了，使劲蹬腿想要站起来。

沈锦只觉得腰酸背痛，根本抱不动东东这个小胖墩，所以就换了个姿势让东东自己趴在她身上玩。到底是楚修明心疼自家小娘子，单手抓着儿子后面的背带把他拎了起来。

"啊?"东东像只小乌龟似的在半空中划动着四肢，高兴地笑个不停，因为腰疼的原因，笑笑还要停停。东东仰着小脑袋看向了沈锦，一脸迷茫的样子:"啊?"

"哈哈哈!"沈锦指着东东笑个不停，道，"夫君拎高点!"

正巧赵嬷嬷进来给沈锦送糕点，看见了以后怒道:"将军、夫人!"

楚修明难得有些心虚，把东东放回了自己的怀里。沈锦看向了赵嬷嬷，笑道:"嬷嬷，你看东东像不像乌龟?"

赵嬷嬷对沈锦很是无奈，把手中的点心给摆放好后，说道:"将军、夫人，小少爷该睡午觉了。"

"嬷嬷，先让夫君哄哄东东，你扶我到屏风后面一趟。"沈锦道。

赵嬷嬷躬身应了下来，不过还没等她动，楚修明就把东东放到了她的怀里说道:"赵嬷嬷哄东东睡觉吧，我来照顾夫人。"

沈锦脸一红，她昨晚虽然喝得有点多，可是有些事情还是记得的。想到昨晚的情况，沈锦连脖子都红了起来，眼神飘忽，不敢看楚修明。赵嬷嬷倒是识相地抱着不知道发生什么事情的东东离开了。东东眨了眨眼睛说道:"父父?母……啊?"

"小少爷，嬷嬷抱你去睡觉好不好?"

"点点!"东东对赵嬷嬷很熟悉，因为他吃的那些好东西都是赵嬷嬷端给他的。

赵嬷嬷柔声哄道:"好，嬷嬷让小不点来陪小少爷睡，好不好?"

"啊。"东东也不闹了,乖巧地趴在了赵嬷嬷的怀里。

等沈锦收拾好了,慢悠悠地走出去后,楚修明就伸手把沈锦抱回了床上,然后自己脱了外衣和鞋子上床。沈锦直接滚进了楚修明的怀里,楚修明一手搂着自家小娘子,一手帮着她按腰。

沈锦舒服地呼出了口气,问道:"对了,那个孩子的事情你准备怎么做?"

"薛乔的处置方法按照你说的来。"楚修明道,"那个孩子……"楚修明把那日与楚修远说的事情又和沈锦说了一遍。

沈锦点头,忽然问道:"如果那个山脉真的是你怀疑的那样呢?"

"先把孩子换回来。"楚修明微微垂眸说道。

沈锦咬了咬唇问道:"你又要出去?"

"嗯。"如果那里真是英王世子藏兵或者藏物之处,那么他不可能放着不管。

沈锦应了一声。此时,她不知道自己是希望那个山脉是真的还是假的了,如果是真的话,虽然可以换回那个孩子,也解除诚帝的怀疑,可是楚修明就必须去冒险,想要瞒着英王世子就意味着楚修明不能带太多的人……可是那个地方不管藏的是什么,英王世子费了这么大功夫,想来在那里的兵马不会少了。可是如果是假的……那么边城面临的情况也是危险的。

整个边城的安危和楚修明的安危,他们面临的是二选一的处境。

沈锦知道,心中有些挣扎和难受。楚修明也明白,安抚道:"我会小心的。"

这次楚修明没有保证自己不会有事,因为如今的情况谁也不能保证。沈锦应了一声,忽然问道:"对了,东东的名字呢?"

对于儿子的名字,楚修明也想了很久:"东东他们是晨字辈,我给他选了个晖字。"说着就抓着沈锦的手,在她的手心上把两个字都写了下来:"楚晨晖,你喜欢吗?"

"晨晖。"沈锦念了下这两个字,然后笑道,"我喜欢。"

"喜欢就好。"楚修明见沈锦满意,心中也高兴。

沈锦伸手搂着楚修明的腰身,说道:"你还要教东东写字念书习武呢。"

"嗯。"楚修明明白沈锦话里的意思,"我一定会小心的,如果探子查过,那边确实有蹊跷的话,我就直接带人出发,边城的事情交给修远,和朝廷、英王世子打交道的事情就交给你了。"

沈锦应了下来:"我知道了,你确定下出发几日后,我再与诚帝和英王世子那边送信。"

楚修明应了下来,犹豫了一会儿说道:"如果需要出面的话,就让赵管家他们去。"毕竟是需要交换孩子的,如果楚修明在的话,自然是楚修明去和英王世子打交道更合适。可是楚修明不在的话,就必须有个人能代替他。除了楚修明外,最合适的人就是楚修远和沈锦,可是楚修远是太子嫡孙,虽然长得更像是楚家人,却难免和太子有几分相似之处,自然不能让楚修远和英王世子的人见面。

而沈锦呢?楚修明相信就算遇到英王世子的儿子,沈锦也吃不了亏,可是说到底,楚修明不愿意让她冒险就是了。

让赵管家去也是可以的,如果英王世子派的是身边的人,赵管家确实可以应对,但是如果是英王世子的儿子过来,那么怕是赵管家就不够了。

沈锦也明白,英王世子那边就是想拖延时间,他必须确定楚修明到底是真知道还是假知道,还要想办法转移。

而边城这边却要抓紧时间,在楚修明带人动手前把那个孩子要到手,如果他们也想拖延时间的话,那么让赵管家出面和那些人打太极就比较合适。

所以最好的人选是沈锦。

沈锦自然也明白了,说道:"我来吧。"

"太危险了。恐怕英王世子不会选离边城太近的地方,最怕的就是他带兵过去,而边城这边的人马我带走了一部分,留大部分的守卫边疆,还要不引起诚帝的注意,最多只能带一千人马。我们所有的顾忌,英王世子那边没有。"

沈锦这下明白了,楚修明是怕英王世子丧心病狂到直接派兵埋伏,他的性子可不会是在意一个儿子死活的人。

"夫君你说……英王世子会不会直接和诚帝合作?"沈锦问得有些犹豫,"毕竟怎么看,都是夫君比较难对付。"

第三十四章
局势突变

等沈锦说完，楚修明沉默了。其实他也想过这点，只要让诚帝觉得他的威胁比英王世子大，那么合作也不是不可能的。

诚帝对瑞王的事情感到紧张，其中也与他有关，毕竟瑞王也是先帝血脉，诚帝不知道他们有太子嫡孙这件事。那么在诚帝心中，楚修明若是推了瑞王上去也是理所当然的，毕竟瑞王是他的岳父，很好控制。

不仅如此，如果诚帝在觉得楚修明危险的时候，恐怕会一边用怀柔的态度来安抚楚修明，一边用雷霆手段处理掉瑞王。

这点楚修明知道，瑞王妃知道，就是赵儒他们也知道，所以才会提前告诉瑞王那个秘道的事情，还用话激了瑞王。赵儒虽然说的是英王世子兵临京城这样的事情，问瑞王会不会舍弃太后，其实心里所想的还是楚修明的事情。会专门提到太后这点，不过是为了乱瑞王的心神，让瑞王无力往别处联想。毕竟诚帝是瑞王的亲兄长，瑞王也从不是一个坚定的人，谁也不敢保证等回京后，瑞王在猜到楚修明和赵家的打算后，会不会一时心软告诉了太后或者诚帝。如此一来，还不如让瑞王把所有的仇恨集中在英王世子身上，把惧怕集中在诚帝身上。

换了任何一个皇帝，怕都不会和英王世子这般的人联手，可是诚帝呢？他们谁也不敢保证。英王世子能忍到如今才动手，不过是不知道楚家的态度，心中顾忌着楚家，才早早地就开始算计楚家了。

而楚家什么事情都没有做，为天启朝镇守边疆的时候，诚帝不是拖延辎重粮草，就是不予救援，用楚家又要防备楚家，甚至因为他的小动作还害死过楚家的人。他如何不心虚？

诚帝恐怕更想看到楚家和英王世子两败俱伤，然后他再收拾大局。可是英王世子会让诚帝这般利用？

沈锦见楚修明沉默，心中已经明白了一些，她其实很多事情都是从周围人的态度上推测出来的。沈锦永远是沈锦，是那个不管在哪里都能小心翼翼活出一片天地的人，她成不了楚修明这样走一知十的人。

"诚帝不是英王世子的对手。"沈锦趴在楚修明的身上，小声地说道。

如果诚帝想要算计英王世子和楚修明的话，除非英王世子故意让他成功，否则……更多的可能是英王世子算计了诚帝，就算如此也等于他们共同对付了楚修明，所以楚修明希望那个山脉真的是英王世子藏兵之处。

楚修明轻轻拍抚着沈锦的后背："不管怎么说，诚帝如今是一国之君。"其实诚帝一直没有认识到，他这个皇帝的身份比阴谋更有用一些。他只要直接下令让楚修明去对付英王世子，用天下百姓来压楚修明，那么楚修明就算知道诚帝的最终目的也会应下来。就算他把楚修远的身份推出来，百姓也不会站在他这边，反而容易让楚修远失了民心。

偏偏诚帝弃了优势，喜欢用些小手段，这也是很多老臣不看好他的原因。

诚帝坐上皇位的手段并不光明正大，这点谁都知道，可是为何开始的时候，除了那些死忠外，更多的人都保持了沉默？因为对这些人来说，只要坐在皇位上的人是沈家的，皇室血脉没有混淆就好。

沈锦道："我去。"

"不行。"楚修明毫不犹豫地拒绝。

沈锦其实已经想好了，说道："其实我去是最好的，就算是你和修远都没有我合适。"

楚修明沉默了。沈锦的脸贴在楚修明的胸膛上，说道："如果是真的话，英王世子恐怕一边会派人来与边城协商，一边去找诚帝合作，毕竟和你比起来，诚帝更加容易对付。"

其实沈锦说的这些，楚修明都考虑到了。沈锦接着说道："所以我去才是最安全的，就算是有埋伏，他们也不会伤了我，只会活捉我，然后用来威胁你。"

而楚修明去或者楚修远去，就没有这个待遇了，恐怕第一时间就要被弄死。所以只有沈锦，她的身份不会太重也不会太轻，不管是诚帝还是英王世子，都会觉得杀了她对边城没什么影响，反而抓住她用来威胁楚修明，多少还有些用处。

不仅如此，诚帝也不会公开对付楚修明的，那么对于沈锦，郡主的身份，也是一种保护。

现在的情况，不去又不行。这已经不单单是关系到那个孩子了，还关系到以后的一种格局，只要英王世子被削弱了，那么到时候不管诚帝什么想法，朝中众臣就算为了自己的安危，也会想办法让诚帝去对付英王世子。

最好那时候楚修明再弄个重伤一类的消息……

楚修明轻轻抚了一下沈锦的头发，说道："你留在边城。难道你放心留下东东吗？"

沈锦微微垂眸，她能想到的，楚修明只会想得更多，可是真的像沈锦所言那般一点危险都没有吗？恰恰相反，沈锦没有一点自保能力。若是真的动手了，别人当然想要活捉她，可是刀枪无眼，如果有个万一呢？所以楚修明不会同意，也不愿意沈锦去冒险，这是他的娘子，被他捧在手心里，一点委屈也不想让她受的娘子。

听见东东，沈锦抿了抿唇，楚修明要离开，她如果也离开的话，这边就剩下东东一个人了，他还那么小。

"把东东交给我母亲照顾，到时候赵嬷嬷、安平和安宁都留下来。"

楚修明还想说话，沈锦就撑起身捂住了他的嘴："夫君，我不过是换个地方等你。"

"不一样。"在许多事情上，楚修明愿意为沈锦妥协，可是这件事上却不可能。他移开了沈锦的手，坐起来把沈锦搂在怀里，低头看着她的眼睛，说道。

沈锦却笑道："夫君，其实也不一定，万一山脉那边什么都没有呢？"

楚修明缓缓叹了口气，点头说道："嗯。"

这件事并没有解决，不过都默契地不再提了。

京城中，客仙居已经把瑞王要的东西准备妥当了，因为瑞王要求所有的东西都在瑞王府准备。天刚亮，客仙居的人就带着众多食材和工具从后门进了瑞王府，在一处专门收拾出来的院子那儿开始忙活了起来。

几个人先把活的小羊羔绑了起来，一个三十多岁的壮汉熟练地把小羊羔给宰杀了，还有人用材料在空地上垒起临时的烤羊羔用的台子……

与此同时，一个中年女人也被人引到了正屋中，当瑞王看见这个女人时愣了一下说道："甄嬷嬷，你怎么……"

甄嬷嬷和宫中时候相比苍老了许多，如果不是瑞王对她比较熟悉，恐怕还认不出来。

此时的甄嬷嬷哪里还有宫中时候的体面，穿着一身有些破旧的衣服，就像是最普通的婆子一般。甄嬷嬷看着瑞王和瑞王妃并没多少惊讶，毕竟昨夜客仙居的人拿着那张字条过来的时候，她心里已经有了准备。

"老奴给王爷、王妃问安了。"甄嬷嬷躬身说道。

瑞王赶紧说道："嬷嬷快起来，这是怎么回事啊？"

瑞王妃打断了瑞王的话，先请甄嬷嬷坐下后，亲手倒了茶水给她。甄嬷嬷赶紧起身连道"不敢当"。

"嬷嬷，为何你会独自在宫外？"

甄嬷嬷等瑞王妃重新坐回了瑞王身边，这才坐下说道："是太后吩咐的，那日……"甄嬷嬷只是简单说了一下诚帝和太后之间的争吵。

瑞王红了眼睛，满是愧疚地说道："都是我的错，若不是我的私心，让母后帮着我……陛下也不会牵累到母后的身上。"

"王爷可别这样说，太后若是知道了，定会伤心的。"甄嬷嬷心中感叹。虽然瑞王软弱无能了一些，可是和诚帝比起来，更加重情义。那时候太后让她出宫，就交代过她，等瑞王的人来，把一切告诉瑞王。甄嬷嬷当时还觉得瑞王怕是不会回来……

瑞王低着头，神色不明，其实他心中又是伤心又是愤恨，母后再多的不好，对诚帝与他都是极好的，可是诚帝呢？那可是生他们养他们的母亲啊……又想到王妃说的，瑞王恨不得马上去探望一下母后，可是诚帝不允他进宫去，就算想要安慰母后也是做不到的。

瑞王妃看向甄嬷嬷问道："太后可有什么话要嬷嬷与王爷说？"

"是。"甄嬷嬷躬身说道，"那日陛下借机打发不少太后身边的人，就是老奴也被打了板子。太后索性把那些人能打发出宫的打发出宫，不能的也调到了别处，让陛下安排了身边伺候的人，借此保住了老奴等人的性命。"

瑞王握紧了拳头，强忍着怒火。甄嬷嬷倒是面色平静地说道："老奴得了太后的吩咐，就一直在等王爷。"说着就从怀里掏出一沓的银票，双手捧着给了瑞王，"这是太后所有的积蓄，太后让老奴把这些交给王爷。"

"母后是什么意思？"瑞王没有去接那些银票，反而问道。

甄嬷嬷躬身说道："太后让王爷去边城。"

瑞王皱眉，如果不是为了太后，他早就去边城了，可是此时太后却专门让甄嬷嬷留在外面告诉他这些？瑞王妃也皱了眉头，看向了银票，太后不可能只让甄嬷嬷送这些银票给瑞王。

甄嬷嬷却只是态度恭顺地起身把银票放到了瑞王的手边，然后看向了瑞王妃，说道："太后也特意吩咐了老奴，若是这次王妃陪着王爷一并回来，把孩子也都安排妥当了，下面的话就不需要避着王妃了。"

瑞王道："嬷嬷有话直说就是了，王妃与本王同生共死，荣辱与共。"

甄嬷嬷闻言说道："是，太后让老奴告诉王爷，陛下的那个玉玺是假的。"

"什么？"瑞王没忍住惊呼出声。甄嬷嬷却一直看着瑞王妃，见她脸上也是掩藏不住的惊恐，心中松了一口气，看来瑞王妃先前并不知情。

甄嬷嬷道："真的玉玺被太子妃藏了起来，只是藏在哪里，谁也不知道，除了玉玺外……还有先帝的遗诏。"

"先帝遗诏？"瑞王看向甄嬷嬷。

"是。"甄嬷嬷说道，"老奴失礼了，不知可有隔避之处？"

就算冷静如瑞王妃，此时也深吸了几口气，才平复下来，说道："嬷嬷请跟我来。"

甄嬷嬷微微退后，双手交叠放在小腹上，低着头。瑞王妃带着甄嬷嬷走到了里面，而瑞王还没反应过来。等到了内室，甄嬷嬷就脱掉了外衣、中衣，然后取下腰间那块被腰带等东西紧紧勒住的明黄色遗诏。

顾不得穿衣服，双手捧着给了瑞王妃，瑞王妃接过，并没有打开，只是说道："等出去了，交给王爷。"

甄嬷嬷躬身应下，然后把衣服一件件穿上，她把这个遗诏给了瑞王妃，也算松了口气。等出去后，就见瑞王终于平静了下来，可是看见王妃手中的东西时，咽了咽口水。瑞王妃交给了瑞王，瑞王这才打开看了起来，确实是先帝的遗诏，内容是把皇位传给太子。

"可是太子已经……"瑞王看完以后就把遗诏交给了瑞王妃，犹豫了一下说道。

瑞王妃却抿了抿唇，若是用得好了，效果并不差，特别是……太子的嫡孙还活着，有这个遗诏，也可以证明太子一脉才是先帝心中属意的对象。

甄嬷嬷道："王爷，这个您保存着就好，如果到了边城，就交给永宁侯。"

瑞王看了看瑞王妃，又看了看甄嬷嬷，就应了下来。瑞王妃把遗诏叠好放到了瑞王那里，看向了甄嬷嬷问道："这遗诏，太后是如何留下来的？"

甄嬷嬷咬牙说道："陛下当初的那份遗诏是假的。"

虽然看见这份的时候，他们心中都有了猜测，可是等甄嬷嬷说出来，心中还是一惊，甄嬷嬷接着说道："这个才是真的，诚帝也不知道，那时候……被太后给藏起来了。"

甄嬷嬷说得含糊，可是瑞王妃已经明白，那时候恐怕因为太后看到诚帝对太子一脉和剩余皇子斩尽杀绝的态度，心中害怕才偷偷地把遗诏隐了下来。太后是诚帝的母亲，可不仅仅是诚帝的母亲，她还有个更小的儿子需要保护，所以太后能容忍诚帝把瑞王给养废，却无法容忍诚帝对瑞王的生命有威胁，所以如今把这遗诏拿了出来，不过是给瑞王增添一些筹码。

如果诚帝不是有除掉瑞王的心思，恐怕太后一辈子也不会把这遗诏拿出来。

甄嬷嬷深吸一口气说道："太后让我给王爷带一句话，'我儿也是先帝血脉，若是真有那日，我儿不如取而代之，只求我儿看在为母的面子上，给其兄留一条活路'。"

"我从来没有这个心思。"瑞王脸色大变地说道。

瑞王妃却懂了太后的所有打算，她给出了这么多筹码，不过是因为她只以为先帝血脉就剩下了诚帝、瑞王和英王世子三人，那么让瑞王拿着这些去找楚修明，也是多了一份保证，不仅是为了瑞王，同样也是为了自己。不管是诚帝还是瑞王最终谁当了皇帝，都比英王世子强。可是任太后万般算计，却没有想到太子一脉还有人存活着。

甄嬷嬷看着瑞王，道："太后也知道王爷绝无此心，可是王爷，有时候身不由己。"

瑞王咬牙问道："母后是不是很危险？"

若是他真的走了，太后怎么办？诚帝又会如何对待他的母后？

甄嬷嬷闻言，看着瑞王的眼神越发慈和，说道："不管怎样，太后都是陛下的母亲，王爷尽管放心吧，就算是为了王爷，太后也会好好保重的。"

瑞王低着头没有说话。甄嬷嬷知道瑞王就是这般优柔寡断的性子，也不在意，反而看向了瑞王妃说道："王妃，太后说王妃是聪明人，自然知道如何选择。永宁侯是王爷的女婿，王爷只有四子，长子、次子都出自王妃，若是真有那日……王妃也知道王爷的为人，是绝不会亏待了王妃和世子他们的。"

这个诱惑不可谓不大，只是太后永远不知道瑞王妃想要的是什么。不过此时瑞王妃只是点了点头说道："嬷嬷说得容易，可是……永宁侯凭什么要帮王爷？成功了自然是功臣，若是失败了，或者最后英王世子登位了，那么楚家百年的声望就毁于一旦不说，怕还要遗臭万年。就算是楚家推了王爷，又能得到什么？真的比现在得到更多吗？而且如果楚家保存实力，不管最终英王世子是胜是败，楚家有兵权在手，就能立于不败之地。"

甄嬷嬷知道瑞王妃说的是真话，这么考虑也全然为了瑞王，楚家如今和瑞王的联系，不过是娶了瑞王的庶女罢了，可是楚家的百年声望和一个女人比起来，自然是前者更重要。

瑞王闻言也看向了甄嬷嬷，甄嬷嬷想到太后说的，道："太后说，王爷不如用异姓王，把西北那些地方都封给永宁侯，令其自制……太后说还请王妃询问一下赵老，近三十年，怕是不少人都忘了赵家当初一门五进士的风光，难道赵氏一族真的愿意就此沉寂下来？到时候王爷真的成事了，怕是还要依赖赵老许多。"

瑞王妃不得不承认，太后真的很会掌控人心。这些诱惑下来，若不是早就有了打算，怕就连她都要心动。瑞王妃微微垂眸，没有说话。甄嬷嬷接着说道："王妃也可以想想，若是王爷真的成事了，那么世子就是太子，未来的一国之君，那么赵氏一族不仅是太子母族，还有从龙之功。"

"我知道了。"瑞王妃缓缓吐出一口气，像是下定了决心一般。

甄嬷嬷见此心中大安，看向了瑞王，叮嘱道："王爷，太后让老奴告诉王爷，多听听王妃的话，夫妻同心才是。王妃在王爷危难之时都能不离不弃，若是王爷有丝毫对不起王妃的，太后定会为王妃做主的。"

"我不会的。"瑞王赶紧说道。

甄嬷嬷接着说道："太后还说，让王爷把府中的姑娘送进宫中，太后会帮着照顾的。永乐侯世子妃的事情，也请王爷不用担心，太后会帮着照看的。"

瑞王皱眉，想说什么却被瑞王妃阻止了。瑞王妃道："我知道了，只是四丫头如今身子不好，怕是进不了宫了，这几日我把五丫头的东西收拾下，就送她进宫陪伴太后。"

甄嬷嬷闻言彻底放了心，看来瑞王妃已经有了决断。刚才瑞王想说什么，甄嬷嬷心里也明白，太后如今算是勉强保住自身，哪里还有能力护着沈琦，不过是这样一说罢了。瑞王妃已经做出了决断，为了瑞王和儿子，牺牲沈琦。

太后不是不疼沈琦这个孙女，可是和儿子、孙子比起来，已经出嫁的孙女也就没那么重要了。

等甄嬷嬷把太后说的事情都交代清楚后，瑞王妃才问道："不知道二皇子现今如何了?"

甄嬷嬷犹豫了一下才说道:"二皇子死了。"

瑞王难以置信地看着甄嬷嬷,二皇子明明已经被救出来了啊。甄嬷嬷见此才说道:"二皇子是秘密回京后死的,是疾病死了的。"

这正是诚帝对太后说的,就连皇后都不知道这件事。

瑞王妃皱了皱眉,没有再问什么。瑞王不知道要问什么好,可是他的脸色惨白,许久才说道:"那可是……那可是亲儿子啊。"

谁也没能给瑞王一个答案,除非他敢去问诚帝。甄嬷嬷最后是跟着客仙居的人一起离开的。瑞王妃安排了人,把专门弄好的东西用小炭炉温着送进了宫中,只说让太后也尝尝民间风味的东西。太后在看见那几道菜后,眼神闪了闪,有几分惋惜和伤感,不过很快就收拾了情绪,连身边的小宫女都没注意到。

"去问问皇帝,要不要一并来尝尝,我瞧着倒是不错,再把这几道菜给皇后送去。"

诚帝并没有过来,不过已经知道瑞王给太后都送了什么东西,甚至连一盘糕点里面有几块都是知道的,见没有任何异常也就没有管。皇后让人扶着到了太后宫中,因为二皇子生死不明,如今她消瘦了许多,那身常服穿在身上都有些空荡荡的感觉。

见到皇后,太后就赶紧让人扶她坐了下来,问道:"可是有什么事情,太医不是让你多休养吗?"

皇后只是苦笑:"劳太后担心了。"

太后微微叹息:"太医都说了只要养养就好。"

"我儿至今没有消息,我如何能静心休养?"

太后面色微微一变,却没有说话。可是皇后像是看出了什么,并没有如往常那般,而是看着太后的神色问道:"母后,您就与我说句实话,我那可怜的儿子是不是回不来了?"

"你……"太后皱了皱眉头说道,"那也是皇帝的儿子,皇帝定会想办法把他救回来的。"

谁知道听到这话,皇后却哭了起来:"母后,那也是您的孙子啊。"

太后缓缓吐出一口气,说道:"你们都退下。"

这话是对着屋中的宫女们说的,一些直接退下了,可是有些人却看向了皇后。皇后摆了摆手,屋中的人才全部退下。太后面色一沉说道:"皇后好手段。"

皇后却没有丝毫的惧色，只是说道："若不是太后不愿意伤了和陛下的母子情分，又怎会落得如此？甚至连最贴身的甄嬷嬷也被送出宫去。"

太后并没有说话，皇后看向太后，她的神色有一种扭曲后的平静，说道："母后，我只求您告诉我，我儿是不是……是不是已经死了？"

"我不知道。"太后没有说出口。

皇后其实心中已经有了答案。在诚帝因为瑞王的事情和太后发生争执后，把太后身边的人都打发了出去不说，还想要限制太后在后宫的权力，就让皇后接手了这些。当皇后真正掌管了后宫时，消息自然灵通了，那些人也会巴结皇后，比如在上个月，诚帝曾派太医出宫，可是却没有记录在案……

今日会来问太后，皇后也是抱着一丝希望，只愿是她想得太多了，可是太后的回答却让她彻底绝望了。

甄嬷嬷离开后，瑞王心中格外烦闷，就连客仙居精心准备的美食都没有吃几口。瑞王妃略微用了一些后，就让府中那些侍卫和伺候的给分了。

瑞王手里还拿着那份遗诏，看见瑞王妃就说道："这个交给你。"

"王爷？"瑞王妃知道这个东西的贵重，没想到瑞王会直接交给她。

瑞王把东西放到瑞王妃的手上说道："你收着。"

瑞王妃见瑞王是认真的，这才说道："那这几日，我给王爷的内衣里缝个暗袋，到时候王爷把这个藏在暗袋中。"

瑞王点点头，问道："太子……已经没了，这个还有用吗？"

"有用的。"瑞王妃微微垂眸说道，"有这个，只要用得好就能证明，当初诚帝的那份遗诏是假的，再加上英王世子这么久以来一直说的那些事情……"如果说英王世子那些说诚帝弑父杀兄的话，只是推测出来，没有证据的话，这份遗诏就是最有力的证据。

瑞王咬了咬牙说道："玉玺的事情……那真玉玺在哪里？你说母后会不会知道？"

"怕是母后也不知道。"瑞王妃坐在了瑞王的身边柔声说道，"若是知道的话，定会交给诚帝的。"

就算有再多的不是，诚帝都是太后的亲生儿子，诚帝刚登基的时候，对太后也不错，如果太后知道的话，怎么会不告诉诚帝？

瑞王点了点头,忽然问道:"如果我们走了,琦儿怎么办?"

"王爷真的想坐上那个位子吗?"瑞王妃声音轻柔,带着几许疑问。

瑞王抿了抿唇却没有说话,如果说不想,那是假话,当初他是没有细想,可是当他发现,其实他也有资格坐上皇位的时候,如何能不心动?

瑞王妃眼睛眯了一下,亲手给瑞王倒了茶。瑞王像是几番挣扎,忽然说道:"其实我觉得……我为什么不能争一争呢?虽然……我不敢保证自己是一代明君,可是起码……我不会比诚帝和英王世子差吧?再加上岳父、女婿的辅佐……"

瑞王妃心中微微叹息,她就怕瑞王起这样的心思,她到底和瑞王这么久的夫妻了,也不想看着他最后自寻死路。甄嬛嬛的话很诱人,可是瑞王妃更加理智,太子嫡孙才是众望所归,还有那些老臣子和楚家这样的人支持。而瑞王有什么优势?太后所设想的那些并非不完美,可是前提是没有太子嫡孙这个人。

瑞王妃何尝不心动?如果瑞王真的能坐上皇位,那么她就有把握把自己的儿子捧上太子之位,可是……也仅仅是心动而已。她此时没有再说这件事,等真到了边城见到太子嫡孙了,再想办法打消瑞王的想法也是可以的,所以她只是问道:"王爷,琦儿的事情要怎么办才好?"

瑞王愣了一下才反应过来,他刚刚问瑞王妃这件事,却被她打断了,此时提起来想了一下才说道:"王妃有什么办法吗?"

瑞王妃摇了摇头。

瑞王皱眉说道:"能不能让女婿外放?"

"陛下是不会同意的。"瑞王妃道。

瑞王想了一下,说道:"等我们准备走前,直接叫女婿和琦儿回来,打晕了带走。"这个办法格外无赖,却很有用。

瑞王妃眼睛亮了一下说道:"也好,到时候与琦儿说,让他们夫妻两个回府住上一段时日,就直接把人带走好了。"

瑞王应了一声:"反正就是个永乐侯,若是我真的坐那个位子,到时候再封就是了。"

瑞王妃看着瑞王意气风发的样子,心中缓缓叹了口气。

瑞王忽然皱了皱眉头,说道:"对了,你说二皇子的事情……是不是诚帝做的?"

"我不知道。"瑞王妃说道,"不过怕是母后也有些怀疑。"

"虎毒不食子,这般……"瑞王只觉得心寒,"王妃这几日赶紧收拾一些东西,再选一些可信可用之人,我们必须早点走,多亏大部分东西都已经送到了边城。"

瑞王妃微微垂眸说道:"是,只是这件事要不要提前给三女婿打个招呼?"

"嗯,让他们准备接应一下也好。"瑞王想了一下说道。

瑞王妃看向瑞王缓缓说道:"王爷,怕是我们要先在那个井中藏上一段时间。"

"嗯?"瑞王有些疑惑地看向瑞王妃。

瑞王妃解释道:"若是我们直接走了,想来很快就会被诚帝发现,自然要派兵去追,我们怎么也逃不掉。还不如在井中藏上十天半个月,然后跟在那些追兵的后面,也好隐藏。"

瑞王也明白了过来,点头说道:"王妃说得是,就这样做。"

"到时候怕是王爷要吃些苦头了,而且不宜带太多的人,除了你我二人,还有女婿和琦儿外,翠喜是要带着的,剩下的……我想着,能不能让客仙居安排四个护卫。"

瑞王皱眉问道:"我们府上的侍卫不行吗?"

"他们是侍卫,可是并不适合带着我们易装而行。"瑞王妃道。

瑞王想了一下点头,忽然问道:"那他们怎么办?"

"想来过不了多久,诚帝就该安排人进府了,到时候把原来府中的人都打发了吧。"瑞王妃心知肚明,若是他们跑了,府中的人就要被连累。不过按照诚帝的性子,既然太后身边都安排了人,他们身边怎么可能不安排呢?

瑞王妃想了一下说道:"这几日我就给打发了,你进宫求诚帝,让他赐下一些人吧。"这样一来也容易让诚帝安心。

"嗯。"瑞王应了下来。

边城中,楚修明还不知道瑞王他们手中已经拿到了先帝真正遗诏的事情,更想不到因为诚帝的多疑,使得他后院起火了。

二皇子之死,诚帝还真是无辜的。二皇子在蜀中的时候也受了不少苦和惊吓,那时候身体就有些不适,又知道宝藏的事情,在大喜大惊之下身体难免就有些不好了。

秘密回京后,为了诚帝的计划又不能露面,诚帝许诺,只要事成后就封他为太子。不管是为了将功补过,还是为了太子之位,二皇子也不敢轻易暴露,后来实在病重了,才让人与诚帝说了，诚帝暗中安排了太医，却为时已晚。

虽然说二皇子的死和诚帝有关，但真不是他给弄死的。可是因为诚帝的私心，在二皇子死后，他更不知道如何解释，便安排了人秘密送了二皇子的尸首去蜀中，再次把二皇子的死因推到那些反民或者英王世子身上，激起民愤和朝廷众臣的愤怒。

说到底诚帝因为二皇子的死难受，可是更多的是在考虑怎么能让二皇子的死洗掉他的干系和得到更多的好处。因为瑞王的事情，他和太后发生了嫌隙，如今连个商量的人也没有，怕是皇后也心生了误会。

诚帝更不会知道，皇后从太后宫中回来没多久，就让人给承恩公府送了信，请了承恩公和夫人第二日进宫。

京城中每个人都在为自己的目的忙碌的时候，边城反而格外平静。

将军府中最幸福的人并非沈锦，而是东东，每日吃的东西绝不重复，不仅是赵嬷嬷会下厨给他做些能吃的好东西，陈侧妃也擅长这些，甚至还做了不同味道的磨牙饼，不仅味道好，样子也可爱，就是沈锦没事都爱拿上两块吃一吃，弄得东东时不时就要眼泪汪汪找陈侧妃告状。

陈侧妃手很巧，亲手给东东做了不少衣服，还在沈锦的提议下给三个孩子做了一模一样的衣服，三个差不多大的孩子穿着同样的衣服在床上玩耍的时候，那样子格外讨喜。

等楚修明接到京城客仙居传来的消息时，已经快到了小年。议事厅中，他把字条递给了楚修远，这上面猛一看就是一张菜谱，却是他们约定好的暗语，解读出来后，就是告诉了楚修明瑞王手中遗诏的事情，还有甄嬷嬷传达的关于太后的意思，最后写的是甄嬷嬷在从瑞王府离开后，就自尽了。

楚修明和赵家联系的时候虽然同样用的暗语，可是却和这份不同，所以由赵管家给他解释。听完以后，赵端面色变了变，道："家姐绝不会生出这样的心思。"

"嗯。"楚修明倒是没有怀疑瑞王妃的意思，瑞王妃足够聪明，她知道只要有楚修远在，就永远没有瑞王登位的可能。

赵端会紧张，不过是害怕楚修远误会，瑞王的死活赵端并不在乎，可是他姐姐是瑞王妃。楚修远看向赵端安慰道："舅舅放心。"

楚修明也说道："岳父为人虽糊涂，可是有岳母在，我们都无须担心这些，不过还是要安排人手去把他们接到边城来。"

赵端心中稍定，点头说道："将军安排就是了。"

楚修明应了一声，心中已经有了打算，问道："沈熙他们有消息了吗？"

"已经联系上了，沈熙和赵骏正往边城这边回。"赵端道。

楚修明说道："到时候就让沈熙带人去接。"

赵端心中思索了一下，也觉得妥当，就没再说什么。楚修远道："前几日赵澈专门来找我，说想跟着林将军去巡防。"

楚修明皱了皱眉，看向了赵端，虽然是巡防，可是万一遇到了蛮夷的人，还是会发生争斗。赵端笑道："只要将军和少将军觉得合适就行，不管是赵骏还是赵澈，他们的前程都要他们自己去挣。"

"修远，你觉得赵澈合适吗？"楚修明问道。

楚修远想了一下，说道："其实我觉得赵骏比较适合跟着林将军去巡防，而赵澈性子不够沉稳，不如让他跟着于管事去筹备互市的事情。"

等楚修远说完，赵端愣了一下，并没有开口。

"嗯。"楚修明应了下来，他已经渐渐地把这样的事情交到了楚修远的手上。天启朝的历任太子都是先被皇帝带在身边，接触着朝堂事务，一点点学习处理的，而楚修远却没有这样的机会，也没这样的时间去学习，等他们成功了，楚修远马上就要坐上皇位。楚修明自然可以帮着楚修远，那些老臣也可以帮着他，可是这样一来，难免会让一些大臣生出野心，也会看轻了楚修远，不利于天启朝的发展。楚修明一直让楚修远接触边城的事物，如今更是把安排人手的事情交给他，也是给他锻炼的机会，以后能知人善用。

楚修远见楚修明答应了，这才看向赵端说道："舅舅，我想着先让赵澈在互市上了解一些那些外族的习俗，而且我发现他对数字很敏感，虽然战场好得军功，可是浪费了赵澈的天赋也可惜，不如先让他试试，若是他真的不喜欢，我们再给他换也来得及。"

赵端当然知道自己儿子有许多小聪明，性子也有些跳脱，在数字上格外有天赋，如果能磨一磨赵澈的性子，以后也能成大事。赵端刚才惊讶的是，通过这么短时间的相处，楚修远竟然看透了自家的儿子，还有了这般安排，不管是眼光还是能力都是绝佳的。

"少将军做主就是了。"赵端道。

楚修远点头，这件事就定了下来。

"瑞王来了以后，又要如何是好？"王总管问道。

本身的情况现在就够复杂了，若是瑞王也到了边城，怕是更加麻烦。

赵管家眯了下眼，说道："瑞王来了以后，就让茹阳公主和驸马病逝吧。"

茹阳公主和驸马忠毅侯，自从被诚帝派过来，就被先得了消息的楚修远给暗算了，两个人被圈养了起来，不仅是他们，还有不少被诚帝派来的朝中臣子。虽然这些人不足为患，可是赵管家觉得，不能小看任何人，只有死人才是最安全的。

赵端也赞同。王总管道："确实如此。"

"把茹阳公主送回京。"楚修明忽然说道，"驸马和世子留下来。"

这件事楚修明和沈锦商量过，开始楚修明的意见也如赵管家那般，倒是沈锦提议，把茹阳公主送回去，驸马和茹阳的孩子留下来当人质，到时候茹阳公主自然知道该怎么做好。就算茹阳公主可以不在乎丈夫，却不会不在乎孩子。就算到时候茹阳公主出卖了边城也没关系，因为那时候瑞王已经来了，怎么样都是和诚帝撕破了脸。

楚修远皱了下眉头，说道："茹阳会就范吗？"

楚修明道："就算她告诉了诚帝边城的情况，我们也没有损失。"

"也是。"楚修远想了一下道，"那就这样定下来了。"

楚修明点头，没有再说什么。

"那瑞王如何安排？"赵管家直言问道。

赵端此时并不好开口，因为瑞王也是他姐夫，不过见这些人并没有避着他谈论瑞王和瑞王妃的事情，他倒松了口气。

"就住在夫人前段时间收拾出来的那个院子。"楚修明说道，"一切照常。"

"那少将军的事情要告诉瑞王吗？"王总管问道。

楚修明看向了楚修远："你自己做决定。"

"是。"楚修远应了下来，说道，"待之以诚比较好。"

其实还有一点，早点打消瑞王的念头对他们谁都好，若是让瑞王想得太久了，难免生执念，反而伤了情分。

赵端闻言这才道："我会与姐姐、姐夫谈一下。"言下之意是会说服瑞王当靶子，使得楚修远能更好地隐藏在后面，不过早地让诚帝和英王世子知道。

如果楚修明这边有个瑞王，那么最多让诚帝忌讳一下，而英王世子会乐见其成。可是如果楚修明这边有个太子嫡孙，那么情况就不一样了，没有转圜的丝毫余地。

"那就麻烦舅舅了。"说话的是楚修远。

赵端摇了摇头："这些都是分内之事。"

楚修明见事情决定了，就接着问道："英王世子那边有消息吗？"

"还没传回消息。"王总管道。

楚修明点了点头，想了一下，说道："修远，加强边城周围的戒备；蛮族安静了这么久，恐怕有大行动。"

"是。"楚修远应了下来，"那我们要不要主动出击？"

"等年后。"楚修明道，"到时候你在边城正面迎敌，让林将军他们带人分三路绕道到……"楚修明指着地图开始说了起来。

赵端他们也都起身站到了桌子周围，看着楚修明指的几个地方。

"哥，你呢？"等楚修明安排完了，楚修远就问道。

楚修明点了点那个山脉的位置："如果这里真有异动，我就带些人过去，如果没有的话……"想到那个孩子，楚修明眼睛眯了一下，说道，"那么就制造一些出来。"

毕竟那个孩子藏在哪里，恐怕只有英王世子知道，如果一点动静都没有，只会让他们处于不利的地位。

既然已经决定了，几个人就开始就着这个计划完善商议了起来。

赵端皱了皱眉，忽然问道："如果英王世子同意交还孩子，那么谁去？"

其实他们都想到了这个问题，没等楚修明说话，赵管家就说道："在下去即可。"

王总管皱眉想了一下，说道："其实……"

楚修明却看向了王总管，赵端也想到了，赵管家并非最好的人选，沈锦是最合适的，其次还有沈熙……甚至瑞王妃。可是这三个人，赵端都不好开口。女人和孩子让谁去冒险？按照亲疏之分，赵端自然不愿意让姐姐和外甥去冒险，可是他也不可能直接说让沈锦去。

赵管家自然也想到了这些，这才主动领命，可如果是他去的话，那么情况就有些危险了。王总管道："我去。"

楚修明道："等那些探子消息传来了再说。"

众人点头不再争论。

等商量完了，楚修明和楚修远两个人就往书房走去，楚修远道："哥，是不是有什么为难的事情？不如让我去吧。"

楚修明道："无碍的，现在这些都是假设。"

"如果不是你有七八分的把握，就不会如此。"楚修远很肯定地说道，"山脉那边很危险。"

楚修明应了一声并没有否认："你守好边城。"

两个人进了书房，楚修远问道："哥，别人去可以吗？"

楚修明闻言只是一笑，说道："我去还有四分把握和活路，别人去怕是连四分都没有。若是我真的出事了，你记得把士兵分成……"

"哥！"楚修远打断了楚修明的话，他虽然只是他的表弟，可是在他心中，楚修明却不仅仅是表哥。他从小就是楚修明和楚修曜两个人带着玩的，也是他们教着他习武学文，后来楚修曜出事了，他就剩下了楚修明这么一个兄长，心中更是在乎。

楚家为了天启朝牺牲了多少，为了他们父子牺牲了多少，没有人比楚修远更清楚，他看在眼里记在心里。四成把握？还不足一半。楚修远没有办法接受。

楚修明没有说话，只是面色平静地看着楚修远，楚修远渐渐红了眼睛。楚修明倒了一杯茶，推到他的面前。楚修远端着喝下去后，楚修明才接着说道："把所有士兵分成三部分，让林将军镇守边疆，金将军防备……"

因为只有四成把握，所以楚修明要把他不在后可能发生的事情交代清楚。

"林、吴和金三位将军，忠心上是可以相信的，但是林将军更擅长守城，而非追击战，金将军脾气有些急躁，而吴将军有勇有谋，却有一点，他嗜杀，你需要多加约束。"

楚修远点头记下。楚修明接着说道："诚帝和英王世子两个人，你需要多注意诚帝。"英王世子现在看似占上风，他若是躲在暗处，那么更不好对付，可是如今他由暗转明，有些太过急躁了，不过也是万幸。如果等楚修明他们和诚帝起了战事，英王世子再带人出现，那才是最大的威胁。

"不过你要防着英王世子狗急跳墙，关于英王世子的身体……这些时日传来的线索，几位在蜀中等地民间有声望的大夫被人请走后，至今未归。"

"我知道了。"楚修远道。

楚修明点头："而诚帝毕竟为君二十多年，也坐稳了二十多年的皇位。"

　　楚修远心中一凛："是。"

　　楚修明缓缓吐出一口气，说道："等我出发一个月后，你就让人送信给英王世子，迟五日再送消息给诚帝，信的内容我会提前写好。英王世子不管是为了拖延时间还是别的，都会提起那个孩子的事情，如果你嫂子真的要去的话，你也不用阻拦了。"

　　"哥！"楚修远看向楚修明。

　　楚修明摇摇头说道："她有分寸的。"

　　楚修远道："其实……其实……"楚修远本想说沈熙和瑞王妃也是可以的，可是话到嘴边却说不出来，毕竟这样太过自私了。

　　楚修明看着楚修远沉声说道："修远，为君者，不管能力如何，切记光明正大，已所不欲，勿施于人。"

　　"是。"楚修远低头说道。

　　楚修明道："若是到时有什么为难的事情，可以请教瑞王妃。"

　　楚修远点头说道："我知道了。"

　　"甚至在万一的时候，把边城托付给瑞王妃。"楚修明看着楚修远，沉声说道。

　　楚修远道："哥，放心吧。"

　　楚修明这才点头，脸上的表情柔和了许多，起身拍了拍楚修远的肩膀，说道："交给你了。"

　　"好！"楚修远下意识地回答。

　　楚修明应了一声，就往外走去，楚修远愣了一下，忽然反应过来说道："哥，今天的公事还没处理呢。"

　　"君子重诺。"楚修明头也不回地往外走去，"你刚才已经答应下来了，这段时间的公事就交给你。若是有什么不确定的，就去问赵管家他们，还是决定不了的，就等未时来找我。"未时，正是东东午睡的时候。

　　楚修远看着楚修明离开的背影，喃喃道："我也想和侄子玩啊。"

第三十五章
随机应变

沈锦并不知道楚修明和楚修远在书房说的事情,她心里明白,在年后不久,楚修明就要离家了,她格外珍惜和他在一起的日子。

沈熙和赵骏赶回来了,也带来了一个消息。他们想要赶上楚修明就选择从小路走,谁知道走岔路了,就从澎域那边绕路,而澎域那边靠近英王世子的晏城,是英王世子的地盘,所以几个人乔装打扮,只选了偏僻小路来走,谁知道竟让他们给发现了……

"空村?"赵端满脸异色,"怎么会如此? 那一片近年来都是风调雨顺的。"

没有大的天灾人祸,不可能同时出现这么多的空村。不仅是赵端,在场的众人脸色都有些不好。楚修远问道:"可知道是怎么回事?"

沈熙和刚来的时候比,像是换了个人,不仅黑瘦了,精神劲也好了很多,而赵骏沉默地站在沈熙的身边。

沈熙道:"因为急着赶回来,所以我们决定从澎域那边绕路。为了安全起见,选的都是偏僻的小路,甚至是山路,可是在走到……"

众人沉默地听着沈熙的话,赵骏时不时地补充一些,多是周围的环境和地形,他们并非完全逼着人走,有时候会找了村庄来购买干粮,甚至坐下来吃顿热的汤饭。

这次赵家也派人来与他们带路,若非有这个人带路,他们也不会如此冒险。当他们发现第一个空的村庄时,还没有太过惊讶,毕竟这边的村落大多都是十几户,最多不过三十来户组成,因为一些事情迁移了也说得过去。可是当遇到第二个的时候,几个人心中就觉得有些不对了,那个带路的人也说,去年的时候,他们来收山货,这边还有不少人。

离这里最近的一个村子,想要去城里都要走近两天的路,赵家会每年来这边收一次山货。有个管事就是这边山里走出去的,知道这边山民不容易,辛辛苦苦弄些山货,却往往卖不出好价钱,所以管事在和赵儒说了以后,每年都会来这边收一次,给的价钱也很公道。渐渐地,这边的大小村落都喜欢把东西留下,等着赵家人来。

在第二个村落,他们就仔细检查了一遍,发现所有的人家都没有食物,但是有的人家的衣物却在,看起来离开得有些慌乱,有的人家像是收拾了东西搬走的,甚至还有一个侍卫发现了被隐藏的血迹……可是并没有发现尸首。

这让沈熙他们有些疑惑了,最后冒险去了一个离城镇较近的村子。这个村子倒是没事,他们打听了一下关于那些已经空了的村子的消息,大多数人都表示不知道。直到后来他们到了镇上,一家酒楼的小二知道一些。他说他们酒楼当初也是一直和这边的人收山货的,还有猎人打的一些野味,前段时间一直和他们合作的人说官府要封山,给他们重新安置了地方,不但安排了房子还分了良田,不少人都动了心,可有些人也不愿意离开原来的地方,特别是这些猎户,他们没别的谋生手段。后来到了交货时间,这个猎户也没来,酒楼的管事还嘟囔了几天,不过也没当一回事,只以为是搬走了。

沈熙他们打听到消息后,并没有在镇子上多停留,买好干粮后就再一次进了山。他们也发现了一个规律,那种远离人烟、消息不灵通的村落都已经没有人了。

"后来我们在山里发现了一个小男孩。"沈熙道,"人已经带回来了。"

"把人带过来。"楚修明等人此时心里都沉甸甸的。赵管家和王总管对视一眼,心中都有些猜测。

那孩子看着只有四五岁的样子,小脸紧绷地看着众人。沈熙起身带着孩子坐在了自己的身边,先给这个孩子倒了水,说道:"小虎子别怕。"

被叫小虎子的男孩点了点头。楚修明声音不禁温和了许多,问道:"小虎子,你多大了?"

"七岁。"小虎子口齿清楚。

楚修明眼睛眯了一下,问道:"能和我说下是怎么回事吗?"

小虎子说的和沈熙他们打听到的很相似,不过他们村子都不准备搬,毕竟是祖祖辈辈生活的地方。可是那一日,他帮着家里干完了活,就和村里的几个小孩一起去玩的时候,就来了一队人,其中就有那个让他们搬走、说会分房子和良田的人。

那时候他和几个小伙伴在玩躲猫猫,小虎子藏得很隐蔽也有些远,他知道家里是不愿意走的,所以就继续躲着。后来他发现不知道老村长说了什么,就见领头的那个人忽然动手了,小虎子被吓得根本不敢动了,跟在那人身后的人把村子里所有人都抓走了,遇到敢反抗的就直接动手,甚至还把村子里最厉害的一个猎户给杀了……

那些人搬走了所有人家的粮食,就是家养的鸡鸭猪这类的都没有放过……小虎子眼睁睁地看着亲人还有那些小伙伴被带走。

再多的事情,小虎子也不知道了。楚修明铺开地图,找到沈熙他们说的山,然后根据赵骏说的找出了那些村落大致的位置,最终视线还是落在了他派了探子的那片山脉。莫非是他猜错了?那里并非是英王世子藏兵之处?

"小虎子,你知道那些来的人,都是天启朝的人吗?"楚修明看向小虎子问道。

小虎子想了想,说道:"我不知道。他们挺高挺壮的,好像比领头的那个人高一头。"

"你看见他们的武器是什么样子的吗?"楚修明沉声问道。

小虎子想了想,说道:"不清楚。"

楚修明看向楚修远,楚修远让人拿了几样兵器进来,一一询问,小虎子都摇头,最后才有些犹豫地指着一把刀,说道:"和这个有点像,但是比这个要短一些,不过我离得有点远,看得不太清楚。"

听到小虎子的话,在场的众人面色一变,楚修明只是点头对着楚修远吩咐了两句。楚修远让人把东西都给抱出去,没多久又拿了一把弯刀来。当看见这把弯刀时,小虎子尖叫了一声,说道:"就是这个,但是好像又不太一样……"

果然是最坏的一种结果。这种弯刀是蛮族最常用的一种武器,因为部落不同,有些武器也略有分别,而楚修远拿来的这把是战利品,华丽了些,并非一般蛮夷用的。

又问了几个问题后,楚修明就让人把小虎子给送到了正院,交给了沈锦安排。而此时议事厅中的人,面色都格外难看,蛮夷竟然已经到了天启朝的境内,若不是沈熙他们正好绕路过去,恐怕还不知道。

"请林将军他们过来。"楚修明道。

"是。"赵管家派人去请了林将军、吴将军和金将军三人来。

赵端皱眉说道:"英王世子抓这些人是为了什么?若非这次凑巧,恐怕根本不会有人注意到有这么多人失踪。"

毕竟那些村落都是消息闭塞的,就算有人知道,也会像是镇子上小二那般以为,他们这些山民搬了地方,被分了房子和良田。可是根据沈熙他们说的,他们更像是有目的的,还进行了隐瞒，不仅血迹都打扫了，就连尸首也没有留下。小虎子口中的那个猎户不可能是唯一一个反抗被杀的。

"其实我们忽略了一点。"楚修明忽然说道，"铜矿、铁矿、银矿这类的都是掌握在朝廷的手中。"

赵管家想了一下，说道："英王世子手下那些武器是如何来的？甚至……我们一直在查是谁私自贩卖了兵器给蛮族，如果是英王世子……"

"莫非是人手不够，或者发现新的？"赵端说道，"他们需要采矿的人，却又不能光明正大的。"

"还有一个可能。"王总管思索了一下说道，"晏城周围能弄来采矿的人已经没有了，所以英王世子必须冒险往周围抓人，开始的时候提出房子和良田交换，一是为了骗那些人自愿过去，二是为了给这些人消失找个理由。"

楚修远握紧了拳头。一时间众人都没有再说话，而楚修明像是在思量着什么。等三位将军都到了，赵管家就把大致的事情说了一遍，林将军皱眉说道："莫非那次的水患……"

楚修明说道："如果真的是这样的话，一个好消息一个坏消息。"他双手交叉放在桌子上，看着众人，等他们都停止了讨论，继续说道："好消息，恐怕英王世子的兵马远没有我们所想的那么多。"

"对！"金将军闻言一喜说道，"那般重要的地方，竟然都需要蛮族人，恐怕是因为英王世子手中的人马根本不够。"

楚修远只觉得心中一寒，说道："如果那些蛮夷手中的武器更加充足和精良……"

蛮夷本身就很难对付了，而天启朝这边更多的是依仗着兵器上的优势，若是蛮夷那边有充足的兵器……楚修明点了点头，这就是他要说的坏消息。

赵管家缓缓吐出一口气："起码这也解释了为何英王世子至今都没有和诚帝真正动手的原因。"

"怕是快了。"楚修明道，"正是因为对方的需求加大，所以才会派人到澎域这边掳人。"

赵骏和沈熙都在一旁听着，他们第一次这么明确地认识到自己的不足。这些人竟然只从他们带回来的这么一个小消息推测了这么多信息出来，他们仅剩的那一点傲气也被打磨掉了。

"那么就提前动手吧。"楚修明看向众人说道。本想大家一起过个好年，可是如今恐怕等不及了。

"是。"众人面色一肃，说道。

楚修明看向了沈熙，说道："沈熙，你去接应瑞王和瑞王妃。"

"父王和母亲？"沈熙有些疑惑地看向了楚修明。

楚修明点头。沈熙并不知道楚修远的事情，他也没准备现在说。

"诚帝要对他们动手，太后送了消息出来，他们准备从秘道逃出京城，我已经让客仙居安排了人，你到……"楚修明点着地图给他说了起来，又安排了人手。

这还是他第一次独自出任务，沈熙心中难免有些不安。楚修明也知道那份遗诏的重要，道："我会安排一名军师和你去。"

沈熙这才松了口气，说道："好。"

楚修明又看向了林将军，说道："林将军你去接手禹城，赵骏你跟着林将军。"

"是。"林将军和赵骏起身，躬身应下。

楚修明接着说道："重新安排禹城的守卫，和边城能联系起来。"

林将军应了下来。楚修明让他们两个人坐下后，道："金将军和吴将军，你们两位兵分两路……"

金将军和吴将军都认真听着，楚修明给他们两个划分了一下区域，然后说道："还有一个任务，探查一下英王世子到底是从哪里和蛮夷进行交易的，若是能找到那条线，就直接毁了。"

"好。"金将军和吴将军一一应下。

赵管家看向楚修明，说道："将军觉得那可能是什么矿？又该如何是好？"

楚修明道："其实当初我们就猜测过，英王世子起兵的地方为何不是江南那，最后猜测是江南那边被当成了钱袋子。"

赵端吸了一口冷气，说道："莫非是银矿或者铜矿？"

"我倒是觉得更可能是铁矿。"吴将军道。

王总管点了下头，没说什么。

如果没有亲眼所见，楚修明也不敢确定，如今都是推测。楚修远道："我觉得怕是银矿或者铜矿。"

"可如果是这两样的话,英王世子怎么可能容许蛮族沾染?"

"如今可以肯定的是,那里有人或者东西。"楚修明打断了他们之间的争吵,"是什么却不重要了。"

"对,重要的是现在要怎么做。"赵管家道。

楚修明说道:"不管是什么,英王世子一定很看重那里,以现在的情况看,那些东西只能是锦上添花。"

林将军一直到现在才开口:"将军说得是。"

"将军决定怎么办?"赵管家问道。

楚修明道:"原计划,放火烧山。"

不管是银矿还是铜矿,如果再早些发现,还是要重点对付,而现在的情况是,不管是哪一方最重要的都是粮草。楚修远沉思了一下说道:"会不会英王世子就是用这个矿来和蛮族做的交易? 或者这个是先期交易内容?"

楚修明点头,其实他也是如此猜测的。

"在早些时候,若是银矿或者铜矿自然是很重要,英王世子绝对会藏得很严实,而现在对英王世子来说,这已经不是最重要的。"

打仗是花钱,可是如今已经不仅仅是花钱的问题了,人马、粮草才是重中之重。蛮族那些人也是不见利益不撒欢的,特别是在英王那一辈的时候,他们已经吃了大亏,如今还会愿意和英王世子合作,自然是因为有利可图。

如果真和他们所猜测那般,英王世子人马不足的话,为了能得到蛮族的帮助,舍弃掉这块也是使得,更何况也不知道开采了多久,还剩下多少。

"其实……"赵管家想了一下说道,"抓那些山民,也可能不仅仅是因为要采矿。"

"民夫!"金将军道,"因为英王世子已经和蛮族真正达成了协议,所以那些蛮族才派人验货,看他们之间的合作,应该是蛮族那边很满意,他们准备行动了,所以英王世子需要抓人来当民夫。"

"嗯。"楚修明说道,"这样想来,我们之前想的有些方向就不对了。"

现在再纠结那里到底是什么矿,其实没有多大的意义,可以肯定的是,那里恐怕才是英王世子最厚的家底所在。

"那将军准备派谁去?"金将军问道。

楚修明这次倒是没有隐瞒:"我去。"

"不行,太危险了。"吴将军说道,"将军,我带人去吧。"

"将军不宜冒险。"林将军看向楚修明,沉声说道。林将军当初是跟着楚修明父亲的,所以当他开口的时候,就是楚修明他也要多考虑几分。

楚修明刚想张口,就见金将军说道:"我手下有一员小将,倒是适合这次的任务。"

楚修远坐在一旁没有开口,楚修明道:"英王世子手中可能有三哥的遗腹子。"

这件事知道的人不过数人,就是金将军他们也是第一次听说,此时心中一惊。楚修明接着说道:"瑞王手中有先帝真正的遗诏,过段时日就要带着家人来边城。"

连听到两个消息,众人面色一沉,沈熙咽了咽口水。他忽然想到刚才楚修明说,是皇祖母让父王走的,那份遗诏……莫非是皇祖母……可是为何要来边城? 沈熙看向了楚修明。对了,三姐夫手上有兵马,若是证明了当初诚帝那份遗诏是假冒的,也就差不多坐实了英王世子所言诚帝弑父杀兄之事,除了诚帝血脉和英王世子一脉外,先帝血脉就剩他父王这一脉了。皇祖母让父王带着先帝遗诏过来……

沈熙端着有些冷了的茶喝了一口,强迫自己冷静下来。三姐夫此时会提起这两件事……在诚帝知道英王世子手中有楚家子嗣的时候,一定会担心为了这名子嗣,三姐夫对英王世子妥协,再加上父王逃了过来,诚帝一定会觉得楚家有另立之心,英王世子、诚帝和他父王……三足鼎立? 不,也不是。沈熙越想越觉得糊涂。

楚修明道:"修远,你说说。"

"英王世子明白自己的虚实,所以一定会说服诚帝先对付边城这边,而与英王世子相比,诚帝也更加忌讳边城。"

英王在永嘉三十七年做的事情,和很多世家、大臣都结了死仇。诚帝心中明白,他们是绝对不会欢迎英王一脉进京的,就算遇到了也会拼死抵抗。而楚修明这边恰恰相反,楚家的名望绝佳,不管是打着瑞王的旗号还是他的旗号,楚家出兵都是名正言顺,说不定还没等他们攻城,京城中的一些世家和大臣就已经投靠过来了。

如果诚帝选择先对付边城,和英王世子合作就成了理所当然的事情。这样的事情,换个皇帝可能是做不出来的,而诚帝……绝对做得出来。

沈熙也反应过来,同时与诚帝、英王世子为敌的话,就算是楚家恐怕也受不住。

　　"而且，他们可以不管边疆，我们却不能。"楚修远冷声说道。说到底，这些人就是把住了楚家不可能弃天启朝百姓于不顾这点。楚修明掌管了天启朝一半以上的兵马大权，可是真正能动用的却不多。

　　沈熙忽然觉得愧对在场的众人，若非他父王的话，怕是边城也不会到这种进退维谷的地步。

　　"诚帝欺软怕硬。"楚修远的声音里面带着嘲讽，"若是诚帝发现，英王世子远不如表现出来的那么强势，和边城这个难啃的骨头相比，肯定是要先对付英王世子的，就算他不想对付也不行。"

　　沈熙看向侃侃而谈的楚修远，又看向了一旁的楚修明，楚修明面色平静地听着，像只是听了一件稀松平常的事情，从他的脸上看不出丝毫的情绪。

　　"所以，这次的行动只能成功。"楚修远深吸了一口气说道，"而且很危险，不管是成功还是失败，都是九死一生。"

　　"就算如此，也不能将军你去。"林将军道，"就算失败，边城处境危险，却不是没有一争之力，当初我们也不是没有遇到过比现在更危险的处境。可是若将军有个万一，怕是边城都难保，更别提什么大事。"

　　赵管家也说道："将军，林将军所言极是。"

　　赵端看向楚修明说道："将军三思而行才是。"

　　林将军看向沉默不语的楚修明，说道："更何况，那个孩子就算是曜将军的遗腹子，也没有将军重要，英王世子还不知道把人养成了什么样子。"

　　这样的话，也只有林将军敢说。楚修远脸色一变，然后看向了楚修明。楚修明微微垂眸说道："林叔说得是。"这一声"林叔"，让林将军红了眼睛。

　　林将军道："将军，我知道你重视家人，可是如今你也是有子嗣的人，要多为自己考虑一下。"

　　楚修远闻言，也不禁动容，其实林将军说的都是大实话，虽然听着有些不近人情，可也是因为真正关心楚修明才肯如此说。

　　楚修明缓缓吐出一口气，说道："就依林叔所言。金将军，你推荐的是何人？"

　　金将军也松了一口气，有些话林将军能说，他们却不能说。林将军和楚老将军是结拜之交，更是看着楚家兄弟长大的，当初除了林将军外，还有三位，可惜都已经战死在沙场。

"那员小将……"金将军把推荐的人说了一遍,"不如此时叫来,将军见上一见?"

楚修明道:"也好。"

事关重大,直到天微微亮众人才算商量完了,他们也见了金将军推荐的那个人。那人猛一瞧根本不像个士兵,更像个文人,看着弱不禁风的。楚修明并没有隐瞒这件事的危险,原原本本和他说了。这人认真思索后就点头应了下来,他并非怕死,而是怕完不成任务。他家祖祖辈辈都是边城人,甚至祖辈还是楚家先祖身边的亲卫,后来因为伤残才退了下来。

天已经亮了,楚修明索性不休息到练武场锻炼。他何尝不知道放弃那个孩子才是最好的选择?世事真的难两全吗?如果能先一步查到那个孩子的下落的话……

楚修明抹了把脸,直接让人备水冲洗了一番,换了衣服后进了小书房,铺上地图仔细猜想了起来。若他是英王世子,那么他会把那个孩子放在哪里……身边?不会。按照英王世子对楚家的仇恨,绝对不会让那个孩子过得太好……

沈锦是被东东弄醒的,给他把了尿又吃了一些奶水后,东东接着睡了。她见楚修明还没回来,问了丫鬟,就裹了衣服去看楚修明。

楚修明听出是沈锦的脚步声,笑了一下问道:"怎么不睡了?"就算楚修明心中有再多的烦闷,他也不会舍得带出分毫来让她受委屈。

"夫君这是怎么了?"沈锦摸了摸茶壶,让人换了热茶后才柔声问道。

在刚成亲那会儿,就算楚修明不说话,沈锦都能看出他的心思,更别提现在相处了这么久。

楚修明让沈锦坐到自己的腿上,伸手搂着她,缓缓地把昨晚议事厅的事情说了一遍。沈锦倒是没有插嘴,等楚修明说完后,才道:"怪不得一直查不到英王世子从哪里弄来的钱财呢。"

"嗯。"楚修明应了一声。

沈锦低头看着搂着自己腰的手,轻轻拍了拍,又看向书桌上那张地图说道:"夫君,不如我帮你想想,英王世子会把人藏到哪里吧?"

其实沈锦知道,楚修明想要先找出那孩子被藏在哪里,不仅仅是因为想要救出那个孩子,也是为了给那些去冒险的将士增添几分活路。当英王世子以为楚修明所有的注意力集中在孩子的身上时,难免会对矿藏那边有些忽略,特别是在英王世子身子不好的情况下。

"好。"楚修明并没有隐瞒的意思。沈锦换了个姿势,更舒服地窝在他的怀里。楚修明下颌压在她的肩上,把自己分析的事情与沈锦说了。

沈锦点点头:"我也觉得英王世子那般小气,怎么也不会愿意把那孩子养成才的。"

"嗯,英王世子如今在晏城,那个孩子应该在晏城周围才是。"楚修明沉声说道,"英王世子不会把人带在身边,却也不会让人离他太远,特别是在派了薛乔来边城后。"

"对哦。"沈锦道,"也该把薛乔放回去了。"

楚修明点头:"这几日就安排,我不出面。"

"那我去送送她好了。"沈锦道,"还有茹阳公主,也该把她送回京了。"

楚修明点头。沈锦看着地图,想了想说道:"会不会在什么地方的慈幼院?"

慈幼院正是天启朝专门在各地修建、收养遗弃的新生儿之处,那里还置乳母喂养,没有子女的人都可以去领养。在那里的孩子饿不死,可是想要得到良好的教育环境却也是不可能的。

沈锦只是听说过这样的地方,却没有真正见过。虽然是官府统一管理,可是各地的情况不一样,也不知道真正对得起这三个字的有几家。

隐藏一个孩子的最好办法,就是把他放进一堆孩子里面,只要英王世子偷偷给点钱交代了,不让人把那个孩子领养走就好,或者直接在慈幼院安排了人,暗中看管着。

"英王世子身边肯定需要一些帮手,这样无父无母的孩子……"

沈锦后面的话没有说完,楚修明已经知道了她的意思。英王世子那般人品真的做得出那样的事情,探子、死士这般的,从小选了孩子出来培养,不管是忠诚上还是别的方面都是很好的选择,也不用担心他们会背叛。怪不得他散播关于诚帝的消息会那么快,最容易散播消息的地方不外乎那么几个,酒楼、赌馆、妓院……

"江熟、丰曲。"楚修明沉声说道。

沈锦愣了愣才明白楚修明的意思,这两个地方确实更加可能一些,刚出生没多久的孩子根本经不起长途颠簸。

"可是那时候江熟不是出了水患……"

楚修明看着这两个地方,恐怕他只有一次机会,这两个地方都有英王世子的人马,只要动了一处，就会打草惊蛇。不过也可以分兵在这两处同时动手，甚至暗中探查更稳妥一些，可是时间上来不及了。

晏城并没有慈幼院。当初那里是英王的封地，在诚帝登基后，清剿的主要是太子一脉，而晏城那边也被清洗了。英王的军队中很多士兵都来自晏城，有亲人参加了英王叛军的，都被牵累了，抓的抓杀的杀，还流放了不少，剩下的人也多被迁移散了。那些孤儿寡妇，也都另作了安排。不过诚帝先对付的是太子的人，也给了英王世子时间，把很多的属下给隐藏了起来。

如今的晏城，绝对没有当初英王那时的晏城齐心了，英王世子怕是花了大力气才使晏城恢复了一些。

沈锦想了想刚要张口，就被楚修明捂住了嘴，他像是知道沈锦要说什么似的。

"这件事，是我的想法和决定。"楚修明不愿意让沈锦背负这些，机会只有一次，这样的选择不该沈锦来做。万一选错了，楚修明自然是不会怪沈锦，可是沈锦心中怕是会自责。他坚定地说道："这是我的责任。"

沈锦动了动唇，心中又酸又涩，但暖暖的。

沈锦被楚修明的心意感动，若是换成刚嫁给楚修明那会儿，她绝不会轻易开口，就算有人问了，她也不会说。可如今看着楚修明的样子，她也想尽一份力。何为夫妻？相互扶持，同结一心罢了。

楚修明手指最终停留在了江熟，道："这里。"

沈锦见到楚修明做出选择，就笑搂着他蹭了一下，说道："其实我也觉得是这里啊。"

楚修明眼中带着几分笑意，既然做出了选择，他整个人也就轻松了不少，手贴在沈锦的小腹上，声音低沉柔和："小骗子。"

"才不是。"沈锦闻言，瞪圆了眼睛怒道，"你怎么这样啊，原来说我笨，现在说我是骗子，我骗你什么了呢？"

楚修明贴在沈锦的耳边轻声说了几个字，就见沈锦刚才还满月似的眼睛瞬间变成了弯月，嘴角止不住上翘，像只刚偷吃了葡萄的小狐狸。沈锦穿着并蒂莲图案缀着流苏绣鞋的小脚晃动了两下，才说道："大骗子。"声音柔柔的，更像是娇嗔一般。

"呵。"楚修明的笑声低沉，沈锦没忍住伸手揉了揉耳朵，然后转身推了推他。

楚修明看着自家小娘子娇红的脸，只觉得一夜的疲惫都消散了，伸手揉了揉她柔软的小肚子问道:"饿了吗?"

沈锦捂着楚修明的手,很诚实地点点头说道:"被你这么一说,确实觉得饿了。"

楚修明捏了捏她的手指说道:"让安平伺候你梳洗更衣,厨房应该已经备好了早饭。"

沈锦从楚修明怀里下来,等他把地图收拾好后,才伸出手看着他。楚修明握住沈锦的手,牵着往外走。书房这样的地方,没有楚修明的吩咐是谁都不能进的,就是收拾东西也只交给了赵嬷嬷。

沈锦坐在梳妆台前,看着上面的首饰盒,里面都是她在府中常用的一些首饰。不知从什么时候起,里面的东西好像都变成了楚修明送的,而她原来陪嫁的那些东西,都已经不知道被收到了哪里。她伸手抽出放着耳环的那一层,手指在里面拨拉了一下,眼睛都笑得弯了起来。

在瑞王府的时候,真要说起来,她的东西已经不算少了。瑞王妃说女孩子都要娇养,府中每季都会给五个姑娘十二套新衣、三套首饰,沈锦自然也有这些份例。

府中有五位姑娘,衣服的料子和大致的样式可以一样,布料的颜色和首饰的样子却是不能重复的,每次都是沈琦她们先选,等轮到沈锦的时候,能供她选的已经很少了,更别提是她喜欢的。

十二套衣服和三套首饰,看着不少,可是对王府贵女来说,却是不够用的,京城之中攀比之风很严重,每次出门见客,身上都不能出现重复的东西。

沈琦是瑞王妃的女儿,自然是不缺这些,沈梓、沈静和沈蓉她们一撒娇,瑞王就命人去外面采买了送来。而下面的人送上来的东西,除了给沈琦的,也都紧着这三个女儿,瑞王妃提醒了或者偶尔想起来,才会赏沈锦一些。

就算陈侧妃自己再节俭,想要多给女儿一些,能做到的也是有限,所以沈锦很少出门,自然没什么名声,甚至有些人都不知道沈锦这个人,直到诚帝赐婚那次……可是如今……沈锦手指一推,把放着耳环的小抽屉给合上。哪个女子不爱娇?现在的她已经不需要再羡慕任何人了。

嫁给楚修明后,她也发现了,京城太小了,像是把人给局限在了那样一个小圈圈中,能看的只是京城的繁华,能攀比的仅仅只是这些东西而已。

沈锦梳妆完走出来,扭头看向一直站在她身边的楚修明,她抿唇一笑,问道:"夫君,好看吗?"

"嗯。"楚修明走了过来，伸手轻轻捏了下她肉乎乎的耳垂。

沈锦笑着把脸贴在了楚修明的手掌上，安平带着丫鬟退到了后面。楚修明看着沈锦撒娇的样子，眼神落在了她腕上的木镯上，他知道因为东东，沈锦很少佩戴那些小件的首饰，就怕一个不留心，东东把东西给吞下去。

楚修明心中明白，和沈锦相比，他这个当丈夫、当父亲的反而不够好。在她最需要人照顾的时候，他去了闽中；在孩子最需要人照顾的时候，他去了京城。他手指轻轻捻了一下沈锦的耳洞，他还是想把小娘子养得娇滴滴的，把她打扮得漂漂亮亮的，就算沈锦不在乎这些，可是他也想把所有的好东西都送到她的面前，别人有的，小娘子也不能少，就算是别人没有的，小娘子也要有。

"饿了呢。"沈锦的脸在楚修明的手掌上蹭了蹭，便站起来说道，"我们去吃饭吧。"

"好。"楚修明和沈锦十指相扣，往外面走去。东东已经睡醒了，也被安宁抱了出来，厨房已经把东西给送了过来。赵嬷嬷给东东做了鸡蛋粥，还有陈侧妃专门让人送来的枣泥羊乳发糕。

楚修明从安宁那里把东东接了过来，沈锦端了鸡蛋粥尝了一口后，笑道："味道还不错啊。"

东东已经习惯了每天自己的饭都要被母亲分掉一些这个事实，板着小脸渴望地看着沈锦。

沈锦果然舀了一小勺，吹了吹后喂到他的嘴里，东东"啊呜"一口给含到嘴里，等沈锦把勺子抽出来后，就嚅动着小嘴，把粥给咽了下去……东东吃饭很省事，不管喂他什么，他都吃得很香，一点也不挑剔。陈侧妃做的枣泥羊乳发糕只有一指宽，沈锦拿了一块咬了口，眼睛一亮，把剩下的塞到了楚修明的嘴里。这发糕不仅有红枣的香甜还有羊乳的奶香，软软的，就算是大人吃，味道也合适。

等喂饱了东东，沈锦才让安宁把东东抱走，自己和楚修明开始用饭。楚修明忽然问道："出府走走吗？"

"好。"沈锦眼睛一亮，然后看向赵嬷嬷："东东可以出去吗？"

"外面天寒，等暖和些了夫人再带着小少爷出去吧。"赵嬷嬷笑着说道。

沈锦伸手点了点东东的鼻子，笑道："不是母亲不带你去玩，都是嬷嬷不让你出去。"

赵嬷嬷眼角抽了抽。沈锦笑道："那就把东东送到我母亲那儿吧。"

楚修明有些无奈地看着沈锦,安平已经拿了披风、手暖和护耳来。赵嬷嬷问道:"将军,需要备车吗?"

"不用。"楚修明道。

赵嬷嬷又让人去给沈锦换了靴子,仔细检查了一遍后,这才让楚修明带着她出门。东东看着楚修明和沈锦离开,微微歪了歪头:"父父!母七(亲)!"

沈锦听见了东东的声音,还转身给他摆了摆手,东东伸着胳膊,像是想要让沈锦抱一样。看着儿子的样子,沈锦哈哈笑了起来,楚修明伸手按了按她的兜帽,说道:"小心把儿子逗哭。"

"才不会呢。"沈锦笑盈盈地说,"有赵嬷嬷在呢。"

果然,赵嬷嬷接过东东,轻轻颠了颠,说道:"小少爷,将军和夫人去给小少爷买糕糕了,嬷嬷带着小少爷去找外祖母好不好?"

东东听懂了"糕糕"和"外祖母",果然不闹了。他蹬了蹬脚,然后指着外面"嗷"了一声。

楚修明也是临时起意想陪着沈锦到外面走走。就算公事重要,也不差这么一会儿的工夫。他们是从将军府的侧门出去的,由于过年的缘故,街道上挂着许许多多的红灯笼……

瑞王本来想直接把沈琦和永乐侯世子打晕带走,可是瑞王妃却不准备真的这样做,她觉得沈琦已经大了,应该能自己做出选择了。瑞王妃看着女儿,把事情一一都说了,并没有提楚修远的事情。

"我与你父王是必须走的,沈蓉在前两日已经被送到太后身边了。"

沈琦心中一颤,就算之前隐隐有些察觉,可是她并不知道情况已经到了如此地步。瑞王妃接着说道:"你自己来选择吧。"

"母亲……"沈琦的心很乱,甚至有一瞬间她觉得父王的法子也没什么不好,什么都不知道的话,就不用像现在这般挣扎了。

可是很快她就冷静了下来,又为自己刚才的想法内疚,若是瑞王和瑞王妃真的这般做了,自己以后会不会觉得有遗憾或者怨恨呢?恐怕会的。可如今她又该怎么办?沈琦为难的并非是自己,而是永乐侯世子该怎么办?让永乐侯世子不管永乐侯府吗?恐怕不行。如果永乐侯世子和她走了，诚帝最后肯定会怪罪到永乐侯府上。

就算是永乐侯世子和家里不亲近，可到底是他的父母家人，他真的能看着他们不管吗？若是他真的这般做了，怕是自己心中也会有芥蒂了。如果告诉了永乐侯，他定会告诉诚帝而出卖瑞王府，用以保全自己。若是不告诉他，直接把他带走呢？沈琦缓缓吐出了一口气，若是等出京后，永乐侯世子得知永乐侯府被瑞王府拖累，又因为他的失踪，被诚帝治罪的消息，怕他们夫妻的情分也会到了尽头，说不定反而结了死仇。

如果自己选择留下的话，当诚帝知道父王和母亲离开的事情后，定会拿了她去问话，就算她丝毫不知情，怕是也……那时候永乐侯府的人也不会相信，只会怪罪她牵累了他们吧。

沈琦知道母亲告诉自己这些，是为了她着想，若非真的在乎她这个女儿，完全可以什么都不告诉她，这样更是少了几分风险，就像是对待沈梓那样。

"琦儿，你还有宝珠。"瑞王妃看着女儿的模样，道，"如今的情况，不管是你父王还是我，都不想看到。你父王与我本是想避开的，奈何……英王世子和诚帝都不会放过我们，若不是得知了什么，太后怎么会下如此决定？知子莫若母。"

沈琦咬了咬唇说道："母亲，我与你们走。"

瑞王妃看着沈琦，心中酸涩，她本不想让女儿经历这些的，谁知道造化弄人。若不是当初的私心让女儿早嫁了永乐侯世子，是不是今天就不会这般痛苦了？

下了这样的决定，沈琦整个人像是虚脱了一般，靠在椅子上，眼泪忍不住地流："我留下的话，反而不好。"

瑞王妃走到她的身边，伸手把她搂到怀里："是我自私，我不愿看到你以后恨我。"

"母亲。"沈琦大哭了起来。

瑞王妃轻轻抚着沈琦的发："永乐侯府不会有事的，不过女婿的那个世子，怕是做不成了。"

沈琦边哭边听着母亲的话："不要小瞧永乐侯府，这样的情况，就算诚帝再糊涂，他也不会轻易得罪了这般世家贵族。你自己与我们走了，诚帝反而觉得永乐侯府可用，他会觉得永乐侯府的人定是恨透了瑞王府。"

"女婿受的那些委屈，也只是暂时的。"瑞王妃的声音柔和，却像是可以安定人心一般，"等以后，会补偿的。"

沈琦低低应了一声。瑞王妃微微垂眸说道："分开只是暂时的,不过你要记得……既然已经选择自己与我们走了,就不要透露任何消息给女婿,女婿……藏不住事情,诚帝又是多疑的性子,女婿什么都不知道,更容易取信于他。"

"嗯。"沈琦使劲点头,"母亲,他不会有事的对吗?"

瑞王妃眼神闪了闪,说道:"会活着的。"只是女儿与他之间……怕也是破镜难圆了。

瑞王过来的时候,沈琦已经冷静下来,瑞王妃叫人打了水,沈琦重新梳洗了一番。瑞王只觉得女儿眼睛有些红,问道:"这是怎么了?"

"王爷,"瑞王妃开口道,"倒也没别的,只是我与琦儿说了初二晚上的事情。"

瑞王有些惊讶地看着瑞王妃:"怎么与琦儿说了?"

瑞王妃道:"以后的路,前途未卜,总归要琦儿自己选择才好。"

沈琦看向瑞王,声音有些低哑地说道:"父王,我知道父王和母亲都是为我着想,我自己与你们走。"

"那女婿呢?"瑞王问道。

沈琦抿了下唇说道:"父王,虽然我们两个是夫妻,可是夫君还有永乐侯府的亲人,我也有你们。"

瑞王叹了口气说道:"想来女婿会理解你的。"

沈琦勉强笑了一下:"这事情瞒着夫君比较好。"

瑞王想了一下,说道:"这毕竟是你们夫妻的事情,自己决定就好。"

沈琦点点头没再说什么。瑞王妃看向沈琦,说道:"等初二那日,你就与女婿一并来,晚上的时候,自然会安排人把女婿灌醉,到时候你就与我们走。"

"我知道了。"沈琦记了下来。

诚帝发现瑞王一家不见的时候,已经是初三的下午了,若不是瑞王妃有意保全这些亲信,也要放松诚帝的戒备,让诚帝安排了不少人进王府,怕是还能再瞒一段时间。大年初二正是永乐侯世子陪着沈琦回娘家的日子,永乐侯世子一时高兴,难免陪着瑞王多喝了几杯,直接醉倒了,沈琦就让人回永乐侯府与长辈说了一声。

永乐侯世子这一觉睡的时间很长,府中诚帝的人感觉到不对的时候,瑞王、瑞王妃和沈琦都已经不见了踪影,只剩下永乐侯世子还昏迷不醒。等消息传到诚帝那里,诚帝再派人来时，已经晚了。

此时，瑞王一家已经在客仙居的暗中帮助下，从赵家老宅的秘道离开了京城，藏到了井底。从井底下去后，有一个仅供一人通过的暗道，只要爬大概一盏茶的时间，就能进入一个密室，里面什么东西都很齐全，不算大却足够容纳他们几个人，内室里面还用屏风隔出了单独的休息间。

翠喜正在里面等着他们，见到瑞王妃就把大致的事情与她说了一下。沈琦一直跟在瑞王妃的身后，瑞王妃让翠喜给沈琦倒了杯水。瑞王见到这里的环境松了一口气，说道："比我想象中还要好点。"

瑞王妃瞋了瑞王一眼。不过瑞王的这句话明显让这些护送他们的人松了口气。

边城中，楚修明已经把自己的猜测和计划与众人说了。

楚修远脸色一变："慈幼院？"

"重点放在江熟的这个慈幼院。"楚修明看着众人道。

"若是英王世子真的把人藏在江熟的慈幼院……"赵端的话有些犹豫，因为那时候江熟水患，孩子还那么小，会不会出事了？

王总管也道："不仅如此，就算水患退下后，英王世子还会把人留在江熟吗？"

林将军沉思了一下，说道："将军此举有些冒险。"

金将军却持有不同意见："我倒是觉得，英王世子那般的人，说不定就是觉得最危险的地方才是最安全的。若是没有那次水患，恐怕过不了多久，他就会把那孩子转移，可是恰巧因为那次水患，死了不少人，很多孩子的来历也就对不上了，更容易隐藏起来。"

其实金将军所想的正是楚修明会选择以江熟为主的原因。

"英王世子是个喜欢剑走偏锋的人。"赵管家说道。

众人也默许了这样的选择。几个人商量不仅是要去江熟还要去丰曲。除此之外，为了隐藏真正的目的，最好再选晏城周围可能是英王世子据点的几个慈幼院一并派人前去。与此同时，再派人去山脉附近，毁掉英王世子的粮草。

此时，沈锦已经让人把薛乔和送薛乔来的那些人送到了将军府后门口，给他们准备了马车与干粮，马车自然不如薛乔来时乘坐的那辆。薛乔看着沈锦的眼神带着猜疑和惶恐，沈锦倒是笑得格外纯善地说道："表姑娘一定也想孩子了，所以也不多留了，其实我想着要留你一并过完年的,可是夫君没同意。"

薛乔心中其实不愿意离开的,可是现在不是她一个人,所以什么话也不能说,万一他们回去与英王世子说了,那么她就完了。可是这样回去,恐怕……薛乔抿了抿唇,手指整理了一下碎发,柔声说道:"我都要走了,表哥也不愿意来见我一面吗?"

沈锦笑着说道:"我不太想让夫君见你呢。"

薛乔面色变了变,说道:"郡主不觉得这般太过霸道了吗?"

沈锦很诚实地摇了下头:"不管我是不是霸道,都和你没什么关系的。"

薛乔咬了下唇,说道:"难道你真的不想知道那个孩子的下落?"

"你又不知道在哪里。"沈锦皱了下眉头说道,"而且有夫君在,这样的事情也不需要我管。"

"安宁,送表姑娘上马车,派人护送他们出城。"吩咐完了,她笑一下,就带着人进去了。

安宁得了吩咐就站在薛乔身边说道:"表姑娘请。"

薛乔取了腕上的一对玉镯放到了安宁的手中,柔声说道:"这位姑娘,能麻烦你与我表哥……"

"不能。"安宁直接把那对玉镯给收了起来。沈锦让人把薛乔看管了起来,也检查了薛乔的行李,可是首饰这类的却没有让人动,她如今才拿得出这般东西送与安宁。

安宁也得了沈锦的吩咐,不管薛乔送什么东西只管收着就是,事情不做就是了。

薛乔抿了抿唇说道:"那麻烦姑娘,我带着人自己走,不需要侍卫的护送。"

安宁看着薛乔,忽然问道:"为什么你会觉得没有将军府的侍卫护送,你能安全走出去?若不是看在你是将军表妹这身份上,我家夫人怎么会费这样的事情……"

薛乔听到安宁的话,眼睛眯了一下,也看出了安宁眼中隐藏的不耐,微微垂眸说道:"也好。"说着,她扶着丫鬟的手上了马车。安宁和岳文打了个招呼后,岳文一挥手,就见那些士兵给剩下的人蒙上眼睛,然后放在了板车上,直接拉着往城外送去。

这样是多此一举的,只是不知为何沈锦这般吩咐了,岳文也就照做了。

坐在马车里的薛乔自然注意到了外面的情况,还没等她再看,就被刀柄压在了车窗上。看着外面的侍卫,薛乔很识时务地关了车窗,心中隐隐有了猜测。她来到边城后,根本没见过楚修明的面,而且这次沈锦像是很匆促地在赶他们走,还有安宁不经意透露的消息。

莫非楚修明根本不在？想到这个可能，薛乔不由自主地坐直了身子。沈锦虽然从别人那里知道了一些往事，可是到底拿不住楚修明的想法，这才不敢对她如何，甚至是选了把她关起来这样的方式来逼供。如今楚修明怕是要回来了，沈锦不想让楚修明见到她，却又不敢杀了她，免得楚修明问起来不好交代，这才匆忙让人把她送走。

就像是安宁说的，这里很多人都恨透了她，如今这些人也知道了，那个孩子并非她所出，最后一点顾忌也消失了，杀了她比放了她更简单一些，不过是因为边城没有真正做主的人，所以才选了这条路。

会选在楚修明回来之前把她放走，恐怕就是沈锦自己的小心思了。薛乔觉得易地而处，她也不会让一个差点与丈夫有婚约的女人再见丈夫的，越想越觉得可能。她咬了咬唇，只是这些怕是见到英王世子也不好交代，除非她能带去更有利的消息。

楚修明这么久不在边城是去哪里了？薛乔毕竟在英王世子身边几年的时间了，她在心中揣摩了一下，已经有了决定，咬了咬牙。

而此时的沈锦等安宁回来后，就让人去请了茹阳公主和忠毅侯来。见到他们二人的时候，看着胖了不止一圈的茹阳公主，沈锦瞪圆了眼睛。

因为有安宁在，沈锦倒是不担心忠毅侯会忽然暴起，而且他们的儿女还被关着。

茹阳公主看着沈锦的眼神带着恨意，沈锦倒是和和气气的，先请他们坐下后，又让人端茶倒了水才笑道："果然，边城这边的水土养人，我瞧着堂姐的气色都好了不少。"

忠毅侯没有吭声，可是在茹阳公主说话前，手轻轻按了她的手一下。茹阳公主咬了下牙问道："沈锦，你到底要做什么？"

其实不用忠毅侯提醒，茹阳公主也不会发脾气，她不是傻子，心中更是明白，如今落在永宁侯的手上，怕是凶多吉少了……诚帝虽然是她的父亲，如果知道真相却也不会放过她的。

若是只有她自己，茹阳公主怕是有选择自尽的勇气，可是她还有丈夫和孩子，在连饿了几日后，茹阳公主屈服了，如今更是骑虎难下。他们一家人的性命都被拿捏在了永宁侯的手中。

如今沈锦派人把他们请来，她的心中格外不安，外面的情况如何，她根本不知道，唯一知道消息的途径，就是他们需要自己写的密信内容。莫非楚修明要反了？那么他们一家对边城来说还有利用价值吗？

沈锦道："堂姐离开家这么久，想来也想家了吧？我准备派人送堂姐回去呢。"

茹阳公主面色一变："沈锦，当初在京城是我有眼无珠开罪了你……"说到最后竟然落泪了，"你连一个年都不愿意让我们一家人过了吗？"

忠毅侯也红了眼睛，却没有开口。沈锦看着他们两个的模样，说道："我知道堂姐是因为将要回京，喜极而泣，只是……"

"什么？"茹阳公主也不哭了，看向沈锦，追问道，"你真的放我们回京？我愿意对天起誓，绝对不和任何人说边城的事情！"

忠毅侯也是点头。沈锦说道："我又不是绑匪，放心吧，堂姐，我这次请堂姐来，就是先与你打个招呼，你回去收拾下东西，也和堂姐夫、孩子好好告别，等过两日，夫君就安排人送堂姐回京了。"

茹阳公主愣住了。忠毅侯倒是先明白过来："只让公主一人回京？"

"嗯。"沈锦笑得眼睛弯弯的，格外真诚地说道，"毕竟过年了，堂姐也回京看看吧。"

"那驸马他们呢？"茹阳公主追问。

沈锦道："放心吧，夫君说会派人好好照顾他们的。"

没等茹阳公主接话，沈锦继续道："是夫君让我告诉你一声的，顺便问问需要不需要帮着准备些东西？堂姐回京后，都要送给谁呢？"

茹阳公主看向了忠毅侯，忠毅侯脸色也很难看，不过这里根本没有他们说话的余地，就像是沈锦说的，是永宁侯来告诉他们一声，并非是来找他们商量的。

等沈锦吃完了三块核桃酥后，茹阳公主才问道："永宁侯想让我做什么？"

"夫君也准备了一些东西，到时候茹阳公主一并送给陛下吧。"沈锦笑盈盈地说道，"其实我们一直没有亏待过堂姐一家人，夫君也是镇守边疆保护着天启朝，真正可恨的是英王世子才是。英王世子和蛮族勾结，我听说有蛮族在晏城周围活动呢。"

第三十六章
当机立断

茹阳公主和忠毅侯回到住处的时候,就看见几个儿女在等着他们,都是惶恐不安的神情。忠毅侯道:"没事的,先下去吧。"

几个人对视一眼,这才回到了自己房中。茹阳公主满脸丧气地坐在椅子上,问道:"他们到底是什么意思?"

忠毅侯脑子没糊涂,闻言说道:"不管是什么意思,除了按照他们安排的路走外,还有别的办法吗?"

茹阳公主抿了下唇,忠毅侯看向了茹阳公主说道:"这样也好,起码不用我们一家都留在这里。公主,你回京后,不管永宁侯他们交代了你什么事情,你都不要做。"

"可是这样……"茹阳公主犹豫地看向了忠毅侯,"驸马,你们怎么办?"

"沈锦毕竟是瑞王的女儿,只要瑞王还在京中,他们多少都要有些顾忌的。"

听到忠毅侯这样说,茹阳公主心中更加不安了,反而说道:"算了,反正当初的密信已经送给父皇了,就算……就算我再说什么父皇也不会相信的,更何况……我觉得永宁侯可能没有不臣之心。"说到最后一段的时候,茹阳公主觉得自己的话有些底气不足了。

忠毅侯摇头说道:"这样太为难公主了,而且很危险,公主回京后就把边城的情况如实告诉陛下。"

茹阳公主在刚知道永宁侯要送她回京的时候,想过这点,可是在得知只有她一人回京的时候,这个想法就消失了。如今忠毅侯竟然如此劝她,让茹阳公主心中愧疚,也不看他的眼神。见到茹阳公主这般神色,忠毅侯最后一点心虚也没有了,伸手握着她的手说道:"能娶公主,是我这辈子的福气,以后我都不能照顾公主了……"

"驸马,"茹阳公主打断了忠毅侯的话,"不会有事的,我也不会让你们有事的。"

忠毅侯还想再劝，茹阳公主伸手捂住了他的嘴，说道："驸马，放心吧。"

楚修明按照答应沈锦的，天一冷就在屋里的地上铺了厚厚的皮毛，赵嬷嬷她们专门在旁边收拾了一间屋子，里面的家具都是专门让人做的，地上先铺着专门做的厚褥子，上面才是毛茸茸的皮毛，还摆了不少大大小小形状各异的软垫。

有时候天气不好了，沈锦就会带着东东到这边来玩。在送走了茹阳公主后，沈锦就抱着东东过来了，让安平去和陈侧妃打个招呼，问问她要不要也带着晴哥和宝珠过来。

晴哥比东东大一些，只是瞧着没有东东壮实，这两个小的倒是熟悉了。李妈妈把晴哥放下后，东东朝着晴哥那边爬去，因为铺的东西太软了，东东爬得并不稳当，到了晴哥那里的时候，一下子趴到了晴哥的身上，像是觉得好玩似的，还仰着小脑袋看向沈锦："母七(亲)！"

晴哥也没生气，就老老实实地被东东压在身子下面，还划动了一下四肢，像是和东东打招呼一样，"啊"地喊了一声。

沈锦坐在中间的位置，伸手拍了一下小不点的大狗头说道："去。"

小不点这才站起来，然后走到东东他们那里，低头咬着东东棉裤的后背带，然后叼着他回到了沈锦的身边，这才把东东放了下来。东东像是已经习惯了，被叼着的时候动也不动，等放下来后，这才翻身面朝上看着小不点，"嗷呜"一声。

"嗷呜。"小不点也回叫了一声，然后低头用凉凉的鼻子蹭了蹭东东。

沈锦拍了拍小不点的头，拿了一块肉干喂给它。晴哥也没有爬起来，反而翻了个身，让自己趴着，然后像小乌龟一样伸着脑袋，看向了小不点，"啊"地叫了一声。

李妈妈一脸疑惑地说道："这是怎么了？"

沈锦笑道："怕是也想让小不点叼呢。"她随手拍了下小不点，指了指沈晴："去。"

李妈妈刚见过小不点叼着东东的样子，倒也不担心，再说她也知道沈锦的为人，就笑着站直了身子等在了一旁。小不点果然走了过去，像刚才那样叼着沈晴走到了沈锦的身边才放下。晴哥这才笑了起来，和爬过来的东东滚成了一团。

沈锦看向站在门口的李妈妈说道："李妈妈，你也进来吧。"

等李妈妈也学着赵嬷嬷一般，找了地方坐下后，沈锦笑道："安平，拿了垫子给李妈妈。"

李妈妈直接抓了旁边的靠垫来，说道："老奴自己来就好。"

沈锦也不和李妈妈过多客套，见李妈妈坐好了以后才问道："母亲和宝珠呢？"

"宝珠小姐有些闹觉，夫人就留下来哄她，说是晚些时候再过来。"

沈锦笑道："那就让他们两个小的先玩。"说着戳了一下东东撅着的小屁股。

沈锦拿了布老虎过来放到东东和晴哥的周围，让他们两个玩。安平和安宁在一旁守着。沈锦问道："李妈妈，母亲与你来到边城可有什么不适的地方？"

边城虽然没有京城那般繁华，可是李妈妈却觉得格外顺心，而且自家姑娘给院中备的那个厨娘，不管是京城菜还是边城这边的菜色都会做，还每日混着做，就是夫人都多用了半碗饭。她便说道："并没什么不适应的，老奴瞧着夫人还挺喜欢用焦香羊肉一类的。"

沈锦就怕母亲想着不给自己添麻烦，就算有什么不适也不说："可有谁怠慢了吗？"

这个主要问的是那些从京城带出来的人。沈锦自己给母亲院中选的人，都是那种老实没什么牵累的，不会有捧高踩低的心思，她并不觉得这些人会给母亲什么委屈。

问到这里，果然李妈妈面上多了几分犹豫，过了一会儿才说道："也不算怠慢了，就是……夫人虽然不介意，老奴觉得他们好像有些防备着夫人似的。"

沈锦一脸迷茫。赵嬷嬷一下子就明白了，能被带着走的，都是瑞王妃的亲信，自然不会全然信任陈侧妃。当初瑞王妃在的时候，陈侧妃是处于弱势的，这些人自然不会觉得什么，可是如今边城，沈锦是陈侧妃的女儿，又是将军府的女主人，而瑞王妃却和瑞王回了京城，强弱之间的关系好像一下子就颠倒了过来。

这些人倒也不是真的觉得陈侧妃或者沈锦会图谋什么，不过是因为忽然处于弱势的情况让他们心中不安罢了，这才会带出几分防备来。

想来陈侧妃也是看出了这些，所以并不在意，而李妈妈却为陈侧妃委屈又担忧，明明陈侧妃并没那些心思，可是这些人却这般。

李妈妈看着沈锦的样子，有些尴尬，倒是赵嬷嬷低声给沈锦解释了一番。沈锦恍然大悟，笑道："原来如此。其实就像是那窝雪兔刚到这边的时候，也是整日不安的。这样，把那些人连着东西安置到如意园。"沈锦又看向赵嬷嬷吩咐道："那里就不要安排将军府的人了，让他们需要什么直接与安平说就好。"

赵嬷嬷应了下来。她觉得夫人这样安排也不错，若是摆出态度后，那些人还要如此的话，就不要怪她动手了。夫人心善可不代表她愿意看着夫人被欺负，也该让他们知道边城之中当家做主的到底是谁。

李妈妈也松了一口气。赵嬷嬷问道:"夫人,是全部的人都移到如意园吗?"

沈锦想了一下说道:"霜巧怎么样?"

李妈妈道:"霜巧除了每日照看宝珠小姐外,并不太露面,对夫人恭敬有加,还约束了宝珠小姐的奶娘。"

沈锦想到当初沈琦交代的事情,说道:"请霜巧过来一下。"

沈锦又道:"当初我在京城的时候,姐姐让我帮着霜巧在边城这边找个人家,也不知道如今还有没有这个心思,我也一直忘了。"

赵嬷嬷明白李妈妈担心的是什么,她害怕沈锦的处置使得沈琦不满意,万一等瑞王妃来了或者回京了,他们与瑞王妃说了什么,使得陈侧妃的日子难过。

沈锦看了安平和安宁一眼,笑道:"你们也该找人家了,家里可有给说亲事?"

安平和安宁脸一红。到底是边城民风开放一些,安平忍着羞涩道:"全凭夫人做主就是了。"

赵嬷嬷有心提点李妈妈,便对安平说道:"安平可有看得上眼的?只要双方都有意思,夫人都可以帮你做主的。"

安平想了一下说道:"我倒是想嫁将军麾下的兵士,不求别的,只要人好有本事。"

沈锦想了一下说道:"那我找夫君问问有没有合适的,到时候与你说。"

安平咬了下唇点点头。

李妈妈看了看安平又看了看赵嬷嬷,沉思了起来。

霜巧很快就被带了过来,沈锦直接问道:"霜巧,来了这么久我也没抽出时间来见见你,姐姐可有什么话让你带与我吗?"

"回侯夫人的话,世子妃并没有说什么。"霜巧躬身说道。

沈锦问道:"那时候在瑞王府的时候,姐姐曾提过你的亲事,你当时是拒绝了,如今是怎么个想法?"

霜巧愣了一下,眼神闪了闪,说道:"奴婢一辈子不嫁,伺候姑娘。"

沈锦闻言说道:"我本想着让你们都搬进如意园,既然你是这般心思,就留在宝珠身边好好伺候吧。"

霜巧心中一颤,说道:"是。奴婢定会听从陈夫人的话,用心伺候姑娘的。"

沈锦笑道:"安平,赏。"

安平拿了个荷包放到霜巧的手上。沈锦说道："那你就回去看看，再选两个留下，剩下的也让他们收拾收拾准备去如意园吧。"

"奴婢遵命。"霜巧已经明白沈锦真正的意思了。

近日沈锦并没说什么，却也是敲打她，陈侧妃虽然只是侧妃，可她是沈锦的生母。

霜巧出了正院后，又扭头看了一眼，缓缓吐出一口气。

李妈妈带着沈晴和东东玩了一会儿，瞧着他们都想睡了，就抱着沈晴告辞了。赵嬷嬷亲自把人给送了回去，路上并没有说什么。

倒是李妈妈忽然问道："我是不是不该拿那些小事烦侯夫人？"

赵嬷嬷温言道："这并非什么小事，夫人在乎陈夫人，自然是希望陈夫人能过得开心自在的。"

李妈妈点了点头。赵嬷嬷想了想说道："而且陈夫人也不需要再想那么多了。"

其实李妈妈也不傻，不过是一时没转过来，在瑞王府那样的环境生活了二十多年，早已习惯了，如今想来也是自己太过小心了。

等楚修明从议事厅过来的时候，沈锦和东东都已经躺在软垫上睡了，而小不点也趴在他们身边，它听见脚步声就看着楚修明摇了摇尾巴，因为东东正紧紧靠着它，所以小不点并没有动。

安平和安宁见到楚修明后就退了出去，楚修明走进来坐在了沈锦的身边，东东的小脚丫子就踹着小不点的肚子，小嘴微微张着，睡得格外香甜。

楚修明动作轻柔地给沈锦整理了一下碎发，索性侧身躺在了他们身边。小不点也重新闭上了眼睛，一只大爪子还搭在东东的身上。

沈锦迷迷糊糊地睁开眼睛，看了楚修明一眼，然后就熟练地钻进他的怀里，抱着他的腰，继续睡了起来，连儿子都不管了。

楚修明给沈锦掖了掖被子，又整理了一下东东的，伸手环着沈锦，轻轻抚着她的后背。沈锦反而睡不着了，打了个哈欠，轻声说道："我已经让人把薛乔送走了……"她把自己的安排与楚修明说了一遍。

沈锦趴在楚修明的身上道："我觉得她一定会多想的。"

"嗯。"楚修明微微垂眸。薛乔不仅会多想，还一定会让英王世子多想，因为不是谁都像沈锦这般。她说因为英王世子救过她，所以才会如此？若是那日救她的人不是英王世子这样的身份,而是个乞丐或者混混,恐怕也就没有这般表现的深情了。薛乔真的没有怀疑过当初薛府的事情吗?薛乔不傻,反而极其聪慧,否则也不会得了他母亲的喜欢。

沈锦又把茹阳公主的事情与楚修明说了,楚修明应了一声,说道:"想来忠毅侯会让茹阳公主做出正确的选择的。"

"那边传来消息了吗?"沈锦是知道楚修明派了探子的事情。

楚修明道:"没有。"那些探子完全失去了消息,这点让他有些担忧。

沈锦想了下问道:"你说母妃他们什么时候能到?"

楚修明捏了捏自家小娘子的腰,说道:"沈熙已经带人去接了,三月份差不多就能来了吧。"

"正好能赶上枇杷。"沈锦想了一下说道,"母妃身边的翠喜做的枇杷银耳羹很好吃。"

楚修明闻言笑道:"那到时候我也要尝尝。"

"嗯。"沈锦笑道,"而且那些吃着对身体很好的。"

楚修明觉得自从陈侧妃来了后,沈锦的气色更好了,那时候陈侧妃独身在京城,沈锦虽然不说,可是心底还是有些想念的。

"其实……"楚修明刚想说什么,就听见外面有脚步声,楚修明抱着沈锦坐了起来。

来的正是岳文,楚修明起身走到了外面,岳文行礼后说道:"将军,英王世子派了使者前来,说有事情要与将军说。"

英王世子的使者会选在这个时候来,让人始料不及。他到底是如何到了城门口才被发现的,这点才是楚修明最在意的。

楚修明并没有马上去见那个英王世子的使者,而是让人把他安排到了客院休息,他在门口站了一会儿,才转身进了屋子。沈锦见到楚修明就问道:"是发生了什么事情吗?"如果不是因为有急事,是没有人会来打扰的。

"英王世子派了使者来。"楚修明没有隐瞒的意思。

沈锦说道:"让我先见见吧。"

楚修明想了一下,说道:"好。"

沈锦捂着嘴打了个哈欠,然后就趴在了楚修明的背上说道:"你说英王世子是怎么想的呢?"

楚修明索性把沈锦背了起来,在屋中走来走去。小不点张着大嘴打了个哈欠,正巧东东的手伸到了它的嘴里。小不点本来还半闭着的眼睛瞬间睁圆了，小心翼翼往后挪了挪，把嘴张得更大，想把东东的手给吐出来。

楚修明一手抚着背后的沈锦，说道："搂紧了。"

"好。"沈锦趴在楚修明的肩膀上，双手紧紧搂着他的脖子。楚修明走到东东的身边，然后稳稳地蹲下，东东看见沈锦就高兴地伸着小胳膊。楚修明单手把东东抱了起来，东东就想往楚修明的身后爬，还伸手去抓沈锦的头和手，沈锦也高兴地逗着东东。

楚修明索性坐在了地上，沈锦跪坐在他身后，东东不知道绕路，就一直想从楚修明身上爬过去，格外努力地蹬着小腿，抓着所有能抓到的东西爬。

而沈锦就躲在楚修明身后，一会儿从他左边的肩膀出来，一会儿从右边出来逗着他。东东微微张着嘴，每次沈锦冒出来就惊呼一声，等沈锦躲回了楚修明的背后，他还会到处去找。

一家人在一起，只是这样无聊的游戏，也玩得格外开心。东东因为玩得累了晚上用完饭就睡了，楚修明和沈锦也早早歇下了。

确定沈锦睡着了，楚修明才给她掖了掖被子，换了衣服往外走。岳文已经等了很久了，楚修明对着他点了下头，对安平吩咐道："别打扰了夫人休息，让赵嬷嬷给大人熬点鸡肉粥，蒸点奶馒头。"

"是。"安平躬身应了下来。

楚修明这才带着岳文往议事厅走去："什么事情？"

岳文低声说道："甲组传回了消息……"

楚修明眼睛眯了一下，说道："我知道了，等天亮后，就去请了赵管家、王总管、赵端、林将军他们过来。"

岳文躬身应了下来。

楚修明想了一下，说道："把徐源也请来。"徐源正是那个领命去山脉火烧粮草的人。

岳文都记了下来，见楚修明没有别的吩咐，就问道："将军，要不要让人给你做些东西吃？"

楚修明点了下头："让厨房下点面。"

"是。"岳文见楚修明没有别的吩咐，就先退了下去。

天已经微微亮，大厨房这边的人已经开始忙活了，听了岳文的话就赶紧下面，还给岳文也下了一份。

楚修远、王总管和赵管家他们本身就住在将军府,来得最早,而赵端住得离将军府比较远,顾不得用早饭就直接赶了过来,林将军、吴将军和金将军三个人要晚一些,不过到得最晚的是徐源,他在军营,岳文送了消息后,还要给他上峰打个招呼。

厨房的面是早早就备好的,楚修明也猜到这些人都没有用饭,索性来一个人就让厨房送碗面。徐源是第二次来这里,和第一次不同,这次也是有位子可坐的,在最末的地方。就算如此,他心中也忍不住激动,这个议事厅可谓是边城权力最集中的地方。

等人来齐了,楚修明才说道:"刚刚得了消息,山脉那边把守得很严,他们至今能得到的消息有限,不过离那个山脉最近的镇上,都传言闹鬼,每月十五的晚上阴兵过界,听说有个小孩还捡到过银元宝,只是在第三天的夜里,整个村子的人都消失了,按照他们的说法是因为得罪了山神。"

赵端皱眉说道:"无稽之谈,怕是英王世子每月都要往山中运送粮草辎重银两,怕有人觉得异常,这才故意放出来的流言,而那小孩恐怕是看到什么不该看到的,英王世子就来了这么一出。"

王总管眯了一下眼,说道:"恐怕那边的地方进容易,出就困难了。"

楚修明点头,也正是因为如此,所以甲组的人花费了不少功夫,这才把消息传出来。

赵管家问道:"那个英王世子的使者,来此是何意?"

楚修明双手交叉放在书桌上说道:"我暂时不准备见他。"

金将军问道:"将军可是另有打算?"

楚修明点头:"这个人来的时候,正好是岳文领命送薛乔离开的时候,薛乔和这个人也见了面。"

赵管家一下子就明白了过来。楚修远说道:"哥,那我去见。"

"让夫人接见。"楚修明没有卖关子,直接说道。

赵管家和王总管对视一眼,神色都有些同情了。金将军他们也听说了不少夫人的事情,想到当初朝廷的使者和后来的茹阳公主他们,他们也觉得其实交给夫人也是不错的选择。

赵端虽然见识了沈锦招待薛乔的手段,可这个使者和薛乔并不一样,他张了张口想要说什么,却被坐在身边的赵管家按了一下手。

楚修远却一听就笑了起来，说道："交给嫂子好。"

楚修明点点头没再说什么，而是把对茹阳公主和薛乔的一些安排说了出来。赵管家眼睛一亮，说道："这样极好。为了活命，那个薛乔也知道什么该说什么不该说，这样让她什么都不知道，她心中反而没底，更容易误导了英王世子，而茹阳公主……有忠毅侯他们在手上，茹阳公主回去后，对我们更是有利，她这般的身份想来没有人会怀疑她是细作。只是诚帝生性多疑，对茹阳公主也不会信任。"

不过他们早就开始埋线了。他们还送了不少军功到忠毅侯的头上，不仅是茹阳公主的密信、请功的折子，还有当初那些被诚帝安排过来的人……诚帝已经相信了忠毅侯他们在边城站稳了脚跟，虽然没办法和楚修明抗衡，却在他的大力支持下，楚修明也开始忌惮忠毅侯，就算到了现在，也不敢动忠毅侯分毫，这也是他有底气的原因。

众人商量了一番，徐源一言不发地听着众人的话，心中倒是有些疑问。他也是听说过将军夫人的，将军夫人在刚嫁过来时就与他们同生共死，还舍命维护边城的那些孩童，这让众人心中对将军夫人又敬又佩。他们都以为将军夫人只是帮着将军打理内院，做一些杂事而已，可是瞧着今日众人的态度，像是不仅仅是这些。

"徐源，你怎么想？"楚修明看向徐源问道。

徐源虽然在想将军夫人的事情，可也注意听了楚修明他们的话，便道："不知将军问的是哪方面？"

楚修明问道："你准备带多少人？"

徐源想了一下说道："十人足矣，只是还需一些人的配合。"

楚修明点了下头："甲组那些人的联系方式我会告诉你。"

徐源躬身说道："定不负使命。"

楚修明并没再多问什么，只是说道："把人都活着带回来。"

徐源起身走到议事厅的中间，恭恭敬敬行了一个礼。

这样的态度表明了一切：宁死也要完成任务。如果可能，他也想把所有人都活着带回来，可是他甚至不敢保证自己能不能活着回来。

楚修明也没有再问，金将军等人心中叹息，就算是见惯了生死，在面对生死的时候，众人心中也不好受。

"徐源，一会儿跟我去书房。"楚修明道，"先坐下吧。"

“是。”徐源这才回到位子坐下。

众人又商量了一些事情，楚修明就带着徐源和楚修远去了书房，楚修明把一张地图交给了徐源。徐源看了一眼，正是那片山脉周围的地图，比在议事厅挂着的那个天启朝地图还要详细，不管是河流还是村落都仔细地标了出来。士为知己者死。徐源手指轻轻摸索了一下地图，说道：“将军放心。”

楚修明点了下头，道：“都坐下。”

徐源等楚修远先坐下后，这才择了位子坐好，楚修明铺开了另一张地图，说道：“你准备怎么带人去，这些我都不过问，这十个人你也可以自己选择，等你们撤离的时候，从这里走……”

楚修明指着地图细细说了起来：“到时候我会带人在这里接应你们。在完成任务后，不用管其他的，就朝着这里跑，就算后面追兵再多也无碍，你们只要考虑怎么平安逃过来就好。”

徐源皱了下眉头，说道：“将军，这般的话容易暴露……”

“无所谓。”楚修明道，“瑞王和瑞王妃已经从京城逃了出来，我派沈熙去接应了。”

徐源想了一下，说道：“其实这般也好。”只要是边城的人，怕是没有喜欢诚帝的，如果楚修明振臂一呼，他们甚至不会管这是不是造反，而是选择直接跟着楚修明打进京城。他们并不觉得镇守边疆是苦的，可无法接受自己、朋友用生命和鲜血镇守着边疆，保护着百姓，面对着那些豺狼一般的敌人时，他们还要防备着身后的刀子。

在所有兵士眼中，背叛是最让人无法接受的。

“将军只要下了决心就好。”徐源他们其实都私下讨论过，楚修明到底是为什么忍耐下来的，并不是为了诚帝，而是为了天下的百姓，不过如今英王世子又冒了出来……

楚修明道：“还有一件事交与你。”

“将军请说。”徐源说道。

楚修明说道：“这趟去，看看能不能查出那些蛮族是哪个部落的。”

那些人都被楚修明他们统称为蛮族，却是不同部落的，而且他们之间也是有差别的，那种差别很细微。徐源自然也是知道的，当即应了下来。

楚修明微微垂眸说道：“你还有什么放心不下的吗？”

“属下家中还有其他兄弟。”徐源道，“所以并没什么。”

楚修明点了下头："记得选走的人，也做个详细登记。"

"是。"徐源明白楚修明的意思，若是他们真的死在了外面，边城也会对他们的亲属进行安排和照顾。

见楚修明没有别的吩咐，徐源就告辞了，楚修远亲自去送他。出书房门的时候，楚修远拍了下徐源的肩膀，说道："活着回来。"

徐源笑了一下，说道："是，属下一定尽全力完成任务活着回来。"

楚修远"嗯"了一声，心情到底有些低落，倒是徐源心中已经有了成算，本身只有三四分的把握，此时也变成了六分，不仅有提前安排去吸引的噱头，还有楚修明亲自去接应这点，都使得他们更加安全。

"少将军，属下有一事不明。"

"你说。"楚修远说道。

徐源问道："为何在将军说把那英王世子的使者交给夫人时，不管是您还是王总管他们瞧着都很放心？"

楚修远闻言说道："因为嫂子很可靠啊。"想了想就把当初边城刚刚解围后，朝廷使臣的事情说了一遍，除此之外还有茹阳公主他们的事情，而薛乔毕竟牵扯到了私事，倒是不好多说什么。另外，楚修远离开边城的事情更是秘密，也不好说。

徐源闻言心中也明了了，笑道："有将军夫人，也是边城百姓的福气。"

不光是楚修远和徐源在讨论这件事，就是赵端也在问赵管家为何不让他说话，因为有些事情赵端也参与了，所以赵管家解释得更加清楚一些。赵端恍然大悟："怪不得你们当时的表情好像都是同情……"

赵管家哈哈一笑，说道："一物降一物。"对于他们这样的人来说，将军夫人那般的还真是克星一样的存在，其实不仅因为沈锦喜欢直来直去，还因为身后站着一个楚修明，一力破万巧，这个力也是很重要的。

而被众人谈论的沈锦此时还在床上睡得正香，东东醒了以后就被送到了陈侧妃那里。

沈锦醒来的时候，已经日头高挂了，楚修明自然没有在房内。等赵嬷嬷她们伺候着她梳洗更衣用完了饭，她又去了陈侧妃那里说了一会儿话，索性留在她那里用了午饭，睡了午觉,只是睡得正香的时候,忽然坐了起来,把陈侧妃吓了一跳,问道:"怎么了?"

"我好像把夫君交代的事情忘记了。"沈锦挠了挠脸,说道。

陈侧妃问道:"什么事情,可别耽误了才是。"

沈锦其实并不困,只不过是习惯了睡午觉而已,此时想起来索性就不睡了,说道:"夫君有点忙,让我帮着见一下英王世子的使者,问问他有没有什么事情。"

沈锦梳妆好就先回了内室,然后让安平告诉岳文,请了英王世子的使者来客厅。

赵嬷嬷今日是陪在沈锦身侧的,低着头沉默不语,就像是一个普通的老嬷嬷一般。

岳文很快就带了人来。英王世子派来的使者看着三十上下,穿得有些厚,气色倒是不错,见到沈锦的时候,眼神闪了闪,恭恭敬敬地行了礼,说道:"在下郑良参见郡主。"

沈锦闻言就笑了起来:"既然是在边城,就不要再称呼什么郡主了。"

"是,在下失礼,侯夫人莫见怪才是。"郑良道。

沈锦点头说道:"无碍的,坐下吧。"

"是。"郑良这才择了位子坐下,岳文就站在郑良的身后,安平端了茶水糕点来摆放好后就回到了沈锦的身边。

沈锦问道:"英王世子可是有什么事情?"

"世子已经继承了英王的爵位。"郑良的神色恭顺,但他从最开始就存了挑拨试探的意思。

沈锦疑惑地看了郑良一眼,问道:"皇伯父竟然下旨让英王世子袭爵了? 莫非他们和好了?"

郑良脸上的神色僵了一下:"世子继承爵位,自然不需要诚帝的同意。"

"可是英王这个爵位就是朝廷册封的啊。"沈锦皱眉说道,"为什么不需要经过朝廷的同意?"

"因为如今的朝廷是伪朝。"郑良义正词严地说道,"诚帝弑父杀兄,这等恶人……"

"等等。"沈锦看向郑良说道,"其实不管是皇伯父还是当初的英王,他们的目的不是一样的吗? 如果当初英王成功了,想来他们做的事情也差不多。"见郑良还想再说,沈锦直接道:"别用外面那一套骗我啊,我们可是亲戚,我父王都和我说了。"

第三十七章
众志成城

赵嬷嬷在一旁低着头,用眼角扫了一下郑良,就见他额角出了冷汗。

郑良想到了路遇薛乔的时候,薛乔说的那些话,就算郑良心中一再提醒自己警惕,可是真见了沈锦的时候,也难免起了轻视之心。

此时他也不再说那些话了,直言道:"诚帝如何对待永宁侯的,想来侯夫人也是知道的,不仅是永宁侯,就是侯夫人的父亲瑞王,还是诚帝的亲兄弟,诚帝又是如何?"

沈锦没有说话,只是看着郑良,郑良接着说道:"想来侯夫人也知道,不管是先帝还是太子,甚至其他皇子的死都是和英王无关的。"

"因为没机会啊。"沈锦道,"英王被太子打败了。我们不是刚刚讨论过这点了吗?"

郑良一脸严肃地说道:"起码英王是光明正大的,而不像诚帝这般小人。"

沈锦其实觉得郑良很厉害,起码在脸皮这个方面。沈锦看着郑良,听着他先是抨击了诚帝,然后再夸赞一下楚家的忠心,再可怜一下瑞王,最后畅想未来。

安平从厨房给沈锦端了红枣酪来,沈锦吃完了以后,又用了几块糕点和梅花茶,见郑良还在说,就开始找了瓜子来,一个个剥开。她也不吃,就把瓜子仁放到了一旁的小盘子里,然后觉得有些无聊了就趁着郑良停顿的时候问道:"渴了吗?"

"不渴,其实只要是……"郑良其实也就客套一下,为的就是接着劝说沈锦。

沈锦"哦"了一声,问道:"可是你到底要说什么?"

郑良道:"只要永宁侯愿意和英王合作,等英王荣登大宝,愿与永宁侯分疆而治。"

沈锦继续低头剥着瓜子,明显没被郑良说的条件吸引。郑良明白沈锦如今是不见兔子不撒鹰,眼睛眯了一下,忽然说道:"还有楚修曜的下落和楚修曜的儿子。"

"咦?"果然,郑良的话吸引了沈锦,沈锦把手上的瓜子仁放到一旁,然后看向郑良,问道:"楚修曜?"

"是。"郑良道,"楚修曜并没有死,他当初是被英王所救。"

郑良口中的英王正是沈锦口中的英王世子。沈锦点了点头,赵嬷嬷眼睛眯了一下,沈锦感叹道:"我觉得英王世子挺喜欢救人的。"

"英王生性善良……"郑良躬身说道。

沈锦接过安平递过来的帕子擦了擦手,说道:"我觉得你很厉害,这样的谎话都能脸不红心不跳地说出来。"

郑良道:"怕是有些事情侯夫人做不了主,不如请了永宁侯出来。"

"我觉得和你说话会耽误我夫君时间,不如你把想说的都写下来,晚些时候我交给夫君。"沈锦想了一下说道,"别写太多,看着有点累。"

郑良倒是脾气很好,在边城面对沈锦的时候,脾气不好也不行。

"莫非侯夫人不想知道楚修曜的下落?"

"说实话,不太想。"沈锦的眼神格外真诚,"一山不容二虎,一城不立二主。你为什么会觉得我会想要楚修曜的下落呢?"

郑良道:"侯夫人不想,莫非边城的其他人都不想吗?若是边城将士知道永宁侯这般对待兄弟,不知道会不会寒了心?"

沈锦看向郑良,有些无奈地说道:"你都进了将军府了啊,怎么会觉得自己还有机会见到别人?"

郑良早有准备,整理了一下衣袖,说道:"英王手下人才济济,在下不过是马前卒罢了。"

沈锦问道:"哦,也就是说你不重要了?"

郑良皱眉看向了沈锦,怎么沈锦所有的反应都和他猜想的不一样,明明是他在威胁她,怎么有一种反被威胁的感觉?

沈锦看向岳文,说道:"把他押下去,想办法让他开口,死活不论。"

"两军交战不斩来使。"郑良脸上终于露出了几分焦急。

沈锦问道:"谁说的?"

"此乃君子所为。"郑良道。他发现沈锦丝毫不像是开玩笑。此行他格外有把握,不仅是因为手里掌握着楚修曜父子消息这样的护身符,还有提前做的许多安排。

沈锦点了点头："我又不是君子。"最重要的一点，沈锦觉得就算郑良死了，英王世子也不会轻举妄动。若是想合作，就算是英王世子的儿子死在了楚修明手里，英王世子还是照样会和楚修明合作。不过楚修明是不会和英王世子合作的，更何况等那件事成，想来英王世子也要恨透了楚修明。

郑良还想再说，岳文已经动手了，郑良本就是英王世子身边的谋臣，带了护卫，可是那些护卫早早地就被控制了起来。郑良一人哪里是岳文的对手，等郑良被岳文带下去后，沈锦才说道："嬷嬷，请夫君。"

"是。"赵嬷嬷到了外面吩咐小厮去请了楚修明。然后进来看向坐在椅子上正在发呆的沈锦，柔声说道："夫人不用担心，想来将军会处理的。"

沈锦愣了一下才点了点头，说道："其实我就是觉得有些奇怪。"

"夫人觉得哪里不对吗？"赵嬷嬷说道。

沈锦应了一声，继续低头剥着瓜子，说道："英王世子的手段怎么这么单一？"

赵嬷嬷一时竟然没有反应过来，沈锦说道："就是我把你所有的东西都给抢走，然后施恩一般再还给你一点，对待薛乔不也如此吗？"

听沈锦解释了，赵嬷嬷也明白了过来。沈锦叹了口气，问道："莫非他觉得，如此一来，他就是好人了？"

"想来是从薛乔那里得来的自信。"赵嬷嬷冷笑道。

沈锦点点头："可是也就那么一个薛乔啊。"

赵嬷嬷没有再说什么，其实沈锦想的并非这些，而是想楚修曜的事情，并非怀疑英王世子手上到底有没有楚修曜，而是……赵嬷嬷他们说了许多，偶尔，她也听楚修明提过，那样一个人到底是在什么情况下被英王世子抓了，又是在什么情况下竟然留了这么久？

沈锦心中已经有了猜测，英王世子抓住过楚修曜这点可能是真的，只是楚修曜恐怕早就不在了。那样的人怎么可能去当俘虏？又怎么会愿意因为他使得自己的弟弟受到威胁？如果逃出来了，他应该早就来找楚修明了。

郑良的话应该是假的，只是这样的假消息让沈锦心中很难过。楚修明很在乎楚修曜，从对待那个可能是楚修曜孩子的重视程度上就能看出来。在楚修明好不容易接受了楚修曜死了这件事后，英王世子偏偏要在此时提出来，就像是好不容易愈合的伤口，再一次被扯开。沈锦是心疼楚修明的。

楚修明很快就过来了,他来的时候就看见沈锦正呆呆地看着窗户,也不知道在想什么。他又看了赵嬷嬷一眼,却见赵嬷嬷低着头,心中隐隐有了猜测。他对赵嬷嬷点了点头,赵嬷嬷就带着人退了出去,还细心地把门给关上。

这番动静倒是引起了沈锦的注意,她看向楚修明,伸出胳膊说道:"夫君,抱抱。"

沈锦自己都不知道,此时的她脸上满是委屈和难受,就像是一只因为母兽受伤而无奈的小兽一般。楚修明走了过去,伸手把她抱了起来。沈锦安静地趴在他的怀里,脸在他脖颈上蹭了蹭,说道:"我们回屋说吧。"

"好。"楚修明微微垂眸,让沈锦坐在他的胳膊上,抱着她往屋里走去,"别怕,有我在。"

简单的五个字让沈锦再也忍不住,红了眼睛,泪水落在楚修明的脖颈上:"夫君,我厌恶英王世子。"沈锦从来没有这么讨厌一个人,就算是对诚帝的讨厌也比不上英王世子……

走到屋里,楚修明也没有把沈锦放下来,只是坐在了贵妃榻上,让沈锦坐在自己的腿上。她双手抱着他的脖子,道:"我见了郑良。"

楚修明伸手搂着沈锦的腰,说道:"他说了什么?"

沈锦应了一声:"说如果夫君愿意助英王世子一臂之力,若是成事了,英王世子愿与夫君分疆而治。"

"呵。"楚修明冷笑出声。

沈锦低头看着自己的绣鞋,这双绣鞋是陈侧妃刚给她做的,上面用金线绣着锦鲤,看着活灵活现的。

"郑良说英王世子手中有三哥和三哥的儿子。"

楚修明咬紧了牙。那一瞬间沈锦都感觉到了他身子的紧绷,可就算如此他搂着她的腰的胳膊依旧温柔。

"不可能。"

"嗯。"沈锦不再看自己的绣鞋,伸手紧紧回搂着他,用脸在他的脸上轻轻蹭了蹭,"夫君,别难受。"

楚修明深吸一口气,又吐了出来,闭了闭眼睛再睁开的时候,勉强恢复了平静:"三哥不可能落在英王世子的手里,楚家与英王有不共戴天之仇,其实三哥……比谁都骄傲。"

楚修曜绝对不会为了活命而弯了傲骨。

沈锦咬了咬唇说道:"夫君,你还有我,还有东东,还有修远……别难受。"

楚修明低头抵着沈锦的额头:"嗯。"

沈锦明白楚修明,此时是一种愤怒和悔恨。英王世子的谎言若是想要人相信,里面一定是有真话的,所以很可能当初英王世子俘虏了楚修曜,而楚修曜发现自己逃不掉的话,一定会选择在还有能力自尽的时候一死了之。

楚修明悔恨,若是那时候他早点察觉这点,会不会就有机会救出三哥呢?

楚修明的痛苦并非仅仅因为楚修曜的死。

沈锦也是知道的,所以格外心疼,英王世子会派人过来说起楚修曜,此举更像是想要激怒楚修明,想让楚修明失去理智。

过了许久,楚修明才冷静下来,道:"英王世子怕是打着让边城内乱的想法。"

英王世子就是想要加重砝码,不管楚修明相不相信,他的目的不过是想让楚修明有所行动,就算楚修明依旧不动的话,想来就该在边城这边传播谣言了,比如为了边城的权力,楚修明故意见死不救,又或者当初楚修曜的死就是楚修明安排的……

楚修明尝到了嘴里的血腥味,刚才为了让自己冷静下来,他狠狠咬了自己一下,借着疼痛和血腥的刺激来提醒自己比沈锦想得更多,只是不愿意说出来吓到她。他轻轻吻了沈锦一下,说道:"我去议事厅。"

"好。"沈锦从楚修明怀里站了起来,"晚些时候我给你们送饭。"

"嗯。"楚修明吻了沈锦的眼角一下说道,"这件事,交给我。"

言下之意是不让沈锦再插手了。

沈锦想了一下点了点头没再说什么,送了楚修明离开正院。楚修明看了赵嬷嬷一眼,说道:"好好照顾夫人。"

"是。"赵嬷嬷应了下来。

沈锦对着楚修明露出笑容,小小的酒窝格外娇俏。

楚修明伸手摸了摸她的额头,他并没有告诉沈锦的是,或许楚修曜确实在英王世子手中,但他连自杀的能力都没有了。

死有时候很容易,有时候却又很困难。若是楚修曜真的连死的机会和能力都没有,可想而知,楚修曜现在是怎么样的一个状况。楚修明只要稍微一想就觉得心寒和心颤,这么多年……楚修曜到底遭遇了什么。让人求生不能求死不得的手段……未知是最令人恐惧的，就连楚修明也不例外。

到了议事厅的时候，只有楚修明一个人，他派人去请了众人过来，而自己就站在悬挂着的山河图前。

楚修明记得，在他还小的时候，家里有许许多多的人，祖父、父亲、母亲、兄长、姐姐……他是楚家最小的孩子。那时候，祖父身体康健，大部分的事情都交到了父亲的手上，所以有很多时候，祖父就喜欢把他们几个小的叫到一起，然后指着山河图上的每一处讲给他们听。

那时候的楚修明太小了，很多都不能理解，却记得祖父说过，这里啊天气很热，还经常下雨，开了许许多多的花，可是也有很多的毒虫毒草，到了那边后，一定要注意，很多士兵往往是因为水土不服、吃错了东西或者被毒虫毒蛇咬了损失的。

楚修明还记得楚修曜那时候天不怕地不怕的，手里挥舞着小木刀说了什么，楚修明已经记不清楚了。

楚修远来的时候，楚修明并没有转身，等楚修远走到了他身边，他才指着山河图左下角的一个地方说道："你当初不是问过我，这里是怎么弄的吗？"

"嗯。"楚修远说道，"这里看着像是后来补上的。"

楚修明道："是被三哥与我弄坏的。"

楚修远看向楚修明，他就算再迟钝，也感觉到了不对，只是并没有说话。楚修明接着说道："那时候父亲本答应带我们去打猎的，那是我和三哥第一次被带出去打猎，自然是满心欢喜，可是……"楚修明指了指那个被他们剪掉的地方，"父亲忽然要带兵去这里，我们以为只要把这里给剪掉，父亲就找不到路去不了了。"所以他们那时候就偷偷找了剪刀来，把那一块给剪掉了，也多亏祖父从小教他们认地图，他们竟然没有找错。

"现在想想，那时候还真傻。"山河图很重要，为了这一份完整的地图，牺牲了不少优秀的探子。父亲狠狠教训了他们一顿，明明是他出的主意，可是在事发后，是楚修曜把所有责任给担了下来，就算是他也去承认，挨打的时候，也是楚修曜死死地抱着他，不让父亲打到他。

楚修远不知道楚修明为什么忽然提到了这些，莫非是英王世子的使者说了什么？那个孩子出了什么事情吗？

楚修明的手指摸了一下那个地方后，就坐回了位子上。楚修远抿了抿唇。这个时候楚修明会派人把众人请来，想来是因为出了新的事情需要大家一起商量。

楚修远坐到了楚修明的身边，给他倒了一杯茶。

等人来齐后，楚修明手指摩挲着茶杯的杯沿，微微垂眸看着杯中茶叶说道："英王世子的使者说，楚修曜父子都在他们手中。"

"不可能。"林将军第一个说道。

吴将军也皱起了眉头，他们都是认识楚修曜的，自然不相信楚修曜会为了活命，就屈服在英王世子那里。

金将军怒道："英王世子这个小人！"

赵管家也冷静下来说道："若是真有三爷在手，英王世子绝不会等到现在再说。"

王总管忽然说道："还有一种可能……"

楚修远道："如果是真的呢？"

是啊，如果是真的呢？万一英王世子手上确实有楚修曜，他们难道真的不管吗？楚修曜和他的那个孩子是两码事情，他们能狠心放弃那个孩子，却根本没办法选择不去营救楚修曜。

楚修远沉声说道："若是三哥真在英王世子手上，我们就答应他的条件。"

皇位是死的，可人是活的。楚修远现在了解了楚修明刚才那样的挣扎和痛苦。

楚修明微微垂眸说道："现在有两个可能，一是英王世子是骗人的，二是英王世子手上确实有三哥，一个求死不得的三哥。"

"求死不得"四个字，让众人的面色都变了，他们想到这个可能，却谁也不愿意去相信这个可能。

楚修明说道："把郑良带上来。"

没有人再说话。

郑良很快就被带了上来，只是短短的时间，他竟然憔悴了许多，只是身上和脸上并没有任何伤口，众人并没有问岳文是怎么做到的。郑良看见楚修明的时候，竟有一种劫后余生的感觉。

"郑良，"楚修明看着他说道，"你说我三哥在英王世子手上？"

郑良闻言心中松了一口气，他就知道楚修明不可能不在乎这件事，就算他不愿意楚修曜活着,也要为众人心中的位置做出很在乎的样子。

"是。"

"想来英王世子已经告诉过你,我三哥是怎么落到他手上的经过了。"楚修远沉声说道,"说。"

郑良是知道楚修明有个表弟的,看了楚修远一眼,倒是没有隐瞒,仔仔细细地把英王世子在哪里找到楚修曜的事情说了一遍。楚修明心中一沉,赵管家、王总管甚至林将军他们都问了几个问题,有些是郑良不知道的,有些是英王世子告诉过郑良的,他一一说了出来。众人对视了一眼,心中明白,怕是当初楚修曜真的落在了英王世子手上。

"英王说了,若是永宁侯愿意合作,不仅会把人归还,还愿意与永宁侯分疆而治,同享天启朝的河山。"郑良躬身说道。在楚修明面前,他根本不敢有丝毫的隐瞒:"就算永宁侯不愿意和英王合作,只要永宁侯不出兵助诚帝,不管最后英王是胜是败,英王都愿意把人归还,甚至以边城为中心,华江为线,这些都送与永宁侯为封地。"

"归还?"楚修明看向了郑良问道,"是归还我三哥的尸首吗?"

郑良道:"在下敢对天发誓,绝不如此。英王敬佩楚家,对楚修曜绝无丝毫的怠慢。"

郑良的话一出,众人都皱了眉头。楚修明问道:"活人也是照顾,尸体也是照顾,你说的是哪一种?"

"自然是活人。"郑良毫不犹豫地道。

楚修明放下茶杯,面色平静地看着郑良,不知为何郑良竟然觉得心中一寒,就像是脖子后面被架了一把刀似的,竟然出了一身冷汗。他狠狠掐了一下自己,这才强忍着恐惧道:"莫非永宁侯不希望自己的三哥活着?"

听到郑良的话,楚修明微微垂眸并没说话,倒是郑良只觉得心中激荡,接着道:"说来也是,长幼有序,若是楚修曜这位三哥还活着,怕是永宁侯这个爵位也轮不到你坐。"

这话一出,众人的表情都有些奇怪了,楚修远冷笑道:"莫非英王世子当初就是这般坐上世子位的?"

赵管家也道:"在下倒是听说,英王还活着的时候,是有三子的,现在怎么没听说另外两位的消息?"

郑良面色一变,只是说道:"两位公子是被诚帝迫害而死的。"

"在下记得那时候有位公子才三四岁吧?"赵管家像是不敢肯定似的,仔细思索了一下,说道,"诚帝放着一个已经年长的世子不动,去动什么都不懂的三四岁小孩?"

郑良沉声说道:"小公子自幼身子弱,若是好好养着自然能平安长大,只是那时候诚帝追击得紧,一路奔波,这才不幸早夭了。"

"那另外一位呢?"王总管问道。

郑良眼睛眯了一下,也反应了过来,说道:"几位倒是对英王的家事很有兴趣,若是永宁侯愿意和英王合作,到时候几位亲自问英王即可。"

楚修明道:"岳文,把人拖下去。"

郑良听见"岳文"的名字脸色大变,说道:"永宁侯……"

岳文却没有再让他说出剩下的,直接捂着嘴给拖了下去,等人下去了,林将军才说道:"将军,莫要听信小人所言,恐英王世子另有阴谋。"

楚修远沉声说道:"不管是三哥还是三哥的尸首,都必须抢回来。"

金将军缓缓吐出口气,说道:"谈何容易。"他们现在甚至连楚修曜是死是活都没办法确认。

赵管家看着楚修明问道:"将军有何想法?"

楚修明端着茶杯一口饮尽,就连里面的茶叶都嚼了嚼咽下去,说道:"也不差这会儿工夫。"

不管楚修曜是死是活,既然已经在英王世子手上这么久,那么也不急于一时。

赵端虽然在,可是一直没有开口,毕竟是将军府的家事。可是如今楚修明的决定,却让他心生佩服。楚修明真的不急吗?不,他比谁都急,可是他不能急。

虽然楚修远才是太子嫡孙,可是说到底,这一脉中楚修明才是决策者,谁都可以急,谁都可以心乱,只有楚修明不可以,因为他的每一个决定都不仅仅关系着自己。

若是没有楚修远,没有这些责任的话,楚修明怕是早就忍不下去了。

易地而处,换成他的话……赵端心中一颤,觉得自己恐怕是忍不住了。不知道也就算了,知道的话……就算只是尸骨他也会想尽一切办法的。

明白过来的不仅是赵端,在场的所有人都能感觉到楚修明的挣扎。也正是因为这样的楚修明,才使得他们甘心臣服。楚修远红了眼睛,想说什么却怎么也说不出来。谁都有立场说话,就是他没有,若不是因为他……若是没有他的话,这一切都不会如此。

楚修远只感觉到一只微凉的手轻轻拍了拍他的手背,楚修远扭头看去,就看见楚修明的侧脸。和众人不同的是，楚修明的神色很平静，甚至平静得让人觉得恐怖，却有一种让人安心的感觉。

楚修明道："既然英王世子把这些一件件抛了出来，意味着他有什么重要的计划是绕不开边城的。"

众人心中一凛，刚才他们的注意力都集中在楚修曜的身上。楚修明起身指着山河图说道："边城位处京城西北方，而这边是……"

几个人都看向了山河图，林将军猛地明白了楚修明的意思："这就意味着英王世子是有办法让蛮夷绕过边城这边到天启朝，可是这个地方想来很难走或者只能供少数人通过，人数若是多了的话，就容易被发现或者……"

"根本过不去。"吴将军也沉声说道。

金将军忽然想到，道："我好像知道他们是从哪里通过的了。"

楚修明也猜到了，他手指点着一处，那里山势险要，还需要通过一处湍急的河流，甚至因为地形的原因，不能造桥，只能用绳索通过，就算是用绳索，也只能选择每个月中旬，河水较平缓的那日。

当初楚修明的祖父就发现了这处地方，最后因为能利用的价值不高，只是标注了下来。楚修明后来也去看过，确实如此。他还派人守在那里……

"费安背叛了。"金将军沉声说道。

王总管道："不仅是费安。"

山里的百姓，每隔几个月就要选个身强力壮的青年来背着东西到市集交换所需的生活用品。边城这边虽不让他们进城，却也不会拒绝，一直相处得挺愉快。若是蛮夷真从那里走的，不仅意味着守将费安投靠了英王世子从而欺瞒楚修明，山里的百姓恐怕也投靠了英王世子。

几个人面色都有些难看。吴将军怒道："狼心狗肺的东西！将军，属下去把费安拿下！"就在前段时间，费安还和他们一起喝酒。

楚修明道："金将军，你带兵去。"

"是。"金将军说道。

楚修明抿了抿唇说道："生死不论，注意封锁消息。"若是费安没有背叛，那么他见到金将军带着人过去，并不会反抗，可是若真的背叛，绝对不愿意束手就擒的，难免会发生一些摩擦。若是金将军想要活捉的话,怕是难免束手束脚的,这样反而容易属于下风,增加士兵的伤亡。

金将军面色一肃,说道:"是。"见楚修明没有别的吩咐了,就起身出去点兵。

众人心中沉甸甸的,费安虽然不如他们几个关系这么好,可是说到底也是认识许多年的,也一起经历过不少战争。这样过命交情的兄弟,背叛让人格外无法接受。

吴将军见楚修明让金将军去,也没有说什么,当初费安是救过吴将军命的,所以他才格外愤怒,让他去难免控制不住情绪。

楚修明接着说道:"林将军,你也准备一下,恐怕那山中还藏着蛮夷和英王世子的人。"

等费安那一伙人抓来,若是能问出一些山里的消息固然好,也可以减少伤亡,若是问不出……楚修明心中明白,在山中的话,自己的士兵固然能胜利,恐怕会有不少伤亡,毕竟那边的地形他们不熟悉,还有那个索道。

"到时候封山。"楚修明冷声说道,"派兵把那儿围住,给他们三日的时间,愿意出来的就出来,不出来的话就封山,五日内烧山。"

这样的话,造成的杀孽太重,有伤天和,楚修明一直不愿意如此,可是现在的情况,也容不得他心慈手软了。

林将军道:"将军放心吧。"

楚修远一直没有说话,此时道:"将军,那徐源的任务……是不是要暂缓一下?"

就怕到时候英王世子损失惨重,狗急跳墙伤害了楚修曜。楚修明道:"照旧。"

赵端此时才道:"将军,其实在下也觉得可以稍缓一下。"

楚修明摇了摇头:"机不可失。"

赵管家和王总管心中有些担忧,他们几个是知道将军的挣扎的,可是别人不知道,万一将士知道楚修曜的事情后,觉得楚修明不近人情……楚修曜当初在边城,和那些将士的关系绝佳。

林将军也说道:"那军中要不要先……"

楚修明道:"人多口杂。"

一时间众人都没有再说什么,事情商量完了,他们也没有离开,反而都坐在议事厅中。

沈锦带人拎着食盒过来的时候，就看见众人大眼瞪小眼的情况，楚修明早就有吩咐，将军府所有的地方都不对沈锦设防，就算是议事厅也是如此，所以直到她到了门口才惊动了众人。

沈锦笑道："想来大家也饿了，我就让人做了些东西送来。"

"嫂子。"楚修远喊道。

沈锦笑盈盈地点了点头，让开了位置，就见身后的小厮开始抬着东西进来，就在议事厅的中间空地上摆了桌椅，除此之外还有小炉子和小锅，把一只拎的壶里乳白色的汤底倒进去后，一盘盘肉片也被摆放了出来，荤菜多素菜少，零零散散摆了一大桌，就是旁边小桌上还摆着不少牛肉片和羊肉片。

他们都在议事厅用过饭，每个人面前都有小火锅，可以自己选了喜欢的下着吃。

楚修明一直看着沈锦，若是仔细瞧着，还能发现他眼中露出的几分伤感和无奈。

楚修远见都准备妥当了便说道："正巧也饿了，谢谢嫂子了。"

沈锦笑了一下没有说什么。

众人净手后坐了下来，林将军道："老金倒是少了一顿口福。"

沈锦也没有问金将军去了哪里，因为是个圆桌，众人都是围着坐的，而她就坐在楚修明的身边。

沈锦喜欢吃这种锅子，她习惯在吃之前先用一些汤，她盛了碗汤慢慢喝了起来，还时不时地从楚修明的小锅中夹点涮好的肉蘸着赵嬷嬷特制的调料来吃。

几口热汤热菜下去，众人情绪缓和了许多。

赵管家重提了刚才的事情。

沈锦正在吃楚修明放在她碗中的白菜，听着赵端说着担忧，王总管也说道："确实如此，这样容易埋下隐患，倒是不会只因别人的一句话就怀疑将军，可是心中难免有了疑虑，还不知道英王世子接下来要做什么，积少成多下来怕容易军心不稳。"

楚修明并没有说话，而是用筷子搅了一下锅中的面。楚修远道："不如我们先一步说出这样的事情？"

沈锦咬着冻豆腐点头，她觉得自己吃完这块，等面条熟了还可以再吃几口。

赵管家问道："夫人有什么想法？"

沈锦有些疑惑地看向了赵管家，嘴里的东西还没咽下去，正在努力嚅动着嘴，显得有些呆呆的。楚修明给沈锦倒了杯水,说道:"慢慢吃。"

"嗯。"沈锦点了点头,继续吃了起来。

楚修明看向了赵管家,眼神中带着几许警告。楚修远低着头默默地不吭声。沈锦吃完以后,又喝了一口水,问道:"赵管家,你问的是什么?"

"在下瞧着刚才夫人因为少将军的话点头了。"赵管家道。

沈锦应了一声,桌子下面的手轻轻捏了捏楚修明的手指,说道:"因为我觉得修远说得对啊。"

楚修明把煮好的面条都给夹了出来,放在自己的碗中,加了点调料,神色缓和了一些。沈锦愿意说和别人让她说,这是两回事,所以楚修明此时才不打断。

林将军问道:"夫人为何会赞同?"

沈锦双手捧着杯子,眼神却落在楚修明刚拌好的那碗面上,说道:"英王世子的话和将军府的话,他们肯定更相信将军府的话啊。"其实就是这么简单。

楚修明担心那些将士会因为顾忌到楚修曜在英王世子手中,等真遇上了难免有些束手束脚的,而且万一英王世子得了消息,楚修曜的处境就更危险了几分,所以有些犹豫。众人也是如此。沈锦真的不知道吗?

沈锦是知道的,正是因为知道,她才不愿意让楚修明说,这样对楚修明太过残忍了。楚修明何尝不知道沈锦的心思,伸手紧紧握了一下她的手,不再犹豫地说道:"只要让英王世子有所顾忌,那么他为了退路,就不会动三哥。"

楚修远看向楚修明说道:"哥,你尽管吩咐!"

刚才议事厅是众人在讨论公事,楚修远自然称呼楚修明为将军,而此时大家围坐在一起吃火锅,楚修远对楚修明的称呼自然改了。

楚修明道:"等金将军回来后,林将军你马上带兵去禹城,给席云景写信让他做好准备,等瑞王一到边城,那边就开始行动,以沈轩的名义质问诚帝为何逼迫瑞王离京,然后带人……"

听着楚修明的话,众人都记下了自己的职责,沈锦忽然说道:"我进京。"

"不行。"楚修远说道,"嫂子你若是进京了……"

沈锦道:"总要给诚帝一颗定心丸。"

楚修明伸手握着沈锦的手,说道:"不用。"

"夫君,你知道这样是最好的,因为沈轩一方面质问诚帝,可是却带兵与英王世子发生冲突,诚帝对父王是不是来了边城也不敢肯定。太后会护着我的。"

楚修远说道:"嫂子,不该你去冒险。"

沈锦笑了起来,因为脸上的酒窝,使她看起来根本不像是一个孩子的母亲。她伸手揉了揉楚修远的头:"又不是为了你。"

沈锦说的是实话,就算楚修远是太子嫡孙,她会如此选择也不是为了他。

如今沈锦愿意站出来,为的只是楚修明,在最开始她听到郑良的话后,其实就在犹豫。她也会害怕,她从来不是英雄,那种能以天下先的人,她在乎的是自己的亲人,在乎的是自己的小家。

那时候,她犹豫了,心中挣扎着。在沈锦亲自带着人来送饭的时候,楚修明就知道沈锦有了决定。

开始的时候楚修明打算在诚帝和英王世子中间寻求一个平衡,而现在的情况,和英王世子已经到了水火不容的地步,那么就不好与诚帝那边撕破脸,当然也可以选择把瑞王送回去,可是如此一来,下面的计划却不好进行了。

沈锦到京城为质是最好的选择,不仅能让诚帝相信瑞王不在边城,而是在英王世子手中,也会让诚帝产生顾忌,不说和楚修明联手对付英王世子,起码不会在楚修明对付英王世子的同时,在背后捅刀子。

好处还不止这些,英王世子也会顾忌楚修明和诚帝联手,也不敢用全部兵力对付楚修明,还要防备着诚帝渔翁得利,那么楚修明这边也可以分出大半的兵力来防备蛮夷。

其实这也是众人开始没有提起那个办法的原因,那是最好的选择,却也要有善后的工作,他们谁也不好提出让沈锦去当人质的事情,更不可能说让东东去,所以众人沉默而心中烦闷暴躁。

就算此时沈锦自己提出来,众人也是沉默。

众人此时也吃不下去了,这件事最终是要交给楚修明和沈锦自己决定的。楚修明没再说什么,只是牵着沈锦的手先离开了。楚修远并非第一次看见这般的兄长,那时候在三哥代替他离开后,楚修明醒来后就是这般。众人都以为楚修明会发怒或者发泄,可是他只是静静地坐着,带着无奈和痛苦。楚修远也不知道怎么形容那一刻的楚修明,那种感觉只是让人看着都觉得无法承受。

"夫君,背背我吧。"出了院子,沈锦忽然说道。

楚修明咬了咬牙,松开沈锦的手,走到她的前面,背对着她蹲了下来,沈锦熟练地趴在了楚修明的背上,感叹道:"刚才吃得有些饱了,都不愿意动了呢。"

"那就不动。"楚修明道,"我背着你走。"

沈锦眼睛红了,小声说道:"不行啊。"她听出了楚修明话里的意思,"夫君,我等着你来接我。"

楚修明脚步顿了一下:"听话。"

沈锦鼻子一酸,说道:"你听话才对,东东就交给我母亲照顾,你一定要早点去接我。"

楚修明摇了摇头。沈锦张口咬了下他的耳朵,说道:"还有不许再有什么表妹了!"

"不会。"楚修明的声音有些喑哑,"就你一个人。"

沈锦这才满意地说道:"夫君,你如果帮我安排的话,那么更安全一些,若是我自己偷偷跑的话……"

"不许。"楚修明开口道,"我知道了,在京城等着我。"

沈锦"嗯"了一声。

楚修明答应了下来,可也不是直接就送沈锦去京城。他先上了奏折,这封奏折他整整写了一夜,竟然也没写出来,他不知道要如何下笔。

直到天微微亮,楚修明才放下笔,有些颓废地坐在椅子上,缓缓叹了一口气,这才起身朝着内室走去。沈锦还在床上睡得正香,楚修明坐在床边,手指轻轻地从她睡得红润的脸上滑下,这样一个娇娘子,他如何舍得让她去那种豺狼之地。

看了许久他才收回手指,闭了闭眼睛,心中却已经知道沈锦此次京城之行是势在必行了。他重新回了书房,铺好纸,略一思索就拿着笔写了起来,一气呵成,写完后,他直接把笔甩在了地上,紧紧握着拳头,微微仰着头,闭上了眼睛。

沈锦披着外衣过来的时候,楚修明才睁开眼睛。看着楚修明眼底的血丝,沈锦只觉心中一颤。她缓步走了过来,伸手去握他的手,她的手太小,根本没办法把楚修明的手给包起来。倒是楚修明松开了拳头,反手把她的手给握住。

"夫君,"沈锦依到了楚修明的身边,"别怕。"

楚修明的身子一颤,紧紧地把她搂在怀里,只是一份奏折,他都有些忍受不住。他们两个不是没有分离过,可是这次却截然不同。

"傻丫头，"楚修明的声音有些沙哑，"我的傻娘子。"

"胡说，"沈锦反驳道，"我可聪明了。"

楚修明把沈锦按在怀里，下颌压在她的头顶，说道："聪明的话，怎么会嫁给我？"就算沈锦不主动提出，甚至在别人提出时拒绝，谁也无法说这是她的错。

"又不是我自己选的。"沈锦也觉得委屈，"我又不能抗旨。"

楚修明闻言有些哭笑不得。如果说诚帝做过什么好事的话，就是把沈锦指给自己当了妻。

"不过，若是有选择的话，我也是愿意嫁给你的。"沈锦的声音里带着笑意，"当时在京城听说你喜欢吃生肉，我可发愁了呢。"

"发什么愁？"楚修明见沈锦穿得有些少，就把她打横抱起，往卧室走去。

沈锦钩着楚修明的脖子，悠闲地晃动着脚："我不喜欢吃生肉啊，那可怎么办好。"

"最后想到办法了？"楚修明不知为何，就想到娇娇弱弱的小娘子坐在窗户边发愁的样子，肯定鼓着腮帮子，漂亮的眼中满是惆怅。

沈锦有些得意地说道："鱼脍啊，就按照鱼脍的方法来。"

楚修明闻言只是笑道："那最后发现我也不吃生肉，是不是很失望？"

"才没有呢。"沈锦坐到了床上，把鞋子给蹬掉，然后把外衣脱了递给楚修明。楚修明把沈锦的衣服挂好，才上了床，沈锦舒服地趴在他的身上。楚修明伸手拉好了被子，才听到沈锦接着说："鱼脍很好吃。我想了想，觉得应该牛肉味道还行，羊肉和猪肉应该不太好吃……"

沈锦把自己当时想的告诉了楚修明："羊肉有些膻，熟的时候味道比较好，猪肉会有些腻。"

楚修明轻轻揉着沈锦的腰问道："除此之外呢？"

沈锦哈哈笑着把自己那时候的想法都与楚修明说了，不知不觉天已经大亮，而今日楚修明没有出门习武，陪着她用了早饭。

楚修明到议事厅的时候，除了金将军外，议事厅的人已经来齐了。楚修远看向楚修明的眼神中带着担忧，可是楚修明整个人已经恢复了平静，把写好的奏折交给了赵管家，然后坐在了主位上。赵管家和王总管看过以后，只觉得心中沉甸甸的，有些不知说什么才好。

楚修明说道:"这几日把这个折子送上去。"

"是。"赵管家道,"昨日……"

费安被带到将军府的时候,身上并没有锁链一类,他在见到金将军带兵过来的时候,心中就已经明白,甚至没有丝毫的反抗。金将军让手下人接管了这里的防卫,自己押着费安一伙人回来。

一路上费安都一言不发,金将军的神色也难看,倒也没为难他。费安的亲卫也不是都知道的,有些格外茫然,心中惶惶不安,有些面如死灰,金将军仔细地把人都记了下来。

被带到议事厅的时候,费安看着坐在主位上的楚修明,两个人对视了许久,倒是吴将军没忍住怒道:"费安!那些到底是不是你做的?!"

"是。"费安很冷静,听见吴将军的声音,才移开了视线,道,"我家里人并不知道。"

"将军就没让人动你家里人。"林将军也难掩失望,问道,"为什么?"

费安道:"人往高处走,水往低处流。"

楚修远问道:"你是为了名利?"

费安看向楚修远,道:"算是吧。"

楚修明明白,费安说的不是实话,其实更多的是为了一口气。

"你对得起老将军吗?"吴将军眼睛红了,紧紧握着拳头说道,"你忘了是谁把你从死人堆里背出来的吗?是谁为了救你……"

费安闭了闭眼,情绪激动地说道:"记得!我都记得!可是你们忘了,是谁害得我们落到如此地步?是谁害死了老将军吗?是谁为了那点狗屁的私心,害死了那么多兄弟吗?"费安指着他们所有人,"不是我忘记了,是你们忘记了!"

"没有忘记。"楚修明看着脖子上都暴出青筋、面目狰狞的费安,说道,"没有忘记,一刻都不曾忘记。"

费安喘着粗气,瞪大了眼睛看着楚修明。

楚修明道:"是你忘记了。"

"放屁!"费安怒骂道。

楚修明没有动怒,平静地说道:"你因为诚帝如此对边疆的将士,所以愤怒,觉得不公?"

费安没有反驳。楚修明接着说道:"可是你忘了,我们镇守边疆,为的从来不是诚帝。"自从诚帝上位,做了那些事情后,费安就不止一次提过造反的事情,从最开始含蓄的暗示到后来的直言,特别是楚修明的父兄一个接一个地战死,费安的情绪也越发激动。最终无奈,楚修明才安排费安领了那样一个命令。

"我们为的是天启朝的百姓。"楚修明何尝没有这般仇恨过,他也是恨不得杀了诚帝。

"固然边城的将士可以起兵进京,那么谁来镇守边疆? 谁来保护百姓的安危?"

费安没有回答,只是站在议事厅的中间。

楚修明接着说道:"不管是我祖父、父亲,甚至兄长、我,效忠的从来不是诚帝,而是天下的百姓。"

林将军道:"费安,你忘记我们当初的誓言了吗? 决不让蛮夷踏足天启朝一步!"

费安依旧没有说话,楚修远忽然问道:"费将军,你觉得英王世子会是明君吗?"

"不会。"这次费安没有丝毫犹豫地回答。

吴将军问道:"你觉得英王世子会成功?"

"不知道。"费安道,"就算不成功,也没什么损失。"

不管怎么说,费安都是背叛了,如何处置费安成了难题。正是因为费安太过急躁,楚修明的父亲才选择瞒着太子嫡孙,可是如今想来,若是早早告诉了费安,说不定费安就不会如此了。

对诚帝的仇恨已经成了费安的执念,甚至已经有些疯魔,所以才做出了这样的错事。

按照边城以往的规矩,只要做出了这般的行为就是背叛,绝不能轻饶,可是费安的情况就有些复杂。一时间众人都不知道怎么处理好,倒是费安嗤笑了一声问道:"怎么了? 还有什么难题?"

"费将军,请坐。"楚修明道。

费安倒是大大方方选了吴将军身边的位子坐下,吴将军恨不得狠狠打醒费安,他当初给了费安那么多的暗示,为什么他就不明白? 到了现在的情况根本没有办法收拾。

楚修明问道:"不知道费将军对英王世子那边的了解……"

费安并没有隐瞒,一一说了出来,甚至没有丝毫的犹豫,不仅说了打探到的情况,还说了一些自己的推测。

"老吴倒茶。"

"喝,怎么不噎死你!"他虽然这么说,还是给他倒了一杯茶。

费安端着喝了以后接着说道："英王世子这两年的动作更急切了一些,在去年的六月份曾……"

吴将军的眼睛越来越红,随着费安的诉说,终于没忍住双手握拳狠狠捶在了桌子上:"费安!你既然有这般的心思,为什么还要放那些蛮夷过去?"

费安回答不上来了,其实他自己也不清楚为什么会同意英王世子的要求,放了那些人从他镇守的地方进入天启朝。每次看见那些蛮夷的时候,他都恨不得把人给杀了,可是却又因为对诚帝的仇恨,选择了一次次的纵容。

同时,他还会费尽心思收集这些对边城有用的消息,费安自己也知道,很矛盾……可是他偏偏这般做了。

金将军叹了口气,拍了拍吴将军的肩膀,看向楚修明,说道:"将军,费将军也算是戴罪立功,将功补过了……"

求情的话竟然也说不下去了。林将军道:"将军,费将军确实做了糊涂事,却罪不至死。"

楚修明微微垂眸说道:"费将军,你想过被发现的后果吗?"

"哈哈哈。"费安笑道,"当然想过,老子就想把这些和你们说了,然后也别让老子死在牢里了,太窝囊。"

楚修明摇了摇头,其实费安在放郑良到边城的时候,恐怕就想过暴露的事情,可是他没有选择逃走或者做别的事情,而是在等着他派人过去,像是在等待一个解脱似的。他看向楚修明,说道:"将军,我用这些消息,就换这样一个要求,可以吗?"

"费将军,"楚修明起身,走向了费安,说道,"我以茶代酒,向费将军赔罪。"

楚修明的举动让费安整个人都愣住了,倒是赵管家和王总管明白了过来,看了楚修远一眼。楚修远愣了一下也点了点头,起身走了过去:"哥,是我该向费将军赔罪。"

费安被弄糊涂了,林将军摸了摸胡子没有说什么,金将军和吴将军对视一眼,心中叹息。

楚修明刚过来,费安就站了起来,一点也没有刚到议事厅那时候的疯魔,只是说道:"不行吗?"他不想死在牢里,他要死也要死在战场上。

"并非这件事。"楚修明道。

费安皱眉。楚修明看向楚修远,然后微微后退了一步。楚修远道:"其实是我们一直瞒着费将军,我生父是太子嫡次子,正是因为这点,所以才牵累了众人。"

"什么?"费安看向楚修远,满脸惊讶。

吴将军说道:"我多少次提醒你,暗示让你不要着急,事情需要名正言顺才好,只求一个两全的方法……"

听着吴将军的话,费安想到了不仅是吴将军,就是楚老将军、林将军,甚至楚修明都说过类似的话,可是那时候的他根本听不进去,只以为众人是在安抚他的情绪。费安看向楚修远,许久才说道:"怪不得……"怪不得什么他却没有说,只是接过楚修远双手端着的茶一口饮尽,然后又接了楚修明手中的,连喝了两杯以后,沉默了许久,说道:"若是你们还信得过我费安,我愿意去英王世子那边当内应。"

"太危险了。"楚修明道,"而且对费将军名声有碍。"

"哈哈哈。"费安大笑道,"这有什么关系。"他虽然不如林将军他们那般和楚修远关系亲近,却也相信楚修明一手带出来的孩子。

楚修明和楚修远坐回了位子上,楚修明说道:"此事不用再提,是我楚家有负费将军,费将军也许久没有回家享受天伦了。"虽然费安的所作所为众人能理解,可是说到底还是做错了事情,所以费安死罪可免,绝不能再带兵了。

可是这般的惩罚,让连死都不怕的费安脸色都变了:"将军……"

楚修明摇了摇头没再说什么,吴将军害怕费安心中再有怨恨,就说道:"你知道英王世子那个浑蛋做了什么吗?"

费安看向吴将军,吴将军把楚修曜父子的事情说了,费安是真的不知道这些,闻言说道:"将军,让我再做个马前卒也好啊。"

楚修明摇了摇头:"我会派人守着费将军的宅院的,费将军暂时在家中休养吧。"

费安没再说什么。楚修明看向了吴将军,吴将军点了点头,伸手把费安拽了起来,说道:"走吧,回去让我揍你一顿。"

金将军也跟着一起走了,赵管家说道:"将军,这两日安排茹阳公主回京的事情吧。"

"嗯。"楚修明应了一声,"择丙组四人和茹阳公主一起上京。"

"是。"赵管家说道。

王总管说道:"夫人上京时候身边的人选,将军可有考虑过?"

"选'安'字组的三人并安宁。"楚修明沉声说道。"安"字组是沈锦嫁过来后,楚修明才规整出来的,都是从别的组中选出合适的组成,为的就是保护沈锦。他们去京城那年才刚刚组建,如今算是独立在甲乙丙丁四组之外了。

安宁其实也是"安"字组的人,会定下这个名字,也是因为沈锦给身边的丫鬟都起名安平、安宁这类的。

楚修明说道:"这件事不用你们管。"

楚修远道:"哥,嫂子下定决心了吗?"

楚修明点了下头,看向楚修远,说道:"你无须觉得愧疚,她并非为了你。"

楚修远闻言脸一红,说道:"哥,我没有这样想。"

楚修明笑了一下,说道:"好了,你这几日该去军营了。"

这几日,楚修明忙的时候,沈锦就抱着东东去找陈侧妃,看着东东和晴哥、宝珠他们一起在床上玩,自己就陪着陈侧妃说话。陈侧妃开始倒是没有察觉到什么,在沈锦去的第四日,陈侧妃忽然问道:"你可是有什么事情要与我说?"

"是啊。"沈锦一边戳着儿子的小脚丫,一边说道,"我还想着怎么和母亲说呢。"

陈侧妃抿了抿唇,问道:"是什么事情?"

"我要回京城了,母亲有什么喜欢的吗?我给母亲买了送回来。"沈锦扭头,笑盈盈地说道。

陈侧妃脸色大变,问道:"为什么?"

沈锦本想轻轻松松说出来,也不让母亲这般担心,可是看见陈侧妃的样子,也不再逗儿子,说道:"因为有些事情啊。"

陈侧妃只是看着沈锦,沈锦把这段时间的事情与陈侧妃说了一遍,陈侧妃的唇微微颤抖着:"非要你去吗?"

"是啊。"沈锦走到了陈侧妃的身边,伸手搂着她,低声说道,"母亲放心吧,夫君很快就会把我接回来的。"

"把瑞王送回去不行吗?"陈侧妃紧紧搂着女儿低声问道。

沈锦有些难受,吸了吸鼻子说道:"不行啊,还要借着父皇的名头去打英王世子呢。"

陈侧妃并不知道楚修远的身份,所以有些似懂非懂,可是她却知道女儿,若不是真的别无他法了,女儿怎么也不会去冒险的。

"女婿同意了?"

"他不同意也没办法的。"沈锦蹲了下来,仰头看着母亲,说道,"他听我的呢。"

陈侧妃眼睛红了,泪水忍不住地落下,说道:"那我陪你回去。"

"东东怎么办呢?"沈锦问道,"交给夫君我不放心啊,毕竟夫君要带兵出去呢。"

陈侧妃说道:"我不能让你一个人回去。"

"不是我一个人呢。"沈锦握着陈侧妃的手,"夫君会安排人陪着我,太后和茹阳公主也要护着我的。"

陈侧妃摇了摇头,说道:"不行。"

"真的,母亲你相信我好不好?"沈锦就知道会如此,才一直犹豫怎么与陈侧妃说。

"你舍得东东吗?"陈侧妃摸着女儿的脸,好像一瞬间女儿就长大了。

"不舍得呢。"沈锦娇声说道,"所以才把东东交给母亲,别人我都不放心。不过等母妃来了,母亲多抱着东东去母妃那边坐坐,千万不要让父王和东东太亲近,总觉得父王有点笨啊。"

"母亲,我会回来的。"沈锦保证道,"你放心吧。"

陈侧妃给女儿整理了一下碎发。就算不放心又能怎么样?孩子都长大了,她也帮不到孩子什么。

"我会照顾好东东的。"

沈锦笑着点头。

楚修明来接沈锦和东东的时候,就发现了沈锦眼睛有些红,心中一思量就明白了过来。陈侧妃知道这是女儿的决定,心中对楚修明倒是没什么怨恨的情绪,只是说道:"你会把锦丫头平安接回来吗?"

"我发誓,"楚修明开口道,"竭尽全力。若是夫人有个万一,等东东能独当一面后,我就去陪她。"

楚修明并没有保证沈锦一定会平安无事,可是他后面的话却比再多的保证更让人安心。

沈锦抱着东东,满脸笑意地和楚修明并肩而站,说道:"母亲,你放心吧。"

陈侧妃不知为何想起了少年时候读过的一本诗,其中有两句正是如此:生当复来归,死当长相思。

费安是被金将军他们亲自送到了费府，他们三个陪着费安在书房坐了许久，离开的时候神色都不好看。三人直接去了林将军的府上喝酒。

一坛酒喝完，几个人对视了一眼，心中已经有了决定。林将军微微点了下头后，金将军才叹了口气，仰头喝了一碗酒，吴将军道："这还真是……"话却说不下去了，伸手抹了把脸，"这件事我来安排。"

"行。"林将军没再说什么，只是举着酒碗和两人碰了碰，"就这样吧。"

将军府中，沈锦正笑看着楚修明弯腰扶着东东学走路，东东就是那种还没学会走就想要学跑的，"啊啊"叫着，奋力蹬着小肥腿朝着沈锦的位置跑去，可是楚修明一松手，东东就啪地一下摔在了地上。

因为地上铺着厚厚的褥子倒是摔不疼他，可是却把他吓了一跳，爬起来后还迷茫地看着沈锦，然后开始告状。沈锦并不像以前那样把他扶起来，等他好不容易抓着东西爬起来后，楚修明会再一次扶着他往前走。东东发现只要他老老实实往前走，父亲就会一直稳稳地扶着他，就算他想摔都摔不了，可如果他想要动得快一些的话，父亲就会松手。

几次以后东东也就老实了，沈锦跪坐在前面，等东东扑过来后，就把他抱住，亲了亲他的小脸，说道："东东好厉害！"

东东也抱着沈锦使劲亲，然后坐在沈锦面前，摸着小腿看了看楚修明，说道："疼哦。"

东东被养得很好，也不知道五官随了谁，真说起来并没有楚修明这般出色，也不似沈锦这般讨巧，可是却很别致，一种恰到好处的漂亮。沈锦把东东抱到怀里，仔细看了看说道："夫君，东东像公公或者婆婆吗？"

"不像。"楚修明想了一下说道，"修远长得比较像祖父。"

"那夫君呢？"沈锦好奇地问道。

楚修明微微垂眸看着东东的眼睛，道："我随母亲。"

沈锦靠在楚修明的身上，也不拘着东东，让东东在他们周围爬来爬去，然后抓着他们慢慢站起来。楚修明伸手环着沈锦，另一手还要护着东东。沈锦疑惑道："东东不像你我，也不像父王，也不像我母亲，也不像……"沈锦嘟囔了一圈，"我看了这么久，觉得东东就笑起来的时候嘴角上扬的那点像我，不过鼻子像夫君。"

楚修明想到那时候赵嬷嬷说的话，搂着沈锦，小声说道："东东可能像太子。"

沈锦闻言瞪圆了眼睛，不敢相信地看了看东东，又看了看楚修明，身子抖了一下，弱弱地说道："你别吓我啊。"

楚修明没料到沈锦是这样的反应，顺手扶了一把差点趴地的东东，问道："我哪里吓你了？"

"太子不是不在了吗？"沈锦看了看东东，"不会……"不会投胎到她肚子里了吧？

后面的话沈锦并没有说出来，可是那惶恐的小眼神，看得楚修明哭笑不得，说道："你想哪里去了。"

沈锦搂着楚修明的脖子，扭头看向正在努力迈动着小腿的东东，笑道："算了，不管像谁都好，只是暂时还是不要让东东被人看见的好。"既然楚修明他们都能发现东东像太子，那么英王世子、诚帝，甚至当初的老臣们自然也能发现。

楚修明点头说道："嗯，其实太子和瑞王也有五分相似。"

太子和瑞王是亲兄弟，而沈锦是瑞王的女儿，也就是说太子是沈锦的伯父，血缘这样的事情很奇妙，谁也说不准的。

沈锦忽然想到，道："修远不会也知道吧？"

"嗯。"楚修明道，"赵管家他们都是楚修远的祖母留下的人。"

沈锦倒是没有在意后面的那句，忽然笑倒在了楚修明的怀里，说道："也不知道修远心中是个什么想法。"

楚修明道："不知道。"其实楚修远在知道后，对东东更加喜欢而已。说到底，楚修远也是崇拜着太子这个祖父的。

也不知是个什么心态，沈锦照着东东软绵绵的小肚子上戳了几下，然后看着东东一屁股坐在地上，她又哈哈笑了起来，楚修明无奈地看着自家小娘子。

茹阳公主已经收拾好了东西，赵嬷嬷还准备了不少东西，是要送给诚帝他们的。茹阳公主离开的那日，是忠毅侯带着孩子们亲自去送的。楚修明和沈锦没有露面，不过有岳文带着士兵看守着。忠毅侯亲自扶着茹阳公主上了马车，然后帮着她整理了一下头发上的牡丹簪，压低声音说道："公主，我们来世再做夫妻。"

"驸马，"茹阳公主红了眼睛，看着下面故作坚强的几个孩子，和一心为她着想的驸马说道，"你放心，我绝不会让你出事的。"

忠毅侯摇了摇头，看了眼站在一旁的岳文，只是狠狠握了茹阳公主的手一下，茹阳公主倒是想再说两句，可是岳文道："公主，时辰不早了，请上路。"

茹阳公主的小女儿再也忍不住哭了起来："母亲，母亲……"

忠毅侯微微扭头擦去眼泪说道："公主走吧，别再惦记我们了。"说完就狠心转身，伸手抱起小女儿。

茹阳公主咬牙说道："驸马放心。"然后看向岳文："只希望永宁侯记得答应我的事情，善待驸马和我的孩子。"

岳文躬身说道："公主放心，更何况过段时间夫人也要上京，还希望公主多多照看我家夫人。"

茹阳公主深吸一口气，点了点头，又看了丈夫和孩子一眼，就转身进了马车。

等再也见不到马车的影子，岳文才说道："请忠毅侯回府。"

忠毅侯点头，抱着小女儿往城内走去，岳文道："明日将军请忠毅侯过府一叙。"

"好。"忠毅侯眯了下眼睛说道。

岳文把忠毅侯等人送回了他们住的府邸，又和府中的侍卫交代了几句后就转身离开了。

等回去后，忠毅侯就让人把小女儿他们都带了下去，只留了大儿子常昊。常昊哪里还有刚才的伤心，只是皱眉坐在屋里说道："父亲，你说母亲会不会……"

"不会。"忠毅侯很肯定地说道，"你母亲为人虽然霸道，可是耳根子最软。"

常昊闻言说道："父亲，其实儿子觉得，既然母亲走了，不如就投靠了永宁侯。"

忠毅侯其实也有这样的打算，眼睛眯了一下，说道："怕是不妥。"

常昊冷笑道："父亲难道没有受够吗？"

忠毅侯抿唇没有吭声，只是看着大儿子许久才说道："明日你与我一并去将军府。"

常昊说道："是。父亲，边城将士百姓上下一心，英王世子那边又咄咄逼人，诚帝……当初让父亲娶了母亲，为的是什么？"

忠毅侯祖上也是军功起家，只是后来诚帝登基重文轻武，打压武将，忠毅侯府举步维艰。谁知茹阳公主偏偏看中了忠毅侯，诚帝又有拉拢这些贵族的打算，为了保住一门的荣华，忠毅侯的父亲咬牙让儿子尚主。等忠毅侯与茹阳公主成亲后，就传爵位给了忠毅侯，自己带着夫人让出了主院。忠毅侯最是孝顺不过，而茹阳公主身份骤变，虽然对忠毅侯不错，可是对忠毅侯的父母却多有怠慢。

而常昊虽然是茹阳公主所出，却被忠毅侯送到了父母身边养大，其实忠毅侯早就有这般打算，自茹阳公主有孕起，就处处体贴，最后哄得茹阳公主同意了。

忠毅侯虽然尚主，可是诚帝依然对忠毅侯府戒备，根本不让忠毅侯沾染任何权势，直到边城的事起，诚帝这才想起了忠毅侯一家人，召了忠毅侯和茹阳公主进京，然后让他们到了边城。

只是诚帝要用忠毅侯，却又不信任他，反而把所有的权力交给了茹阳公主，甚至暗中给了茹阳公主旨意，若是忠毅侯有丝毫不妥，就直接拿下。茹阳公主自以为隐瞒得紧，却早被忠毅侯了解。忠毅侯彻底寒了心。

常昊看向忠毅侯，接着说道："父亲，莫忘了祖父的话。"

和茹阳公主这个生母比起来，常昊明显更亲近祖父和祖母。忠毅侯点点头，说道："明日再做决定。"

常昊也不再劝，他明白，就算诚帝是他的外祖父，也不会重用他。虽然母亲无数次说，让他继承忠毅侯的爵位，可是一个没有实权的忠毅侯，他根本不稀罕。

忠毅侯看向常昊说道："记得多让你弟弟妹妹们写信给公主。"

"儿子知道。"常昊眼睛眯了一下，说道。

忠毅侯点了点头。这是他的嫡长子，是要继承忠毅侯府的孩子，就算是为了他，自己也要拼上一拼。他伸手拍了拍常昊的肩膀说道："勤于练武，懂吗?"

"是。"常昊躬身说道。

第三十八章
进京为质

次日一大早,岳文就来请了忠毅侯过将军府,对忠毅侯要带着长子的要求,也没有反对,他们一到府中,就被请了进去。忠毅侯本以为永宁侯怎么也要给他们个下马威,却丝毫没有。虽然府中的人不说多热情,但也没有怠慢的。

楚修明是带着楚修远一并见的忠毅侯父子,等两人坐下后,他没有绕弯子,直接说道:"我父曾提过老忠毅侯在战场上的风采,可惜我辈一直无缘得见。"

忠毅侯笑了一下。这么多年来,他早已没了最初的冲劲,否则也不会被关了这么久还如此淡定。

楚修明道:"不知忠毅侯有何打算?"

"我们父子皆为阶下囚,要看永宁侯有何打算了。"忠毅侯回道。

常昊坐在一旁并没有吭声,楚修远对着他笑了一下,常昊也点了点头。

楚修明并没有因为忠毅侯的话有丝毫的愧疚,说道:"岳父和岳母最近几日就要过来了。"

忠毅侯眼睛眯了一下,没有接话。

楚修明说道:"在下敢在此发誓,绝无沾染皇位之心。"

常昊到底年轻,闻言问道:"永宁侯此言当真?"

"当真。"楚修明道,"若是两位不信,我愿当着两位的面起誓,绝无造反之心,坐在皇位上的绝对是沈家一脉。我楚家自天启朝开国就一直镇守边疆,若非避无可避,也不会如此。旁观者清,这么多年来,忠毅侯可见我楚家有何异动? 我父兄皆因何而死,想来老忠毅侯心中明白。"

常昊想到祖父在知道楚老将军死讯时候的神色,动了动唇,心中有些触动。

楚修明道:"我与英王世子有不共戴天之仇,那时英王盗了边防图,放蛮夷入天启朝……"

忠毅侯想了一下说道:"我儿常昊一直跟在我父身边,愿供永宁侯驱使。"

楚修明闻言笑道:"大善。只是如今的情况,若是贸然让常昊带兵,想来也是不妥,不如跟着修远一并到军营训练一段时间,等沈熙接了瑞王以后再做安排,如何?"

忠毅侯点头道:"好。"

常昊脸上也露出笑容,楚修远哈哈一笑,主动走到常昊身边说道:"来了这么久,你也没有好好在边城转过,不如我带你出去走走?"

见楚修远态度落落大方,常昊看了忠毅侯一眼,忠毅侯说道:"你以后就跟着永宁侯,莫要要少爷脾气知道吗?"

"儿子知道。"常昊躬身说道,这才跟着楚修远离开。

楚修明说道:"不如忠毅侯与我一并去见见赵老爷子的次子赵端?"

"赵老爷子?"忠毅侯愣了一下问道,"可是楚原赵家?"

"正是。"楚修明说道。

忠毅侯道:"好。"

楚修明说道:"如今再让忠毅侯住在那种地方倒是不合适。赵府旁边的宅子一直空着,一会儿顺便带着忠毅侯去瞧瞧,若是还看得过去,不如就与赵端比邻。"

忠毅侯思索了一下,说道:"不用了。除了常昊自小养在我父身边外,剩下的几个孩子都是被公主带大的。"他也想趁着茹阳公主不在的时候好好教导一番。

楚修明劝道:"莫非忠毅侯就甘心如此?如今还有多少人记得忠毅侯府为何封爵?"

忠毅侯面色一变,现在提到忠毅侯,他们想到的都不是忠毅侯的军功,而是"驸马"两个字。楚修明的话正好戳中了忠毅侯的痛处,楚修明继续说道:"不若忠毅侯再考虑一下。"

"好。"忠毅侯没有马上回答楚修明。

两个人到赵府的时候,赵端、赵骏和赵澈都在府中,是专门等着楚修明带忠毅侯来的。忠毅侯一路上也看着边城的情况,心中越发动摇了。

赵端带着两个小辈在门口亲迎,等进去后,就让赵骏和赵澈给忠毅侯行礼。忠毅侯直接取了身上的玉佩和扳指给了他们两个做见面礼,赵端就直接把人给打发走了,然后笑道:"今日是我让他们两个请了假来的。"

忠毅侯问道:"请假?"

赵端点头说道:"赵家子弟来了以后,都要先进军营跟着新兵训练一段时间,然后再做安排。"

忠毅侯闻言说道:"不愧是楚原赵家。"

赵端摇头说道:"你别瞧着他们现在精神,刚来那会儿……"说着摇了摇头,"就是沈熙,来到边城后,也被扔进去了,他们几个难兄难弟的,若不是沈熙如今有任务出去了,今日也让忠毅侯瞧瞧。"

忠毅侯点头,面露出几分思索状。楚修明说道:"茹阳公主已经进京,我本想让忠毅侯一家搬到舅舅隔壁,只是忠毅侯多有顾虑,舅舅还是劝劝的好。"

赵端看向了忠毅侯问道:"忠毅侯可是觉得有何不妥之处?"

忠毅侯道:"除了长子常昊外,其余子女都是在公主身边长大的,性子上……"说完叹了口气。看完赵骏和赵澈他们,再想到自己其他的孩子,忠毅侯心中难免觉得有些失落。

赵端闻言说道:"苦了忠毅侯了。"

忠毅侯道:"正好趁着公主不在,我看看能不能把几个孩子扳过来。"

赵端应了一声,又和忠毅侯说了一会儿,忠毅侯也先告辞了,他也需要再好好想想。楚修明和赵端亲自送了他离开。等忠毅侯走了,赵端才道:"此人不能用。"

楚修明点了点头:"倒是常昊……还需观察一段时间。"

赵端说道:"将军还是派人暗中监视着忠毅侯较为妥当。"赵端觉得忠毅侯不过是两面讨好罢了,长子跟着楚修明,而他和剩余的孩子还是诚帝那边的,不管谁胜谁负,都不会损害了自己的利益。

在费安刚出城的时候,楚修明已经得到了消息,只是看着一大早就来的林将军三人,到底只是挥了挥手让人下去,说道:"何苦呢?"

费安愿意去当内应,对边城来说是有利的,可是此去可谓是有去无回,所以在他提出的时候,楚修明直接拒绝了,还安排了人去守着。费安虽然做了糊涂事,可是他从入伍开始就一直镇守边疆,能从一员小兵走到今日的地位,凭借的是赫赫战功。楚修明还记得父亲当初出征前,把他们几个叫到身边说的话:将士埋骨之处在战场。可就算如此,我也希望林将军他们能有善终。

这句话楚修明一直记得，可是如今……吴将军道："将军，你无须多想，这是费安自己的选择。"

楚修明没想过林将军三个人会联手送了费安出城，今日也早早来了，为的不过是拦着他。

林将军也说道："将军，咱们都知道你的心意，也知道老将军的心意，只是这把老骨头死在哪里不是死，埋在哪里都是一抔黄土，还不如死得更有用点。"

金将军笑道："是啊，将军让我们老老实实在家里，就算活到七老八十有什么意思？还给家里人添麻烦。"

这些话虽然是安慰楚修明的，其实也是他们的心里话，真让他们在家养老，固然华衣美食的，可都不是他们喜欢的生活。

楚修明也明白他们说的是实话，叹了口气，点了点头，说道："把费将军的家人保护好。"

沈熙也传来消息，接到了瑞王和瑞王妃等人，正在秘密往边城这边赶。楚修明直接把事情交给了赵嬷嬷。赵嬷嬷在请示了以后，直接把赵端隔壁的院子收拾了一下，等瑞王和瑞王妃来了后，就让他们住在那里。

若是沈锦还在边城的话，让瑞王他们留在将军府也无所谓，可是在瑞王他们来之前，沈锦就要离开了，再让瑞王他们留在将军府就不合适了。

赵嬷嬷吩咐好后，就留在将军府中帮着沈锦收拾行李，这次不像是上次那般带了许多，不过都是紧着贴身的，还有不少小面额的银票和荷包，这是让沈锦拿去赏人的。

沈锦反而清闲了下来，整日陪着东东和陈侧妃，又或者与楚修明在一起，空闲的时候，就拿了针线出来给东东做衣服。东东现在见天长，沈锦就把衣服做得大了一些，除了东东的衣服外，还给楚修明绣了个荷包，上面是并蒂莲的，有一个相思结。

时间好像一眨眼就过去了，沈锦离开的时候，是楚修明和楚修远去送的，因为要押解郑良进京，倒是有不少士兵。虽然准备了马车，可沈锦是坐在楚修明的马前面的，东东被留在了陈侧妃的身边，也不知道这孩子是不是意识到了什么，一向懂事的他号啕大哭，抓着沈锦的衣服死活不放。

最后还是沈锦狠了狠心,亲了东东一口后,就把他往陈侧妃怀里一塞,转身就和楚修明离开了。听着东东的哭声,沈锦也小声哭泣着,楚修明把她搂在怀里,另一手紧紧握着,他生命中最重要的两个人,却这般痛苦难过着。

就算骑在马上,沈锦还是有些蔫蔫的,靠在楚修明的怀里,小声地和他说着话。她不仅把赵嬷嬷留下了,也把安平给留下来照顾东东,再有陈侧妃,想来是没什么问题的,若不是楚修明不愿意,怕是连安宁她都想要留下。

沈锦在出城后扭头看了看将军府:"照顾好东东。"

"会的。"楚修明应了下来。

沈锦捏了捏楚修明的手指,说道:"你也要保护好你自己。"

"嗯。"楚修明伸手,整个队伍就停了下来,他到楚修远身边说道:"你回去吧。"

楚修远点了点头,说道:"嫂子保重。"

沈锦笑着说道:"放心吧。"

楚修远在前几日就把京城中他的人脉都交给了沈锦,那些都是当初他父亲留给他的。楚修明虽然知道,可是并没有插手过,那些人脉能隐藏到至今,可见早已稳妥,特别是中间还有不少是宫中的。

"嫂子,我还等着你回来帮我娶媳妇。"娶妻这般的事情都是父母之命媒妁之言,楚修远无父无母。在他心中,楚修明既是他的兄长也是他的父亲,所以这样的亲事自然是要交给沈锦。这也是为何他会叫赵端为舅舅,是告诉所有人,楚修明和沈锦在他心里的地位。

沈锦闻言笑道:"好啊,你也帮我多照看照看东东。"

楚修远笑着点头,和楚修明对视一眼,就先带着府中的侍卫离开了,而楚修明抱着沈锦下了马,进了马车。

上了马车后,沈锦就趴在了楚修明的怀里,只是时不时地往马车后面看去。

楚修明摸着沈锦的后背,说道:"岳母会照顾好东东的。"

沈锦点了点头,没有说什么,虽然是自己选择的路,可是她心中也是没有底气,她缓缓吐出一口气来。楚修明一手抱着沈锦,一手打开暗格,从里面拿了一块蜜汁肉脯放到了沈锦的唇边,沈锦张开嘴把肉脯含在嘴里。

两个人并没有说话,吃了一些东西后,沈锦的神色看起来好了许多,虽然还是觉得难受，但她知道自己是要去做什么，也提了精神。楚修明和沈锦说着京城的事情，还有英王世子的那些小动作。

"玉玺的事情……"楚修明索性给沈锦的头发散开了，拿着梳子坐在身后慢慢地把她的长发梳顺了，有些笨手笨脚地给她编辫子，"你就不用管了，一切以安全为上。"

"我知道的。"沈锦故意晃了晃头发，把楚修明刚编好的那点给弄散，"我会保重的。"

楚修明也不生气，只是轻轻咬了下沈锦的耳垂说道："坏丫头，记得我们还要白首相依呢。"

沈锦点头说道："是啊，我还要看着你呢。"

楚修明重新给沈锦弄头发："若是你不看着我，我就娶一个恶妇，天天打东东。"

"你才不会呢。"沈锦脱了鞋子。这马车里面是改造过的，铺着厚厚的垫子，光着脚也无所谓。

"我不相信。你说修远想要个什么样子的媳妇？"

沈锦像是忘记了两个人正在车上马上要分离了，反而像是话家常一般聊了起来。

楚修明拿了一旁的缎带给沈锦系好，他编得并不好，不够整齐，可是因为很认真，所以倒是很结实。沈锦动了动头发，也散不开，就满足地窝进了他的怀里。楚修明拿了一旁的披风给她盖着，就搂着她靠在车厢上，说道："我也不知道。"

沈锦忽然说道："咦，好像……"楚修远以后是要当皇帝的人，那么他的媳妇能随便娶吗？沈锦答应得爽快，可是刚意识到了这点，小声把自己的顾忌说了。

楚修明闻言笑道："无所谓，是他自己的选择，既然交给了你，你觉得合适就好。"

两个人在一起，就算是赶路也没多难熬，反而觉得走得太快。其实外面的侍卫已经放慢了速度，可是就算再长的路途也有终点。这次沈锦倒是没再要求什么，反而笑盈盈地送了楚修明离开，就算有再多的不舍，楚修明也只是摸了摸沈锦的脸颊，策马离开了，送沈锦到这里，已经是他们的任性和极限了。

楚修明知道，沈锦也懂，所以两个人脸上都是带着笑容的，就像是沈锦只是出门走个亲戚一般。

等再也看不见楚修明了，沈锦才说道："走吧。"

有楚修明在的时候，安宁一直带着人没往沈锦和楚修明的身边靠，此时才到了沈锦的旁边，扶着沈锦上了马车，安宁道："夫人，我陪你说说话吧？"

沈锦想了想，点头说道："好。"

安宁给她倒了水，说道："夫人，要不要把'安'字组的那四个人叫来给夫人看看？"

"你给我说说她们的情况吧。"沈锦愣了愣才反应过来安宁说的是谁。

安宁自然注意到了沈锦有些心不在焉，只当没看见，把楚修明专门选出来的那四个人的特长和出身与沈锦说了起来。

沈锦也渐渐听了进去，这四个人可以说是楚修明精挑细选出来的，其中一个还擅长医术，更重要的是个个身手都不错。

听着安宁说着训练的一些趣事，沈锦也起了兴致，时不时抓点东西边吃边听，还不忘记给安宁手上放一些。其实沈锦知道，安宁并不是多话的性子，她今日会如此，不过是担心自己。她虽然还是觉得有些怅然，可是并不愿意辜负安宁的心意。

沈锦一一见了那四个人，分别起名安怡、安媛、安桃和安澜，其中安怡正是擅长医术的那个。四个人看着年纪都不大，可那安怡竟然生过一个孩子。

"那你怎么跟来了？"沈锦皱眉问道。就算她身边需要一个懂医术的人，也不想让安怡这样跟着。这些丫鬟比她危险多了，诚帝就算不敢动她，却敢拿这些丫鬟出气。

安怡一笑，说道："夫人别动怒。"

沈锦说道："等下个驿站，我让人送你回去。"

"夫人，奴婢的孩子已经死了。"安怡见沈锦是认真的，这才叹了口气说道，"夫人放心，是奴婢自愿陪着夫人进京的。"

沈锦愣了一下才说道："抱歉，我不知道。"

安怡说道："已经过去了，说到底是奴婢自己没保护好孩子。"安怡并没有再多说什么，"夫人放心吧，奴婢无牵无挂的，也是自愿陪着夫人进京城的，我们几个都知道京城的情况是怎样的，将军早早就说了。"

沈锦咬了咬唇说道："我会尽力保护你们的。"

安怡笑起来的时候很漂亮："奴婢出身不好，将军和夫人不嫌弃就好。"

安怡出身教坊。她本也是官家的姑娘，后来因为一些事情，又有小人和诚帝进言，说当初见过安怡家的人与太子的人有接触，就被抄家流放，女子都充入了教坊……

那时候安怡的年纪小，真说起来，她记得并不清楚，可是她姐姐自小就与她说这些……安怡自己都不知道肚子里的孩子是谁的，但她也想保住这个孩子，所以她才逃了……

安怡的姐姐死前曾说过,让安怡有机会就往边城的方向逃,那也是唯一一个敢收留她的地方。安怡成功逃到了边城,可是一路颠簸,就算最后在边城有大夫医治,勉强把孩子保到了七个月,生下来后孩子太弱,甚至连哭的力气都没有,还没等安怡和孩子说上一句话,那孩子就没了,而她自己也伤了身子。

沈锦也不知道怎么安慰她,倒是安怡早已看开,笑道:"夫人不用有负担,我们几个都是没牵没挂的。"

"不一样的。"沈锦笑了一下,却不再说什么。

没了楚修明,这一路的速度倒是快了不少,而沈锦像是要养精蓄锐一般,整日就躲在马车里面,吃吃睡睡,虽然看着舒服,可是在走了半个月后,安宁就发现沈锦瘦了。

沈锦吃得并不少,安怡也给沈锦把了脉,身体上并没有什么问题,虽然有些怀疑沈锦是不是有孕了,可是脉象上却没有显露。安怡也没瞒着沈锦,照实说了自己的怀疑。

安怡也拿不准,也可能是沈锦因为离开边城心情不好,或者是在马车里待久了的缘故,所以只是劝道:"夫人若是无事,不如多走走。"

沈锦道:"不太想动。"

沈锦想到怀东东时候的情况,皱了皱眉,坐直身子,手不由自主地摸向了自己的肚子。其实她对自己的身体格外注重,问道:"大概什么时候能确定?"

安怡想了一下说道:"最少要再等半个月。"

再等半个月……沈锦咬了下唇,那时候都已经到了京城。安怡说道:"其实奴婢也不敢确定,夫人也可能是思虑过重,才这般没有精神。"

沈锦明白安怡的意思,想了一下说道:"既然如此……"沈锦的话还没有说完,就听见外面安宁的声音。

因为拿不准沈锦的态度,现在情况又有些特殊,所以安怡在回话的时候,并没有第三者在场。安怡看了沈锦一眼,沈锦点了点头,安怡这才问道:"安宁,是怎么了?"

"夫人坐稳了,马车要停了。"安宁在外面道。

沈锦皱了皱眉头,打开车窗,外面是官道,按理说现在不该停下来。等马车停稳了,安宁才打开门,进来说道:"夫人,前面来了一队人马。"

"可知道是什么人?"沈锦问道。

安宁道："岳文说，都是骑马的，约数十人，因为有些远看不清楚。"

"让车夫靠边让道。"沈锦道。

安宁应了下来，很快就把沈锦的命令传了出去，马车往旁边停靠，岳文指挥着侍卫把沈锦的马车护在中间，不知是敌是友，他们格外戒备。

沈锦和安怡也不好再说刚才的事情，只是没想到这队人马是诚帝派来接沈锦的。此时沈锦就算想掉头离开都不成了，这队骑兵说是护送沈锦进京的，倒是更像监视她的，甚至想要接手对郑良的监管。

这队人马带着诚帝的圣旨，沈锦不能拒绝，但是有岳文这些侍卫在，这些人也近不得身。等傍晚到了驿站休整的时候，那队骑兵的队长就求见了沈锦，可惜沈锦没有见的意思，只让安宁带话说，永宁侯不在身边，晚上不宜见外男。

这位队长只说自己没有考虑周全，第二日一大早就来求见了，谁知道根本没能踏进院门，就被人拦在了外面，理由也很简单，沈锦还没有起来。这次这位队长脸都黑了，此时天色已经不早，而诚帝给他们的命令是早日带人进京，他强压着火气问道："不知各位准备何时起程？"

岳文倒是不慌不忙，说道："等大人醒了再做决定。"

"不知夫人何时能起身？"队长问道。

岳文摇头只说"不知"："怎么称呼？"

"在下孙鹏。"孙鹏道，然后看向岳文。一般人这种情况就该自我介绍了，谁知道岳文应了一声后就不再看他。

沈锦因为昨日安怡的话，有些无法入睡，这才起得晚了一些。她醒来后喝了几口蜜水，说道："安怡，昨日的话都忘了吧。"

安怡昨日建议沈锦写信与楚修明的，可是瞧着诚帝的样子，反而容易再生波折，不如等到了京城再做打算。

"是。"安怡心中也明白，如今情况也只能如此，若是那些骑兵没来，安怡一定是要劝她离开的。

驿站虽然有厨子，可是沈锦用的东西是安桃早起借了厨房做的。赵嬷嬷在知道安桃跟着沈锦后，特意把安桃带在身边调教了一番，饭菜的口味自然得了沈锦的喜欢。等她用完了饭，安宁才把那个孙鹏的事情说了一遍，沈锦说道："那就带他进来吧。"

"是。"安宁躬身应下后，就出去把人请了进来。

孙鹏一进来就行礼道："给永宁侯夫人请安。"

"起来吧。"沈锦道，"你找我是有事情吗？"

"回侯夫人的话，"孙鹏低头说道，"不知侯夫人准备何时上路？"

"哦。"沈锦想了想说道："安宁，东西可收拾好了？"

"已经准备妥当了，只是夫人想用的灌汤包还需要等一会儿。"安宁道。

沈锦点了点头，看向孙鹏，说道："快了，你很急吗？"

孙鹏躬身说道："陛下怕路上不安稳，叛贼惊扰侯夫人，特让下官带人来护送侯夫人早日进京。"他特意点出了"早日"两个字。

沈锦"哦"了一声，说道："等用完灌汤包就可以走了，别急。"

孙鹏一时也弄不明白是不是自己说话太过委婉，使得沈锦没有听明白。

"那不如接下来的行程由下官安排？"

站在门口的岳文皱了皱眉头，孙鹏的话猛一听倒是没什么，可是实际却是要接管整个队伍。沈锦闻言说道："哦，不用了。"

"可是有什么不方便？"孙鹏不愿意放弃，再次追问道。

沈锦摇头说道："没什么不方便啊。"

孙鹏眼神闪了闪，说道："下官安排的行程定会和侯夫人商议的。"

"不用了。"沈锦道，"夫君说这一路的行程和安全都交给岳文了。"一句话堵住了孙鹏接下来想说的。沈锦看着孙鹏："要不我写信问问夫君？"

孙鹏躬身说道："不敢拿这点小事麻烦永宁侯。"

沈锦"哦"了一声，问道："那你还有事吗？"

"不知夫人明日准备何时起程？下官也好让兵士提早准备。"

沈锦想了想说道："不用急，等我醒了，到时候就安排人去通知你们一声。"

孙鹏嘴角抽了一下，说道："这样一来会不会太过耽误？"

"没事的。"沈锦安慰道，"我可以多等会儿的。"

孙鹏咬了下唇说道："陛下担心英王世子别有阴谋，想要早日见到那位英王世子派到边城的使者。"

"你怎么不早说呢？"沈锦皱眉说道，"既然如此，那明日就稍微早点走。"

孙鹏这才松了一口气，接着说道："不知下官可否见一见英王世子的使者郑良？"

"不可以。"沈锦毫不犹豫地说道。

孙鹏皱眉。沈锦道："郑良是重要证人，在见到皇伯父之前，任何人不能接触。"

"不如让下官的人接手郑良的看管，永宁侯府的侍卫也好全心保护侯夫人。"

沈锦忽然问道："你真的是皇伯父派来的吗？"

孙鹏愣了一下说道："下官确实是陛下派来的，侯夫人可有什么疑问？"

沈锦却是满脸怀疑，直接说道："岳文，拿下！"

在孙鹏还没有反应过来之前，岳文手中的刀已经出鞘，同时脚一踢，让孙鹏跪在了地上，刀压在了他的脖子上。孙鹏浑身一惊，满脸惊恐地看向了沈锦："侯夫人，莫非你要杀了下官？陛下……"

沈锦道："我怀疑你是英王世子的奸细。"

"下官昨日已经把陛下的圣旨给了侯夫人。"孙鹏出了一身冷汗，强自镇定地说道。

沈锦反问道："难道不能是你杀人劫来的？"

孙鹏刚要反驳，就听见沈锦说道："就算是杀错了又如何，还是你觉得皇伯父会为了你治我的罪吗？"

孙鹏转瞬就明白了自己的处境，再也没有了刚来时的傲气，双膝跪下行礼道："刚才是属下失礼了，多有得罪，请侯夫人莫要见怪。"

沈锦道："你到底是何人派来的？"

孙鹏躬身说道："属下真的是陛下派来保护侯夫人的。"

沈锦一脸疑惑，问道："那你为何口口声声要郑良？皇伯父的圣旨里可没有提这点。"

"是属下的不是。"

沈锦上下打量了孙鹏一番，然后又看了看岳文，问道："你觉得他可信吗？"

岳文躬身说道："回夫人的话，属下也不知道。"

沈锦像是思索了一番，说道："既然如此，就暂且相信你，只是你还是有很大的嫌疑，记得约束好你的兵士们，不要离我们太近，更不许靠近郑良的马车。"

不管是沈锦的身份还是脖子上的刀都容不得孙鹏拒绝，躬身应了下来，沈锦这才点了点头，岳文收了刀。没等孙鹏站起来，沈锦就说道："有丝毫靠近，那你们就是英王世子派来的。"

　　孙鹏的脖子再硬,也没有沈锦的刀硬。最重要的一点,他也意识到,沈锦可以打杀他们,他们却不能动她分毫。在接下来的日子,孙鹏不仅自己老实了,还约束着部下。

　　沈锦知道自己可能有孕了,就格外在意起了身体,每日早上睡到自然醒不说,吃的东西也讲究了起来。

　　这个队伍都是听沈锦的,自然以沈锦的希望为第一要求,就算是押解着郑良,也不耽误沈锦享受。孙鹏也不知道以前路上的情况,所以根本没察觉到任何异常。他按照沈锦的要求没有靠近他们,却一直在仔细观察,只是至今没有发现郑良到底被藏在哪里。

　　等沈锦睡着了,留下安宁在马车上照顾沈锦,安怡找到了岳文,说道:"岳文,到了前面的镇子上多停一日。"

　　岳文道:"我知道了,到时候夫人需要什么,写个单子我让人去买来。"

　　安怡点了点头:"我还需要点药材,夫人身子弱,我想给夫人炖点药膳补一补。"

　　岳文闻言说道:"自当如此。"

　　"嗯,到时候你叫个人,我自己去买。"安怡说道,"我也挑挑药材。"

　　安怡说完以后就去了后面的马车,安桃和安澜都在这辆车上,见到安怡后,安桃就笑盈盈叫道:"安怡姐姐。"

　　安澜也点点头,她不是个爱说话的,甚至很少露面,更是从来不在外人面前笑。她是专门选出来给沈锦当替身的,若是真出了什么事情,就由安澜来代替沈锦。安澜本身和沈锦有几分相似。

　　安怡是知道的,拍了拍安澜的肩膀,只是看向安桃说道:"一会儿把需要的东西写下来。"

　　安桃点头说道:"我瞧着夫人最近胃口好了许多,不如明日炖点汤?"

　　安怡想了一下说道:"也好,我瞧着夫人不太爱吃鱼。"

　　安桃小声说道:"其实夫人在边城很喜欢吃鱼的。"

　　安怡皱了皱眉头,安桃脸红了一下说道:"可是夫人不会……吐鱼刺,又不爱吃饭的时候让人伺候。"

　　"那夫人在边城是怎么吃的?"安澜有些好奇地问道。

　　安怡一下子也明白了,安桃"呵呵"一笑,说道:"有将军在啊。"

　　安澜有些羞涩地一笑,虽然有遮掩,竟然与沈锦有几分神似。安怡看了一眼也没说什么。安澜的任务是什么,沈锦并不知道。

等沈锦午觉醒了,也到了镇上,孙鹏咬牙算了算,刨去休息的时间,今日在路上也就走了不到四个时辰。他算了一下到京城的时间,恐怕诚帝那边也不好交代。可是去找沈锦?只见了沈锦一次,就被扣上了"疑似英王世子奸细"的帽子,再找一次不会就把"疑似"给去掉了吧?孙鹏缓缓吐出一口气,看着没精打采的手下,沉声说道:"明日都去准备干粮,接下来怕是前不着村后不着店的,准备不够的话大家一起饿肚子。"

想了想,孙鹏又叫了人低声说道:"明日注意他们都买了什么。"

他们住的并不是驿站,而是镇上的一家客栈。安怡她们出去采买东西,安宁就陪着沈锦在镇上走了走,还去酒楼用了一顿饭菜,买了点蜜饯、干果一类的小零食后,就回了客栈。而安怡带着人去了药店,买了不少药材,零零散散的,都是养生一类的。

等安怡她们离开,孙鹏派去的人还专门去找了药店的人问了方子和药的用途,晚上的时候就与孙鹏禀报了。孙鹏点了点头,都是一些养生和女人调理用的。只是他们不知道,这些包好的药材都被安怡给拆开了,选了自己需要的出来。

当初安怡能保住孩子直到边城,正是因为她一路上喝安胎药。这些东西都是在教坊的时候,跟着人学的。沈锦现在需要得不多,可是等以后就难说了,进京城后,怕是有些药材更难弄到,所以此时能收集一些是一些。

安怡叹了口气,若是夫人真的有孕,只希望这个孩子的运气能好一些……可是女人怀胎十月哪里是那么好隐瞒的?真的隐瞒下来,夫人怕是要受不少罪。

她还在犹豫,岳文把她们护送到京城后就要离开,那时候夫人是否真的有孕也就知道了。若是真的有孕要不要与岳文说?让岳文回去告诉将军呢,还是明日问问夫人?毕竟将军特别吩咐了,在京城的时候,所有人都要听夫人的命令行事……想了一会儿,安怡才入睡,不知为何她忽然想到了那时候独身一人逃亡的日子,若不是肚子里孩子的支撑,怕是自己也逃不到边城,若是那个孩子还在,自己是绝不会冒险的……那个孩子……夫人如果有孕的话,不管如何都要保。

等第二天上路的时候,安怡就把这些事情与沈锦说了,沈锦道:"不要告诉岳文。"

安怡说道:"若是夫人真的有孕,将军知道后也好……"

"安怡,"沈锦道,"若是在来京城之前,告诉夫君有用;在那些骑兵来之前,告诉夫君也有用。如今再告诉夫君,为了我和孩子,夫君自然会拼尽全力把我们接回边城,可是我选择来京城当人质为的是什么？"

安怡闻言也不再劝了，安宁给沈锦倒了一杯安胎茶，说道："夫人，你有什么打算？"

"若是没有的话……"沈锦摸了摸肚子，这个孩子虽然来得不是时候，可是她还是很期待的，"那自然就是按照原计划行事；若是有了的话……就见机行事吧。"

"前三个月不会显的，而且后宫……"想到来之前楚修明说的事情，"若是太后和皇后想要在后宫瞒着诚帝，很容易的。"

安怡见沈锦有了打算，也就不再开口，沈锦却靠在软垫上，双手轻轻摸着自己的小腹。她有些想东东了，也不知道东东现在好不好，夫君和母亲会照顾好他的吧……

边城中，沈熙已经把瑞王和瑞王妃护送了过来，除了他们外，还有沈琦。沈琦正抱着宝珠默默流泪。

陈侧妃却没有去接或者安抚的意思，虽然她也疼宝珠，可是沈琦才是宝珠的母亲。

瑞王妃正抱着沈晴说道："这小家伙胖了不少啊。"

陈侧妃抿唇一笑。东东坐在楚修明的怀里，沈锦在的时候东东胖乎乎的，如今也瘦了下来。自从沈锦离开了，东东就格外依赖楚修明，楚修明走到哪里就把东东抱到哪里。

"岳父，到了边城您就放心吧，可以好好休息了。"楚修明道。

瑞王点了点头，问道："三丫头呢？"

楚修明神色露出几分担忧："她进京了。"

"什么？"瑞王满脸惊讶。

"岳父、岳母刚来，早点休息吧，夫人离开前专门给两位收拾了宅子。"

瑞王妃皱了皱眉，心中已明悟，怕是又出了什么事情，使得沈锦不得不进京……瑞王妃缓缓叹了口气，又看向一旁抱着孩子的女儿，有舍有得吗？

瑞王直接从怀里掏出先帝遗诏交给了楚修明。这是瑞王妃告诉他的，都是自家人，若是还互相防备着，哪里能好好相处。本来瑞王心中还有疑虑，如今知道为了自己，就连沈锦都进京了，再没有别的想法。

楚修明接了过来，交给了楚修远让他收好，自己抱着东东亲自去送了瑞王、瑞王妃和沈琦他们。赵端虽然有很多话想与姐姐说，可是也知道现在不是说话的时候，把人送进府后，就先告辞了。

不仅是赵端,楚修明他们也没多待,沈琦一直抱着宝珠不愿意放手,而宝珠一直哭个不停,手朝着陈侧妃那边不停伸着,看着心疼。陈侧妃抱着沈晴,却没有再多看一眼的意思。沈琦到底心疼女儿,难免觉得陈侧妃太过冷淡,还不知道自己的女儿在她那里是不是根本不被重视。这么一想心中有气,却又知道现在不比京城,只能低头更紧地抱着女儿,并不说话。

瑞王见陈侧妃抱着沈晴跟着楚修明离开,皱了下眉头刚想说什么,就被瑞王妃轻轻按了按胳膊,这才强忍了下来。等人都离开了,瑞王妃就见了一下府中的下人,大多是当初瑞王府的。瑞王妃看了一眼就安排了下去,把人都交给了翠喜,然后看向了沈琦,说道:"让我看看宝珠。"

沈琦把女儿交到了瑞王妃手上,瑞王妃轻轻拍了拍,又让人打水给宝珠擦了擦脸。宝珠已经哭累了,此时一抽一抽的。霜巧赶紧去弄了蜜水来喂宝珠。自从离京后,霜巧就一直照顾宝珠,此时见宝珠这般,难掩心疼。

瑞王看了看说道:"这是怎么了?"

"怕是认生了。"瑞王妃倒是不如沈琦那般,哄了一会儿,宝珠朝着霜巧伸手后,她就把孩子交给了霜巧,宝珠趴在霜巧怀里,打着哭嗝。

沈琦没忍住落了泪,瑞王妃缓缓叹了口气,说道:"王爷,你先休息,我带着琦儿去梳洗一番。"

瑞王妃带着沈琦、霜巧和宝珠进了内室,这房间的布置都是按照瑞王妃在京中的习惯。

霜巧行礼后,就在角落的小圆凳上坐了下来,只敢半坐着,宝珠在她怀里昏昏欲睡。沈琦的神色有些扭曲,霜巧自然看出来了,可是在瑞王妃发话前,只能低着头。

瑞王妃看了女儿一眼,微微垂眸说道:"我瞧着宝珠身上的衣服针脚有些眼熟,是陈侧妃做的吗?"

"回王妃的话,是陈侧妃做的。除了这身外,侧妃还做了好多套衣物,剩下的都是交给将军府的丫鬟做的。"霜巧一下子就明白了瑞王妃的意思,若是沈琦与陈侧妃有了心结,对沈琦来说是很不利的。

沈琦道:"为什么只有几套?"

霜巧躬身回答:"陈侧妃……"

"霜巧,你先带着宝珠下去休息。"瑞王妃道。

霜巧赶紧起身行礼后,就抱着宝珠下去了。

沈琦厉声说道:"母亲……"她本想说陈侧妃一点都不关心宝珠。

瑞王妃平静地说道:"沈琦,你太让我失望了。"

"母亲。"沈琦不敢相信地看着母亲。

瑞王妃道:"你恣意妄为够了吗?"

沈琦怒道:"我没有。"

瑞王妃有些疲惫地揉了揉眉心,说道:"沈琦,离京的事情,没有人逼你,谁也不欠你什么,你若是还这般,我直接请了永宁侯派人把你送回去。"

沈琦一瞬间像是没了精神似的,坐了下来。瑞王妃接着说道:"一路上也就算了,毕竟我与你父王体谅你,可是现在在边城,你是在人家家里做客,收起你郡主的脾气吧。"

"母亲……"沈琦捂着脸哭了起来。

瑞王妃没有去安慰:"沈琦,陈侧妃不欠你什么,小孩子最不会隐藏什么,若是陈侧妃对宝珠不好,宝珠如何会这般依赖她?"

"可是,宝珠哭得这么可怜,她却无动于衷。"沈琦抽噎着说道。

瑞王妃冷声说道:"她难道要把宝珠从你怀里抢过去安慰?"

沈琦不再说话,瑞王妃道:"你只顾着宝珠哭了,没看到陈侧妃也哭了吗?若不是为你为宝珠着想,她何至于如此?"

"我错了,母亲。"沈琦道。

瑞王妃摇了摇头:"回去好好想想,你自己根本没明白错在哪里。"

沈琦动了动唇,却什么也说不出来,最后有些颓然地应了下来。送走了沈琦,瑞王妃才走到窗边,推开窗户看着外面的景色,虽然还没有全部转过这个院子,可是就从这几处就能看出,确实是用了心思的,特别是院子旁边就是赵府。

边城啊……瑞王妃看着外面,忽然把手伸出窗外。翠喜进来的时候,瑞王妃已经恢复了平静,说道:"翠喜,屋子的摆设全部重新弄,那对喜上眉梢的瓶子摆在……"

"是。"翠喜并没有什么疑惑,只是躬身应了下来,把瑞王妃吩咐的仔细地记了下来。

其实翠喜知道,在京城的那些摆设和衣着并非瑞王妃喜欢的,而是不得不如此。瑞王妃喜欢的是那种漂亮张扬的色彩。

既然离开了京城,瑞王妃觉得不用再委屈自己了,可是她发现,这么多年来,自己好像也变了许多。

瑞王进来的时候,就看见丫鬟忙碌着,问道:"不合心意?"

瑞王妃闻言笑道:"也不是,就是想换一下心情。"

"陈侧妃不和我们住?"

瑞王妃闻言说道:"嗯,锦丫头进京了,永宁侯府中没个做主的人也不好。"

瑞王皱了皱眉头说道:"她只是个侧妃。"

瑞王妃闻言笑道:"可是她是锦丫头的生母,东东身边没个人照顾也不好。"

瑞王想了想也觉得瑞王妃说的有道理,点了点头说道:"那把晴哥接回来,放在你身边养着。"

瑞王妃可不想再给瑞王的妾室养孩子,只是说道:"陈侧妃不是把晴哥照顾得很好吗?"

"到底是我的儿子,养在永宁侯府中也不是个事情。"瑞王道。

"既然如此,那就把他接回来吧。"

瑞王果然满意地点头,瑞王妃接着说道:"琦儿这段时日不太对,又有宝珠在,怕是孩子放在我身边也照顾不过来。"

"那谁来养?"瑞王问道。

瑞王妃道:"就交给丫鬟婆子吧。晴哥有陈侧妃照顾就挺好,若是王爷想晴哥了,就把他接来住两日就好,我们刚到边城,还有许多事情需要忙呢。"

"也好。"瑞王点头没再说什么。瑞王缓缓吐出一口气:"那熙儿呢?"

"熙儿今日休息,明日该怎么样就怎么样。"瑞王妃明白瑞王的意思,问的是沈熙要去军营的事情。

瑞王道:"不需要这么辛苦。"

"我倒是觉得熙儿这般很好,他也喜欢军营的生活,再说有三女婿看着,也遇不到什么危险。"她眯了下眼睛,才笑道,"兵权很重要。"

瑞王猛然想到诚帝,不就是为了兵权才折腾出这些事情吗?等事成了,他倒不会不信任楚修明,可是和楚修明比起来,还是自己的儿子更让人放心。这般一想他也不吭声了。

"你说,锦丫头会不会有危险?"瑞王忽然问道。

瑞王妃道:"我也不知道,也是我们连累了她。"

瑞王抿了抿唇:"以后会补偿的。"

"嗯。"瑞王妃微微垂眸,遮去了眼中的情绪。

休息了一日,沈熙早早地就来给瑞王和瑞王妃请安了,瑞王妃留了儿子在身边说话:"熙儿,这一路你父王与你说了不少事情,你都忘了吧。"

"啊?"沈熙一时没有反应过来。

瑞王妃看着儿子,指了指京城的位置:"那个位置不是你父王能坐的,那些想法你也打消了吧,好好听你小舅舅的话就行。"

沈熙看向瑞王妃问道:"母亲,为什么这般说?"

瑞王妃说道:"这样的诱惑是人都会心动,只是你要记住,那不是你父王的位置。你觉得凭着你父王的本事能坐稳那个位置?"

"可是还有外祖父、舅舅们啊。"沈熙说道,"再说,除了父王还有谁能坐?"

"一个比你父王、比英王世子甚至比诚帝都要名正言顺的人。"瑞王妃沉声说道,"我告诉你,只是希望你不要抱着那些不切实际的想法,到时候反而不妥。"

沈熙面色大变,道:"不可能啊。"

瑞王妃抿了抿唇,说道:"你觉得你小舅舅为什么到边城?"

沈熙张口刚要回答,就听见瑞王妃说道:"别说是为了我与你父王。那时候我们还没有确定要来边城,而且边城的情况……你小舅舅为什么一来就能被所有人接受,甚至能自由出入议事厅?"

被瑞王妃这么一提,沈熙也发现了自己一直以来忽视的地方。瑞王妃看着儿子,放柔了声音说道:"你自己好好想想,就算有什么不明白的也不要问我了。"

"可是……"沈熙看着瑞王妃,许久问道,"那母亲觉得我该怎么做?"

"当初我与你父王没有来的时候你怎么做的,你现在就怎么做。"瑞王妃道,"不要想那些得不到的东西。"

沈熙低着头思索了许久,才说道:"我明白了,母亲,我会听你的话。"

瑞王妃眼神闪了闪,脸上露出几分欣慰,说道:"既然如此就好,你没事多去你小舅舅那边,你父王的话,听过就算了。"

沈熙点头应了下来，瑞王妃道："不是想去军营吗？"

"我昨日与三姐夫说了，三姐夫让我陪着母亲在边城逛逛。"沈熙才意识到自己的疏忽，有些不好意思地说道："母亲，边城和京城不一样，我带你去走走吧。"

瑞王妃闻言抿唇一笑，说道："也好，那明日你带着我与你姐姐出去走走。"

"大姐……"沈熙犹豫了一下问道，"大姐好些了吗？"

瑞王妃摇了摇头："希望多走走，你大姐能想开一些。"

当看见京城城门的时候，孙鹏只觉得整个人都松了口气，该如何和诚帝交代，他心中也有了想法。因为天色的原因，沈锦并没有直接进宫，而是去了瑞王府，此时的瑞王府可谓是人去楼空，当时诚帝为了找出瑞王和瑞王妃潜逃的路，把瑞王府搜了许多遍。

沈锦到了瑞王府门口的时候，有些惊讶地问道："我父王和母妃呢？"

孙鹏就在一侧，看着沈锦的样子，一时也分不清是真是假，若是真的……那么就意味着沈锦是真不知道瑞王和瑞王妃已经逃出京城的事情。瑞王他们并没有去边城吗？若是假的，孙鹏仔细看了看，皱了皱眉头，心中仔细思量着。

沈锦却已经打发了守门的，直接带着人进了瑞王府，然后整个人都慌了，再三询问才知道瑞王和瑞王妃离京的事情。沈锦看向了孙鹏，沉声问道："你可知道是怎么回事？"

"属下并不知道。"孙鹏跪下躬身说道。

沈锦让人把她当初住的院子收拾了出来。孙鹏问道："侯夫人为何不去永宁侯府？"

"那边太久没有人住了，我这次来京时间又紧，并没有派人提前去收拾。"

孙鹏躬身说道："属下已经护送永宁侯夫人入京了，属下先告辞了。"

沈锦点了点头，说道："前些日子误会你了，实在不好意思。"

孙鹏道："不敢。"

沈锦看向了岳文，说道："想来他是要找皇伯父复命的，你把英王世子的使者交给他吧。"

安怡带着人收拾了院子，除了需要用的外，剩余的行李并没有打开，毕竟她们都知道，在瑞王府只是暂时歇脚而已。

沈锦屋里的床已经收拾好了，安怡进来请了沈锦进去休息。沈锦确实也有些累了，就在前两日，安怡确定了她有孕的事情，不过日子尚浅。

"明日一大早,就让岳文他们离开。"沈锦微微垂眸说道。

"是。"安怡应了下来。

沈锦看向了安桃,说道:"你辛苦点,带着人多给他们备些干粮一类的。安宁再拿些银子给岳文他们。"

"夫人,一个都不留吗?"安宁有些犹豫地问道。

沈锦摇了摇头说道:"他们自有安排。"

"是。"安宁应了下来。

沈锦打了个哈欠说道:"需要什么,就安排府上的那些人去买,明日我不见外人,他们塞了什么给你们,只管收着就是了。"

沈锦看了眼说道:"安怡留下来,你们都退下吧。"

安宁见沈锦没有别的事情,就先带着人下去了,安怡把手上的事情交给了安媛,自己留在沈锦的身边。等没人的时候,沈锦才让安怡给她把了脉,问道:"孩子没事吧?"

安怡仔细把脉后,才说道:"夫人这几个月还是要好好休养才是。奴婢一会儿让安桃给夫人熬些滋补的汤品,夫人用些,好好调理一番。"

沈锦抿唇点了点头,没再说什么。

安怡扶着沈锦往床上躺下,才说道:"夫人早些休息吧。"

沈锦应了一声:"记得告诉安宁,让岳文他们在城门一开就走。"若是不走,怕是就不好走了。

也不知为何,这次诚帝倒是格外沉得住气,虽然知道沈锦回京了,却一直没有召见她。谁也不知道诚帝到底在想什么,沈锦也不在乎,在瑞王府倒是更自在一些。如今的瑞王府就沈锦一个主人,过得格外自在。

那些人虽然不是瑞王府本身的下人,可是也不敢怠慢了她。岳文他们走后没多久,诚帝就派了新的侍卫来,说好听点是保护沈锦,实际上不过是为了监视她。不过,有他们在方便了许多,起码在买东西上,每日把列好的单子交给那些侍卫,第二天就会有人送了过来。

可是沈锦自在,诚帝却不自在了。在沈锦来京城的第六天,皇后终于召见了沈锦,除了皇后外,茹阳公主也在。和边城相比,茹阳公主瘦了一些,一身华服带着几分高傲,见到沈锦只是微微点了点头。

皇后也没说什么,直接留了沈锦在宫中,沈锦也没拒绝,让人收拾了东西,然后搬了进来。皇后的气色不太好,和沈锦一并用了饭后,就说道:"茹阳也回来了一段时日,带着沈锦到小花园里坐坐。"

沈锦也应了下来。皇后看了沈锦几眼,忽然说道:"永宁侯夫人若是空了,就来我宫中坐坐。"

"知道了,皇伯母。"沈锦笑着说道。

到了小花园,茹阳公主就打发了宫女到一旁,沈锦也对着安宁微微点头。茹阳公主问道:"驸马还好吗?"

"忠毅侯给公主写了信,不过我没带在身上,等过两天,我让人给公主送去。"沈锦道。

茹阳公主点了点头,端着茶水喝了一口,说道:"最近别往御花园去。"

"怎么了?"沈锦并没有喝茶,只是拿了果子来吃,有些好奇地问道。

茹阳公主脸色有些不好看,抿了抿唇才说道:"父皇有个妃子有孕了。"

"那个女人很得宠,有孕后就喜欢去御花园散步。"茹阳公主接着说道,"上次昭阳和晨阳在御花园遇见了,也不知道怎么拌了嘴,回去后那人就动了胎气,父皇罚了昭阳和晨阳,就算母后说情也没有用。"

沈锦一脸惊讶,点头说道:"我不去御花园了。"

茹阳公主本以为沈锦会再问几句那个女人的事情,谁知道等了半天就等到这么一句话,一时间也不知道说什么好了。沈锦问道:"那皇祖母怎么样了?"

"不太好。"茹阳公主说道,"因为皇叔的事情,父皇迁怒皇祖母,所以皇祖母很少出来了,不过前几日请了太医,说是身体有些不适。"

沈锦点了点头:"那我明日去看看皇祖母。"

茹阳公主想到还在边城的丈夫和孩子,点了点头说道:"我陪你去。"

沈锦应了下来。两个人正在说话,李福忽然过来,行礼后说道:"陛下请茹阳公主和永宁侯夫人去甘露宫。"

甘露宫?沈锦有些疑惑地看向了茹阳公主,却见茹阳公主面露难色,看着李福说道:"父皇为何忽然宣我们去甘露宫?"

李福低着头说道:"奴才不知。"

茹阳公主冷笑了一声，说道："劳烦李公公稍等片刻，我与侯夫人更衣后就去。"

"是。"李福恭敬地退了下去。

沈锦被茹阳公主带着去了后殿，问道："那个甘露宫怎么了？"

茹阳公主道："就是我刚才与你说的那位的宫殿，父皇特意改名'甘露'二字。"

沈锦想了下才点了点头，看来诚帝还真是不给皇后面子啊。

茹阳公主低声说道："你小心点。"

"哦。"沈锦应了一声。

茹阳公主见沈锦的样子，气不打一处来，说道："一瞧就是冲着你来的，父皇在我也不好帮衬你，吃了亏可不怪我。"

"不怪你的。"沈锦看着茹阳公主，很真诚地说道，"你也没办法啊。不用与皇伯母说一声？"沈锦有些疑惑地问道。

茹阳公主神色露出几分难受，只是摇了摇头说道："不了。"

"就算你不说，皇伯母也会知道的。"沈锦跟着茹阳公主往外走去，小声说道。

茹阳公主笑了一下说道："起码母后面子上过得去。"

到了甘露宫的时候，沈锦都有些想要睡了，若非在宫中，此时她该睡午觉了。安宁扶着沈锦的手，众人往里面走去。茹阳公主脸上带着笑，已经看不出丝毫愤怒，沈锦有些迷糊地跟在后面，还没进去，就听见里面传出一个女声："陛下，我还没见过永宁侯夫人是什么样子呢，永宁侯真的那么恐怖吗？我听说他最喜欢吃人肉……好吓人啊。"

等李福通传后，茹阳公主就带着沈锦进去了，茹阳公主发现在刚进去的时候，沈锦好像精神了不少，可是在给诚帝他们行礼后，又开始没精打采的了。

沈锦是想知道，茹阳公主口中这个让诚帝痴迷的女子长什么样子。本来她以为起码应该比薛乔更漂亮，或者比她二姐沈梓漂亮，可是一看才发现，这个露妃只能说是普通，便有些失望，就没兴趣继续看了。

在沈锦和茹阳公主进来的那一刻，露妃也仔细打量了她们，特别是沈锦。在看见沈锦的时候，眼中露出几分嫉妒，然后又恢复了一派天真的样子，说道："陛下，这就是永宁侯夫人啊，长得真漂亮。"

沈锦坐在一旁的椅子上，并没有说话。茹阳公主倒是看了露妃一眼。诚帝笑着拍了拍露妃的手说道："别调皮。"

听着诚帝的声音，茹阳公主不自在地动了一下，倒是露妃娇笑着靠在诚帝的身边。她已经怀孕六个月了，已经显怀，撒娇道："才没有。陛下，永宁侯夫人怎么不爱说话呢？"带着委屈的语气，"妾自知身份低下，是不是永宁侯夫人觉得妾身份低贱……"说着就已经落泪了。

诚帝明显有几分不悦地看向了沈锦，说道："爱妃莫要如此，有朕在，谁也不敢小瞧了你，永宁侯夫人只是不喜说话，是不是？"最后三个字是问的沈锦。

沈锦虽然有些走神，可并非全然没有注意这边，闻言看了看诚帝又看了看露妃，最后目光落在诚帝的身上："哦。皇伯父说得是。"根本没有回答露妃刚才那句话的意思。

露妃手抚着肚子笑道："陛下，妾当初一直听说宜兰夫人漂亮，可是妾觉得侯夫人比宜兰夫人漂亮多了。"

一直没有吭声的茹阳面色变了变，她是知道宜兰夫人的，也算是位奇女子，江南名伎，被无数文人墨客追捧，不少富豪公子想要为其赎身，都被宜兰夫人拒绝了，最后出钱自赎，然后再无消息。

虽然这位宜兰夫人是卖艺不卖身，可是到底出身不好，用她来与沈锦做比较，实在是侮辱了沈锦。就算沈锦不是永宁侯夫人，也是她堂妹，朝廷的郡主。茹阳公主见沈锦没有反应过来，刚想说话，就听见沈锦问道："这个宜兰夫人是谁啊？"

露妃用帕子捂着嘴角，笑道："是位大美人呢。"

沈锦闻言点了点头说道："露妃知道得真多，那为什么皇伯父不纳入宫来呢？"

诚帝也是知道宜兰夫人的，闻言说道："此人怕是已经作古了。"

"真可惜啊。"沈锦感叹道。

茹阳公主咬牙，刚想提醒，可是看见诚帝的神色，只能低头拧了拧帕子。露妃笑道："妾当初也觉得可惜，如今见了侯夫人，再也不觉得可惜了。"

沈锦露出几分好奇看着露妃说道："既然露妃娘娘对这位宜兰夫人有好感，那不如写首诗词来怀念宜兰夫人，到时候让皇伯父给你出诗集。"

茹阳公主闻言，差点笑了出来，赶紧低头用帕子擦了擦嘴角，沈锦这一招还真是……若是露妃真敢如此，怕是先被人骂死了，丢脸的不仅仅是露妃，还有诚帝本人。

诚帝露出几分尴尬。露妃说道："妾不通诗词呢。"

"没事的。"沈锦安慰道，"让皇伯父给你找个人代笔即可，我们不会说出去的。"

露妃咬唇不再吭声。沈锦说道："皇伯父，虽然这般作弊有些不好，可是露妃娘娘有孕在身，这点小心愿就满足了她吧，大不了再找出宜兰夫人的墓。不过露妃娘娘不好出宫，让她身边的大宫女代替她出宫，给宜兰夫人上几炷香也好。"

沈锦接着说道："如果皇伯父不好出面，我来联系就好了，父王和夫君多多少少还认识些人的，大不了悬赏，赏银千两，总能让露妃娘娘完成心愿的。"

"侯夫人！"露妃双眼含泪说道，"妾自知身份低贱，可是你也无须这般作践妾。"露妃本就是宫女出身，能走到这一步得了诚帝喜欢，费了多少心思，哪里肯让沈锦如此。她也看出了沈锦的认真，若是此时不开口阻拦的话，恐怕沈锦真会如此做，她根本不是说说而已，关键是诚帝一直没有表态。

沈锦一脸无辜地看着露妃："露妃娘娘什么意思？"她也是满脸委屈，"我见露妃娘娘有孕在身，好心满足露妃娘娘的心愿……露妃娘娘却这般指责我。"说着就哭了起来，"我父王和夫君虽然不在京城，可是我皇伯父、皇伯母和皇祖母还在呢……皇伯父，我父王在哪里？"

诚帝只觉得头大，说道："莫哭了。"

露妃柔弱地倚靠在诚帝的身上，柔软的胸轻轻摩擦着诚帝的胳膊，诚帝一时有些心猿意马，想到露妃的风情，觉得露妃成事不足的心思消减了一些，说道："锦丫头也莫哭了，这宜兰夫人虽然是奇女子，可是身份低贱……"

诚帝的话还没有说完，就见沈锦震惊地睁开了眼睛，然后看向了露妃，又看向了诚帝："皇伯父……那宜兰夫人到底是什么身份？"

宜兰夫人的身份诚帝自然不好说，就看了眼李福，李福低着头，心中叫苦不迭。

"那宜兰夫人在江南那片极负盛名，宜兰曲就是赞颂宜兰夫人的。"

"宜兰曲？"沈锦皱眉思索了一下，像是猛然意识到了什么，瞬间红了眼，"皇伯父……你竟然……我不活了。"说着就要起身往柱子上撞去。

安宁赶紧拦着："夫人……夫人……"

沈锦大声哭了起来，坐在地上被安宁搂在了怀里，一点形象都没有。

"我可是皇室贵女，皇伯父亲封的郡主……可是……竟然被拿来与一个那般低贱的人做比较……夫君、父王……我不活了……"

茹阳公主也是眼睛一红，赶紧扶着沈锦说道："堂妹别这样，堂妹……"说着说着竟然也哭了起来，"父皇不是这个意思……"

"竟然在皇伯父的面前这般侮辱我……我不活了……"虽然喊着不活了，可是沈锦趴在安宁的怀里动也不动。

这番作态可吓坏了诚帝和露妃，谁也没想到沈锦竟然会如此。安宁大声喊道："夫人，你不要寻死啊……夫人……老天啊，侯爷、王爷啊，你们一不在，就有人欺负夫人……夫人你别撞啊……"

安宁的声音也不小，直接传到了宫外面。

诚帝面色一沉，狠狠推开了露妃，若是沈锦的行为传到外面，那些宗室怕是都不会站在他这边。他本因奈何不了楚修明，所以才纵着露妃作践沈锦一番，却不想沈锦竟然丝毫面子也不要了，和泼妇一般，抓住机会闹腾了起来。

诚帝怒斥道："够了！"

别人害怕诚帝，沈锦可不害怕，闻言猛然叫了起来："夫君……我要回边城，夫君你说皇伯父会护着我的……父王失踪，你为了天启朝镇守边疆，还为了安定，把我送来……呜呜，夫君……"

诚帝咬牙说道："行了！露妃去给沈锦道歉。"

露妃此时也不敢闹了，赶紧说道："侯夫人，是妾的不是……"

"呜呜……"沈锦趴在安宁怀里并不搭理，也没有见好就收的意思。

诚帝看向茹阳公主，却见茹阳公主一边哭一边安慰着沈锦。李福也赶紧去扶她，可是他不敢用力。露妃看了一眼，也想要过去扶沈锦，谁知道刚碰到沈锦，沈锦就喊疼，然后捂着被碰的地方。

沈锦的表现太真了，就连诚帝都瞪了露妃一眼。

露妃真是有苦说不出，她能走到今天这步，是踩着不少人上来的，女人之间的争斗并不简单，她们都是杀人不见血的，甚至诬赖的办法也用过，如今沈锦的诬赖用得这么简单。

诚帝也无奈，让他去低头是不可能的，可是让沈锦继续闹下去……也是不可以的。无奈直接派人去请了皇后来，甚至惊动了太后。皇后过来的时候，沈锦就趴在安宁的怀里，她直接坐在安宁和茹阳公主的裙子上，然后还垫了一层自己的裙子，虽然没有从地上起来的意思，却绝对保证自己不会受凉。

皇后来的时候，其实已经听说了，只是故作无知问道："这是怎么了？"

沈锦一见皇后，就起身哭着去找皇后，因为有安宁照顾着，沈锦一点也没有事情，反而茹阳公主一时竟然站不起来。

"皇伯母，我要回家……我要找父王……我要找母妃，我要找夫君……"

皇后闻言问道："这是怎么回事？"

露妃也坐在一旁抱着肚子抹泪，而诚帝有气说不出，脸色格外难看。皇后心中只觉得解气，微微垂眸却没有露出来，只是伸手搂着沈锦，问道："这是怎么了？"

沈锦只是哭着摇头，什么也不说。李福低头站在一旁，想到露妃几次给诚帝进言，害得自己被责骂的事情。皇后看向了诚帝，眼中露出询问，可是诚帝却没有开口解释的意思。皇后低声安慰着沈锦，把她抱在怀里，自然遮挡住了她根本没哭的事实。

三个人最终被带出去梳洗，等出来的时候，沈锦低着头站在皇后的身后，而茹阳公主时不时地擦擦眼睛，诚帝和露妃坐在外面，诚帝说道："让露妃给锦丫头赔个不是，这事就算了吧。"

皇后却说道："陛下，锦丫头虽是永宁侯夫人，可也是朝廷亲封的郡主。不过露妃有孕在身，不好责罚，不如让她闭门思过吧。"

诚帝一听，说道："也好。"

皇后看向了沈锦，道："锦丫头，你也别难过了，你皇伯父与我对你最是疼爱，如今露妃身子重，等孩子出生后，定会给你一个满意的交代。"

露妃刚想开口，就听见皇后说道："先把露妃带下去，再请几个嬷嬷来用心照顾着。露妃，你如今就静下心来养身子，没事的时候多抄抄佛经。"

诚帝也说道："嗯，就这样。"

沈锦用帕子擦了擦眼角，说道："皇伯母放心吧，我知道皇伯父与皇伯母对我好。再说我们是一家人，我被拿来与那般低贱之人相比，皇伯父的面子也过不去。"

皇后说道："还是锦丫头懂事。"

沈锦看向诚帝："皇伯父，我这次回京，发现父王和母妃并不在府中，他们是去了哪里吗？"

诚帝眼睛眯了一下看向沈锦，却发现她一脸迷茫地看着自己，便反问道："他们不是去边城了吗？"

"父王和母妃去边城了？"沈锦一脸惊讶地看向了诚帝，"那我写信给夫君问问。对了，皇伯父，我想去和皇祖母住。"

"你皇祖母身体不适。"诚帝道，"还是说你皇伯母给你准备的地方，你不满意？"

"我还没去呢。"沈锦很义正词严地说道，"但是皇伯母这么关心我，自然准备得处处妥当。皇祖母身体不适，我父王和母妃又不在京中，我自然要代替他们给皇祖母侍疾呢。"

"无须如此。"诚帝道。

沈锦顿时眼睛红了："皇伯父……"说着又要靠在安宁身上哭了起来，"父王，女儿不孝……"

皇后轻轻碰了碰诚帝，诚帝只觉得头疼，让母后看着沈锦也好，说道："皇后，你来安排。"说着，转身就走了。

诚帝一走，沈锦也不哭了，皇后说道："那我让人与母后说一声，锦丫头就去母后宫中住吧。"

沈锦闻言笑道："好。"

露妃此时咬了咬唇，低着头不敢说话。诚帝走了，她的靠山也没有了。皇后却丝毫没有为难她的意思，只是吩咐叫了太医来给露妃看身子不说，还让宫人好好伺候她，不过当着露妃的面，让人去撤了露妃的牌子。妃子有孕，本就该撤牌子的，可是露妃哄住了诚帝，就一直没有人提这件事。

等事情安排完了，皇后就带着茹阳公主和沈锦离开了，到了外面，茹阳公主才低声说道："母后，就这般放过露妃？"

皇后只是一笑，没有说什么。茹阳公主看向了沈锦，却见沈锦打了个小小的哈欠，茹阳公主这才意识到，从头到尾不仅只有自己哭，真正愤怒的也只有她一个人。

"茹阳，"皇后轻轻捏了捏女儿的手，说道，"何必把那么个人当回事呢？"

茹阳公主愣了一下，皇后已经松开了她的手，扶着宫女的手上了轿子。等沈锦和茹阳公主也上轿子后，皇后才说道："锦丫头，你父王和母妃不在，有什么事情的话，就直接派人与我说就是了。"

沈锦闻言一笑说道："我来之前，夫君也说了，皇祖母和皇伯母都会照顾我的。"

这话猛一听没什么，可是沈锦偏偏说是楚修明告诉她的，皇后眼睛眯了一下点了点头，没再说什么，心中却思量，莫非楚修明有和她合作的意思？想到儿子的死，还有如今见不得面的小儿子,她眯了眯眼睛。

如果永宁侯愿意帮助他们的话,那么成算就更多了几分,可是永宁侯愿意放弃瑞王来帮她儿子吗?

皇后抚摸了一下自己的镯子。要找个机会好好与沈锦聊一下,起码现在沈锦道出了自己的善意。瑞王和瑞王妃真的没有去边城吗? 皇后忽然觉得也可能真的如此,瑞王世子可是在闽中,一个是亲儿子一个是女婿,若是她也会选亲儿子那里,特别是瑞王世子在闽中貌似已经站稳了脚跟,而边城还有个忠毅侯……茹阳公主都回京了,如果瑞王去了边城,忠毅侯不可能不给朝廷送消息……

闽中那边,皇后对着轿子边的人说道:"这两日给承恩公府传话,让我母亲进宫一趟。"

"是。"

茹阳公主直接让人停车,上了沈锦的轿子,一并去了太后宫中。沈锦靠在轿子上,眼睛半眯着,已经快要睡着了似的,茹阳公主道:"你就咽得下这口气?"

"啊?"沈锦有些迷茫地看向了茹阳公主。

茹阳公主说道:"甘露宫的事情。"

"又不疼不痒的。"沈锦其实并不在意,若非为了自己的目的,她甚至懒得哭闹那一场,所以出了宫自然就抛至脑后了,如今茹阳公主提起了,她有些奇怪地看了茹阳公主一眼,说道:"我又没什么损失。"

"她那般说你……"茹阳公主提醒道。

沈锦眨了眨眼,感叹道:"没办法啊。"伸手摸了摸自己的脸,"容貌是父母给的。"

茹阳公主皱了下眉头,怎么又提到了容貌,怀疑地看了沈锦一眼,说道:"你想什么呢?"

"想夫君了。"沈锦小声说道,"听说太后宫中都是茹素的啊。"若不是为了孩子,沈锦可不想进太后宫中,她不喜欢吃素菜啊。

茹阳公主道:"放心吧,皇祖母不会逼着你吃素的。"

"这就好。"沈锦感叹道。不过不管是哪一样,露妃怕是都没有出头的日子了,皇后不会放过这次机会。

第三十九章
设计逃脱

太后给沈锦安排的是偏殿，不算大，东西却很齐全，还有单独的小厨房。沈锦厨房的东西都是太后份例分出来的，还没等沈锦收拾好，皇后那边也把东西送来了，只说沈锦以后按照茹阳公主的份例来。

而此时的沈锦，已经在收拾出来的内室睡着了。

和沈锦的安逸比起来，甘露宫中却是乌云密布，露妃能倚仗的不过是身怀龙嗣和诚帝的宠爱，如今诚帝明摆着不管了。

诚帝在甘露宫受了气，也不愿意去别处，就直接去了兰妃的宫中。

兰妃正在用饭，不过是三素一荤一汤，诚帝一看就要发脾气，倒是兰妃柔声说道："陛下来尝尝，这是妾在小花园种出来的，本想试试味道如何，若是好明日就请了陛下来呢。"

诚帝是知道兰妃专门让人把殿中小花园开了一片出来，种了不少东西，并没放在心上，却不想已经能用了，便笑道："就算如此，爱妃也用得太过简单了。"

兰妃闻言一笑，说道："我一个人也无须用那么多，陛下来了，让他们再做一些就好。"

诚帝说道："再上几道荤菜即可。"

兰妃点了点头，就吩咐身边的宫女去小厨房，她说的几道菜都是诚帝比较偏爱的。见兰妃如此，诚帝心中舒畅了许多。兰妃亲自去拿了茶来，给诚帝泡上，说道："陛下，你尝尝，我前几日发现这茶中放些晾干的果子，味道也不错呢。"

诚帝看了一眼，端着喝了口，带点酸甜，不算难喝，不过是女人喜欢的。兰妃见诚帝尝了，就把剩下的拿了过来自己喝了，重新给诚帝泡了杯，说道："就是想让陛下尝尝。"

"调皮。"诚帝笑着说道。

等用完了饭，诚帝的心情好了许多，把甘露宫的事情与她说了一遍。兰妃眉头轻蹙，带着几分不悦,说道:"按理说,妾不该说露妃什么,只是她此般,反而牵累了陛下,实属不该。"

诚帝闻言心中有些不悦,觉得兰妃是在为沈锦说话。兰妃仿若不知一般,继续说道:"那永宁侯夫人,先是郡主才是侯夫人的,她如何成的郡主,依靠的不过是陛下侄女的这个身份,露妃这般一说……也怪不得茹阳公主当时难受呢。"

兰妃的声音轻柔:"就是妾也觉得生气啊。"

诚帝一下子就明白了,兰妃说到底气的是露妃牵累了他的名声。

"露妃年纪小不懂事。"诚帝维护了一句。

兰妃也没生气,只是说道:"想来皇后娘娘也是如此觉得,才这样安排了露妃妹妹。"

诚帝点了点头,兰妃皱眉说道:"只是这侯夫人也是,在宫中还如此闹腾……若是外人知道,怕是要误会陛下了。"

"嗯。"若非如此,他今日也不会如此为难。

兰妃微微垂眸,又给诚帝倒了杯茶,说道:"妾知道陛下是心疼侄女,其实郡主真住在太后宫中也好,太后是长辈……不过郡主也是真性情啊。"话并没有说完,诚帝却已经满意。

诚帝搂着兰妃说道:"还是兰妃知朕心意。"

兰妃轻轻应了一声:"妾一望陛下身体康健,二望陛下快乐常在。"

边城之中,如今坐镇的是楚修远,而楚修明秘密带兵去接应徐源等人。徐源至今都没有消息。

如此一来,东东只能让陈侧妃照看,白日里东东已经被楚修明养得性子有些野了,晚上还行,白天不愿意待在屋中。楚修远也心疼侄子,就整日抱着东东,还如以往那般,走到哪里带到哪里,等晚上再送到陈侧妃那边。

赵端他已经习惯了,有时候林将军他们还会带了东西来与东东玩。瑞王第一次见到这般情况,心中不满楚修明把边城事务都交给了楚修远,可是看着赵端的样子,还有那些听都听不懂的事情,他也老实了,虽然每日都被逼着来议事厅,却从不发表什么意见。

楚修远把东东抱到了怀里,安平端了蛋羹来,他就让东东在专门的小桌子上坐好,给他系上了兜兜,让他自己吃。东东还拿不稳勺子,可是低头抓着勺子往嘴里不停地弄蛋羹吃,吃了一脸一桌子,赵端看着就想起自己儿子小时候,笑着问:"东东,好吃吗?"

东东记得父亲说过嘴里有东西的时候不能说话,所以先把嘴里的东西咽了下去,才说道:"好次(吃)!"他的小脸上还带着蛋渣,眼睛亮亮的,看着格外可爱。

赵端也不嫌弃,给东东擦了擦脸,说道:"那多吃点。"

瑞王失神了,他就是觉得东东瞧着很眼熟……可是这么大的孩子……想了想就没放在心上,见没自己什么事情了,就先回了府。

赵端这才问道:"少将军,这般真的好吗?"

楚修远道:"哥哥交代的,想来自有哥哥的想法。"

瑞王回到府中,就见瑞王妃正在和几个丫鬟踢毽子,而沈琦也带着宝珠坐在一旁给瑞王妃数着,瑞王从不知道瑞王妃会踢毽子。

见到瑞王,瑞王妃就直接把毽子踢给了别人,然后说道:"王爷今日怎么回来得如此早?"

"哦,没事了我就回来了。"瑞王一时没反应过来,瑞王妃已经让丫鬟收拾了东西。

沈琦给瑞王请安后,就先带着女儿离开了。瑞王跟在瑞王妃的身边,忽然问道:"王妃,有没有觉得东东很眼熟?"

"东东是锦丫头的儿子,自然眼熟了。"瑞王妃笑道。

瑞王摇了摇头,没再说什么。

瑞王妃发现瑞王最近有些心神不定的,问了他也不愿意说。瑞王妃把沈熙托给了赵端来开导,沈熙虽然说听瑞王妃的话,可是一时间也有些转不过弯来,所以瑞王妃也不让他回来,而沈琦有宝珠的陪伴,性子倒是好了一些,有时候还会和瑞王妃到外面走走。

瑞王就算再糊涂,他也发现情况好像和路上设想的不太一样,虽然每日都让他去议事厅,可是这些人好像没把他当成未来之君。瑞王并非想瞒着瑞王妃,而是想到一路上他给瑞王妃的那些许诺,此时不知道说什么好。

瑞王妃正睡着,瑞王猛地坐了起来,然后说道:"我想起来了!"

"怎么了?"瑞王妃打了个哈欠,看向了情绪激动的瑞王。

瑞王扭头看向瑞王妃问道:"东东真的是楚修明和锦丫头的孩子吗?"

"自然是。"瑞王妃有些怀疑地看着瑞王说道,"你忘记了吗,锦丫头是在京城生产的。"

瑞王愣了一下："可是那孩子没有在我们身边长大！"

瑞王妃怀疑地看向了瑞王，说道："王爷是什么意思呢？"

瑞王神色有些扭曲地说道："东东恐怕不是女儿和女婿的孩子。"

瑞王妃眼角抽了抽："王爷这话可不能乱说。"

瑞王却是一脸严肃，说道："并不是乱说，我一直觉得东东眼熟……我刚才忽然想到为什么觉得东东眼熟了。"

瑞王妃疑惑地看着瑞王，瑞王咽了咽口水，说道："东东长得像太子幼子！他不是我的外孙而是我的侄子！"

"王爷……太子幼子就算活着，如今也二十五六了。"

瑞王皱了皱眉头说道："那就是太子幼子的儿子。"

瑞王妃见瑞王是认真的，便问道："王爷为何这般说？"

"太子幼子……长得最像太子。"瑞王想了一下说道，"因为这点，就是父皇当初也很喜欢这个孙子，还亲手抱过……"

赵端其实告诉过瑞王妃，东东长得神似太子，不过东东确确实实是楚修明和沈锦的孩子，所以此时瑞王妃面上并没有惊讶，而是微微垂眸说道："王爷，若是真有太子嫡孙的话，怕是皇位就落不到你头上了。"

瑞王抿了抿唇，开口道："其实我觉得不管是女婿还是弟弟，都没想让我当皇帝的意思。"

瑞王妃看向瑞王，没有说话。瑞王道："我觉得他们另有打算。"

"嗯。"瑞王妃想到楚修明离开前说的话，道，"因为确实有太子嫡孙。"

"什么？"

瑞王妃说道："并非东东，而是另有其人。"

"你怎么会知道？"瑞王沉声问道。

瑞王妃道："我来了以后，赵端告诉我的。我不知道该怎么与王爷说。"

瑞王虽然怀疑东东是太子嫡孙，可只是怀疑，当真的知道有这么个人的时候，整个人都愣住了。"那女婿是骗我的？"

"王爷，女婿只是说来边城保王爷的安危。"瑞王妃柔声说道，"可有许诺别的？"

瑞王摇了摇头。瑞王妃道："想来不管是我弟弟还是女婿都不知道如何开口，所以才悄悄告诉我，让我与王爷说，只是……我也不知道该怎么说。"

"让我想想……"瑞王有些不知所措地说道。

瑞王妃点了点头。这是楚修明安排的，一步步让瑞王有心理准备，到时候也不至于太过激动。

瑞王心情很复杂，那些责任终于不用再放在他身上了，不管是胜是败，都和他没有关系了，可是却隐隐有些失落……

京城中，太后说了不用沈锦早上去问安，沈锦就没有早起去等着的意思，也没有像是在瑞王府的时候那般，睡到日上三竿才起来。

沈锦用完了早饭，就带着安宁和安怡去了太后那边，太后此时已经在佛堂了。

太后招了招手，让沈锦扶着她站了起来，然后说道："你父王怎么样了？"

沈锦有些怀疑地看向太后，然后又看了看佛堂那些伺候的人，太后却是一笑，伸手在沈锦的胳膊上拍了拍："放心吧。"

"哦。"沈锦这才露出笑容，低声说道，"父王和母妃应该已经到边城了，可是我没见到他们。"

太后心中估算了一下时间，也点了点头，和沈锦一并坐了下来说道："这般就好，也委屈你了。"

"不委屈。"沈锦看向太后道。

太后看着沈锦说道："你是个好孩子，定是有后福的。"

沈锦抿唇一笑，带着几分羞涩，却没有解释的意思："皇祖母，有件事要麻烦皇祖母了。"

"怎么了？"太后问道，"可是缺了什么？"

沈锦摇了摇头："我有孕了呢。"

太后皱眉看着她，就见沈锦面色如常地说道："刚出城就发现了，只是……若是我不来的话，怕是父王就该有危险了。"她手摸着肚子，把孩子早说了一个月。

沈锦手轻轻抚着肚子："这事情，我是瞒着夫君的，只留了身边的丫鬟，等我到京城后，才让丫鬟回边城与夫君说的。"

太后眼睛眯了一下说道:"你这孩子,有孕在身还冒险。"

沈锦摇了摇头:"父王对我这么好,我怎么也不能看着父王有危险。"她顿了顿说道,"更何况,父王真的……对我也是有好处的。"

若是沈锦没有说让丫鬟通知了楚修明,怕是太后会劝着沈锦落了这个孩子,可是如今却不能。太后没有怀疑沈锦说的话,若是瑞王登基,那么沈锦就从郡主变成公主不说,而这次来京当人质的事情,恐怕瑞王也会记得这个女儿的好。

如果沈锦说楚修明知道她有孕还让她来,太后是不相信的。"这件事……"太后看向沈锦的肚子,"你这孩子啊,既然如此,这也是我的曾外孙,再怎么样也要保住的。"瑞王的命和前程都在楚修明的一念之间,若是真的保不住这个孩子,怕是瑞王那边会再生波折,所以太后如今也不可能让沈锦出事。

沈锦闻言说道:"那就麻烦皇祖母了。"

太后摇了摇头:"你这段日子就在屋里休息,只说路上颠簸,身子骨弱就是了,我会召太医来给你瞧瞧的。"

沈锦笑着点头:"好的。"

太后说道:"这一路上……先回去休息吧。"

"是。"沈锦这才笑着离开了。

等沈锦走后,太后脸色就沉了下来。一直站在角落里的嬷嬷说道:"太后,需不需要老奴……"

"不能。"太后明白嬷嬷的意思,别说只是怀孕,就算真的生下来,只要她不想看见这个孩子,就有无数的方法让这个孩子消失。她不是不想,而是不能。若是沈锦一直防备着瞒着不告诉她,那么她知道后,动些小手段是没事的,而如今沈锦大大方方地说了出来,还给自己和孩子加了一层保护,就是边城的楚修明和瑞王。她必须保住这个孩子,保住沈锦。

太后捻了捻佛珠说道:"去安排一下,让林太医……"

等回了屋中,安宁才低声问道:"夫人,这般告诉太后真的好吗?"

"就算要瞒着,又能瞒多久?"沈锦靠在软榻上,捧着安胎茶慢慢喝着,说道,"这后宫中只有太后不想知道的,哪里有她不能知道的事情? 更何况我们还住在她的宫中,到时候一显怀也是瞒不住的。"

安宁也明白了过来："那太后会不会……"

沈锦摸着肚子，微微垂眸说道："起码短时间内不会，而且……"沈锦怀疑太后可能会想办法把她带出宫去，毕竟现在还有皇后在一旁虎视眈眈。太后和皇后之间的关系，倒是有些微妙，不过可以肯定的是，这两位如今都不太在乎诚帝了。

众叛亲离吗？沈锦抿了抿唇，算了，这些事情和她没什么关系。等出宫后，有些事情也要安排起来，不能把所有的希望都托付在太后身上，太后连自己的儿子都能放弃，更何况她这样一个孙女呢。

沈锦在皇宫的日子并不难熬，诚帝的后宫虽然少不了那些捧高踩低的，可是沈锦在刚来的第一天，就把风光无限又身怀龙嗣的露妃弄得闭门思过，谁还愿意来招惹她？更何况诚帝后宫之中，世家出身的女人真不多，诚帝防备世家，自然不愿意让世家女得宠诞下子嗣。在诚帝刚登基的时候，还有一些世家愿意把女儿嫁给诚帝，可是发现了这般的情况，再加上世家女偷偷地和家里哭诉……

诚帝的手段还真说不上好，他喜欢宠幸世家女，毕竟那般娇养出来的女子，不管是容貌还是别的方面，都很拿得出手，可是偏偏宠幸完了，还让人给这些女人喝避孕的汤药。

世家女出众的不仅仅是容貌，她们还有自己的傲气，而避孕的汤药喝多了也伤身。如此一来，虽然不敢明着反抗诚帝，私下却和家里哭诉了许多回。很快，诚帝后宫的一些事情，这些世家都已经心知肚明了。

而原来进宫的那些世家女，在无望和痛苦中，大多抑郁而终，剩下的大多都是身份不高的女人，诚帝喜欢那种能控制得住的女人，太后和皇后也不喜欢有心机的，所以如今诚帝后宫中剩下的大多是一些眼皮子浅的。

这些人当初不敢触露妃的风头，如今更是不敢来找沈锦，她们也派人打探了当初甘露宫的消息，可是知道得并不多，只是说永宁侯夫人哭了，然后露妃就被罚了。

如今太后宫中也不平静，太医几乎就常驻在那里，不是沈锦不舒服就是太后身体不适。诚帝虽然因为瑞王的事情对太后诸多不满，可是不管是要做给下面的人看，还是心中对她还是有感情的，多少都要去探望一下她。诚帝去的那日，皇后正在陪着太后说话，太后年纪已经不小了，特别是这段时间瞧着比早期还要苍老许多，她戴着福字抹额，靠坐在床上的时候,就算是诚帝不通医术也知道太后这般实在不好。

太后见到诚帝就笑道:"皇帝来了。"

诚帝说道:"母后,怎么没有人告诉朕,母后病得这般重?"

"是我不让人告诉皇帝的。"太后笑了一下说道,"皇帝以国事为重,我这不过是小毛病。"

皇后站在一旁并没有说话,太后看了一眼说道:"皇后,锦丫头那孩子最近也病了起不来床,你替我去看看吧。"

"是。"皇后心知这是太后有话与诚帝说,见诚帝没有说什么,就躬身应了下来。

等皇后走了,诚帝才坐在太后的床边,伸手握着她的手。他第一次察觉太后真的老了,一时间竟觉得有些心酸。

"母后,可还缺什么?我让人给你送来。"

太后摇了摇头说道:"皇帝,如今英王世子那边的事情,还有永宁侯,以后够让皇帝烦心了,我养养就好了。"

诚帝听太后这么一说,多了几分愧疚,觉得前些日子因为瑞王的事情,对太后发火有些不该,可是他为帝这么久,就算觉得自己有些不对,却也不会道歉,只是安慰道:"母后,别这般说。"

"瑞王……"太后缓缓叹了口气,主动提起了这个儿子,"若是早知今日,我当初就该多多管教瑞王一番了。"

诚帝闻言想道,太后还真没插手瑞王的事情,都是默许他来管教瑞王的。太后整日都在佛堂吃斋念佛的,瑞王逃走还真怪不到她身上。太后微微垂眸,咳嗽了几声,宫女赶紧端了水来让她喝下,这才好了一些。她道:"那时候……"太后的声音有些苍老,说的都是从前的事情,可是她很有分寸,既能挑动诚帝心中对太后这个母亲的感情,也不会觉得厌烦。

与此同时,被太后说卧床不起的沈锦正坐在贵妃榻上,见到皇后就笑着起身,瞧着面色红润的样子,哪里有一点虚弱。

"皇伯母。"

皇后眼神闪了闪,柔声说道:"母后说你病了,我正担心着呢。"

"故意骗人的。"沈锦毫不在意地说道。请皇后坐下后,又让丫鬟端了银耳莲子枸杞汤,说道:"皇伯母尝尝。"

皇后并不觉得沈锦会害她,所以尝了几口,味道不错,还带着一种梨香,她喝了一小半就放下了勺子,用帕子擦了擦嘴说道:"确实不错。"

沈锦已经用完了一碗,点头说道:"皇伯母喜欢就好。"

皇后说道:"你在母后宫中还习惯吗?"

"还好。"沈锦道,"皇祖母很照顾我。"

皇后点了下头,又问了几句,比如沈锦平时都用了什么,喜欢什么,缺不缺东西一类的,都是场面话。

聊了一会儿,皇后说道:"陛下在母后那儿说话呢。"

"嗯。"沈锦毫不在意地应道。

皇后想知道太后为何帮着沈锦欺瞒诚帝,所以绕着弯子问道:"你要不要去给陛下打个招呼?"

"不用了。"沈锦道,"皇祖母让我装病呢。"

"哦?"皇后故作惊讶地看向沈锦。

沈锦倒是没有隐瞒的意思,像是根本没什么心机一般。

"皇祖母因为父王的事情,陛下对父王多有误会。"

皇后皱眉说道:"那我……"

"皇祖母说不用瞒着皇伯母啊。"沈锦直言道,"其实……皇祖母想劝皇伯父立太子。"

皇后手一颤。沈锦假装毫无察觉,端着水喝了口,接着说道:"皇祖母说,我父王如今也不知道是什么情况了。"

沈锦只是把太后的话告诉了皇后,可是皇后却想到怕是瑞王出了什么意外,所以太后对诚帝也有了心结。沈锦忽然说道:"对了,皇祖母让我与皇伯母说一句话,不管哪个皇子都是她的孙子。"

皇后眯了一下眼睛,说道:"这是自然了,太后怎么会忽然说这些?"

沈锦摇了摇头说道:"我也不知道啊。"

皇后点了点头,心中思量了起来,隐隐猜到了太后的意思。不管哪位皇子最后继承了皇位,都是她的孙子,她的位置稳得很。

诚帝和皇后两个人坐在一个轿子上，诚帝忽然问道："永宁侯夫人的身体怎么样？"

皇后微微垂眸，叹了口气说道："有些不太好。"

"嗯？"诚帝还是半信半疑，便仔细问道，"这是怎么回事？"

皇后是知道太医怎么说的，道："瞧着气色很差，也没什么精神，不仅如此……我瞧着东西大多都是滋补的，注意到枕上落了不少头发……"皇后并没有说沈锦病得多严重，而是从细节说了起来。

诚帝皱眉思索了一下，点了点头说道："知道了。"

诚帝回书房后，就直接叫了太医，把皇后与他说的和太医说了一遍，问道："太医觉得是何病症？"

太医皱眉思索了一下，只是说道："回陛下的话，如陛下的形容，怕是这位不太好了，伤了元气……"

诚帝闻言点了点头："那就是仔细养着？"

"是。"太医道。

诚帝问道："因何而起？我前几日瞧着身子还康健。"

"大喜大悲或者平日受了寒热，只是开始的时候没有表现出来，如今发作了，也就严重了。"太医躬身说道。

诚帝点了点头："行了，下去吧，今日之事……"

"下官明白。"太医磕头说道。

等太医走了，诚帝信了七八分，又想到今日太后说的话，他沉思了一下，说道："李福，和兰妃说一声，今日朕陪她用饭。"

"是。"李福一直站在诚帝的身后。

瑞王不是个能隐藏事情的人，直接去找了赵端："太子嫡孙的事情是真是假？"

赵端愣了一下，看向瑞王，说道："自然是真的。"

瑞王缓缓吐出一口气："这也是我的侄孙，我想见见。"

赵端点了点头："自当如此。"

瑞王没有想到，太子嫡孙竟然就是楚修远。难道不该把人严严实实地藏起来吗？他还听说楚修远不止一次带兵去和那些蛮族……这可是太子嫡孙，珍贵的太子嫡孙……

等等,太子嫡孙他们都这样对待,要是换成自己呢?让他去和蛮族打仗?或者和英王世子打仗?

楚修远有些疑惑地看着瑞王,又看了看赵端,赵端也弄不明白自己这个妹夫,只是微微摇了摇头。楚修远索性不再去想,开始低声和赵端商量公事。等瑞王自己反应过来,忽然说道:"你和你祖父长得真不像啊。"

"是啊,我比较像母亲。"

"你母亲?"瑞王问道。

楚修远笑着说道:"我父亲是皇祖父的次子,母亲是楚家一脉的。"

瑞王点了点头,楚修远算起来还真是楚修明的表弟。

"东东长得像你祖父。"

楚修远应了一声。

瑞王道:"我母后当年……也是不得已的,等以后你坐上皇位了……"

"我知道的。"楚修远知道瑞王的意思,道,"曾祖母依旧是曾祖母。"

瑞王点点头:"那行吧,我走了,以后有什么事情你知会一声,每日的议事厅我就不去了。"

沈锦如今已经怀孕三个多月了,已经微微显怀。

茹阳公主到的时候,看着沈锦的样子,心中也感叹,就算有太后护着,沈锦在宫中的日子也不好过。沈锦像是毫无察觉,依旧笑得灿烂地叫道:"堂姐,请坐。"

"嗯。"茹阳公主道,"你若想用什么,直接让厨房做,没有的话告诉我,我想办法给你弄来。"

沈锦很自然地拿过一个软垫抱在怀里,然后整个人懒洋洋地靠在另外的软垫上:"知道了。"沈锦一直是个很小心的人,就算她知道茹阳公主没发现她的情况,也会隐瞒一些。

"也不知道边城如今怎么样了。"

茹阳公主也不知道,她也瘦了不少,心中担心驸马和孩子们,难免对沈锦有些怨恨,可是同时明白,她必须要护着沈锦。

茹阳公主把打探到的消息告诉了她,沈锦漫不经心地看着外面的景色,时不时地应一声。茹阳公主也不知道沈锦到底上心没有,可是她能做的就是这些。

"我听母后说,皇祖母要离京为天启朝祈福。"

"哦?"沈锦有些诧异地看向茹阳公主,"外面很危险啊,谁知道英王世子的人到哪里了,最安全的地方应该就是皇宫了。"

茹阳公主仔细观察了一下沈锦的神色,说道:"父皇好像有些心动。"

沈锦没有吭声,茹阳公主接着说道:"皇祖母的意思,好像是要带着你、沈蓉。"

"我不想离京。"沈锦抿了抿唇说道,"夫君让我在宫中等着他呢。"

茹阳公主摇了摇头说道:"这要看父皇和皇祖母的意思了,母后在父皇身边说不上话。"

沈锦没有吭声。茹阳公主问道:"对了,你见到沈蓉了吗?"

"没有啊。"沈锦明显还在想离京的事情,有些心不在焉地说道。

茹阳公主有些不悦地说道:"她怎么当人妹的。"

沈锦道:"我们关系不太好。"

茹阳公主没再说什么,反而与沈锦聊起了别的事情。离京,对沈锦来说是一个好机会,更何况岳文那些人并没有回边城,而是隐藏在京城的周围,只要离开了皇宫,她就能找机会偷偷离京。她的目的已经达到了,她来京城是当人质的,并非给诚帝当人质,而是给天下人看的,若是她失踪的话,就算诚帝怀疑到了楚修明的身上,可是有多少人会相信这点?

最重要的一点,就是徐源那边应该得手了。若是徐源得手的话,那么诚帝是绝对不会放沈锦离开皇宫的,就算是诚帝愿意和英王世子联手对付楚修明,他们两个加起来也不会是楚修明的对手,只要楚修明不主动出击,就万无一失,而诚帝和英王世子的合作只可能是短暂的,因为大臣和百姓都不会愿意。

只要诚帝敢联系英王世子,那些世家就敢举家投靠楚修明。

如今世家一直没有吭声,不过是摸不准英王世子的实力,等他们发现楚修明已经把英王世子的实力削弱,甚至还送了妻子到京中为质的时候,会如何要求诚帝?就算是强逼着,也要逼着诚帝去打英王世子,如果在这个微妙的时候,沈锦忽然失踪了呢?

现在要做的就是,想办法在英王世子那边消息传来之前离开京城。如果没有茹阳公主今日所言,沈锦怕是还想不到这些,她如今就是借势而为。

茹阳公主发现沈锦走神,并没当一回事,最后安慰道:"你也别想那么多,我回去与母后说说,想办法让你留下来。"

沈锦微微垂眸说道:"英王世子神出鬼没的,若是我离了皇宫,他怕是不会放过我。我在宫中是郡主,陛下也是我皇伯父,又有皇伯母等人的照顾,自然是无碍的,若是落到了英王世子手上……"

茹阳公主也明白了沈锦的意思,说道:"你放心吧。"

沈锦点了点头,茹阳公主今日来就是试探她的,如今得了答案自然也不多留。茹阳公主也是矛盾的,一方面会告诉沈锦京城的消息,是因为驸马和孩子都在楚修明的手中,可另一方面又帮着皇后试探沈锦,她现在是公主,却不是诚帝唯一的女儿,若是她亲弟弟当了皇帝,而她母亲是太后的话,那么她的身份就不一样了,所以……在偷偷背叛着诚帝的同时,茹阳公主为了自己的利益也背叛着沈锦。

茹阳公主直接去了皇后的宫中,把沈锦的神色仔细描述了一番,道:"我瞧着沈锦气色不太好,而且确实不知这件事,怕是太后的自作主张。"

"可是为什么?"皇后皱眉说道。

茹阳公主想了一下说道:"可能是为了瑞王,毕竟瑞王也是太后的亲生儿子,现在谁也不知道瑞王到底在哪里。太后怀疑在楚修明手中,又怕楚修明为了沈锦,把瑞王交给诚帝……"茹阳公主没有说完,皇后也明白了过来:"所以太后想让沈锦在她手中,关键时刻也可以和楚修明谈判,护住瑞王。"

茹阳公主问道:"母后,怎么办?"

"不怎么办。"皇后毫不在意地说道,"这都是诚帝和太后的决定,又不是我的……尽快让太后离宫!"

茹阳公主眼睛眯了下,点头道:"是。"

若是没了太后,有些事情就方便多了,她就剩下一个儿子,这个儿子是她全部的希望,想到大儿子的死,皇后就满心的恨意。

就算再心急,沈锦能做的事情也有限。茹阳公主走后,安怡脸上的神色凝重了几分,再过一个月,肚子怕就掩不住了。

沈锦轻轻摸着自己的肚子,她觉得肚子上的温度好像要比身上的高一些。

"去给兰妃送个消息。"本来沈锦并不想动用宫中的这几条线,可是如今也顾不得这么多了。

"就和兰妃说,促成太后尽早离京。"

安宁应了下来。安怡坐在一旁拿了衣服来修改,等安宁出去了,她才说道:"夫人,你要不要见一见安澜?"

沈锦愣了一下说道:"好。"

安怡这才放下衣物,然后去叫了安澜过来,一并过来的除了安澜,还有安媛。沈锦有些奇怪地看着她们,几个人先给沈锦行礼后,安媛就拿了工具在安澜的脸上涂抹了起来,沈锦心中隐隐有些猜测,可是又觉得不可思议。

等安媛给安澜画好了,沈锦惊讶地睁大了眼睛,她都怀疑是不是自己母亲又生了个妹妹。沈锦也明白了安澜和安媛真正的任务,其实开始的时候沈锦也疑惑过,怎么还专门给她弄了个擅长梳妆打扮的人。看着安澜的样子,沈锦咬了咬唇,和安怡她们担心的不同,沈锦并没有说什么这般不好的话,只是道:"后路安排好了吗?"

安怡说道:"已经安排妥当了,到时候奴婢与安宁先伺候夫人离开,安桃、安澜和安媛留下应付那些人。"

沈锦抿了抿唇说道:"嗯,到时候让岳文安排人接应。"岳文他们虽然留在京城周围,却也不是全部都留了下来,沈锦说让岳文安排人接应,其中最少要分出一半来。

安澜她们听了心中感动,说道:"夫人不用如此的,我们都是丫鬟,不会引人注意的。"

"外面世道乱。"沈锦道,"安怡给外面送个消息,让岳文在京城周围找个地方,偏僻些就可以。"如果她不见了,那么诚帝一定会派人往边城那个方向去追,就算是英王世子得了消息,也会如此选择。而她有孕在身,不管是从她自己的安全考虑,还是为了肚中的孩子,都不好,而且就算是逃,他们这几个人也不一定躲得过诚帝的追踪,还不如选个地方好好躲着,有机会给楚修明送消息。

安怡一下子就明白了沈锦的意思,说道:"奴婢知道了。"

几个人把事情定了下来,就没再打扰沈锦,她们都看出沈锦心情不太好。安澜已经净了脸。沈锦当初是没在意,此时也发现安澜与自己有几分相似,只是安澜习惯低着头不说话,容易让人忽视了。

沈锦抿了抿唇,手轻轻放在了肚子上。

安宁想办法给兰妃送了消息,可是谁也没想到兰妃动作这么快,而且动的并非是兰妃。也不知道哪里传出了消息,诚帝很看重露妃肚中的孩子甚至悄悄给露妃透露过,要是男孩就封露妃肚中的孩子为太子。

其实这样的消息,一听就知道是假的。但皇后最先坐不住了,就是有两子的常妃都不安,几次来兰妃这边打探消息。可惜兰妃只是说道:"陛下……确实对露妃很不一般,当初露妃口无遮拦使得永宁侯夫人借机给了陛下难堪,陛下都没动怒,说是罚了露妃,又何尝不是保护呢。"

常妃咬牙说道:"我就觉得奇怪,原来是这般。"

兰妃缓缓叹了口气说道:"就算是皇后嫡子最后成为太子,也比露妃的儿子成太子好,毕竟皇后的嫡子是名正言顺,到时候我们没了威胁,好歹还能保住一条命……若是露妃的子嗣……到时候最先倒霉的就是皇后的嫡子了,其次就是那些年长的皇子……"

常妃心中一颤,看向兰妃,说道:"不至于吧。"

兰妃摇了摇头,没再说什么。

常妃咬唇说道:"我不甘心。"

"谁又甘心呢?"兰妃眯了一下眼睛说道,"不过现在最有威胁的就是露妃和她肚中的孩子了,若是真的生了儿子被封太子,再想动手就晚了。"

常妃没有开口,兰妃柔声说道:"你也不需要想这么多,现在最着急的不是你我,而是皇后。"

"说得也是。"就算如此,常妃还是说道,"不过若是能直接牵累到皇后……"

兰妃笑得温婉:"有太后在,怕是不太方便。"

"太后不是想要离京祈福吗?"常妃反问道。

兰妃点了点头,常妃说道:"那就让她尽快离开好了。"

"嗯。"兰妃没再说什么,反正她的目的已经达到了。

皇后宫中也不平静,她狠狠地对几个人发作后,就看向茹阳和昭阳两个女儿,说道:"你们觉得这件事是真是假?"

"女儿觉得无风不起浪。"昭阳公主沉声说道。亲兄弟是皇帝能带来的好处很多,昭阳公主至今都不急着选驸马,就是想等等,等弟弟成为太子的话,她的身价会更高一些。

茹阳公主皱眉说道:"父皇不会这么……"

昭阳公主说道:"宁可信其有不可信其无。"

皇后想了想也说道:"不管是真是假,有备无患比较好。"

"必须把太后先弄出宫。"皇后沉声说道。

茹阳公主道："不正巧太后要出宫吗？那就让她早点出宫好了。"

昭阳公主看向茹阳公主说道："姐，你离开姐夫这么久没问题吧？"

听到昭阳公主提到驸马，茹阳公主心中一颤，眼神闪了闪说道："没事的，你姐夫知道分寸的。"

一个谣言，后宫中的人不约而同开始使力了，还不到十天，太后出宫的事情已经提上了日程。皇后更是给太后准备了不少东西，安排得妥妥当当的。太后自然也听到了那些流言，装作不知道皇后她们的心思，顺水推舟，早点出宫，好处也是明显的。

太后派人来通知沈锦收拾东西的时候，沈锦明显有些为难，还亲自去找了太后。她的理由很简单，外面世道乱，谁知道英王世子的人在哪里藏着掖着。可是太后的理由给得更加充分，再过一个月肚子就藏不住了，万一诚帝召见了呢？

沈锦还是收拾东西跟着太后离开了皇宫，也不知道太后怎么和诚帝说的，诚帝并没有阻拦，还赏了不少东西给沈锦。皇后也是如此。茹阳公主更是亲自去送了沈锦，满是愧疚地和沈锦道歉，说皇后劝了诚帝几次，却没什么效果。

既然事情已经成了定局，沈锦也就没有像是在宫中那般，反而安慰了茹阳公主几句："皇伯父派了这么多人保护，想来是无碍的。"

茹阳公主并没有怀疑，若是沈锦此时还惺惺作态，怕是才惹了她疑虑。

"我瞧着你近日气色倒是好了一些。"

"适应了吧。"沈锦已经显怀了，此时再弄成消瘦的模样反而不妥，所以安怡就把沈锦打扮得气色极好，像是有些发胖了一般。茹阳公主虽然觉得沈锦腰粗了不少，可是想到自己在边城无所事事的时候，也养胖了许多，就没有怀疑。

"我让厨房给你做了一些蜜饯糕点，路上用吧。"

沈锦笑了起来："太好了，太后一向茹素，一路上要与太后一并用饭，我还专门让安桃她们多做了一些肉干、肉脯呢。"

茹阳公主被逗笑了，见太后已经上车了，也不再多说，就送沈锦上了马车。在马车上，安宁松了一口气，并没有说话，只是帮着沈锦轻轻地揉腿。

没一会儿安怡就进来了，给沈锦泡了安胎用的药茶。沈锦端着喝了几口，又喝了一些红枣水，这才吐出一口气，说道："好多了。"

安宁在沈锦身边伺候得久了，格外心疼，说道："夫人，奴婢帮你把头发松松，你先躺下休息会儿吧?"

安怡有些犹豫地问道："太后会不会派人来请?"

沈锦摇头说道："不会的，怕是一会儿太后还要让人送些安胎用的药来。"

安怡闻言也不再说什么，就帮着安宁一起给沈锦头发解开，松松地编成了大辫子，然后把永宁侯夫人身上的正服给换了下来，穿上了常服。沈锦的眉眼都舒展了许多。

果然不出沈锦所料，刚出京城没多久，太后就让身边的嬷嬷给沈锦送了安胎的药丸，只说药性温和。沈锦当着嬷嬷的面吃了一粒，剩下的让安宁收了起来。嬷嬷见没别的事情，就重新回了太后那边。

因为马车的速度并不快，上下又有人扶着，倒是不耽误事情。

等嬷嬷走后，安怡赶紧检查了那药丸，没发现什么问题，这才松了一口气。沈锦见到安怡的样子，笑道："不用担心，现在皇祖母怕是比我还要看重这个孩子。"

若是没了这个孩子，不管和谁谈条件，都要差上一些。

安怡笑了一下应道："嗯。"

沈锦闭上眼睛，心中算计着已经离开边城多久了。

"也不知道再见到东东，他还认不认得我了。"

安宁拿了被子给沈锦盖上，温言道："定会认识夫人的，小少爷很聪明的。"

沈锦只是感叹道："东东跟了我们这样的父母，还真是倒霉啊。"东东出生至今，父母都在身边的日子有限，不是楚修明不在，就是她不在。

沈锦用了一碗熬得糯糯的米粥，精神好了一些，靠着软垫坐在马车里，和安宁一句没一句地聊了起来。沈锦此时算的正是英王世子那边的消息大概什么时候能传到诚帝的耳中，不对……除了英王世子的消息，还有一件事情：沈轩马上就要以为父报仇的名义，带兵和英王世子发生冲突了，若是这消息被诚帝知道了……

想到这里，沈锦面色一沉，必须想办法让太后知道消息，可是却不能从她这边传出。一时间她有些焦急，不过转念一想，若是消息真传到了诚帝耳中，诚帝让太后送她回京城，怕是太后也不会同意，到时候就是太后和诚帝之间的事情了。这么一想，沈锦松了一口气。安宁给沈锦倒了杯红枣汤，让沈锦捧着慢慢喝了下去。她问道："夫人可是在担忧什么?"

沈锦摇了摇头说道:"也不知道岳文找好地方了没有。"

"想来是找好了。"安宁笑着说道,"岳文做事一向妥当。"

沈锦闻言眯了下眼睛,看向安宁说道:"我记得岳文至今也没娶妻……"

安宁的脸一下子红了起来,咬了咬唇说道:"他有没有娶妻和我有什么关系啊?"

沈锦轻笑出声,倒是没再说什么。

不承想晚上的时候,太后忽然让人请了沈锦过去,吩咐道:"这两日你让丫鬟把随身东西收拾下,我们和仪仗分开走。"

沈锦有些疑惑地看向太后,太后笑了一下说道:"越老越惜命,我自然也是怕英王世子的。"

"知道了。"沈锦闻言道,"皇祖母放心。"

太后点了点头,说道:"放心吧,我都安排好了。"

沈锦应了下来,问道:"对了,皇祖母,那个安胎的药丸子还有吗?"

"怎么了?"太后疑惑地看着沈锦,今日她让人送了一瓶,里面有十粒,足够沈锦用几日的了。

沈锦手轻抚了一下肚子,说道:"我最近总觉得不太舒服呢。"

"等用完了,让丫鬟与我说一声。"太后也需要东西来拿捏沈锦。

沈锦道:"可是东西不放在我身边,我不放心啊。"

"对皇祖母还不放心?"太后没想到沈锦会说得这般明白。

沈锦只是笑了笑,没有说话。太后说道:"也好,不过药可不能多用。"

"是。"沈锦应了下来。

太后又让身边伺候的人给沈锦拿了两瓶,沈锦收了起来,说道:"谢谢皇祖母。"

又说了几句,沈锦就先告辞了,太后眼睛眯了一下,倒是她身边的嬷嬷说道:"太后,就这般把东西给她……"

"她是个聪明人。"太后道,"没事的。"这般直接开口,反而让太后放下了心,若是她有别的打算,就绝不会说这般让她戒备的话。

沈锦回到屋中,就把药瓶交给了安怡。安怡把每颗药丸都捏了一点仔细尝了尝,确定没有问题后,就把药丸细细收了起来,压低声音说道:"奴婢今日倒是瞧到了岳文他们留下的记号。"

安宁有些兴奋地说道："夫人怎么猜到太后一定会和仪仗分开的？"

沈锦说道："因为诚帝是太后带出来的。"

安宁愣了一下，沈锦道："诚帝这般多疑，太后是诚帝的生母，你觉得她会怎么样？怕是因为前几次的事情，太后连诚帝都不相信了。"所以诚帝安排越多的人保护太后，太后越不会去信任诚帝，而且只有分开走，才更能保证沈锦完全在她的控制之下。

从一开始，太后就已经做好了准备，不管是自己身边还是沈锦的身边，伺候的都是自己人。

皇后还帮着太后给诚帝那边打了掩护，可以说两个人在蒙骗诚帝上已经达成了默契，也各有退步，皇后心中隐隐觉得，太后怕是和诚帝有嫌隙，从而向自己示好。

当太后和沈锦悄无声息地和仪仗分开的时候，诚帝派来的那些人根本没有发现。沈锦并没有问太后，准备的地方是哪里，不过看着路线心中隐隐有了猜测，安怡她们也趁着休息的时候，在路上留下了暗号。

太后和沈锦都只穿着常服，就像是富贵人家出门探亲似的，现在所乘的马车自然不能和宫中出行的马车相比，不过也差不多。沈锦和太后并没有在一辆车上。

诚帝并不知道这些，可是看着密报，皱了皱眉头说道："这瑞王世子是发疯了吗？"

李福低着头没有说话，诚帝问道："李福，你觉得呢？"

"回陛下的话，奴才没什么见识，只是觉得……不管瑞王世子怎么想的，都是他与英王世子的事情。"李福躬身说道。

诚帝闻言笑骂道："狗奴才！"

李福就算被骂还是笑呵呵的，诚帝随手把密报扔到一边："不过确实是这个理。"就算是瑞王世子的人死光，也和他没什么关系，又不是他让瑞王世子动手的。

"派人监视着，若是瑞王世子将败就直接派人去接手闽中的事宜。"

"有瑞王一家的下落了吗？"诚帝忽然问道。

李福躬身说道："回陛下的话，并没有查到。"

"继续查。"诚帝厉声说道。

李福应了下来。

诚帝想了一下说道："去皇后宫中。"

诚帝到的时候，皇后正在和三个女儿聊天，见到诚帝四个人都笑了起来。诚帝因为刚得了一个好消息，心情不错，和皇后一并聊了起来。皇后亲手给诚帝倒了茶，诚帝问了不少关于边城的事情，茹阳公主一一回答了，甚至还说了驸马的事情："开始的时候倒是艰难了一些，可是渐渐局面也打开了，毕竟那时候永宁侯不在边城，只有永宁侯那个表弟，根本抵不住事情。"

"辛苦你和驸马了。"诚帝心中满意，感叹道。

茹阳公主眼神闪了闪，笑道："这都是女儿和驸马该做的。"

诚帝闻言笑了起来："朕会记住你们的功劳的。"

"谢谢父皇。"茹阳公主笑着说道。

英王世子看着手下的人，简直不敢相信自己听到的："你再说一遍！"

"回王爷的话，山脉……"那个人越说声音越低，可是该说的也都说完了，就是山脉那边忽然着了大火，藏的粮草都被烧得一干二净。若只是如此，英王世子还能撑得住。问题是那边炸营了，本就是英王世子的人马和蛮夷那些人混在一起，这一把火使得众人直接拼杀了起来，再加上大火……现在存活下来的不足二三，而且每个人身上都带伤，有些伤得重的恐怕也活不下来了，最终还能打仗的人，怕是连一成都不足。

英王世子没忍住一口血吐了出来。

英王世子眼神扫向面色各异的众人，除非把他们都杀了，否则……英王世子微微垂眸，遮去眼中的神色，说道："你们都下去吧。"

"是。"众人一连得知两个噩耗，心神不宁，在出了门后，互相交换了几个眼神，心中都各有思量。那个山脉的重要性和隐蔽性他们都是知道的，有些人只是知道大概的位置，如今等于被人摸了老底，再加上英王世子的身体……

等诚帝得知山脉的消息，楚修明在回边城的路上已经接到了还存活下来的人，诚帝第一反应就是让人去追回沈锦。

忽然，外面有个小太监有事禀报："陛下，刚才皇后让人送了消息……露妃小产了。"

"什么！"诚帝年岁已经不小了，后宫之中也很久没有子嗣。他一时间怒火中烧，像是找到了发泄的途径："怎么回事？"

李福低着头说道："说是露妃这段时间因为禁足的事情，心情不爽，成日打骂宫女，今日……一时不慎,摔倒在地。"

诚帝深吸了一口气,猛地抓过砚台砸向李福:"滚!"

李福根本不敢躲,硬挨了一下,说道:"皇后说,露妃怕是不好了,陛下要不要去……"

诚帝怒道:"去皇后宫中,朕要看看,她是怎么当的皇后,怎么管的后宫!"

李福赶紧下去安排,偷偷地让人给皇后送了消息,他也需要给自己选好退路。

皇后得了消息后,并没有慌张,只是说道:"好了,茹阳和昭阳你们两个先下去吧。"

"是。"昭阳公主和茹阳公主没有多问,就下去了。

皇后扶着嬷嬷的手,到了一旁的香炉边,细细换了一种后,又去净了手……

诚帝去了皇后宫中,皇后直接哭着请罪,求诚帝禁足中宫。看着皇后瘦得只剩了一把骨头,一时间心中有些心虚,可是到底掖着一口气,沉声问道:"到底怎么回事?"

"实在是……"皇后像是觉得难以启齿似的,依旧跪在地上。她第一次知道,中宫的地给人一种寒气入骨的感觉。她说道:"实在是露妃自己不小心,自从上次禁足后,露妃一直……光这段时间从甘露宫抬出来的宫女、太监都不知道多少,不过因为露妃有孕在身,妾只是派了嬷嬷去劝说。"

诚帝皱了皱眉头,莫非露妃是在怨恨自己?

皇后道:"就是这段时间露妃的份例,妾都是亲自过目的,就怕有的人不长眼,怠慢了露妃,就算露妃要了不是她份例能用的东西,妾也从自己这边给她拨去。"说着就让嬷嬷去拿了宫中专门登记用的册子,找到了甘露宫的给了诚帝。

诚帝接过去翻看了起来,露妃用的甚至比他的都要好,脸色更加难看了,却没有说话。

皇后一直跪着,道:"妾本以为让嬷嬷去劝过,多多少少都要好些,谁承想……今日她……她拿宫女出气,把那宫女打得……那宫女就把她给推倒了,撞到了肚子,太医去的时候,那孩子也没保住。"

"那宫女呢?"诚帝厉声问道。

"那宫女自知不好,撞柱子上了。"皇后道。

"李福,把尸体抬上来。"诚帝沉声说道。

李福躬身应了下去,就安排人去抬人,皇后又让人拿了册子:"这是甘露宫伺候的人的名单,勾掉的是这段时间被露妃打死打残的人。"

诚帝翻了翻,抿了抿唇说道:"皇后起来吧。"

"是。"皇后这才扶着嬷嬷的手站了起来,身子晃了晃才站稳。

很快,李福就带着几个人把那宫女的尸体抬了上来,已经用白布蒙了起来,诚帝说道:"掀开。"

李福没有说话,就把白布掀开了,皇后有些不忍地扭过了头。诚帝见了也一惊,那宫女浑身是血,衣服也破了许多口子。李福看着诚帝的眼神,把宫女的袖子给撸了上去,就见宫女的胳膊上全是伤痕。

"抬下去。"诚帝挥了挥手。

皇后这才道:"陛下,露妃……"

诚帝问道:"其他人也是如此?"

皇后看了眼身边的嬷嬷,诚帝也看了过去,那嬷嬷行礼道:"有些比她伤得还重。"

诚帝皱眉:"都怎么伤的?"他还是觉得露妃那般娇弱,怎么就把人打死了。

嬷嬷道:"大多是剪刀、簪子一类的,还有热水等。"

诚帝没再说什么,皇后问道:"陛下,露妃……"

"你不用管了。"诚帝沉声说道。

皇后果然没再管。

兰妃宫中,常妃道:"没想到皇后……"

这段时间的事情,都是皇后安排的,不管是兰妃还是常妃都以为,在露妃第一次打死人的时候,皇后就会出面,谁承想皇后一直没动。露妃开始是惶恐的,可是后来胆子越来越大,不过死了人自然要送新人进去,皇后不过是让人送了几个刚被选进宫的,这样的人还没在宫中磨平脾气,最终的结果就是如今这般。

兰妃道:"我们最近避着点。"

常妃对兰妃口中的"我们"很满意,点了点头没再说什么。

诚帝虽然派人去接了沈锦,可是一来一回也要花费时间,再有太后的人在那边牵扯,弄得他再心急也无可奈何。

太后那边也着急,她留在仪仗那边的人已经送了消息来,说了诚帝的事情。

太后当然知道瞒不住了，可是比她预期的还是短了点。

"诚帝怎么会忽然派人……"

太后缓缓吐出一口气，此时能做的就是拖时间，只要到她安排好，诚帝到时候也抽不出手来找她们，还要想尽办法隐瞒她们失踪的消息。

天不亮的时候，沈锦就被人扶着上了马车，太后身边的嬷嬷亲眼看见沈锦进了马车才问道："怎么少了两个人？"

安怡躬身说道："安澜她病了，夫人留了安宁照顾，让她病好后再赶来。"

太后身边的嬷嬷眼神闪了闪，说道："行了，伺候好郡主。"

"是。"安怡躬身说道。

天还没亮，马车走得并不快，谁知道没多久，他们刚刚离开的宅子忽然着了大火，就听见沈锦惊慌的声音。太后也派了身边的嬷嬷来。

"郡主，怕是有人要对付我们，太后说可能是英王世子的人，让郡主坐稳了，下面的路要赶得快一些。"

"我的丫鬟还在里面。"沈锦有些慌乱地说道。

嬷嬷低着头说道："这也是没办法的事情。"若不是那两个丫鬟，特别是那个安宁，太后也不会让人去弄这件事。把沈锦身边的人全部弄死，才是太后心中所想的。

沈锦道："派人去看看！"

嬷嬷道："人手不够。"

沈锦抿了抿唇："安怡，你去。给安怡点银子和马。"

安怡躬身应了下来："奴婢去去就回，夫人小心。"

"若是安宁她们……把她们安置妥当了再回来。"沈锦有些没精神地靠在软垫上，咬了咬唇，双手轻轻抚着肚子说道。

嬷嬷当然不会阻止，亲自送了安怡离开，眼睛眯了一下，回去和太后禀报，太后思索了一下："沈锦还好吧？"

"瞧着脸色有些不好。"嬷嬷躬身说道。

太后冷笑了一声，没再说什么。

此时的沈锦和安宁，早就离开了那个院子，在昨晚太后派人送了消息后，沈锦她们就把事情安排妥当了，而趁着天色上车的正是安澜。岳文因为怕被太后的侍卫发现，跟得比较远,接应到沈锦后,就带着沈锦去了巷子里面,他早就安排好院子,里面的衣服什么的都准备妥当了。

其实留下安宁,就是引着太后对安宁出手。沈锦故意让安宁在太后的人面前露过两手。一个有武功的贴身丫鬟,太后是不会放过任何除掉的机会的,因为她想做的是完全把沈锦控制住。

此时,小院中,只剩下岳文和另外一个侍卫,还有一个出去打探消息了,剩下的两个偷偷地跟着太后他们,看看有没有机会,把安澜她们给救出来,或者……

安宁心中担忧,岳文也赶紧去请大夫,沈锦脸色有些白,但精神倒是不错,反而笑道:"整个人都轻松了一些呢。"

"夫人先喝点温水,奴婢去熬点粥。"安宁给沈锦打水净脸,安媛不仅给安澜上了妆,还给沈锦重新打扮了一番,让沈锦看起来更像是安澜,所以太后身边的嬷嬷当初派人来瞧的时候,安宁故意晃动了蜡烛,也就糊弄过去了。

沈锦摇了摇头说道:"没什么胃口。"其实她也害怕,若是太后发现安澜是假的会怎么办。

安宁劝道:"夫人,你肚子里还有孩子,不能不吃。"

沈锦想了想说道:"那好,随意做点即可。"

"是。"安宁这才道,"那奴婢先给夫人更衣。"

"我自己来吧。"沈锦看着床上的那套衣服,"你也去换一下。"

安宁也没有再多劝,就应了下来。沈锦慢慢地把衣服给换了,安宁也很快换好了,把身上穿的和沈锦身上的都拿到了厨房,然后给烧掉了。

安澜、安桃和安媛她们……安宁闭了闭眼,不再去想了。

第四十章
营救告捷

岳文很快就把大夫请来了，是一位老大夫，沈锦并没有露面，隔着床幔让老大夫把了脉。这位大夫经常给那些富贵人家的女人看病，自然知道什么该问什么不该问。

安宁亲自去送的时候，多问了几句，那大夫也没隐瞒，说道："这位夫人心思重，只是如今有孩子不比以往，最好静养些，别想那么多。"

安宁问道："大夫，可会对夫人的身子有碍？"

大夫犹豫了一下说道："好好养着，也是无碍的，多补补比较好。"

"那孩子呢？"安宁追问道。

大夫顿了下才说道："若是养不好，孩子生下来怕是会弱些。"

"谢谢大夫。"安宁直接塞了银子给大夫。

那大夫明白这是封口费，收了下来后，就不再说了，岳文从后门把人送走，又去抓了药。

安宁回屋后，沈锦就问道："如何？"

"大夫说静养着些是无碍的。"安宁咬了咬唇才说道。

沈锦皱了皱眉头看向安宁，安宁低着头说道："若养不好，怕是夫人和小少爷身子都会虚。"

若只是沈锦自己，这样的时候，自然都以安全为上，可是关系到孩子，沈锦双手轻轻抚着肚子："我知道了，趁着这两日好好调养一番。"

安宁也知道并没有别的办法，就应了下来，心中思量着这两日多弄些滋补的给沈锦用。

沈锦并没有坐在床上吃，而是等安宁摆放好后，坐在椅子上说道："安宁，把你的也端过来,我们一起用。"

"夫人先用吧。"安宁笑着说道,"奴婢一会儿去厨房用就行了。"

"以后时间长着呢。"沈锦道,"你们这般伺候我,也有些显眼。"

安宁说道:"那奴婢去端了来,夫人先用着。"

沈锦点点头,其实她现在没什么胃口,只是此时不是她能挑剔的时候。

安宁到了厨房,看了眼岳文他们,说道:"够吗?不够我再做些。"

"够了。"岳文道,"夫人用完了?"

"夫人让我与她一并用。"安宁说要去找碗筷,却见岳文端了一碗粥递给了她,筷子也是放好的。安宁笑了一下,脸微微红,道了谢后,就端着东西离开了。

岳文重新坐下吃饭,另外两个人对视一眼,问道:"岳哥,什么时候请吃喜酒?"

"等回去。"岳文也不害着地说道,"到时候我与将军说。"

"说定了啊。"

沈锦他们在等到安怡后,就离开了这个镇子,并非他们不想再等而是不容他们再等了,不说会被太后发现,就是诚帝那边如果顺路找来也是不妥的。

岳文准备的马车,外面瞧着并不起眼,里面布置得倒是不错。

太后那边,安媛看着安澜问道:"真要这般做吗?"

安澜点了点头:"再晚些让他们起疑了,再弄就来不及了。"

安桃抿了抿唇,最终也没有说什么,却红了眼,笑着说道:"说得也是,起码我们都在一起。"

安媛点了点头,脸上也带着笑容:"是啊,我们都在一起。"

可是她们知道,弄不好连命都没有了。可这确实是最好的选择。

太后身体不适,所有人在这个镇上多停留了一日,安澜只说身体不适,在房中休息,太后像是已经起疑了,多次派了身边的嬷嬷来请,说再不去的话,太后要亲自前来。安澜她们心知不能再躲,安媛给安澜梳妆打扮了一番,就陪着安澜往太后那边走去。

太后身边的嬷嬷一直跟在安澜她们身后,倒是觉得太后有些多疑了。永宁侯夫人虽然脸色不好看,但是瞧着也没什么异常。太后其实并无大碍,不过是年纪大了,这一路奔波有些撑不住。

安澜进去后,就笑道:"祖母。"

太后仔细看了看安澜，才道："来坐祖母身边。"因为是在外面，所以她们之间的称呼都改了。

安澜依言走到了太后的身边坐下，太后仔细看了看安澜："怎么瞧着瘦了不少，孩子还好吗？"

"嗯。"安澜双手轻轻抚着肚子，说道，"觉得有些累了。"

安澜陪着太后聊了一会儿，太后就说累了，安澜忽然说道："祖母，既然在此休息，不如请个大夫？"

太后闻言说道："万一被人注意到就不好了。"

安澜伸手轻轻抚着肚子："还是祖母的身子要紧，而且这段时间，我也不舒服。"

"再忍忍，到前面的镇子上就请。"太后如今事事小心。

安澜看着太后问道："那不如我们去边城，想来夫君会护着我们的。"

太后说道："再看看。"

安澜点了点头，不再说什么，就先告辞离开了。当天晚上院中忽然着起了大火，而安澜主仆几个人也失踪了。太后派了身边的侍卫去追，就见两个男子护着安澜她们正在逃，最后马车失控跌落山涧，无一生还。

边城之中，楚修明已经带着人回来了，最终活下来的不足五人，而且个个带伤。

楚修明看着有些欲言又止的楚修远，问道："怎么了？"

楚修远也是得了京城那边的消息，道："嫂子和太后失踪了。"

楚修明眯了下眼睛，楚修远继续说道："岳文那边也联系不上。"

"诚帝呢？"楚修明皱了皱眉头，强迫自己冷静下来。

楚修远给楚修明倒了杯热茶说道："诚帝暗中派人去寻，太后出宫祈福，身边就带着嫂子。后来诚帝知道了英王世子那边的消息，就派人去带嫂子回来。谁知道太后在这之前已经带着嫂子和仪仗分开了，岳文曾送过一次消息，说了这件事，谁知道后来就没消息了。"

楚修明端着茶杯，把杯中的茶水都喝了，才说道："我知道了。"

"哥，要不要派人去把嫂子接回来？"楚修远问道。

楚修明如何不想去，甚至恨不得现在就带人去找回沈锦，可是此时却不行，便问道：

"还有别的事情吗?"

"英王世子来信了。"楚修远道,"就在昨日。"说着就把信给掏了出来。

和上次不同,这次英王世子措辞更加谨慎,甚至拉拢楚修明的条件也更好。英王世子难道不知道是谁做的那些事情吗? 他知道。可是此时除了和楚修明合作还有一争之力外,已经没有别的办法了。

"慈幼院的人回来了吗?"楚修明随手把信件扔到一旁问道。

楚修远摇了摇头:"要见见吗?"

"见。"楚修明微微垂眸说道,"地点定在昆城。"

楚修远略一思索就知道了昆城到底是什么地方,离边城有段距离,只是同样离英王世子那边也不近,算是两人都能接受的地方。而且这个昆城明面上是属于诚帝的,那边的官员是诚帝派下来的,可是楚修远知道,那个官员其实是自己父亲的人,也是祖父留下来的人手。楚修远的父亲当年没有把太子留下的人手放在身边,而是让他们改名换姓,趁着兵荒马乱的时候,把户籍一类的都给改了,有不少后来参加科举。诚帝爱提拔这种没有靠山背景的,却不知道其中早被安插了人马。

既然英王世子为表诚意让楚修明定时间地点,那么楚修明也不会客气。

"加一条,比如保证我哥和侄子的安全,还有交出当初永嘉三十七年边城的奸细和费安,要活的。"

"是。"楚修远明白,若是什么条件都不提,反而无法取信英王世子。

"那嫂子……"

楚修明抿了抿唇,摇头说道:"无碍的。"不管沈锦最后落入谁的手中,那人都不会伤害沈锦的,因为他们还需要沈锦和自己谈条件。如果此时他们派人去寻,反而不妥,更何况楚修明觉得沈锦会借机脱身,到时候安定下来了就会与自己联系。

"不若打探下嫂子还在不在太后身边?"楚修远犹豫了一下问道。

楚修明眼睛眯了下说道:"知道太后现在在哪里吗?"

楚修远摇头说道:"需要花费点时间。"

楚修明道:"那么现在要做的,就是让沈轩继续带兵……"

岳文找的地方是离京城不远的一处山村,路上走得并不快,就算有安宁和安怡的照顾,也能看出来沈锦日渐消瘦了,特别是如今显怀了,更让人担忧。

等他们六人赶到岳文提前安排妥当的地方时,已经秋末了,沈锦已有近五个月的身孕。岳文找的那个山村并不富裕,甚至离最近的城镇也需要走近一天的时间。

这里的山路很崎岖,马车在镇子上的时候,连着马一并给卖了,岳文买了毛驴,又买了不少生活用品。沈锦还是第一次坐驴车。驴车上放了不少东西,安宁和安怡只能自己走着去。

岳文带的两个侍卫,一个代号甲一,一个代号甲四,甲四微胖,看起来很喜庆的样子。岳文先让甲四和安怡上去收拾,也运送了一批东西,而沈锦他们在镇子上休息了一日,才慢慢地往山村走。

沈锦有孕,走得很慢,他们天还没有亮就出发了,等到了那里天色也暗了下来。沈锦根本没看清楚这个村子的全貌,不过院子已经收拾好了。这院子里面的是炕,被褥一类都是齐全的,不过因为只有两间能睡人的屋子,所以沈锦、安宁和安怡一间,岳文他们三人一间。

沈锦没有挑剔,安怡已经烧了热水,伺候她梳洗一番,又用了一碗鸡汤面和安胎药后,沈锦就先睡了。

等第二天醒来,沈锦发现旁边的两床被褥已经整理好了,外面还传来了说话的声音,听着声音并不像是安怡他们的。沈锦揉了揉头发,撑着身子坐起来。她换了衣服,踩着蓝灰色的布鞋,这才一手抚着肚子一手抚着腰慢慢往外走去。

推开门就是院子,一个穿着蓝布衣的中年女人正在和安怡说话。安怡见沈锦出来,赶紧过去扶着她说道:"二妹妹,你先进去休息,我让安宁给你打水。"

安怡会这般称呼,也是她们商量好的,直接装成三姐妹,安怡年纪最大,自然是大姐,而沈锦排行老二,最小的就是安宁。

"哎哟,这就是安家二姐吧。"中年妇女见到沈锦,眼神在沈锦的肚子上扫了扫。

沈锦笑着说道:"不知道怎么称呼?"

中年妇女道:"叫我张大家的就行。"

沈锦点了点头:"张大嫂。"

中年妇女呵呵一笑:"我就是来打个招呼,问问你们这里需要个洗衣做饭的不。瞧着一个比一个水嫩的,我们这的水凉……"

"张大嫂我们真不需要，这些我们自己都能做。"

"这可不对……"张大嫂的嗓门很大，根本不管安怡直白的拒绝，道，"要洗衣服只能去那边的河边，你又不知道哪一块是你们的……"

安怡其实早就听明白了，说来说去这人就是想占便宜。沈锦身子不舒服，只觉得被这人的声音闹得头疼，看见安宁过来，直接说道："安宁，去叫岳文回来，顺便把村长请来。"

"是。"安宁擦了擦手，先把手里的盆端进去，说道，"夫……二姐，你先进去吧。"

沈锦点了点头，又看了那张大嫂一眼："这位大嫂，你先回去吧，等村长来，如果村里真有这个规矩，到时候让村长给我们指一块就是了。"

"我是一片好心……"那张大嫂不死心地说道。

沈锦眼睛眯了一下，她的想法和安怡并不同，就算他们为人再和善，对这个村子里的人来说，他们都是外人，再说他们也不是一直住在这里，便直接说道："安宁，请人出去。"

"是。"安宁不再犹豫，直接说道："这位请。"

张大嫂见此冷哼了一声，说道："你们别后悔。"

那个张大嫂转身就出去了，到了门口还呸了口口水，安宁当着她的面直接把门给关上了，然后看向沈锦问道："夫人，还叫村长吗？"

"叫。"沈锦道，"先叫岳文。"

安宁赶紧应了下来，说道："那奴婢去了，夫人把门给关好。"

沈锦听着安宁的称呼，有些无奈地笑着点了点头。等安宁出去后，安怡就把门从里面锁好了，然后扶着沈锦进去。等沈锦梳洗完了，又用了小半碗的鸡丝粥，岳文和安宁也回来了，岳文换了一身褐色的衣服，整个人看着都灰扑扑的，等安怡开门让两个人进来后，安宁就去端了水给岳文净手，岳文说道："夫人，我这就去请村长来。"

"不急，"沈锦道，"先吃点东西。"

岳文去请村长，安怡道："等夫人休息好了……"

"以后都按照我们定下来的叫吧，私下也是如此。"沈锦道。

安怡闻言应道："是。"

沈锦看向了安宁，说道："安宁？"

"是。"安宁也应了下来，脸红了下叫道，"二姐姐。"

沈锦笑得眼弯弯的,少了几分娇憨,添了几分艳色,"记好了呢。"

安怡问道:"二妹妹,这般做好吗? 毕竟我们是外人……"

"正是因为我们是外人。"沈锦微微动了动腰说道,"没那么多工夫来和他们打好交道,不如让他们怕我们,不敢招惹就行了。"

安怡愣了一下说道:"是我想岔了。"

沈锦摇了摇头,其实并非安怡想岔了,而是她们两个成长的环境不一样。沈锦就算是庶女,也是王府的庶女,而安怡虽然是官家小姐,可是因为被抄家的缘故,自幼在教坊长大,打交道的都是比她地位高的,谁也不能得罪不说,学的还是伺候人的事情,就算是当初因为想要保住肚中的孩子一路奔波去了边城,可是她遇事首先想到的还是与人为善。

这并非不好,而是不适合用在现在这样的地方。

既然安怡想明白了,沈锦也不再说了,安宁倒是看了看屋里,说道:"二姐姐,我这两日给你做几个软垫吧,到时候你靠着也舒服点。"

"好。"沈锦应了下来说道,"不急。"

安宁笑呵呵地应了下来,正准备说什么,就见岳文已经把村长给请来了。其实村长才四十多岁,可是瞧着像是五十多岁的样子,他身上的衣服还带着补丁,脚上的鞋子也看不出了原来的颜色。

岳文请人坐下,安宁去倒了水,用的是大碗,里面放着茶,直接用滚水一冲,然后倒了点糖进去。这是岳文专门交代过的,这边的人都喜欢这样喝茶。老村长也不怕烫,端着就喝了一口。安怡把今日的事情说了一遍,然后说道:"我们姐妹的意思呢,若是真有这个规矩的话,我们自然是遵守的。"

老村长心中暗骂张大家的,还没摸清到底是什么人,就直接上门做这样的事情。

沈锦道:"村长,我也不瞒您,等我生下孩子后,自然就有人来接,我们在这里最多住一年,住在村子里少不了要麻烦村长。"

这话一出,村长看向了沈锦。沈锦看了安宁一眼,安宁笑着掏出一块碎银,然后当着村长的面两指一捏,看起来没费什么力气就把碎银给捏扁了,然后放到村长手边的桌子上。沈锦像是没看见这些一般说道:"剩下的事情,就麻烦村长了。"

村长咽了咽口水,眼睛都没从那银子上移开,赶紧收了起来,说道:"不麻烦不麻烦,有什么事情尽管吩咐。"

沈锦看向了安怡,安怡这才道:"那就麻烦村长帮我们买几只母鸡……全部按照市集的价钱,多出来的就当送给村长了。"

沈锦以拳头加红枣这般强硬的方式融入却又隔离在了村子中,特别是在村长回去警告过那几家人后。有几户人心中不满,半夜三更翻墙进了院子,想要给沈锦他们一个教训,谁知道反被教训了一顿。岳文直接把人全部给抓住,然后用绳子绑着吊在了村头的那棵老树上。

自此以后,就连村中那些无赖也不敢来这边了,每日远远看着。岳文他们时不时地去山里打一些东西带回来,还通过村长买了不少东西,比如村子里自家的菜、家里养的鸡,还有鸡蛋等,零零散散的不少。

也不知道是村子里太过悠闲还是别的原因,沈锦气色好了不少。甲一他们还时常去镇子上,买不少新鲜的东西来。

楚修明怀里抱着儿子东东,看着拘谨地站在大厅中间的孩子,那孩子瞧着又瘦又小,像是三四岁,可是楚修明知道,这孩子至少已经五岁了。从这孩子没有长开的眉眼看,没有人怀疑这是楚家的孩子,因为这个孩子长得和楚修明有几分神似。而楚修明一见这个孩子,就认定是他的侄子,如果说他只是和自己有几分相似的话,那么和楚修曜小时候至少有八分相似。

东东有些好奇地看着,楚修远神色难掩激动,就连一旁的赵嬷嬷都红了眼睛。这个孩子往后退了几步,藏到了把他带回来的那个侍卫后面。

林将军、金将军和吴将军因为带兵并不在,王总管没忍住道:"是修曜少爷的孩子,是修曜少爷的孩子啊!"王总管是看着楚修明和楚修曜长大的,此时老泪纵横:"苍天有眼啊!"

东东微微侧脸看向了楚修明:"父父?"

楚修明抱着东东起身走到了那孩子的面前,然后蹲了下来,他强忍着想要把两个孩子一起抱进怀里的冲动,只是说道:"东东,这是哥哥。"

东东眨着眼睛,小嘴微张看了看楚修明又看了看那个黑乎乎的哥哥,伸出肥嘟嘟的小手,就要去摸那孩子:"啊。"

那孩子见到东东,倒是没有躲,但是也没有让东东摸到他。他身上很脏,东东动了动小手,索性伸开小胳膊,奶声奶气地说道:"啊,抱。"

楚修明也没阻止,反而松开了东东,让东东朝着那个孩子走过去,东东一把抱住那孩子:"唔,抱!"

那孩子被抱住了,才小心打量了一下周围的人。他看着瘦,但是因为从小就干活,力气倒是有的,也没被胖墩墩的东东给压倒。见周围的人没有露出嫌弃或者斥责的神色,他才小心翼翼地抱住东东。东东蹬着小腿,使劲要往这孩子的身上爬去,弄得孩子也满是狼狈,没站稳,一下子坐在了地上。侍卫轻轻挡了一下,没让这个孩子摔倒。东东惊讶地睁大了眼睛,发现好爬了许多,就噜噜噜地爬到了这孩子的怀里,然后得意地看向了楚修明说道:"啊。"

楚修明并没有让他们在地上坐太久,直接把两个孩子都给抱了起来,那孩子吓了一跳,下意识地抱紧了怀里的东东,东东哈哈笑个不停。楚修明微微垂眸,然后说道:"我先把孩子带回去,下面的事情交给修远了。"

楚修远点了点头:"哥,放心。"

楚修明应了一声,和赵嬷嬷说道:"去煮点羊奶,还有……"

"糕!"东东马上叫道,"吃!"

赵嬷嬷笑着说道:"好,老奴这就去准备。"

楚修明点了下头,然后看了那侍卫一眼,赵嬷嬷也明白了楚修明的意思,是让她问问关于孩子的情况,还有一路上吃的用的东西,也好给孩子准备饭。

那孩子有些不安地扭头看向了侍卫,这里他最熟悉的就是把他送过来的侍卫了。那个侍卫笑着点了点头,孩子这才乖乖地被抱走,他不知道发生了什么事情,只知道这个侍卫说,送他过来见亲人的。

那么抱着自己的就是亲人吗?他又看了看那个胖乎乎的孩子,这是他弟弟吗?会不会是认错了?如果发现认错了,他会被重新送回去吗?

东东可不知道这个小哥哥心中的想法,忽然开始哭了起来:"母亲……"

楚修明刚想问东东怎么了,可是听见东东这么一喊,心中一酸,柔声说道:"东东别哭,父亲很快就把母亲给接回来好不好?"

小孩子的脾气来得快,去得也快,东东哭了一会儿就不哭了,喝完了自己的那杯以后，就眼巴巴地看着哥哥手中的那杯，吧唧了一下嘴，然后笑得格外甜，从楚修明怀里下来就跑到自己坐在椅子上的孩子身边，抓着他的腿叫道："哥……"

那孩子有些犹豫地看向东东，因为第一次喝这样甜甜的水，所以他喝得很慢，还剩下大半杯，看见东东的样子，就要端着杯子喂东东。楚修明看了，笑道："别给他喝了，他每天只能喝一杯。"

东东气鼓鼓地看向了楚修明，那孩子看了看楚修明又看了看东东，想了想，一口把剩下的喝完，然后说道："没有了。"

"啊。"东东鼓了鼓腮帮子，也不恼，就抓着那孩子的裤子想要往人家怀里爬去。

安平看向了楚修明，楚修明挥了挥手，自己过去把东东抱到椅子上，然后拿了软垫给两个孩子塞好，椅子大，两个孩子年纪小，坐起来也不会挤。东东果然高兴了，楚修明就坐在两个孩子旁边，对那孩子说道："我是你四叔。"

那孩子没有吭声，东东趴在他的身上，只觉得又暖又软的。

楚修明问道："我该怎么叫你？有名字吗？"

狗蛋算名字吗？男孩不想说，所以摇了摇头。楚修明眼神暗了暗也没有再问，说道："你父亲是我的三哥，楚修曜，而你们这辈是晨字辈，东东叫楚晨晖，而你应该叫楚晨博。""博"这个字是当初楚修曜说过的，那时候他们聊了起来，楚修曜说想要自己的儿子叫"博"，因为想要儿子博学多才。

楚晨博看向了楚修明，楚修明伸手蘸着水在桌子上把他的名字给写了下来。他并不认字，可是却觉得这三个字很漂亮，小孩子最能感觉善恶，他发现楚修明对自己没有恶意，而且很温和，就问道："弟弟呢？"

楚修明又把"楚晨晖"三个字给写了下来。

楚晨博看了看，发现他们前面两个字都是一样的："我叫楚晨博。"

楚修明又把楚修曜的名字和自己的名字写了下来，说道："你父亲的名字，我的名字。"楚修明指着上面的那个："楚修曜，你父亲。"又指着下面的，"楚修明，我的。"

楚晨博仔细看了看，点点头，楚修明道："你父亲现在生死不知，你母亲……我并不知道是谁，我也是前段时日才知道你的存在，然后派人把你找了回来……"楚修明并没有因为楚晨博年纪小而隐瞒什么，反而仔细地把事情的经过都说了一遍，甚至包括其中和薛乔之间的纠葛。只是有些地方小孩子不太懂，换成了浅显的话来描述。

东东有些无聊地打了个哈欠，然后开始抠楚晨博的手指。楚晨博一直静静地听着，等楚修明说完，才问道："所以并不是我的父母不要我？"

"不是。"楚修明道，"你父亲最喜欢孩子了，如果知道你的存在一定会很高兴的。"

"可是我……"楚晨博很想说，他并不是被期待出生的，而是父亲被人算计了，这才生下来的，可是他说不出来。

楚修明眼神闪了闪，看出了楚晨博的意思，说道："不是你的错。出生不是你能选择的，既然你生下来了，你父亲就有责任的。"

"那父亲能回来吗？"楚晨博小心翼翼地问道。

楚修明抿了抿唇说道："会回来的。"不管是活着还是死了，他都会把兄长带回来的。

楚晨博松了口气。楚修明笑了一下问道："一会儿用点东西，休息会儿，我带你们去洗澡。"

东东听见"洗澡"两个字，眼睛都亮了，高兴地"啊啊"叫个不停，楚晨博有些羞涩地笑了笑。

英王世子那边也得了消息，山脉那边的损失惨重，特别是和蛮族的关系紧张。有一个部落的少首领死了，而那个部落的首领还就这么一个儿子，这个儿子一向有勇有谋，当初还被偷偷送到天启朝学习过，所以很被看重，谁知道竟然死在了自己人手里。那个首领认为是英王世子专门坑害了他儿子。

英王世子还是个多情花心的，后院养了不少女人，除了正室外，为了拉拢手下，还纳了不少手下亲戚一类的。除此之外，还有乡绅等送上来的女人，可是女人越多，英王世子的孩子就越少，如今活下来的仅剩三四个，其中一个还是被养在外面的薛乔所出。

薛乔回来后，英王世子只去见了一次，薛乔自然把边城的事情描述了一遍，其中更多的是为了给自己开脱。

英王世子还把薛乔接回了府中，薛乔一直期待这一日，可是到了英王府后院后，她才发现，这里的情况远不如在外自在。

除了正妃外，英王世子还有四个侧妃，为了平衡外面的人心，侧妃下面又划分了等级……薛乔只是个外室，日子哪能好过？如今就连这个儿子都保不住了，英王世子的正妻要把孩子抱过去养。

外面的情况危急，府中也不安生，英王世子连个安静养病的地方都没有。当知道慈幼院中那个孩子被人带走的消息时，英王世子一挥手把药碗打翻了，厉声说道："去追！"

"已经派人去了，只是那孩子已经失踪十几日了，怕是追不上了。"侍卫低头说道。

楚修明的人能这般轻易地把孩子救出去，也多亏了英王世子，想要拿去和楚修明做交易才记起把那孩子接回来，可是人派过去了，才发现那边的庄子全部被拔了不说，孩子也失踪了。

英王世子咬紧牙，气得喘着粗气，只觉得喉头腥味很浓，刚想张嘴说话，低头一口血先吐了出来，用手背一擦，阻止了大呼小叫的人，说道："楚修曜呢？"

"回王爷的话，楚修曜依旧被关着，至今没有好转。"侍卫道。

英王世子躺回床上，如此的话情况还不算太差。

"为什么那边没有送消息？谁也没有禀报？"

侍卫不敢多说什么，英王世子一直对那边不在乎，刚开始的两年他还看看消息，后来根本问都不问了。慢慢地，那边的人也懈怠了，就连英王世子身边的人也难免疏忽。

英王世子心里也明白自己怕是撑不了多久了，如今把几个年纪大些的儿子都带在身边，想从中选出一个能继承英王府的人，可是如今活下来的，英王世子妃只有一女，四个侧妃只有一个侧妃有儿子，被养得骄纵不堪，剩下的儿子也没一个拿得出手，他的心事更重了。

英王世子并非无能之辈，就算知道山脉的事情与楚修明脱不了干系，也只能选择和他合作。以现在的情况，他没有第二条路可以走。和诚帝合作？就算诚帝心动，满朝的臣子也不会同意，英王世子知道他父亲当初把那些世家得罪狠了。最重要的一点，楚修明名不正言不顺，诚帝也多有戒备，如果留着他们英王府，诚帝有所顾忌，一时也不敢朝着楚修明下手。所以英王世子觉得，再加上楚修曜，为了兄弟和边城那边的安稳，楚修明不会拒绝。

在收到楚修明的回信，把地点定在昆城后，英王世子仔细看了地图，也就同意了。他带着侧妃所出的儿子，这个儿子他是要押在楚修明那边为质的。虽然楚修明没有提这点，英王世子现在只想保住英王一脉剩下的势力，只要再给他一段时间，手把手地把儿子教出来，再潜伏几年，相信到时候还是有一争之力的。

英王世子觉得此次棋差一着，只不过是运气不佳而已，若非被楚修明知道了山脉那边的秘密，谁胜谁负还不一定。

京城中，诚帝整个人都消瘦了不少，精神也不济，就算找了太医也查不出什么来，只说让他养生禁欲。其实太医发现了蹊跷，却不敢开口。太医院中，有太后的人有皇后的人，可是没有诚帝的人。

诚帝的脸色很差，看着下面的众多臣子，说道："你们的意思是现在就让朕派兵去剿灭英王世子？"

"是。"兵部尚书沉声说道。当初英王带兵攻入京城，沿途没少祸害，他去探亲的姑姑一家就死在那些人的手上，连个尸首都没有找回来。

不仅兵部尚书，很多大臣都跪在了殿中间说道："请陛下派兵剿灭逆贼。"

诚帝脸色阴霾，可是却没办法指着这些大臣质问，如果楚修明借机发兵威胁京城怎么办？

"容后再议。"

"陛下……"户部尚书虽然是诚帝提拔起来的，可是他的父母都死在英王手里，所以此时也说道，"机不可失啊！"

诚帝再也忍不住脾气，一挥手把御案上的东西扫到了地上，说道："退朝。"

跪在地上的众多人臣对视了一眼，虽没有再说什么，心中已经有了别的打算。

昆城之中，费安被五花大绑地押到了楚修明的面前，除了他之外，还有几个当初出卖边城、替蛮族引路的人，而英王世子和楚修明面对面坐着，在这个院子里，他们两个人都没有带太多的人手。英王世子此举可谓是冒险，诚意不可谓不大。

楚修明只是看了费安一眼，就挥手把人押了下去，然后说道："我兄长呢？"

英王世子道："我总要给自己留点底牌，这还是我们二人第一次见面。"

楚修明没有回答，只是面色沉静地看着英王世子。

英王世子说道："据本王所知，永宁侯夫人不过是瑞王的庶女。"

楚修明挑眉，没有开口，英王世子道："本王有一女，为王妃所出嫡女。"

"我兄呢？"楚修明再一次问道。

英王世子说道："等永宁侯和我女成亲之日，永宁侯的兄长自然是要观礼的。"

楚修明唇紧抿着，道："我此生只娶一人。"

英王世子闻言一笑："本王听闻永宁侯夫人为了永宁侯愿进京为质，这般女子本王也是敬佩的。本王之女贤良淑德,愿为平妻,以永宁侯原夫人为尊,甚至……本王愿意把手中所有兵马人脉交与永宁侯,只要事成之后,立本王之女所出子嗣为太子。"

这种诱惑不可谓不大,楚修明面色微变,像是有几分心动,道:"英王可舍得?"

英王世子道:"本王正妃只有一女,剩余的几个儿子中,身份最高的就是侧妃所出。本王都把儿子带来,愿送儿子到边城为质,永宁侯还不相信本王的诚意?"

看着楚修明平静的神色,英王世子本以为万无一失的提议竟然说不下去了。楚修明的手很漂亮,并不像是武将的手,更像是文臣的,不过也仅仅是手背而已。他执起茶壶给英王世子手旁的茶杯中蓄到八分满,又给自己倒了一杯,这才放下茶壶,端着茶杯慢慢地喝了起来:"英王若是真有诚意,身边就不会跟着这么多高手了。"

英王世子身边只带了数人,可是每一个都是高手。

昆城属于诚帝,不管是楚修明还是英王世子都不会在这样的地方大动干戈,毕竟诚帝本就对楚修明戒备,只是一直没有借口。若是有了楚修明和英王世子接触的证据,恐怕楚修明也不好过。

除此之外,英王世子还把楚修曜关在别的地方,若是有丝毫不妥,楚修曜恐怕就性命难保了。若非那孩子被提前救走了,英王世子的底气会更足。

英王世子道:"永宁侯考虑得如何?"

楚修明放下茶杯,手指在杯沿上轻轻抹过,说道:"英王很有自信。"

"因为永宁侯也不想冒天下之大不韪吧。"英王世子沉声说道,"若是娶了我的女儿,生下的子嗣也是有皇家血统的。"

楚修明面色不变,说道:"我妻也姓沈。"

"可是瑞王能给你什么帮助?"英王世子反问道。

楚修明不说话了。英王世子接着说道:"瑞王夫妻失踪,你却要送你妻子进京为质,这般的侮辱……"

英王世子有些话并没有说完,可是意思已经很明白了。

忽然传来了敲门声,英王世子身边的护卫瞬间戒备了起来。

"侯爷,时辰已经不早了,要不要先用些饭?"

楚修明看向了英王世子,英王世子笑道:"我让身边的人去准备。"他不放心楚修明的人准备的东西。

"嗯。"楚修明应了一下,"准备我一个人的。"这话是对着外面的人说的。

英王世子看了身边的侍卫一眼,那个侍卫就出去安排了。很快,赵管家就把饭菜端了上来,只是简单的一荤一素一汤,还有主食米饭。楚修明说道:"我先用了,王爷请自便。"

"好。"英王世子道。

楚修明拿出筷子,夹了一筷子尝了一口,糖醋排骨的味道有些浓,选了小排骨先炸过才做的,味道很好。楚修明不紧不慢地把两盘菜都给吃了,然后盛了一碗汤喝了几口。英王世子那边的饭菜也上来了,楚修明这才放下勺子,赵管家把空了的盘子和碗都收了下去。

等英王世子用完了饭,一个侍卫把东西送出去,楚修明忽然对着英王世子动手,而楚修明身边的侍卫,也有目的地对着英王世子周围的人动手。英王世子面色一变,一把掀开了桌子,让侍卫护着他往外退去,英王世子的护卫忽然大吼一声,外面也传出了打斗的声音。

楚修明的动手毫无预兆,甚至英王世子根本没有想到这点,好不容易被侍卫护着冲出屋子,到了院子里,就见院子已经被包围了,众多兵士手持弓箭对着英王世子等人,地上也有不少血和尸体。英王世子看见那个穿着一身官服的人,忽然扭头看向了楚修明,他知道楚修明为什么敢动手了。

穿着官服的中年男人并没有靠近,楚修明的人都避到了屋里没有追出来,那个中年男人看着英王世子,眼中带着刻骨的仇恨,一挥手说道:"陛下有命,拿下贼匪。"

英王世子张嘴就要喊,可是中年男人再也没有给他机会,那些弓箭已经射向了英王世子一伙人……

英王世子万万没有想到,自己会死得这般窝囊。他的那些报复和想法还没能实现,就死在了昆城一个偏僻的小院子中,乱箭之下就算有高手的保护也是无用的。英王世子倒在地上的时候,身子还抽搐个不停。中年男人闭了闭眼,殿下……终有一日臣会为您报仇雪恨的。

中年男人沉声说道:"于英,带人到外面等着。"

"是,大人。"一直站在中年男人身后的侍卫,比画了一个手势。很快,墙上房顶的众多弓箭手都跟着于英离开了,像是没有看见这满地的尸体似的。

楚修明走到英王世子的身边，确定人已经死了，才看向了中年男人。中年男人唇抖了抖，问道："皇孙还好吗？"

"嗯。"楚修明道，"保重。"

中年男人笑了下，又看了眼地上的尸体，说道："放心吧，人已经救回来了，就在城外的马车上。"

楚修明没有再说什么，直接带着人离开了，出了院子，自然有中年男人安排的人带着他们朝城外走去。

这次楚修明根本没带多少人来，英王世子错就错在太小看了费安。费安虽然被人看着，可是一路上按照他的观察和计算，早在英王世子把人给藏起来的时候，费安已经算到了大概的地点。再加上楚修明对英王世子的了解，很快就派人找到了。赵管家送来的那盘糖醋排骨就是一个暗示，若是没有找到，那么排骨之前是不会先炸的，如此一来，楚修明也只能放过这次机会了。不仅如此，英王世子也没有想到昆城的官员竟然是楚修明的人。

等楚修明带人离开后，于英就带着几个人进来，中年男人冷声说道："把他们的头给我砍下来，一会儿把院子烧了。"

"是。"于英并没有多问。

中年男人就站在那里，看着于英和手下人，拿着刀一个个把人头给砍下来。英王世子和他的儿子，还有那些手下的头和尸体都扔在了一起。于英找了油浇上，中年男人亲手点了火，然后看着尸体被熊熊烈火包围，这才带着人出去。外面的士兵还守在周围，大火烧了许久，中年男人也站了许久……

楚修明带着人赶到城外的时候，就见马匹、马车和干粮一类的都已经准备好了，几个士兵守在周围，给楚修明他们带路的人和士兵领头的认识，所以很快就放行了，马车和马匹都由楚修明的人接手。

而此时楚修曜就在马车之中，楚修明抿了下唇，赵管家道："将军……"

楚修明摇了摇头，说道："上路。"

山村中，岳文已经派了甲一回边城送信。沈锦一手抚着后腰，一手虚托着肚子，在安宁的陪伴下慢慢地在院子周围散步："安桃他们几个还没有下落吗？"

安宁微微垂眸，说道："二姐姐不用担心，想来是因为害怕被人跟踪。"

沈锦轻轻抚了抚肚子，说道："我知道了。"

安宁柔声劝道："二姐姐，你说要不要等天暖和了，让岳文去买几只母鸡养在家里？"

沈锦说道："那要怎么养？"

"让岳文他们弄个鸡棚，再养窝兔子，到时候每日都有新鲜的鸡蛋用了。"安宁笑盈盈地说道，"二姐姐觉得怎么样？"

沈锦闻言点了点头，其实她们并不差这些东西，她也明白安宁是为了不让她多想。

"也不知道东东怎么样了，小不点会不会又长胖了。"

安宁道："有将军在，想来小不点胖不了。"

沈锦低头看着自己的肚子，这里还有她和楚修明的孩子，有东东的弟弟或者妹妹。

此时的沈锦还不知道楚修明直接把英王世子给弄死了。其实说到底楚修明也是受了沈锦的影响，有些事情看似直接粗暴，可是效果很好。英王世子觉得自己活着对楚修明有千般好处，就算合作不了，起码他活着可以帮着他分担诚帝的压力。

谁承想楚修明根本不顾及这些，若不是先得到了兰妃那边传来的消息，楚修明自然会用别的办法。想到京城的情况，楚修明又看了看还在昏迷不醒的兄长。楚修曜瘦了许多，容貌变化很大，可是楚修明却不会认错，他们是血脉相连的兄弟。

英王世子的死，并没有引起任何的动荡，除了边城这边，外面根本没有得到这个消息。边城之中，楚修远收到密信后，就给在闽中的席云景送了信，然后又给金将军他们送了信。楚修远看着悬挂在议事厅墙上的地图，赵端甚至有一种不真实的感觉。

"英王世子……死了？"

楚修远点了下头，他明白赵端的意思。楚修明去之前，和楚修远说过，若是可能的话，就想办法把英王世子留下，但只有两三分的把握。所以这件事他们也没有与太多的人说，此次去的最重要目的，不过是救回楚修曜。

赵端缓缓吐出一口气，思索了许久，说道："会不会太草率了？ 如果没有英王世子那边，那么诚帝万一……"

楚修远明白赵端的意思，眯了下眼睛说道："不用担心，京城那边也不安生。"

赵端皱了皱眉头，楚修远手指点了点京城的位置，说道："诚帝至今还没明白，太后的离京意味着什么。"

楚修远他们都不知道沈锦有孕的事情,所以猜测太后离京的原因,不过是放弃了诚帝。其实他们想得没有错,就算不是因为沈锦怀孕,太后也不会再留在宫中。瑞王说动楚修明他们带兵进京,诚帝首先拿来出气或者威胁瑞王的一定是太后。

除了太后外,皇后也不是什么省油的灯,长子的死,让她已经和诚帝分了心。兰妃当初把露妃和未出生的孩子推出来,为的不仅仅是让皇后等人协助太后出宫,还让皇后如惊弓之鸟一般。这样一来皇后会做出什么,谁也不敢确定了。

皇后也没有辜负众人的一番心意,再加上一直潜伏在皇后身边的探子的煽风点火,她一心想让自己的儿子登基,却没有考虑现在的情况。

"不仅如此,皇后对诚帝下手了。"楚修远收回手,转身看向了赵端道,"恐怕就是过年前后的事情了。"

赵端脸色变了变,若是如此的话,那么英王世子的死绝对是件好事。皇后幼子刚满十岁,上面还有不少兄长,按照皇后的性子,恐怕这些皇子都不会留,到时候楚修远公布身份……赵端心中思索了一下说道:"等到诚帝驾崩,让瑞王以诚帝之死蹊跷,诚帝子嗣之死蹊跷的名义质问皇后和幼帝。"

楚修远道:"其实无须如此。"这样一来就把瑞王推到了风口浪尖上。把楚修远隐藏起来,等到事成后,再由瑞王公布楚修远的身份,这样可以保证万无一失。

赵端笑了下说道:"我去与我姐商量。"

楚修远摇头道:"等我哥回来再说吧。"

赵端犹豫了一下,才说道:"殿下你有没有想过,等登基称帝后,该如何?"

楚修远一时没有反应过来,有些疑惑地看向赵端,赵端道:"善始容易善终难。"

这话一出,楚修远脸色大变,看向赵端的眼神也多了几分锐利。赵端说之前就考虑过这点,甚至在很早的时候,赵端也与父亲赵儒提过,而赵儒也在担忧。赵端接着说道:"楚家忠心耿耿,殿下与将军感情深厚,自然是无碍的。可是以后呢?太祖的时候,也是对楚家信任有加,可是如今诚帝呢?诚帝固然是心性多疑,可是也因楚家掌管天启朝兵马太久之故。"

楚修远握紧了拳头,可是他心里明白赵端说得不错。

"若是我登基,有天启朝一日,就有楚家一日权势富贵。"

赵端皱眉看向楚修远，严肃地说道："殿下你可有想过，这般犹如把楚家放入烈火烹油之中。"

楚修远抿唇，其实楚修明早与楚修远说过。

"我哥……当初说若是有日我能登基，他想退隐。"

这话一出，赵端心中对楚修明更多了几分敬佩，说道："是我小人之心了。"

楚修远有些颓废地坐下，说道："不是你的缘故，是我哥不让说，怕人心不稳。"

赵端明白了楚修明的担忧，毕竟楚修明退下后，兵权这一块肯定是要再找人接手的，谁能保证底下的人不动心，而又让所有人都信服？打个比方，林将军、金将军和吴将军三个人之间，他们的关系是不错，如果把边城交到了林将军手上，吴将军和金将军自然是不会有意见，可是他们手下的人呢？难道不会为吴将军和金将军抱不平吗？

人心浮动的话，在还没开始的时候，他们就输了。

赵端也理解为什么楚修远会说出刚才那样的话，楚修明在这么早就与他打过招呼，也是极聪明的选择。他们两个之间的关系极好，楚家又为了楚修远付出良多，楚修明选择放手兵权，不仅加深了楚修远对楚家的信任，也表明了楚家的态度。在诚帝之前，楚家能一直掌管天下兵权还被当权者信任，正是因为楚家从不参与这些争权夺利的事情，一心忠君保护天启朝。

太祖曾想让他的太子娶楚家女为后，都被楚家当时的家主拒绝了，说楚家绝不参与皇家之事。直到先帝的时候，因为英王的事情，先帝无奈多次密信与楚家，最终楚家才有一女嫁给了太子为侧妃，其实那时候楚家就准备退了。

楚家镇守边疆，几乎没有寿终而死者，他们心系百姓安危。可是看着楚家人才凋零，有些旁系都再无后继者，楚修明的祖父也不想等几十年后再无楚家一脉。

不管因为什么，楚家这次也算参与到了争夺皇位这件事中，楚修远自然对楚家放心。可是以后的皇帝呢？会不会觉得如果哪日楚家不满了，再次捧一个皇子出来？

楚修明这次带着楚家抽身，也算是对楚家的一种保全。

赵端不知道楚修远有没有想到这些，可是他并不准备提，因为不管如何，在面对滔天权势的时候，能这般冷静地放下，他心中都是敬佩的，也怪不得父亲对楚修明的评价如此之高。

楚修远看向赵端，说道："这件事你心里知道就好。"

赵端点头,忽然说道:"殿下可是觉得对不住楚家?"

楚修远没有说话,可是脸上的神色已经说明了一切。赵端道:"不如给爵位,还有以后楚晨博和楚晨晖的前程,边城这边……太危险了。"

"嗯。"楚修远何尝不明白这些,只是心中还是有些失落,他觉得等他坐上那个位置,可能会失去很多东西。

赵端不知道怎么安慰好,倒是楚修远深吸了一口气缓缓吐出来,说道:"我知道了,你还是称呼我'少将军'吧。""殿下"这般的称呼,楚修远并不喜欢。

"是,少将军。"赵端躬身说道。

楚修远也不再提这件事,若不是赵端先开了口,有些话楚修远可能永远也不会说。"有天启朝一日,就有楚家一日权势富贵"。说出这句话并非楚修远一时冲动。在很小的时候,他就有这样的愿望,甚至和楚修明说过。楚修远至今还记得楚修明说过的话,那是你的愿望,可是我也有我的愿望,我想做的是走遍大江南北,亲眼看看楚家世代守护的大好山河。

从那日起,楚修远心中就明白了,恐怕等他坐稳皇位的那日,就是楚修明要离开的时候。有时候,楚修远都不知道自己更期待报仇登基,还是就这样在边城只当少将军楚修远。

马车里,楚修曜一直没有醒,等到了安全的城镇,专门请了大夫来,才知道被人喂了药,药量下得太大了。那大夫又开了一些别的药,说是解一解药性,再休息一日就可以了。身体有些虚倒是没有别的事情,不过也要等楚修曜醒来以后再检查。

楚修明让人送走了大夫,等侍卫熬药后,亲手给楚修曜喂下,索性就和楚修曜同屋休息。谁知道还没等到大夫说的时间,楚修曜就醒了,楚修曜一动,楚修明就去点了灯看向楚修曜……

天还没有亮,楚修明已经派人再次把大夫给请来了。虽然楚修明想过楚修曜能活下来,怕是会有些问题,可是看着眼前这个呆呆傻傻的兄长,楚修明只觉得心中抽着疼。

因为诊金给得足,大夫没什么怨言,仔细给楚修曜检查了以后,又把脉说道:"怕是伤到了头,而且是陈年旧伤,若是开始的时候,还有些办法,此时在下真的有心无力。"

赵管家的脸色变了变,看了看楚修曜又看向了楚修明。楚修明面色平静地道:"谢谢大夫,送大夫出去。"

"是。"赵管家也没再说什么，亲自送了大夫离开。

到了门口，大夫犹豫了下说道："也是在下医术不够，若是能找到医术高超的，用针灸的话，也有一线希望。"

"谢谢大夫。"赵管家道。

屋里，楚修曜就坐在床上，并不闹腾，楚修明给他倒了一杯温水放在他手上，他端着就喝了……

村子里的日子很平静，院子里也养了几只鸡，是安怡到村长那里买的小鸡崽，毛茸茸的，格外可爱。边城的兵士们不仅要训练，农忙的时候也会去干农活，所以这些事情倒是难不住岳文他们。安宁还把岳文他们打来吃不完的猎物腌制了一番，弄成了腊肉这类好存放的。毕竟等天气再冷点，山里的动物也不好抓了。

沈锦本就有些怕冷，穿着厚厚的棉袄，包裹得严严实实的，岳文买了不少柴火堆放在院子的角落里。他们已经开始准备过冬的事情了，沈锦双手捧着热乎乎的红枣汤喝了起来，问道："甲一该到边城了吧？"

安怡正在缝衣服，闻言说道："该到了，不过路上难走的话，怕是还要等等。"若是不出意外，沈锦在二月份左右就要生产，所以安怡她们开始给孩子准备东西。

沈锦喝完了汤，就把碗先放在一旁，也拿起做了一半的小衣服。

安怡道："二妹妹可仔细着眼睛。"

沈锦点了点头。自从那日后，沈锦再也没有问过安桃她们的事情，就像是已经忘记了一般，可是不管是安怡还是安宁都知道，夫人只是不想让她们担心。村中的生活，虽然她们几个都竭尽全力来照顾她，日子也不好过，这里的条件根本没办法和边城或者瑞王府相比，就是每日去如厕都是问题。

这边村子里的人，大多家中没有如厕的地方，洗澡更是不方便，夏天的时候还好些，冬天的时候格外麻烦。吃的也是如此，肉这类的虽然不缺，可是蔬菜却少，家中存了不少白菜，多亏了安宁会腌酸菜，还能给沈锦换个口味。水果根本想都不用想，可是沈锦从没有说什么。

安宁从外面进来，满脸笑容地说道："二姐姐，岳文抓了一窝兔，还有小兔呢。"

"真好。"沈锦闻言脸上也露出喜色，"是在哪里抓的？"

"他前段日子就发现了,不过当时兔子太小,怕活不了就等到了今天才给抓回来。"安宁笑嘻嘻地说道。

安怡去倒了杯热的红枣汤端给了安宁,安宁捧着喝了几口,觉得身上暖和了这才进来。

沈锦说道:"在外面吗?"

"嗯,岳文去给兔子弄窝了。"安宁道,"等天气暖和点,兔子适应了,我去给兔子好好洗洗,到时候抱来给二姐姐玩。"

沈锦点头:"好。"

安宁看着沈锦的样子,心中有些酸涩,当初夫人怀东东小少爷的时候气色极好,不仅面色红润,看着还漂亮了许多,可是现在气色虽然不差,却和那时候没法比,头发都有些枯黄。因为前几个月没养好的缘故,如今大多时间都在床上静养,若是将军见了,还不知道多心疼呢。

沈锦像是没看出安宁的心思,招了招手让她过来,刚想说什么,就听见外面的说话声。甲一被派去给楚修明送信了,此时留在沈锦身边的就是岳文和甲四,甲四一般都是去镇上买一些东西和打听消息。

安宁此时离门最近,就问道:"甲四,可是有什么消息?"

甲四回道:"是啊。"

沈锦放下手中的小衣服说道:"让岳文和甲四进来吧。"

等他们两个都喝下了热汤,沈锦才问道:"是出了什么事情吗?"

他们住的这个村子虽然偏僻,可是离京城并不算远,真要打听消息还是能打听到不少,特别是镇上也有楚修明当初安排的探子。甲四和那边的人联系上,探子也会送一些消息来,如果发生什么事情,他们也好提前戒备。

甲四躬身说了起来:短短一个月,宫中已经死了两位皇子,一个是病死的,一个是淹死的,诚帝在早朝的时候忽然昏倒……

沈锦皱了皱眉头:"消息可信吗?"

皇子的死是瞒不住的,可是诚帝昏倒的事情怎么也传了出来?

甲四闻言说道:"京城已经传遍了,因为太后不在,如今又没有太子,诚帝早朝昏倒后宫中也没有了主事的人,大臣、侍卫甚至宫女太监都知道了。"

沈锦轻轻抚着肚子,说道:"皇后呢?"

"没有皇后的消息。"甲四道。

沈锦抿了下唇,说道:"让人打听下承恩公府最近有什么动作没有。"

"是。"甲四应了下来。

岳文愣了一下问道:"夫人是怀疑宫中的那些事情是皇后动的手?"

"承恩公府如何得的爵位?"沈锦微微动了一下,安怡把软垫给沈锦放好,让她可以更舒服地靠着。

"承恩公当初又如何当上的丞相?"

这话一出,知道内情的人都明白了,当初诚帝能继位,承恩公府在其中出了大力,这种事能做出第一次,自然能做出第二次,更何况女婿是皇帝还是孙子是皇帝,根本不用考虑就知道哪一种对承恩公府更有利,特别是皇后已经死了一个儿子了。

沈锦记得她离京的时候诚帝的身体还很好,宫中甚至还有妃子有孕,如此说来……恐怕京城要乱了,那么是不是很快可以见到夫君了?

沈锦抿了抿唇,微微垂眸看着自己的肚子,眼睛有些发热,她想夫君了,想东东了,更想母亲。

"岳文,你们最近多买一些粮食回来。"沈锦咬了咬唇,吐出一口气才道,"还有药材也多买一些,能不能请个大夫来?"

接生的话安怡就会,可是为了万无一失,还是请个大夫,特别是小孩子刚生下来万一有什么不舒服的,有大夫在也比较好。

甲四道:"夫人放心,已经联系好了大夫。"那大夫也是楚修明安排的探子,所以绝对可靠。

"而且那大夫的妻子也略懂医术,到时候可以照顾夫人。"

沈锦闻言笑着道:"好。"

岳文也道:"这两日院中的地窖也快弄好了,到时候我和甲四多去弄点粮食来,放到下面,就算有了事也有个躲避的地方。"

沈锦应了下来,几个人都商量了起来,要选些好储藏的东西,除此之外还有大夫一家人住的地方也要收拾出来。

边城之中,甲一并没有见到楚修明,只见到了楚修远。听完甲一的汇报,楚修远脸色大变:"嫂子有孕在身?"

甲一躬身说道:"是。"

楚修远起身,有些焦躁地在屋里走来走去:"嫂子身体可好?"

"夫人身体并无大碍,大夫说静养即可。"甲一道。

楚修远面上一肃,说道:"不行,要马上派人去接嫂子回来。"

"少将军。"甲一沉声说道。

赵端也道:"少将军不要冲动。"

甲一看向楚修远,说道:"少将军,夫人在村里反而更加妥当,更何况夫人路上经不起颠簸了。"

楚修远唇紧抿着,并没有说话,倒是赵端道:"少将军,不如请瑞王妃和陈夫人来?"

赵端会这么说,并非因为瑞王妃是他姐姐的缘故,而是赵儒曾经说过,若是真有拿不准主意的时候,就让赵端去请教瑞王妃这个姐姐。其实赵儒一生最骄傲的反而是这个女儿,不管是才智还是心性都绝佳。

楚修远想到楚修明离开前说的话,点了点头说道:"请瑞王、瑞王妃和陈夫人一并来吧。"

赵端赶紧派人去请,楚修远看向了甲一说道:"你把具体的情况说一遍。"

"是。"甲一恭恭敬敬地把从进京的路上到后来的事情都说了。

楚修远抿了下唇,说道:"原来太后出宫这么急,还有这个原因。"

甲一没有开口,楚修远问道:"知道太后现在……"

话还没有问完,就见外面有人跑了回来,正是刚才赵端派去请人的小厮,小厮道:"少将军,将军他们回来了,已经到了城门口,此时怕是已经进城了。"

楚修远眼中露出惊喜说道:"太好了。"

小厮问道:"那还请瑞王和瑞王妃前来吗?"

"暂时不用。"楚修远摆了摆手,有些不耐烦在屋里等了,直接往外走去:"我去接我哥。"

楚修远是见过楚修曜的,可是那时候他年纪还小,所以当看着眼前这个头发花白、呆呆傻傻又瘦骨嶙峋的人时,竟然没有认出来。楚修明并不意外,只是说道:"这是你三哥。"

这话一出,楚修远眼睛都红了,就算他那时候小,可还记得楚修曜在练武场拿着大刀挥舞的样子。

"三哥……"楚修远叫出声的同时,再也忍不住落了泪,"三哥!"

楚修曜没有任何的反应。

楚修明笑了下:"人回来就好,行了,回府再说。"

楚修远使劲点头,然后走在了楚修曜的身侧,用袖子蹭了下眼,擦去眼泪说道:"会好的,一定会把三哥治好的。"

楚修明应了一声。

楚修远忽然想到了沈锦的事情,说道:"对了,哥,甲一来送信了。"

楚修明的脚步顿了一下,问道:"安顿好了吗?"

"嗯。"楚修远道,"只是嫂子有孕了。"

楚修明是信任沈锦的,并没有往旁处想,只觉得心中抽着疼,自家小娘子有孕在身,还受了这么多苦……

回到将军府,楚修明先叫了赵嬷嬷来,给楚修曜安排了住的地方和伺候的人。不仅如此,还专门请了大夫过府,然后听着甲一细细禀报了一番。

甲一不仅带来了沈锦的消息,还带来了沈锦亲手写的信,楚修远也把信交给了楚修明。楚修明拆开看了一遍后,就收了起来,然后看向了楚修远。楚修远说道:"哥,你去接嫂子吧。"

楚修明道:"这段时间可遇到什么为难的事情?"

楚修远见楚修明不愿意谈,虽然心里着急,可还是把这段时间的事情仔细地说了一遍。楚修远主要说的是在知道英王世子死后的一些安排,楚修明神色一直不变。楚修远说完以后有些惶惶不安,问:"哥,我是哪里安排得不对吗?"

楚修明拍了拍楚修远的肩膀,说道:"很好。"

其实在楚修明离开前,他们就这几种可能已经商量了大概的对策,其中自然有英王世子死后边城这边需要应对,只是具体的安排还是要根据当时的情况来。在这些安排上,虽然楚修远还有欠缺,可是他能听得进去别人的话,有王总管、赵端他们在,自然会帮衬着他,把他忽略的地方或者不足的地方给安排妥当。

楚修远道："哥，你准备去接嫂子吗？"

楚修明摇了摇头说道："你嫂子让我们等事成以后再去接她。"

楚修远皱了皱眉头说道："可是嫂子有孕在身，那边的环境……"

楚修明道："我有分寸。"

若是可能，楚修明也想马上奔赴到沈锦的身边，可是现在的情况，他过去反而会给她带去危险。诚帝现在派人主要去寻找太后，在他心中，沈锦在太后身边，而太后现在主要是要保全自己，躲过诚帝的追查，也分不出精神来找沈锦。

现在那村中反而安全，若是英王世子没死，那么楚修明绝不会做如此决定，定是要想尽办法把沈锦接回来。英王世子是条疯狗，如果他带兵进京了，那么沿途的村庄就要遭殃。本就没办法把妻子放在身边照顾，心存内疚，如果再让妻子有危险，楚修明是绝不会原谅自己的。

楚修明看着手边的信，沈锦并没有在信上写她现在的藏身之处，只是提了一下自己的现状一切都好，让楚修明不用急着找她，她会照顾自己和孩子一类的。楚修明粗略一数，信上提了他三次，提了东东五次，提了岳母四次，甚至提了小不点和雪兔们两次，可是提了赵嬷嬷九次！

楚修明有些无奈，又觉得哭笑不得，他和东东加起来的次数都比不得赵嬷嬷，可见沈锦对离开边城后每日用的饭菜多么不满意。

楚修远还想再劝，却又不知道怎么说好。楚修明说道："我休息几日，这段时间边城的事务还交给你。"

"哥，你打算带兵进京？"楚修远愣了一下问道。

如果楚修明是带人去接沈锦，那么楚修远是赞同的，可是根据楚修明所言，楚修远觉得楚修明准备进京，为的并不是去接沈锦，而是去冒险。根据现在掌握的情况，等诚帝一死，幼主继位的话，英王世子那些人没有一个领头的，怕是会乱起来，一部分人会投靠边城，一部分人会投靠朝廷，还有人会拥兵自重或者继续推了英王世子的儿子出来。可是不管哪一种，对天启朝百姓来说都不是一个好消息。

所以楚修明准备在乱起来之前，秘密带兵进京，在诚帝一死幼主继位、英王世子那边的残余势力还没有做出应对前，把大局给定下来。楚修远的身份也是该公开的时候了。

可是这就意味着，楚修明不能带太多的人进京，其中免不了要联系京城中的一些暗桩和一些可以拉拢的大臣。如果一个不小心或者被出卖了，楚修明就危险了。这样的事情楚修明自然不会让楚修远去做，可是别的人分量又不够。

楚修明让楚修远继续管理边城的事情，就是有了再次离开的打算。楚修远反应过来，没等楚修明回答就说道："哥，让我去吧。"

"我和赵端一起进京。"楚修明没有瞒着楚修远的意思。他们两个也是最合适的人选，更何况楚修明也想在事情尘埃落定后，马上见到沈锦。

"我哥和两个孩子就交给你了。"

楚修远忽然问道："哥，你觉得我真的适合当皇帝吗？"

楚修明看向楚修远问道："为什么会这样问？"

"除了太子嫡孙的身份，我觉得自己……"楚修远有些不知道怎么说好，他指了指京城的方向，"就为了那个位置，多少人家破人亡，可是我好像除了这个身份外，并不会比别人多些什么。"

在小的时候，楚修远就知道自己的身份，当时的他并没有这些疑惑和怀疑，可是渐渐长大，亲身经历了这么多的战争，看到得越多，知道得越多，经历得越多，反而越多了几分恍然。皇帝不能错，因为他一个错误的命令，会使得无数人丧命，他一个错误的决定，会让很多家庭失去亲人和依靠。

特别是诚帝的一些所作所为，楚修远也感受到了那种绝望和无奈，他有些惶恐。

楚修明教了很多东西给他，可是从来没有人教过他如何能成为一个皇帝。好像一直以来，除了别人告诉他，他是先太子嫡孙外，京城、皇宫那些都离他很遥远。早先的时候，楚修远只是犹豫，可是随着英王世子的死，楚修明他们一次次冒险给他铺垫前路，好让他能登上皇位，楚修远心中越发不安了。

楚修远不敢去想，如果他坐在皇位上，让百姓失望了怎么办？让那些死去的人失望了怎么办？让楚修明失望了怎么办？说到底，楚修远也只是一个不满十六岁的少年，正因为他被教导得有担当，有责任心，所以才有了今日的不安。

楚修明看着楚修远，当初那个小不点也长大了，他伸手搂住楚修远的肩膀，道："我相信你。"

很简单的四个字，"我相信你"，我相信你能成为一个好皇帝，我相信你能让天启朝的百姓安居乐业。

楚修远能想这些，楚修明心里是安慰的，会害怕会惶恐就不会因为皇位而迷了眼睛。楚修远愣了下，不知道为什么，只是一句话，自从知道英王世子死后，就一直不安的心忽然平静了下来。

"我会当一个好皇帝的。"楚修远沉声说道，"哥，我会当一个好皇帝的！"楚修远很想说，让楚修明看着他，看着他成为一个好皇帝。可是他知道这样说太自私了，特别是就算他说了，楚修明也不会答应。

楚修明拍了楚修远头一下："这是应该的。"

楚修远呵呵笑了起来："不过哥，你答应过让嫂子帮我找妻子的。"言下之意还是想要留一留楚修明，因为他就剩下楚修明这么一个亲人了。

"嗯。"楚修明对亲人从来都是心软的，当初和沈锦保证的五年，本就有等楚修远适应皇位的时间，坐上皇位和坐稳皇位并不一样。

沈锦还不知道楚修明将要来京城的消息，她被安怡扶着看着外面的闹剧。安宁挡在沈锦的面前，岳文和甲四也守在门口，就见两个老人躺在他们院子那里，还有几个人哭闹不止。前日，岳文在河里救了两个落水的小孩，救上来的时候已经晚了，而且当时只有他一个人，救孩子的时候难免有个先后，后救上来的那个孩子因为落水时间太长，没有熬过去。

而先救上来的那个是个孤儿，父亲死了以后，母亲改嫁了，这孩子只有一个叔叔，可是叔叔也有孩子要养，所以根本管不了这个孩子，只是保证这个孩子不死罢了。而另外一个死去的孩子家里就这么一个男孩，难免宠得有些过了，到底为什么落水，谁也不知道，而那个落水救过来的孩子一直昏迷没有醒。没有人愿意管，岳文就把他安排在了院子里，此时这些人找上门，是要那个孩子赔命。

"孩子没醒谁也不能带走他。"岳文沉声说道。他们在村中打听到的情况是，这个孩子经常受欺负，到底是怎么回事，谁也不知道。

"是你们！是你们一起害死我儿子的。"死去孩子的母亲红了眼睛，若不是顾忌着打不过，怕是都要冲上来厮打。

"你们害死了我儿子，你们和那个小杂种一起害死了我的儿子……"

岳文皱了皱眉头，没再说什么，心中却有些计较，这绝对不能闹到官府，如把事情闹大,会给沈锦添麻烦的。可是让他放着那个孩子不管,他也绝对做不到。

"十两银子。"沈锦忽然道,"这件事情到此为止,若是还不满意,你们就躺着吧。"说完,她转身就进屋了。

在伢行买个样貌齐整的死契丫鬟、小厮最多也不过二两银子,沈锦说十两已经不少了,甚至这件事和她毫无干系,若不是看在屋中昏迷不醒的孩子分上,沈锦不会开口。

岳文狠狠瞪了众人一眼,跟在沈锦她们身后进了屋,然后把门给紧紧关上。屋子外面的男女对视了一眼,地上的老人嗷嗷了几声见确实没有人出来,也不哭了。

"十两银子。"刚才还要死要活的老妇人此时瞧着虽然瘦可是精神倒是不错,"那么多。"

男人也有些心动,儿子死了固然伤心,可是已经死了,到时候再生就是了,就算妻子不能生,有了十两银子到时候再买个媳妇也行。男人想着就看向了父亲,他父亲却说道:"先回去。"

这家人家徒四壁,当初如果不是为了生个儿子,他们也不会穷到这个程度,连生了七个女儿才生下了唯一的儿子,可是女人连着生了这么多,到底伤了身体,儿子生下来身体弱,为了养大这个儿子,让儿子娶上媳妇,老汉直接把七个女儿都给卖了。如今他们家唯一的孙子死了,老汉也伤心。

回去以后,男人就看向老汉,问道:"爹,你说咋办?"

老汉在门口踢了踢脚,把脚上的泥给弄掉,说道:"老婆子做饭去。"

在这个家里,如果要谈正事的话,是没有女人插嘴的余地的。男人的媳妇也不吭声了,和老妇人一起进厨房做饭,她儿子的尸体还没有下葬,就放在家里的院子中,找了麻布盖着。

老汉说道:"十两太少。"

男人忽然反应过来说道:"对,他们那么有钱,最少要给……要给一百两!"

老汉点点头:"这可是我家的独苗苗,他们害死了娃子当然要赔钱,反正他们那么有钱,一百两根本不算什么,你一会儿去村里多找些人……"

父子两个越说越觉得如此,甚至觉得如果不是他们,自家的娃就不会死。

安怡给沈锦轻轻揉着有些肿胀的腿,安宁去照看了一下那个昏迷的孩子,才回来说道:"二姐姐,那些人已经走了。"

"嗯。"沈锦应了一声问道,"孩子还没醒吗?"

安宁摇了摇头说道:"还没有。"

"让甲四明日下山把大夫提前请上来吧。"沈锦想了一下说道。他们能做的都做了,能不能熬过来就要看这个孩子自己了。

"村长还没回来?"

"没有。"说话的是安怡,"村长一家去走亲戚了,最少还要十几天才会回来吧。"

沈锦点了点头没再说什么。安宁问道:"二姐姐,你说他们拿了十两银子会善罢甘休吗?"

"不会。"沈锦微微垂眸,说道,"明天怕是还要闹腾了。"

安怡虽然喜欢孩子,可是沈锦更重要,便说道:"那不如让甲四晚点走,毕竟双拳难敌四手。"

"无碍的。"沈锦道,"明日就让岳文出去,他们不愿意要这十两银子,有的是人愿意要。"

安怡愣了一下反应过来,说道:"是啊,这十两银子对这些人来说可不是小数,到时候谁把这些闹事的人处理好了,让他们不会再来打扰了,就付给谁十两银子好了。"

"嗯。"沈锦不再为了这家人费神,说道:"安怡,明日和岳文出去处理即可。"

"是。"安怡仔细思量了一下,觉得还是不能直接把银子都拿出来,先拿出一贯钱来……

安宁看了看,就先出去给岳文传话,岳文此时也不太舒服,明明他只是救了人,又不是他把两个孩子给推下水的,怎么那些人就闹个不停? 若是因为他反而使得夫人动了胎气,那他怎么还有脸见将军? 这么一想心中格外愧疚。

"二姐姐让甲四明天提前把大夫一家请上山来,看看那孩子。"安宁进来后就道。

岳文皱了皱眉头说道:"怕是明日那些人还会闹事,不如再等等?"

安宁道:"放心吧,二姐姐已经有办法了。"说着,她就把沈锦的话重复了一遍,岳文心中略安稳了几分。

甲四闻言笑道:"还是夫人有办法,明日一大早我就下山,尽量在后天赶回来。"

岳文拍了拍甲四的肩膀,说道:"安全为上。"

甲四点了点头。安宁咬了咬唇问道:"甲四,还没有安桃他们的消息吗?"

听见安宁的话,甲四摇了摇头:"我这次再去打听一下。"

第四十一章
短暂团聚

边城中，大夫已经都被请来给楚修曜诊治了，可是结果和上一个大夫说法相同。有个老军医说道："其实这种事情急不得，先把身体调理好才是正事，这些年亏损得厉害，说不定在熟悉的地方他会慢慢想起来的。"

楚修明也觉得老军医说得有道理，所以在将军府的时候，就把楚修曜带在身边。此时他们正在赵嬷嬷专门布置出来的房间，地上铺着厚厚的褥子，上面还有毛茸茸的皮子，东东正抱着小不点玩，而楚晨博有些小心翼翼地看着楚修曜。楚修明已经告诉他了，这个人就是他的父亲，不过生了很严重的病，如今都不认得人了。楚晨博对父亲的最后一点怨恨也随着见到楚修曜消失了。父亲不是不要他也不是不找他，而是父亲病了，没有办法找他。

楚晨博也在玩九连环，可是却坐在离楚修曜比较近的地方，时不时地抬头看看他，就算是和东东一起玩，隔一会儿也会扭头看看楚修曜。楚修明虽然在一旁看着公文，可是也注意到了他们的情况，东东玩了一会儿就爬到楚修明的身边，然后坐进他的怀里。

楚修明抱着东东，然后拿着公文一个字一个字地读了起来，楚晨博也被吸引了过来。他一直很羡慕那些有钱人家的孩子能认字，现在有机会了自然不愿意放过。

别人家的孩子启蒙都用《三字经》一类的，而楚修明直接给他们用公文，特别是东东还不满两岁，根本听不懂，有时候只是跟着楚修明的话蹦出一两个字。而楚晨博听得格外吃力，他努力把读音和公文上的字对照起来。楚修明放慢了速度，却没有停下来的意思。

诚帝已经很久没有上早朝了，大部分事情都由朝中的丞相和几位重臣一起处理。

如今的丞相是一个朝中的老臣，公认的老好人，先帝时的进士，但他从来没有自己的意见，不管诚帝说什么，他都是照着做，无功无过罢了。

此时，他一言不发地看着众人争论，关于要不要出兵的事情，下面已经吵了好几天了，一直没有说话的老好人终于道："就算要派兵，可是谁领兵？"他扫了眼下面的众人，"谁又有能力一定能生擒打败英王世子？"

安怡他们都料到了那户人家不会罢休，可是谁也没有想到会无耻到这般地步，他们直接把孩童的尸体搬到了他们院子的门口。

沈锦还不知道这些，甲四本准备一大早下山去请大夫，岳文和安怡他们也起来帮着收拾东西，安宁守在沈锦的身边，安怡在厨房准备东西好让甲四带着走。谁知道就听见门口声响，虽然那些人故意压低嗓子说话，可是那点动静根本瞒不住岳文和甲四。

安怡正端着东西出来，见两个神色扭曲的人，轻声问道："怎么了？"

甲四指了指门口，安怡听不清外面的人说什么，可也听见了动静，甲四沉声说道："那些人把那孩子的尸体搬到了院子门口，商量着要钱的事情。"

"欺人太甚！"安怡就算再好的脾气此时也忍不住了。

岳文说道："我去收拾了他们。"

安怡冷声说道："我看他们这段时间过得太舒服了。"

沈锦其实已经醒了，她的腿抽筋疼得难受。安宁就算在屋中，也听见了院中的动静。她心中思量怕是出了什么事情，否则按照安怡他们的性子，在她起身之前是不会说话的。

安宁扶着沈锦坐了起来，想了一下说道："二姐姐，好像出了什么事情。"

"嗯。"沈锦揉了揉眉心，外面的天色还没有亮，她这胎怀得格外辛苦。

安怡见沈锦醒了，就先进厨房给沈锦准备吃食，岳文把事情大致说了一下。外面的人还不知道他们已经醒来，自以为隐蔽地商量着。

安宁露出不悦的神色，还是点了点头说道："我先去问问二姐姐。"

甲四靠在树上忽然说道："真憋屈。"若不是为了夫人，这些连跳梁小丑都算不得的人，哪里能在他们面前蹦跶。

岳文沉声说道："我们忍让又不是怕了他们。"

"说得也是。"他们护的可是夫人和小主，不过这些人……也不能轻饶了。

岳文说道："行了,你去看看屋里那小孩怎么样了。"

甲四点了点头："我再去给他擦擦身。"

进屋后,那小孩还没有醒,甲四先去弄了炭盆,把屋里弄得热乎乎的,这才倒了烈酒在盆里,开始给那孩子擦身,身上的体温倒是降下来了一些,只是人还没有醒过来。

安宁和安怡边伺候沈锦梳洗边把外面的事情说了一遍,沈锦微微皱了皱眉头说道："和岳文说,找村里的人把那孩子的尸体抬回家,剩下的人全部吊起来吧。"

"是。"安宁先去给岳文传了话,安怡给沈锦穿着棉靴子。

沈锦扶着安怡的手站了起来,只是刚站起来就皱了皱眉头,轻轻抚了抚肚子说道："安怡,我觉得我想岔了。"

"二妹妹为何这般说?"安怡有些疑惑地问道。

沈锦微微垂眸,说道："我本以为躲在这般偏远的地方更安生一些,可是如今想来……哪里都不安生。"言下之意指的是村子里的事情。

安怡皱了皱眉,没有说什么。

沈锦道："说到底,我身边就你们四个人,就算每日防备着,又哪里防备得过来。"

"二妹妹可是有了别的办法?"安怡犹豫地问道。

沈锦道："我想不如搬到镇子上去。"

"这般太过冒险了吧?"安怡犹豫了一下说道。

沈锦微微垂眸,她何曾不知道这些,选这个地方也是因为万一有什么事情,他们也可以到山里避上一避。如今他们四个护着自己一人倒还可以,若是孩子生下来了呢? 那个孩子的死,让沈锦心中不安,她总觉得这个村子没有她想象中那么安全。

他们现在还好,若是等自己生产的时候,或者孩子生下来的时候,有丝毫的疏漏……沈锦不由得有些担心。

沈锦听着外面吵闹的声音,抿了抿唇。

甲四给那孩子擦完身,重新穿上衣服弄好被子,就出去帮着岳文应对外面的人了。这些人来的时候身上竟然带了东西,有一个甚至还带了菜刀,正是当初晚上想来偷东西被岳文收拾的那个,除此之外还有扁担一类的。岳文和安宁把人都给收拾了,甲四出来就和他俩一起把人给绑了。这番动静倒是惹了不少周围的人家出来。

岳文直接道："谁家愿意把这孩子的尸体抬回他家,我给谁一贯钱。"

这话一出,没多久就有几个庄稼汉站了出来。岳文选了两个人,安宁从里面拿了两贯钱出来交给他们。在别人羡慕的眼神中,他们直接抬着那孩子的尸体走了。

甲四说道:"岳哥,交给我。"

安宁的声音清脆,直接说道:"前日我家哥哥在回来的路上救了两个落水的孩子,如今一个昏迷不醒,因为没人愿意管,我们给妥善照顾了,而另外一家的孩子没有挺过去,我们也知道这家人伤心。"说着就指了指被绑起来的人,"昨日他们就来闹事,非说是我家哥哥害死了他们家的儿子,还要我们交出那个昏迷的孩子,说让那孩子赔命。我家姐姐可怜他们丧子之痛,只说给他们十两银子,让他们回家好生安葬了孩子,可是如今这家人却不依不饶,以后谁还敢救人?死的那个孩子是你们村的孩子,我们救的那个就不是你们村子的人吗?

"要我说,我家哥哥就不该冒险下水救人,那么冷的水……当时看见两个孩子落水的可不只是我家哥哥一人,可是愿意下水救人的就我家哥哥。"安宁此时叉腰一站还真有几分气势,"要我说你们不救人也就对了,看看救人落到什么下场!"

安宁红了眼睛:"二哥哥快把人都弄走,看着心烦。"说完就直接回院子里了。

安怡心中一直在思量,到底是村中更好一些还是去镇子上,若是真说起来,还是镇子上方便一些,而且这里离京城近,镇子上的人大多也都是知礼好面子的。

安宁不知道这些,笑着说道:"二姐姐,快用一些吧,我照着你昨日教我的说了一番。"

沈锦点了点头,慢慢走过去坐下,安宁给沈锦盛了一碗,剩下的放在小炉子旁温着。沈锦说道:"一会儿和甲四说,让他去镇子上找一处合适的院子,到时候我们搬到镇子上住。"

"是。"安宁在沈锦身边久了,再有楚修明的吩咐,所以对沈锦的话很信服。

沈锦笑了一下说道:"如果可以,就和那个大夫他们家离得近些,就说我们是投亲戚的。"

安宁点了点头:"二姐姐放心,我一会儿就去与甲四说,他满肚子的坏水,一定会安排妥当的。"

沈锦看向了安怡,说道:"你们这两日把东西收拾收拾,该带走的带走,那些粮食什么的就先不动了。"毕竟挖的地窖很隐蔽,若是真有什么事情,这里还可以当成退路。

沈锦坐在炕上，看着安宁收拾东西，见到安怡回来就问道："怎么了？可是不愿意接孩子？"

若是愿意管那孩子，也不至于到现在这样，所以沈锦让安怡拿了点银钱去，只说当孩子看病的钱，可是看安怡的样子，沈锦就知道事情不顺利了。

安怡道："那家人不愿意养孩子，说孩子并不是他们家的。"

沈锦看向安怡，手轻轻抚着自己的肚子问道："那孩子的母亲呢？"

安怡也没想到这孩子身世是如此的，也怪不得叔叔一家不愿意搭理，便道："这孩子并不是他哥的，当初他嫂子一直没有生养，家里最后商量着从弟弟家过继个孩子，谁知道他嫂子不乐意，说孩子大了都认父母，不愿意给人养孩子，最后还回了娘家一段时间，回来就抱回来了这个孩子，只说是亲戚家的。孩子才几个月大，他哥想想也就认下了，这件事本就闹得两家不愉快，若不是亲哥哥，这家人也就两个儿子，哪里愿意过继？有天他哥出门就出了意外，死在了外面，结果他嫂子还没等三个月，就把家里值钱的都拿走了，回娘家没多久就改嫁了，这孩子也就成了没父母的。村子里也都知道这件事。"

沈锦皱了皱眉头："那也不是孩子的错。"

安怡点了点头说道："孩子他叔说家里穷，实在不想管这个孩子，说把孩子送给我们家，是死是活他们都不管了。"

沈锦感觉到肚子里的孩子踢了自己一脚，想了想说道："既然如此，就去让他写个卖身契，该给的钱给了，这孩子以后有没有出息都和他们没有关系了。"

倒不是沈锦以恶意猜测人，这种事情牵扯个不清不楚的反而不妥。

等晚上的时候，甲四才过去把人从树上放下来，那些人连动的力气都没有了，甲四沉声警告了一番就放了他们回去。推开门的时候，那孩子已经醒了，他听见动静就扭头看向了门口，见到甲四，他有些迷茫也有些惊讶。

甲四发现孩子醒了倒是挺高兴的，赶紧过来摸了摸他的头，说道："终于退热了，醒了就好。"说完，还没等那孩子有反应，就赶紧往外面叫了岳文。

岳文过来看了看说道："厨房正好还有面条，甲四一会儿端碗来给他吃。"

等这孩子喝完水，甲四就端了汤过来，直接喂给他吃，把事情大概说了一遍，那孩子开口道："不是我推他的，是我看见他落水，想下去救他……村里二牛他们都看见了，他们说结冰了想上去玩，就掉下去了……"

孩子很着急地解释:"真的不是我。"

沈锦已经用过饭,正在屋里慢慢走动,见到安怡进来就笑道:"那孩子醒了?闹了吗?"

"倒是没闹,懂事得很。"安怡把那孩子说的话说了一遍。

沈锦皱了皱眉头,说道:"那明日就把那几个孩子都找出来问问好了。"

安宁已经把东西打包好了,安怡重新检查了一遍。沈锦说道:"明日问问那孩子愿不愿意跟着我们走。"

皇宫中,皇后正温柔地给诚帝擦着汗,说道:"陛下,会没事的。"

诚帝格外虚弱,连药都喝不进去了,皇后把他照顾得更加仔细,诚帝感动,再想到其他的嫔妃,心中暗恨。等皇后出来,玉竹伺候着她,小声说道:"娘娘,七皇子死了。"

"哦?怎么死的?"皇后面色如常。她只是把事情交代下去,如今自然有人愿意替她办事。

玉竹低声说道:"昨日夜里七皇子怕冷,就多要了几个炭盆,宫人大意忘记开窗户了。"

皇后看了看水银镜中的自己,手指轻轻碰了碰眼角那些皱纹,说道:"真是可惜了,厚葬吧。那些宫人伺候不周,全部处死。"

"是。"玉竹躬身应了下来。

"陛下身子不适,就不要用这些事情烦他了,免得他病情加重。"皇后看了看指甲,上面染着漂亮的蔻丹。

皇后出去的时候,就看见有侍卫正在和诚帝禀报,前面说了什么皇后没有听到,不过自然会有小太监一会儿告诉她,她只听见那个侍卫说已经找到了太后。

诚帝面色变得很难看,直接说道:"马上派人去请太后回宫。"

等侍卫走了,皇后才回到皇帝的身边,等他睡着了,才亲自去换了熏香。她本想让诚帝再多活段时间,让父亲他们准备妥当。如今却等不得了,太后回宫后,她就不能像现在这般了。

楚修明已经安排妥当,又选了五十人跟着他一并进京。

瑞王妃直接交给了楚修明一个名单,上面写着几个人名,有宫中的也有外面的,她说道:"这些人可用。"

楚修明接过看完仔细记下后,就交给了赵端,赵端同样记了下来,就把纸给烧了,说道:"谢谢姐。"

沈锦他们收拾完了东西,可也不是说搬走就能搬走的。山路难走,东西都必须准备齐全,就连镇子上的住所这些都需要重新安排。甲四把大夫接上来了一趟,给沈锦仔细诊治了一番,确定她的身体能撑得住山路的颠簸,安怡才彻底放下心来。

大夫摸了摸胡子,有些犹豫地说道:"夫人此胎怀的怕是双生子。"

"什么?"沈锦瞪圆了眼睛看向大夫。她瘦了不少,更显得那双杏眼漂亮,手下意识地护着肚子。

大夫点了点头,说道:"当初夫人在镇子上的时候,因为月份尚浅,所以在下也没察觉出来,此次可以确定了。"

"那为何肚子还这么小?"沈锦有些担忧地问道。现在和当初怀东东的时候差不多,若是两个孩子的话,难道不该更大一些吗?

安怡在旁边也是紧张,她虽然略懂医术,可到底比不得正经的大夫,平日里照顾沈锦足够了,可是双生子这般脉象,她并没有把出来。

大夫其实也是许久才确定的,虽然是两个孩子,可是其中一个怕是过于虚弱了。

"还是等夫人下山,让我娘子给夫人好好检查一番。"毕竟男女有别,大夫也不好一直盯着沈锦的肚子看。

沈锦咬了咬唇,问道:"大夫,孩子们可有……可有问题?"

大夫只是说道:"等到镇子上,让我娘子给夫人好好检查一下比较好。"

沈锦抿唇问道:"那山路会有影响吗?"

"在下会与岳文好好交代一番的。"说到底还是会有些影响。

"我知道了。"沈锦不再说什么,微微垂眸看着自己的肚子。

大夫去找岳文仔细交代了一番后,又给那个孩子看了看,开了一些药,在村里休息了一夜后,就被甲四送下了山。他在镇子上已经待了多年,回去后有意无意和人说起了之前与沈锦商量好的身世。

因为要解释沈锦大肚子的事情，又不愿意人家说她丈夫死了，所以大夫给的说法是，沈锦多年无孕，就被丈夫给休了，谁知道回娘家后，才发现已经有孕在身了。沈锦不想被人夺走孩子，就来投奔亲戚了。

这么多天，沈锦还是第一次看见落水的孩子，他虽然退热了，可是谁也没有让他靠近沈锦。

这个孩子黑黑瘦瘦的，眼睛却很好看。人和人之间的缘分很特别，沈锦瞧着就觉得挺喜欢的，招了招手让那孩子过来，道："若是再胖些就好了。"

安宁闻言笑道："再养养就好了。"

沈锦点头，让那孩子坐下后，又把红枣糕递给了他，让他抱着盘子慢慢吃。这才说道："我们这几日就要去下面的镇子上了，怕是不回来了，你要不要跟着我们一起去？"

那孩子看向沈锦，很安静的样子。

"要的话就跟着我们一起走，要不我们给你留些东西，你就住在这个院子里。"

"我跟你们走。"孩子说道。他养了几日，声音已经好了许多，带着几分孩子特有的清亮。

沈锦抱着肚子看向孩子的眼神很柔和，问道："你叫什么？"甲四和岳文都是粗心的，一直没有问这个孩子叫什么。

"汪强。"那孩子道，"夫人再给我起个名字吧。"

沈锦也知道了这个孩子在村里过的日子，就算他养父没死的时候，那日子也不好过，毕竟不是亲生的，又没有丝毫血缘关系，那男人也不会上心。

"也好。"沈锦手轻轻抚着肚子，仔细想了起来，让这个孩子跟着自己姓并不合适，因为沈是皇家的姓氏。而楚？也不合适。如此一来沈锦也有些为难了，想了想说道："既然是岳文救了你，你就跟着姓岳吧，岳青云。"

"岳青云……"男孩念了念这个名字说道，"好，我以后就叫岳青云了。"

沈锦笑着说道："安宁，把岳文叫进来吧。"

"是。"安宁应了下来后，就把外面的岳文给叫了进来。

沈锦看向岳文说道："因为是你救了这个孩子，索性让孩子跟着你姓了。"

岳文点了点头说道："好。"

沈锦道："岳文你一会儿陪着他回原来住的地方收拾下东西吧。"

岳青云赶紧说道："我自己去就可以。"

"让岳文陪你去，安全些。"沈锦柔声说道。甲四和安怡直接把那些孩子叫出来问清了真相，那些人家奈何不了沈锦他们，可是保不准会为难这个孩子，何况还有死了孩子的那家人。所以沈锦才让岳文陪着他，也算是保护他。

岳青云也不是不识好歹的人，点了点头，低着头不再说话。

等沈锦他们全部弄好去镇子上的时候，已经快过年了。天没有亮他们就出发了，路上休息了几次，勉强在太阳落山前赶到了镇子上。甲四通过那个大夫在镇子上租的院子离大夫家很近，收拾得也不错。他们到的时候，大夫的娘子不仅做好了饭菜，还烧好了热水。那是一个四十来岁的女人，并没有多漂亮，穿着棉衣，可是笑的时候让人觉得很和善很舒心。

沈锦他们编了来历，所以直接称呼她为"钱婶子"，沈锦勉强用了点粥，和钱婶子打了招呼后，就先去休息了。

楚修明和赵端已经带着人上路了，因为要避人耳目，所以众人都是散开走的，甲一跟在他的身边。楚修明骑在马上忽然问道："村子里都有什么吃的？"

甲一微微垂眸，说道："村子里虽然穷了一些，可是挨着林子，岳文他们经常去打一些野味，还有……"不用楚修明说得太明白，甲一都知道楚修明问什么了，实在是自从他到边城后，这些事情都说了不止一次了。

"夫人更喜欢吃安宁做的烤鸡，上面还要涂上蜂蜜，然后用柴火慢慢烤……"

楚修明听得格外仔细，丝毫不觉得厌烦，心里却是疼得厉害。那边没有沈锦喜欢吃的精致糕点，没有沈锦喜欢的甜一些的果子，沈锦更喜欢吃牛肉和边城的羊肉，可是在那边这些都是不好弄到的。而且沈锦喜欢吃鱼肉，却不会吐鱼刺，在瑞王府的时候，因为这点沈锦就不太用鱼肉，连陈夫人都以为女儿其实不喜欢吃鱼肉。

甲一说得絮絮叨叨的，有时候想起来什么就说些什么，其实他不能贴身伺候沈锦，知道的就那么多。

"将军，不如我们先去看看夫人？"甲一本就不是多话的人，说的也都是干巴巴的，等说完了沈锦喜欢镇子上的一家蜜饯后道。

楚修明闻言，眼神闪了闪，到底放心不下，点头说道："也好。"到时候先把赵嬷嬷做的那些肉脯给自家小娘子，想来小娘子也想吃了。

沈锦第二天早上是被饿醒的，安怡在钱婶子的带领下，已经给周围的邻居打过招呼了，每户人家也都送了钱婶子准备好的糕点。岳文和甲四到街上采买东西，安宁守在沈锦的身边，见沈锦醒来，就去打水伺候她梳洗。岳青云那孩子也懂事，起得很早，要打扫院子，最后被岳文拎着一起出了门。

钱婶子和安怡回来后，就给沈锦做了个详细的检查，不仅是把脉，还让沈锦把衣服脱了，仔细看了看她的肚子，确定了她怀的是双生子。如此一来这孩子的出生时间怕是要提前了，安怡她们抓紧时间开始准备产房一类的事情。

沈锦因为幼时的经历最会察言观色了，所以在安怡和安宁因为双生子而高兴的时候，她也察觉到了钱婶子的犹豫和担忧。

"钱婶子，可是有什么不妥?"沈锦并没有绕弯子，而是直接问道。

安宁脸上的喜悦一下子僵住了，看向了钱婶子。安怡也是满脸的紧张。沈锦倒是最平静的一个了，从小她能依靠的只有自己，就算母亲再疼她，能为她做的也是有限。直到嫁人后，被楚修明仔仔细细护了起来，如今楚修明不在身边，沈锦又恢复了出嫁前的情况，所以她知道，她能做的就是让自己冷静下来。

钱婶子犹豫了一下说道："虽是双生子，可……怕是其中一个孩子太弱了，几乎感觉不到存在。"

沈锦面色一白，手下意识地护住了自己的肚子："我知道了，钱婶子尽力就是了，若是真有什么，也不怪你们的。"

这话一出口，沈锦只觉得心里揪着疼，不自觉地红了眼睛，可强忍着没有落泪。钱婶子闻言心中松了一口气，她并不知道沈锦到底是什么身份，可是也看出了丈夫对沈锦这几个人的重视，说道："那这段时间夫人的伙食一类的都交给我安排，还有作息一类的。"

沈锦点头说道："好，让安怡帮你。"

钱婶子应了下来，当即就下去准备了。安怡跟在钱婶子的身边帮她打下手，钱婶子还要去药房找丈夫，仔细说下沈锦的情况，钱大夫才好给沈锦开药。

屋中就剩下了沈锦和安宁，安宁再也忍不住哭了出来："夫人，我们给将军送信吧。"

沈锦招了招手让安宁坐到她的身边，道："就算送信过去，夫君再过来，也来不及了呢。"这话不假,从送消息到边城,就算楚修明接到消息马上过来,来回也要一个月以上的时间,再加上大雪封路,最少要两个月,那时候孩子怕都要出生了。

安宁看着沈锦的肚子,这里面有两个孩子,有东东少爷的弟弟或者妹妹们,万一有个保不住,夫人能撑得住吗?安宁觉得夫人是能撑得住的,因为她还要护着另外一个孩子,还有边城等着她的东东少爷。可就算如此,夫人要怎么办?虽然安宁没有生过孩子,可是赵嬷嬷无数次告诉过她们,女人坐月子很重要,若是不小心怕是要落下一辈子的病根的,夫人……万一落下了病根怎么办?

这一刻安宁恨死了诚帝和英王世子,也怨恨上了瑞王,若不是瑞王,夫人也不用冒险入京为质。在边城的话,就算是双生子,有将军和赵嬷嬷他们的照顾,也定不会有事的。

除了诚帝他们,安宁还满心悔恨,若是她再用心些,照顾夫人细致一些就好了。

沈锦伸手握住安宁的手,道:"放心吧,会没事的。"

安宁咬着唇,哭得一点都不好看,整个脸都扭曲了一般:"夫人……"

沈锦嘴角微微上扬,露出了一个浅浅的笑容,因为瘦了许多,脸上的酒窝都不太明显了。她握着安宁的手放在了自己的肚子上:"不会有事的。"

"一定不会有事的。"安宁道。

沈锦笑得眼睛弯弯的:"嗯,因为他们是夫君和我的孩子。"

安宁使劲点头说道:"奴婢听说这附近山上有个庙很灵验,奴婢明日就去上香替夫人祈福。"

沈锦应了下来:"替我多捐点香油钱。"

"嗯。"安宁道。正好感觉到沈锦肚中的孩子动了一下,安宁吸了吸鼻子,也不知道是说给自己还是说给沈锦听的:"一定会没事的。"

沈锦不再说什么,只是让安宁拿了一本书来,自己靠在窗户边的软垫上读了起来。怀东东的时候,楚修明经常给沈锦和肚中的东东说一些关于兵法的事情,而沈锦有些记得有些不记得了,就拣着自己记得的给肚子里的孩子讲,偶尔不想去回想了,就拿本《山河志》来读读,随心所欲得很。

安宁第二天并没有马上去庙里祈福,也不知道听谁说的,弄了五天时间来茹素,然后沐浴更衣,格外虔诚,到了那天,还是徒步去的。

当镇子上下起大雪的时候,也到了腊八,安怡她们早早就熬起了腊八粥,虽然没有边城中的精细,味道却也不差。他们给周围的邻居送去了不少,别人家也送来了自家煮的,倒是一片其乐融融的样子。

沈锦在众人眼中是个被休弃的,所以几乎不出门这点也不会让人觉得奇怪,而且有钱婶子的面子在,邻里间关系倒是不错。

一个小客栈内,满脸胡子的楚修明看起来多了几分落魄,坐在角落里,点了不少东西,和甲四闷头吃了起来。他的动作没有一丝优雅,看起来带着几分粗鲁和洒脱,就算是认识他的人,恐怕也认不出来。今日是腊八,客栈老板为每个客人都送了腊八粥,客栈里的气氛不错,不少人坐在一起聊天。住在这里的大多都是走南闯北的商人,低声说起了边城、英王世子和诚帝之间的事情。

"听说为了让诚帝安心,永宁侯夫人都进京为质了。"其中一个微胖的商人说道,"啧,不过瑞王和瑞王妃都失踪了,这永宁侯夫人在京城的日子怕也不好过。"

"谁让诚帝怀疑永宁侯呢?"另外一个穿着短打的人冷笑道,"永宁侯镇守边疆这么久,瞧这一件件事情做的,也不怕寒了人心。"

"小心点,话不能乱说,免得惹祸上身。"这人也是好意提醒,"不过也是永宁侯树大招风了。"

众人你一句我一句讨论了起来。楚修明听着看了甲一一眼,甲一也装作好奇地问道:"最近怎么没听到那边有什么消息?"甲一手指了一下谈论英王世子那边的位子。

"对啊,我最近也没听说。"

"我前段时间从那边过,那边戒备严了不少,最后还扣了我半车的货。呸,不仅要收什么城门费,走这一趟再加上上下疏通的钱财,根本赚不到什么。"

"我有个兄弟都改道了,现在开始去闽中那边。自从永宁侯带人剿匪后,那边安全了不少,还有不少海货,赚了一笔,不过也严得很,根本不让不熟的商队进城。"

"听说闽中现在是瑞王世子管理,还和英王世子那边发生了不少冲突。"

"对了,我听说诚帝怕是不行了。"这话是一个喝了点酒、明显醉了的人说的。他压低声音说道:"宫中乱得很,那些皇子、皇孙一个接一个地死,啧啧。"

"不说了,不说了。"清醒的人赶紧打断了,说道,"我们再喝几杯就各自休息吧。"

"对,这次的货卖完了,也能过个好年了。"

甲一陪着众人喝了酒，楚修明不知何时已经离开了。甲一上楼到他们订的房间，确定没有人偷听了才压低声音说道："将军，怕是那些人已经怀疑英王世子是不是出事了。"

楚修明并不觉得诧异，英王世子失踪了这么久，一点消息都没有，那些人没有怀疑才让人奇怪。只是一天没有确定英王世子的死亡，他们一天不敢轻举妄动，即便内部早就互相防备，拉拢分化。

甲一说道："将军，外面的雪有点大，明日要不要休息一下再赶路？"

楚修明点了下头，心中算计着他到京城的时间，若是不出意外能赶上沈锦生产，到时候他想陪在沈锦的身边，看着他们的孩子出生。

这雪连着下了数日，等雪停了以后，他们也没办法马上上路，要等天气转暖一些，起码等路上的冰化了。而赵端他们那边同样遇到了麻烦，赵端他果断带人投宿客栈，不过他们运气更差一些，客栈已经没有房间了，只能多掏钱让人腾出了两间屋子，几个人挤着住了进去。那屋子原来是堆放杂物和柴火的，自然好不到哪里去。

赵端他们整天窝在那里，等着雪停，虽然出发前都预计到了有雪，可是谁也没想到会下这么大。他叹了口气，有的地方要受灾了，朝廷怕是也不能及时赈灾，还不知道有多少百姓受苦。赵端明白，他们能做的有限，只有等楚修远登基，他相信那时候天启朝会重新富足起来。

边城中的楚修远也提前做好了准备，这边的冬日本就比别处要寒冷，所以他们没有受什么影响，只是刚到边城的瑞王有些受不住了。这段时间连门都不出，整日在屋里取暖，还心疼儿子，想把儿子叫回来。这个念头刚起就被瑞王妃给按了下去。瑞王至今还不知道，沈熙和赵澈已经跟着金将军他们离开了边城，去抄那些蛮族的老窝了。

这个年，天启朝的百姓注定过不安生，在大年三十的时候，整个京城戒严。沈锦住的这个镇子离京城较近，也受了影响，本来热热闹闹的街道瞬间就变得冷清了，小贩们都不敢做生意了，就连酒楼茶馆这类的地方都关了门。

钱大夫和钱婶子已经搬到了他们这个院子来住。

沈锦在知道京城戒严后，就赶紧让钱婶子和安怡做了不少荤菜，几个人坐在一起吃了起来。钱大夫心中也明白，此时还没敲丧钟，他们吃荤菜是无碍的。

沈锦看着岳青云，养了这段时间，他胖了不少，小脸也白净了许多，身上穿着钱婶子给做的新棉袄,看着又精神又秀气。沈锦瞧着格外合眼缘,喜欢得很,给他夹了一筷子红烧肉。

岳青云初来的时候,不管做什么事情都小心翼翼的,就算吃饭也不敢过多地夹菜,别人盛多少他就吃多少,就算吃不饱也不敢说,弄得钱婶子格外心疼,如今已经好了许多。

当第一声丧钟敲响的时候,他们已经用完了饭。

众人站在院子里,看着皇宫的方向,沈锦听着敲了九下后,就一手抚着腰一手被安宁扶着往屋中走去。皇帝驾崩要鸣钟八十一下。

安宁和钱婶子学了怎么给沈锦按脚,就坐在小圆墩上慢慢给沈锦按着,安宁说道:"二姐姐,你别难过。"虽然她觉得诚帝死得好,可是想到诚帝也是沈锦的亲戚这才小声安慰着。

沈锦闻言笑了一下:"我并不是在想那位的事情,而是那位走得突然,也不知道夫君他们提前做好准备了没有,英王世子那边还不知道要出什么幺蛾子呢。"

如今沈锦还不知道英王世子已经死了的事情,所以难免有些担心英王世子那边趁机作乱。不过她只是想了一会儿,就没再放在心上,这些事情有楚修明在,用不着她担心。

只是沈锦还不知道,此时的楚修明和甲一就在离这个镇子不远的村子里,楚修明和甲一借住在一个农户家中,听着丧钟的声音眼睛眯了一下,甲一低声问道:"将军,明日要不要先去镇子上休整一番?"

"不用。"若没有听见丧钟,楚修明可能会选择去镇子上买些东西梳洗休整一下再上山去找沈锦,可是如今他要抓紧时间。

甲一也不再劝,只是说道:"这村里的土鸡我瞧着不错,明日不如买一些带上山?"

按理说,诚帝驾崩,最少要茹素三个月,可是在甲一心中诚帝死了更好,哪里会为了他茹素,更别提将军夫人肚中还有孩子了。

楚修明闻言点了点头,说道:"嗯,还有这些腊肠熏肉,想来他们也不敢吃,到时候多买一些就是了。"

甲一应了下来,这些事情都要偷偷来弄,见楚修明没有别的吩咐,就下去忙活了。

皇宫中,皇后哭得格外伤心,承恩公强忍着心中的激动和兴奋,跪倒在诚帝的床边,哭号道:"陛下啊……陛下你怎么就这么去了啊……陛下您再睁开眼看看啊……"

皇后所出的皇子也哭个不停,使劲喊"父皇"。他年纪虽然不大,心中却明白,若不是有茹阳公主在旁边,怕是早就露了馅。茹阳公主用蘸了姜汁的帕子给弟弟擦了擦眼睛,弟弟哭得更加伤心了。

茹阳公主也哭个不停,一边哭还一边小声安慰着弟弟。承恩公哭了一会儿就擦泪说道:"国不可一日无君。皇后娘娘,不知道陛下可留下遗诏?"

皇后擦了擦泪,从床边拿出一个盒子,说道:"陛下弥留之际,让李公公拿了这份遗诏给我。"

李福站在角落里,此时见众人看向他,才走了出来说道:"陛下这两日感身体不适,就提前立下了遗诏。"

丞相闻言说道:"为何此事我们谁也不知?"

承恩公道:"陛下也是为了以防万一,才在前两日召我入宫,写下的这份遗诏。"

丞相眯了下眼睛问道:"不知可否让下官一瞧?"

皇后看向了承恩公,承恩公厉声说道:"史俞,你莫非想抗旨不遵?陛下可是尸骨未寒啊。"

史俞正是如今的丞相,不管是皇后还是承恩公都没有想到首先发难的竟然是这个有名的老好人。史俞道:"下官不敢,只是此乃关系江山社稷,下官斗胆请圣旨一看。"

承恩公看向了皇后,皇后微微垂眸说道:"父亲,就给史丞相看吧。"这个遗诏是承恩公写的,可是皇后和李福勾结,弄了玉玺盖上,自然不怕人检查。再说了,他们还有后续的准备,若是这些人不识相……

史俞接过圣旨仔细看了以后,眼神闪了闪,态度恭敬地还给了李福,说道:"下官失礼了。"然后又站在一旁不说话了,剩下的人见此也不吭声,心中却是不安,若是永嘉三十七年的事情重演……他们更担心的是至今没有消息的瑞王,而非眼前这个小皇子。

天刚亮,楚修明和甲一就带着采买的东西往沈锦所在的村子赶去,马就暂时养在这个村子里,让人照看着。甲一认路,两个人就算背了不少东西,走得也很快,一路上几乎没有休息,傍晚的时候就到了沈锦当初暂住的院子。可是看着院子外面的杂草,还有已经坏掉了的门,楚修明顾不得别的直接推门进去。

院子里面很乱,甚至还有碎掉的碗和坛子,楚修明把整个院子转了一圈,里面连完整的桌椅板凳都没有了,他的脸色变了又变,手都抖了起来,看得甲一心惊胆战,可是他心中也很乱,夫人他们出了什么事情,这院子怎么变成了这样?

楚修明深吸了几口气,到底没有忍住,一脚踹到院子里的树干上,就见那树晃了晃,发出噼里啪啦的声音。足有一人粗的树竟生生地被楚修明一脚踹倒,树压坏了围墙:"去把村长给我抓来!"

声音带着浓浓的寒意。上一次甲一听见这般语气还是在边城被围的时候,而那次……血流成河。

此时的楚修明已经冷静下来了,他仔细检查过院子,这里面并无血迹和打斗的痕迹,而且他还发现了那个地窖,地窖完好无损,里面的东西摆放得很整齐,想来他们是自己离开的。

楚修明虽然推断出这般的结论,可是到底关系到自家小娘子,还要仔细问一问。村长来的时候,就看见了站在院子中间的楚修明,出了一身的冷汗,咽了咽口水才把眼神移到那棵倒了的树上。

这个院子当初是村里另一户人家的,因为这户人家的儿子赚了钱,就把家里人接走了。甲一买房子的时候,村长也在场,他还记得院子中间的这棵大树,瞧着也不像是被砍断的。

楚修明看向村长,村长脸色惨白,就连腿脚都打着哆嗦,而村长家的人也都追到了门口,村长夫人刚准备放声大哭,甲一直接把人给打晕了。村长的儿子和儿媳也都是识相的,赶紧扶着村长夫人。楚修明这才微微移开了看向村长的目光。甲一冷声说道:"村长,我记得这是我家院子,刚刚住了没多久的院子。"

村长使劲点头,甲一哼了一声,指了指院子,让村长自己看。村长不敢不从,可是一看心中暗骂怪不得这些人如此生气。

"这真的不关我的事情,前几日我带着家小陪婆娘回娘家了。"

楚修明沉声说道:"村长不觉得自己走得太过巧合了?"

村长心中一颤,甲一道:"听说村长的小儿子该娶媳妇了,不知道村长家住得下住不下?"

这话一出,村长晃了晃直接坐倒在了地上,就连村长的大儿子和大儿媳心中也是一颤。

楚修明直接问道:"这家人呢?"

"听说搬走了。"村长道,"搬哪里了我真的不知道啊。"

楚修明看向了甲一,说道:"去打听下你走后的情况。"楚修明不相信有银子还撬不开那些人的嘴。

甲一此时也压着一肚子的火气,更不敢触霉头,赶紧出去打听消息了,敲门不开?直接踹开,银子砸下去,事情问了一遍,接着去另外一家。门后面被堵着踹不开?翻墙进去,银子一扔继续问,连问了几家后,甲一心中有了个大概。

村长一家数次想开口,却没有机会说,光楚修明的眼神就让他们动弹不得。他们只觉得浑身发冷,就好像脖子上架着把刀一般。村长甚至觉得,若是他稍微动一下惹了眼前人不高兴,小命都保不住了。

甲一回来后,低声把事情说了一遍,楚修明心中感叹,小娘子还是太过心软了。

楚修明微微垂眸,点了点头没再说什么,只是又看了一眼这个院子,拎起买来准备给自家小娘子用的东西,转身就往山下镇子上走去。自家小娘子有孕在身,按月份算已经不浅了,怕是走不远,而这附近环境好些的也就是那个镇子,更何况那个镇子还有他当初安插的探子在,其中就有大夫。

甲一也拎起东西跟在楚修明的身后,低声问道:"将军,用不用小的……"

"不是时候。"楚修明明白甲一的意思,可是在他心中此时更重要的是去见沈锦,旁的……楚修明眼神暗了暗,他从不是什么良善之人,有恩必报、有仇必究才是他信奉的,让小娘子受过气的人,一个都跑不掉。

楚修明和甲一走到镇上的时候,天已经微微亮了,因为走的是夜路,所以两个人都慢了不少。此时镇子的门还没开,因为诚帝的事情,这边一点过年的气氛都没有。那些红灯笼一类的都已经被取掉了,就连身上的衣服、女人的首饰都换成了素色和银饰。

此时,镇子门口还等着不少人,有的担着菜有的等着进镇子去买东西,有些活得久的老人还记得永嘉三十七年的事情,他们自然要多买一些粮食回家存着。

等楚修明和甲一进镇子后,两个人就直接去了钱大夫的家中,却被邻居告知钱大夫亲戚来了,钱大夫带着夫人去亲戚家住了,还顺便把亲戚的遭遇说了一遍,谴责了一番负心汉。甲一都不敢去看楚修明的脸色了。问清楚住处后,楚修明和甲一就朝着离这里不远的院子走去。

此时，沈锦已经醒了，不过还没有起来，因为外面冷，又因为有孕的缘故晚上睡不着，有些懒散。安怡和安宁也不催着她起来，反而多加了几个炭盆，让屋里暖和些。

当敲门声响起的时候，安宁正服侍着沈锦穿衣服，因为肚子太大了，冬季穿得又多，沈锦看起来有些笨拙。

脚步声是朝着这边走的，而且听起来不像是一个人，安宁皱了皱眉头，给沈锦穿好鞋子起身，微微向前一步，不着痕迹地挡在沈锦的前面，然后问道："安怡，来的是谁？"

外面却没有安怡的回答，安宁紧抿着唇，带着几分戒备，倒是沈锦拍了拍安宁的肩膀说道："岳文他们都在家，怕是认……"

话还没有说完，就听见了门被推开的声音，然后有人再次打开这边的房门，掀开了棉布帘。看着站在门口的人，沈锦愣了一下，眼睛瞬间红了，抖着唇叫道："夫君……"

安宁还没认出眼前的人是谁，就听见沈锦的声音，然后不敢相信地看着大胡子的男人。这是将军？夫人到底怎么一眼就认出来的！安宁悄悄退了下去，还仔细地把门给关上，隐隐听见里面将军的声音："我身上有寒气，先别过来。"

沈锦满心的委屈，坐在一旁眼泪汪汪地看着楚修明，楚修明在炭盆旁边烤了许久，去了满身的寒气这才走了过去，小心翼翼地把人圈在怀里。因为挺着个大肚子，沈锦没办法整个人窝进楚修明的怀里："夫君……你怎么才来啊。"

楚修明环着沈锦坐回了床上，搂着人低头亲了下沈锦的额头："我来晚了。"

沈锦再也忍不住，哭了起来，拉着楚修明的手放在她的大肚子上："夫君，宝宝……"

楚修明闻言整个人顿了一下，手竟然有些颤抖，下颌一紧："不怕，我在。"

"夫君，你身上好臭……"

楚修明亲吻着沈锦的发，她的头发并不像是在边城时候那样缩起，而是编成了辫子，简简单单地束在身后。

沈锦也不知道是哭累了，还是因为有楚修明在安心了，没多久竟然在他怀里睡着了，甚至连早饭都没有用。楚修明帮她脱去衣服，然后盖好被子。沈锦眼睛一直没有睁开，睡得迷迷糊糊的，却还记得抓着楚修明的手。楚修明斜坐在床边，轻轻抚摸着她的脸。沈锦瘦了很多，就算穿了这么多的衣服，楚修明也发现了，就像是他为了伪装满脸大胡子，一身狼狈，沈锦也能在第一时间就认出来一般。

等沈锦睡熟了，楚修明才抽出自己的手，悄无声息地走了出去，让安宁进去伺候着，自己去找钱大夫问了沈锦的情况。当知道沈锦肚中是双生子的时候,楚修明眉头皱了起来,双生子是好,可是怀孕时候的负担也大,再加上沈锦哭的时候说得不清不楚的。

"孩子可是有什么问题?"

钱大夫点了点头,说道:"怕是有个孩子保不住。"这话当着沈锦的面他是不敢说的。本身刚出生的孩子就体弱需要仔细养着,可是如今几乎感觉不到另外一个孩子的存在,只能说在孕中的时候,有个孩子就先天不足。

楚修明拳头握紧,问道:"那夫人呢?"

"夫人需要好好养着,最好坐足双月。"钱大夫说道。

楚修明闭了闭眼,再睁开的时候已经强迫自己平静了下来:"夫人无事就好。"

钱大夫点了点头,忍不住劝道:"说不得并无大事。"

楚修明抿着唇,仍旧说道:"万一夫人发动的时候我不在,不管夫人说什么,都不用听,保住夫人即可。"楚修明不爱自己的孩子吗?爱的,虽然那两个孩子还没有出生,可是楚修明已经很爱他们了,可是……他更爱沈锦,自己的小娘子,他愿意为孩子付出一切,可是其中不包括沈锦。

钱大夫面色一肃,说道:"是。"

楚修明没再说什么,起身离开了钱大夫这里。

沈锦并没有睡多久,醒来的时候就看见已经换了一身衣服的楚修明坐在她的身边,正拿着她随手放在桌上的游记看着。她刚睁开眼,楚修明就已经放下书,然后扶着她坐起来问道:"可是饿了?"

"想你了呢。"沈锦娇声说道,她还想和楚修明说说话。

楚修明眼神柔和,笑了一下说道:"我从边城给你带了吃食,等……"

"忽然有些饿了。"沈锦眼睛一亮说道,"夫君,可有赵嬷嬷做的蜜汁肉脯?"

楚修明忽然觉得自己好像说错了什么:"……有。"

用完了饭,沈锦就抱着大肚子让楚修明陪着她到院子里散步。钱婶子也见到了楚修明,并不知道他就是永宁侯,可是看到他对沈锦的态度,心中倒是猜到了一些。钱婶子和钱大夫夫妻几十年,若是一点都不知道钱大夫是做什么的那是不可能的,不过钱婶子并没追问过,甚至有些时候还会帮着钱大夫打掩护。他们夫妻的感情很好,当初钱婶子刚嫁给钱大夫的时候,五年无子,钱婶子都准备给钱大夫纳妾了,却被钱大夫拒绝了。两人互相扶持走到了今天,钱婶子明白,有些事情钱大夫不说也是为了她好。

沈锦见到钱婶子就露出了笑容,她小声说道:"钱婶子做的酸菜鱼可好吃了。"

楚修明环着沈锦的腰,让她不会太累,说道:"我瞧着厨房的水缸里不是养了几条鱼吗?"

沈锦点头,期待地看着楚修明,她馋鱼肉很久了,钱婶子也说让她多用些鱼肉好,可是她不会去鱼刺,每次吃着都很费劲。安怡和安宁也会帮着她挑鱼刺,可是她依旧觉得没有楚修明在身边舒心。

楚修明笑着点了点沈锦的额头,问道:"还想吃什么?"

沈锦想了一会儿,说道:"一时想不起来了。"

"那想起来再与我说。"楚修明道。

沈锦应了一声,低头看着自己的肚子,问道:"夫君什么时候离开?"

楚修明握着沈锦的手,一起轻轻地放在她的肚子上,说道:"再过两日。"

沈锦咬了咬唇,小声问道:"宝宝们出生的时候你会在吗?"

"会。"楚修明低头吻了吻沈锦的发,说道,"我会陪着你和宝宝们的。"

这样的情况,楚修明怎么会让沈锦自己一个人?若是真到了保大还是保小的时候,这个决定还是让他来做,以后的愧疚和难受都让他来背着就好。

"我问过钱大夫大致发动的时间,到时候我会提前赶回来陪在你身边的。"

沈锦点了点头,把这段时间甲四他们打听到的情况与楚修明说了,楚修明忽然说道:"英王世子死了。"

"啊?"沈锦疑惑地看向了楚修明,"怎么死的?"

楚修明把英王世子的事情说了一遍,沈锦皱了皱眉头问道:"三哥,还有孩子怎么样?"

"我出来的时候,三哥情况仍不太好。"楚修明的声音很温柔,他扶着沈锦往屋里走去。钱大夫说让沈锦每日适当地走动,却也不能走动得太过,免得对身体的负担大。

"不过有大夫给他调理身体,孩子也很懂事,和东东在一起玩得很好。"

楚修明发现,沈锦竟然都没有问东东的事情,怕是心中内疚。果然提到东东后,沈锦的眼睛又红了,脚步顿了顿,问道:"东东怎么样了?"

"东东很好。"楚修明低头亲了下沈锦的额头,安抚道,"他很想你,已经会叫'母亲'

了,有安平和赵嬷嬷照顾着,长胖了不少。"

沈锦咬了咬唇说道:"多与我说说东东的事情吧。"此时沈锦心中挂念的还是东东,她不敢问就是怕听见东东一直想着她哭,也怕听见东东已经忘记她。

楚修明应了一声,和沈锦说起了东东的事情。

晚上的时候,沈锦吃到了心心念念的酸菜鱼。

有楚修明在,沈锦自然吃得舒畅。楚修明会先把鱼肉放在自己面前的碟子中,挑出刺后,再给她夹过去。沈锦一口吃下去,脸上的笑容一直没有消失过,特别是楚修明还拿了东东写的信给沈锦看。其实东东这么点大哪会写字,不过是按了不少小手印。虽然都是黑乎乎的一团,可沈锦还是仔细地收了起来。

吃完饭,楚修明靠坐在床上,双手环着沈锦,沈锦半靠在他的怀里,听着楚修明讲着如今的形势,沈锦抿了抿唇问道:"夫君要私下和那些人接触吗?"

"嗯。"楚修明安抚道,"无须担心,有人已经开始与那些大臣接触了,最后选了可信的,我去见见即可。"

沈锦点了点头,其实有些事情她听不太懂,毕竟朝廷上的东西,她知道得不多,接触得也不多,可是她知道就算楚修明说得轻松,其中还是很危险的。

楚修明知道自家小娘子一向聪慧,便道:"史俞是我的人。"

"那是谁?"沈锦疑惑地看向楚修明。

楚修明在沈锦耳边说道:"就是如今的丞相。"

沈锦满脸惊讶地瞪圆了眼睛,扭头看向楚修明。楚修明捏了捏她的脸,说道:"没有人知道。他本来就是先太子的人,因为性格的缘故,本来想下放几年后,历练一下等太子登基了,再召回来的。"史俞性格有些软弱,可也是个有成算的,就装成了老好人的形象,谁也没有想到他竟然当上了丞相。

楚修明轻笑出声,用胡子蹭了蹭沈锦的脸,弄得沈锦笑出声来,这才接着说道:"所以不用担心。"

沈锦点了点头,抓着楚修明的手说道:"你答应我要回来陪我一起等孩子出生的。"

"嗯。"楚修明轻轻抚着沈锦的肚子,这里面有他的两个孩子,可是因为他的缘故……

因为楚修明在身边,沈锦很快就睡着了,晚上腿疼的时候,楚修明就会起来帮她揉。这一觉睡得倒是很舒服,可是楚修明却一夜没有睡,因为他看见睡梦中的沈锦哭了,还一直说着"对不起"。

楚修明没有叫醒沈锦，也没有吭声，只是轻柔地抚着她的后背，直到沈锦安静下来重新入睡。

第二天醒的时候，楚修明也没有说这件事情，只是陪着沈锦说话。

"修远还说要你记得给他找媳妇。"楚修明道。

沈锦想了想问道："夫君，这样好吗？"

楚修远的身份特殊，她帮楚修远找媳妇，会不会给楚修明带来麻烦？等楚修远继位了，楚修明的位置就有些尴尬了，天启朝的皇帝一直没能插手边城事务也是因为他们不了解边城的事情。可是楚修远不一样，他自小在边城长大，楚修明又时常让他管理边城，如果楚修远成了皇帝，十年二十年还好说，长久了心中会不会也忌讳楚修明功高震主？

楚修明一下子就听明白了沈锦的意思："无碍的。等修远坐稳了皇位，我就辞官，到时候带你和孩子们游山玩水去。"

沈锦眼睛亮亮的，脸上是止不住的笑容，使劲点了点头说道："好。"

"给修远找媳妇的事情也不用急，等事成之后再说。"楚修明会让沈锦接下这件事，其中自有关心楚修远的原因，可是也有给沈锦撑腰的意思。到时候只要楚修远放出这个意思，整个京城谁还敢给自家小娘子气受？

沈锦还不知道楚修明已经想到了以后的事情，和楚修明随意聊着。楚修明只能在这里陪她几日，所以她格外珍惜这几天的时间。

楚修明离开的时候天还没有亮，沈锦因为心中有事，楚修明一动她就醒了，可是她并没有睁眼，就害怕自己看见楚修明忍不住哭着让他留下来，可就算如此，泪水还是顺着眼角不断流了下来。楚修明看着心疼，却也没有拆穿自家小娘子，只是出门前走到床边，低头吻去了她眼角的泪："等我。"

第四十二章
大势所趋

如今新帝还没有登基,闽中瑞王世子沈轩就足够承恩公他们忙得晕头转向了。沈轩一边接手英王世子那边投靠过来的人马,一边却打着清君侧、除妖后的名义开始兵变了。沈轩手握皇后毒杀诚帝的证据,弄得京城中人心惶惶。

皇后看着丞相等人,厉声问道:"有陛下的遗诏在,为何不让我儿登基,不让陛下下葬?"

史俞没什么精神也没什么主见的样子,倒是兵部尚书沉声说道:"回皇后的话,太后正在回京的路上,等太后回京也好主持大局。"

"你们是想造反吗?"皇后气急败坏地怒斥道。

茹阳公主扶着皇后,并没说话,而皇后所出之子沈智年纪小,忍不住脾气地说道:"你们怎敢如此! 等我登基定不轻饶你们!"

这话一出,本还有些犹豫的人都微微垂眸。史俞眼神闪了闪,终道:"殿下恕罪。"虽然这么说,可是一点惶恐的意思都没有。

沈智本就被皇后养得骄纵,如今又知道自己马上就是皇帝,哪里还有丝毫顾忌,直接拿了手边的茶杯朝着史俞头上砸去。小孩子的力气虽然不大,可是那茶杯正好砸在史俞的头上,史俞的身子晃了晃,兵部尚书赶紧扶着他,这才没让他倒下。史俞一时可谓极其狼狈,满脸茶水,还有茶叶落在官服上,礼部尚书、工部尚书、户部尚书心中都是一震。史俞虽然是个老好人,可是同样是天启朝的丞相,就算是诚帝在的时候,也没敢如此对待丞相。

承恩公虽然因为外孙马上要坐上皇位心生得意,也觉得这些人阻碍心中不悦,可到底没有糊涂到家,见此脸色也是变了变,然后给皇后使了个眼色。皇后却没有把史俞放在眼里，她这般的态度也影响了儿子，皇后说道："丞相莫要见怪，智儿年幼，也是心疼其父皇如今都不得入土为安。"

史俞抿了抿唇说道："容臣先行告退。"理都没理皇后的话，转身就走人了。

兵部尚书也道："臣先行告退。"

"放肆！"沈智怒斥道，"狗奴才你们敢这般目中无人，等我……"

皇后伸手捂住了沈智的嘴，礼部尚书等人也直接离开了，一时间屋里就剩下了皇后、沈智、茹阳公主和承恩公。

承恩公皱了皱眉头说道："皇后还是劝劝殿下，收收脾气，等登基了再处置那些人也不迟。"

皇后也知道刚才儿子说错了话，说道："父亲，一会儿我备些礼，你帮我给丞相他们送去吧。"

承恩公点了点头。

沈智可不觉得自己做错了，直接问道："外祖父，我到底什么时候能登基？"

承恩公说道："殿下，这几日不如到诚帝……"

"我不去。"沈智直接说道，"那边阴森森的。"

皇后伸手搂着儿子，其实她也不愿意去诚帝的灵堂，若是可以，她早就想把诚帝的尸体移到皇陵下葬了。那皇陵在诚帝刚登基没多久就开始修建了，如今已经完工，可是所有朝臣都不同意，等着太后回来主持大局。

出了皇宫，史俞微微叹了口气，他根本没有收拾仪容，他回府没多久，该知道的人都知道了，一时间本因诚帝的死游移不定的人，都有了选择。

楚修明此时正在史俞府中，对外只说是给家里晚辈请的师父。史俞把事情说了一遍后，就见楚修明微微皱着眉头没有吭声，史俞说道："怕是晚些时候，就该有人来了。"

"嗯。"楚修明点了点头，"沈智也算帮了我们的忙。大人不如今日就开始闭门养病，不见外客。"

史俞道："那朝堂上的事情……"

楚修明看向史俞说道："不急，因为急的不会是我们。"

史俞想了一下点头应了下来，没再说什么。楚修明看向史俞满头的白发，道："这些年苦了大人了。"

听到楚修明的话，史俞哈哈笑了一下，然后正色道："都是为了天启朝，为了天启朝的百姓。"

边城中，楚修远看着席云景送来的消息，眼神闪了闪没有说什么，倒是赵管家道："少将军，不得不防。"

席云景只是说最近沈轩小动作很多。沈轩暗中与英王世子的残余多次见面，还以为能瞒天过海，却不知他的一举一动都被席云景的人监视着。

王总管也是面色一沉，说道："少将军，莫要养虎为患。"

楚修远思索了一下说道："我知道了。"

王总管还想再说，却被赵管家阻止了，楚修远抿了下唇说道："我去瑞王那儿一趟。"

赵管家也知道瑞王妃是个聪明人，所以并不诧异楚修远的决定。王总管想了想也没有说什么。楚修远让人给瑞王那边送了消息后，当天下午就过去了。

瑞王和瑞王妃都在府中。

客套一番后，瑞王妃就直接问道："可是出了什么事情？"

瑞王坐在一旁看着楚修远："你尽管说就是了。"

楚修远在来之前就想好了，直接把英王世子已死，还有沈轩最近的动作与瑞王和瑞王妃说了。瑞王还没反应过来，就见瑞王妃面色一肃，直言道："我儿糊涂了。"

瑞王看向瑞王妃，有些诧异却又有些明白了。楚修远并没有说什么，瑞王妃直接说道："闽中的事情不如让沈熙去，我也许久没有见过轩儿了，心中想念，而且轩儿的年纪也该娶妻了。"

楚修远看向瑞王妃点头说道："也好。"

瑞王妃抿唇一笑看向了瑞王，说道："王爷不如给轩儿写封信吧。"

"哦。"瑞王说道，"我知道了。"

瑞王妃道："就说我身体不适，让轩儿回来一趟。"

楚修远心中对瑞王妃也是敬佩的，没想到她会如此当机立断，不过也确实保住了沈轩。而沈熙在赵端身边许久，怕是比沈轩要看得清楚多了，还有席云景在，到了闽中也不会出什么差错。

瑞王点了点头，当即去写了信，瑞王妃也写了一封，然后交给楚修远，说道："还要麻烦修远给轩儿送去。"除此之外,瑞王妃还叫了两个侍卫来,当着楚修远的面交代:"到时候好好护送世子回来。"

沈轩接到信的时候,心中挣扎,连手下刚收拢的人都多有劝阻,可是送信的人是沈熙和瑞王的亲信,信上确实又是瑞王和瑞王妃的字迹,所以沈轩还是决定跟着人回去,把这边的事情暂时交给了沈熙。

沈熙看着沈轩心中复杂,他是被人从战场上叫下来的。那时候他刚带兵清理了一个五百多人的蛮族部落,身上还带着血和伤,可就算这般沈熙也是满腔豪气,觉得以往在京中的日子简直是浪费时间,可是偏偏被叫回来去处理他哥那边弄的烂摊子。若不是沈轩是他亲哥,怕是沈熙都不愿意来这一趟,只是就算这般想,面上却没有丝毫表露出来。

沈轩因为接手的人是亲弟弟,放心了不少,等晚上只剩下他们兄弟俩的时候,沈轩就拉着沈熙交代了许多事情,听得沈熙出了满身的冷汗,脸色也难看了许多,暗叹多亏发现得早。楚修远他们也是念旧情的,这才提前与母亲说了,让他过来。想到出发前母亲的话,沈熙微微垂眸说道:"哥,你真觉得父亲能坐上那个位置?"

"为何不能?"沈轩压低声音说道,"除了父亲外,还有谁有资格?"

沈熙问道:"哥,你觉得姐夫会帮我们?"

"难不成他还想造反?"沈轩沉声说道,"这天下是我沈家的,我沈家人坐着才名正言顺!"

沈熙皱了皱眉头,想劝解什么到底没有说,不过晚上就写了一封信,让侍卫秘密交给母亲。沈轩刚离开,沈熙直接把沈轩身边的军师和英王世子那边投靠来诱着沈轩做出这般事情的人,当着所有人的面一一杖毙了,再有席云景提供的名单,一个都没有落下。

沈轩竟然在外面置了宅子养了外室,沈熙也是个狠得下心的,和蛮族拼杀的时候,为了斩草除根,他们一般都是不留俘虏的,就像是蛮族只要攻破了天启朝的哪个地方,也都是屠城一般。沈熙直接叫了大夫给那些外室和沈轩养着的女人把脉,还真发现了两个有孕的。沈熙也没让人通知沈轩,就按照瑞王妃的意思,全部灌了堕胎药后,又让大夫给人细心调理着,没问题的人都给了银子放走了,别人安插进来的探子,也统统杖毙了。

沈熙的手段干净利索,虽然血腥了一些,可是也把沈轩留下的后患清理得一干二净。

他知道母亲的手段,想着把沈轩交给母亲就没问题了,所以在处理完这些事情后,他把所有权力扔给了席云景,自己到军营练兵去了。这边的军营自然由楚修明安排的人来管理,沈熙进去后也没有争权夺位的意思,就是跟着人一起训练,然后主动请命带着人去给英王世子的残余添乱。

没有了拖后腿的沈轩,席云景更加得心应手,还让沈熙把矛头直指承恩公府,提起了当初先帝和先太子的死。如此一来京城中的气氛更加紧张,特别是皇后和承恩公府的人。

沈锦如今七个多月的身孕,可是瞧着却像是要生了一般,每日到院子里散步的时候,安怡和安宁都要扶着,只是走不了几步她就出汗,钱婶子也不催着,反而让她坐下休息,等休息够了再起来走走。

在知道楚修明会陪着她生产后,沈锦虽然还会担心孩子的事情,可是也轻松了不少。钱婶子他们一直以为发动的日子会提前,估摸着在八九个月的时候就会生产了,可是谁知道肚中的两个孩子都是慢性子,一点儿都不着急。

楚修明在花朝节的前一天赶了回来,因为沈智这个对手的相助,比他预想的还要顺利一些。他把事情都安排好了,又给楚修远去了信后,就来陪着沈锦。

有楚修明在,沈锦的笑容都灿烂了许多,她拽了拽楚修明的胡子,楚修明觉得京城中的那些阴霾和疲惫,在自家小娘子身边的时候都消散得一干二净了。他低头用胡子蹭了蹭沈锦白嫩的脸,弄得沈锦抱着肚子缩着脖子一边躲一边笑个不停。楚修明也有分寸,并没有闹得太过,拿着杯子喂了沈锦几口枣茶后问道:"可是想问什么?"

"没什么想问的。"沈锦动了动脚指头。

楚修明说道:"无须担心。"

"你什么时候回边城?"沈锦忽然问道。

楚修明眼神闪了闪,带着几分愧疚道:"怕是不能陪你坐完月子了。"

沈锦咬了咬唇。她不是那种无理取闹的人,楚修明已经把岳文派回去了,如今的情况就算楚修明不说,她也知道其中的紧张,楚修明能留下来陪着她生完孩子,她已经很满足了。

楚修明本想说什么,可是忽然响起了敲门声,安宁躬身说道:"将军,书房有人找。"

楚修明应了一声,让安怡和安宁把东西端进来后,说道:"安怡去准备点饭菜送过去即可,我一会儿就去。"

"是。"安怡也没有多问,行礼后就退了下去。

安宁本想伺候着沈锦用艾草烫脚,可是却被楚修明阻止了:"你先出去,一会儿再进来陪夫人。"

"是。"自从楚修明来后,帮着沈锦烫脚按脚的都是楚修明,安宁到外面守着。

沈锦道:"让安宁来就好了。不是有人找你吗?"

楚修明挽起了衣袖,坐在小圆墩上,把水勾兑好,铜壶里是弄好的艾草汤药,微微有些热,楚修明就亲手给沈锦脱了鞋袜,让她把脚放到水里。沈锦动了动脚指头看着楚修明,楚修明弯腰给她洗着脚,说道:"不碍事的,应该是赵端来了,一会儿你先睡,我和他商量完了就回来。"

楚修明时不时兑点热水进去,泡够了钱大夫说的时间,这才把她的脚放在自己的腿上,用布细细擦干,再换上新的袜子,依次弄好后,就扶着沈锦在床上躺好。

楚修明叫了安宁进来收拾,自己到一旁的铜盆里净了手,看向沈锦说道:"别看太久的书,过些时候我让安宁再给你端碗米糊,喝了再睡,知道吗?"

沈锦皱了皱鼻子,说道:"知道呢。"

楚修明等安宁回来了,又和安宁交代了几句,这才离开。

安宁笑着拿了没做好的针线,坐在沈锦床边的圆墩上,说道:"将军也是怕夫人晚上看书多了,伤眼呢。"

沈锦自然知道,抱着肚子动了动,给自己换了一个舒服的姿势,这才拿过放在枕边的书,随手翻到一个地方看了起来。

"我已经与夫君说了你和岳文的事情,夫君说最多一年就帮你们把事情办了。"

安宁脸一下子就红了,说道:"就算嫁人了,我也要在夫人身边伺候。"

沈锦抿唇笑道:"那可不行,到时候安宁就是官夫人了,怎么能还在我身边伺候呢?"

这话也不假,楚修远成事后,这些一开始就跟着他的人自然不会亏待了,而且楚修明也不会让这些人吃亏。

来的人正是赵端,赵端也是乔装打扮过的,虽不如楚修明一般满脸胡子,可是看着皮肤黝黑,脚上还穿着带补丁的布鞋,根本不像个读书人的样子。此时赵端正捧着一大碗鸡汤面吃得香,他一直在外奔波,可不像沈锦他们这样在自家院里每日都有荤食。

楚修明到的时候,赵端正喝完最后一口汤,然后舒服地吐出一口气,说道:"感觉活过来了。"

"要不要再来点?"楚修明正在翻看赵端带回来的信件,头也不抬地问道。

赵端想了想说道:"不用了。"他捧着茶杯慢慢喝了起来,"这些都是那些人的投名状。"

楚修明点了点头,把所有的都看了一遍,把这些信分成三份,最左边的那份最少,仅有三份,中间的那摞多一些,而右边的有五六份。

赵端净手后走了过去,看了看说道:"右边的有问题?"

楚修明应了一声:"不敢确定。"

"那左边的呢?"赵端问道。

楚修明眼神暗了暗,道:"当初出卖先太子的人。"

赵端面色一肃。楚修明冷笑道:"当初诚帝能这么顺利,也多亏了这三家人,不过他们做得隐蔽,查了这么多年才查出来。"

那时候他们都在怀疑,有些人明面上根本不是先太子的人,诚帝竟都把人给处理了,众人就知道怕是出了内奸。最后他们根据被出卖人的情况,推测出几个嫌疑人,又经过这么多年的查证,确定了下来。

赵端皱眉说道:"处理掉吗?"

楚修明道:"还不是时候。"

赵端拿起右边的那几份仔细看了看,把人都给记下来后,说道:"中间的呢?"

"暂时可信。"楚修明沉思了一下说道。

赵端挑出几份说道:"可是这几个人有些摇摆不定。"

楚修明看向赵端:"因为他们还不知道楚修远。"

赵端愣了一下就明白了过来,这些人不过是对瑞王信不过而已。两个人把接下来的安排说了一下,赵端要留下来做边城和京城之间的桥梁,而楚修明暂时也要留下照顾沈锦。等正事商量完,天已经蒙蒙亮了,赵端直接在这边休息。

回到房间的时候,沈锦正抱着被子坐在床上,楚修明先把吃食放到一旁,沈锦迷迷糊糊地靠在楚修明的身上,眼睛闭了起来。他见沈锦微微皱着眉头,问道:"可是不舒服?"

沈锦点了点头,说道:"肚子有些疼,也不算很疼。"

楚修明面色一肃，伸手去摸了摸她的额头："我去叫钱大夫来。"

沈锦抓着楚修明的手刚想说什么，就感觉到一股暖流……眼睛猛地睁圆了，然后看向楚修明说道："叫钱婶子，抱我去产房。"

楚修明也明白了过来，顾不得别的，用被子把沈锦包了起来，朝着外面跑去。听见动静，甲一和甲四看了过来，见楚修明的方向愣了下也明白过来，一人赶紧去叫厨房里的安怡和钱婶子，一人去叫正在后院弄药材的钱大夫。

安怡正在择菜，听完甲一的话就看向了钱婶子，钱婶子在一旁净手后说道："你留下来烧水，我和安怡去看看。"

楚修明把沈锦放在床上，说道："别怕。"

安宁赶紧去多弄了几个炭盆，沈锦点了点头，肚子只是一抽一抽地疼，说道："我不怕。"

楚修明应了一声，给沈锦擦了擦汗，握着她的手说道："我在这里陪你。"

沈锦刚想点头，可是想到生东东时候的样子，道："不行，你到外面等。"

楚修明看着沈锦的眼神，也顾不得已经过来的钱婶子她们，低头在沈锦的额头亲了一口，说道："好，我就在外面。"

沈锦这才点头，楚修明坐在沈锦的身边，让沈锦枕在他的腿上说道："等一会儿我再出去。"

"好。"沈锦这会已经不疼了，整个人也精神了不少。

钱婶子来问了几句，又仔细给沈锦检查了一番，然后钱大夫也来把了脉："怕是还要等会儿呢，这会儿先用些东西，免得一会儿没有力气。"

现在的疼是一阵一阵的，在用完了东西后，楚修明已经被沈锦赶了出去。赵端也听见动静醒了，看见楚修明的时候，不知为何竟然觉得心底发寒，他甚至有一种预感，若是沈锦出了什么事情，楚修明不会凶残到赶尽杀绝吧？

钱大夫已经准备好了药材，此时安慰道："将军放心吧。"

楚修明点点头。钱大夫想了想说道："夫人一定会没事的。"

"嗯。"楚修明微微垂眸，看着自己的手指动了动，然后说道："甲一，你去买点软糯的糕点回来，要甜的。"

赵端站在楚修明的身边，现在他也帮不上什么忙，只是说道："等孩子生下来，坐完了月子,不如让他们去楚原。"边城离京城太过遥远,而且那时候京城怕是要乱起来,把他们留在这里想来楚修明也不会放心。

楚修明闻言想了想说道:"也好。"

赵端应了一声:"我回边城会路过楚原,和我父亲说一声。"

楚修明点了点头:"那就麻烦赵儒先生了。"

"没事的。"赵端道,"吉人自有天相。锦丫头和孩子都不会有事的。"

楚修明没再说什么,赵端也知道楚修明现在心绪不宁,陪了他一会儿就离开了。

甲一买了糕点回来的时候,沈锦还没有开始生,楚修明亲手把糕点都切成可以让沈锦一口吃下去的大小。钱大夫已经熬了参汤,这人参还是沈锦从皇宫带出来的,谁也不知道到底用得上用不上。

沈锦的脸色越发苍白,安怡和安宁也没了早先的镇定。沈锦双手紧紧抓着褥子,强忍着疼痛,努力配合着钱姆子。

产房中的血腥味越来越浓,钱姆子咬牙说道:"安宁,你们扶着她在屋里走。"

安宁看向了沈锦,沈锦其实听不太清钱姆子的声音了。安怡点了点头,安宁和安怡强硬地扶着沈锦下了床。钱姆子给沈锦穿好鞋袜,安宁她们几乎是架着沈锦在屋里走了起来,沈锦没忍住痛呼出声,咬牙随着安宁她们不断地走动。

此时天已经黑了,甲一和甲二也不吭声,就陪着楚修明站在院子中。楚修明的拳头紧握着,甲一低头看了看地,地上的血迹有些干了,有些还是新鲜的,还有血珠子不断地从楚修明的拳头里落下。

参汤已经被送进去了,安宁红着眼睛喂沈锦喝下。

沈锦只觉得疼,还有一种说不出的感觉。她好想能听见安宁她们的声音,又有些听不清楚似的……可是她知道,她的夫君还等在外面,她的儿子还在更远的地方等着她回去……夫君、东东……母亲……

当孩子的哭声传出的时候,天已经亮了,三月初三上巳节。

第一个孩子生下来后,沈锦扭头看了看安宁抱到一旁清洗的孩子,其实她根本看不清楚那孩子的样子,不过那孩子的哭声还真是大啊……

第一个孩子出生了,第二个孩子没多久也顺利地生出来了,沈锦强撑着看向钱姆子抱着的孩子。钱姆子把孩子交给安怡去清洗,道:"放心吧。"第二个孩子哭声很小,因为在肚子里时间长了,皮肤也因为刚刚按压的缘故,有些地方青紫,可是还活着。

沈锦听了钱婶子的话,再也撑不住晕了过去。

等沈锦再一次醒来,屋里已经收拾干净了,楚修明就在她的身边。沈锦刚一动,楚修明就注意到了,起身走了过来,小心翼翼地把她扶起来。沈锦看了看四周,最后目光落在那个小床上,那张床是早早就订好的,四周有栏杆护着,里面的小褥子、小枕头、小被子都是沈锦亲手缝制的。

楚修明注意到沈锦的眼神,道:"孩子被抱下去喂奶了。"

沈锦看向楚修明,楚修明倒了杯红糖水,喂沈锦喝下,问道:"饿吗?"

"孩子都好吗?"喝了一杯水,沈锦才觉得好些,有些紧张地问道。

楚修明放下杯子,给沈锦整理了一下额前的碎发,她的脸色苍白,唇也没有血色,看起来很憔悴。

"都还好。"

沈锦这才松了一口气,楚修明说道:"钱婶子介绍了个奶娘,我让安怡和安宁都在那边。钱婶子也说你差不多醒了,厨房已经备好了吃食,我给你端些来稍微垫垫。"

"好。"沈锦应了一声。

楚修明仔细地给沈锦掖了掖被子,这才出了门,钱大夫刚配好药见到楚修明问道:"醒了?"

"嗯。"楚修明应道。

钱大夫点点头:"那行,一会儿我去给她把把脉,重新开药。"说着就把药拿了回去。

楚修明端着东西进去的时候,面色一变,快步走到了床边,就看见沈锦看着空着的小床默默落泪。楚修明把碗放下,拿着帕子仔细地给她擦着眼泪,他是知道的,月子中女人是不能哭的。

"怎么了?"

"孩子是不是不好?"沈锦刚醒那一会儿还有些迷糊,所以没有反应过来。可是楚修明出去后,沈锦也清醒了,若是孩子没事,楚修明是不会把孩子从她身边移开的,而且她醒来后,也没叫人把孩子抱过来给她看,除非孩子不好了。

楚修明叹了口气,俯身亲了亲沈锦的眼角说道:"孩子都活着,不过南南身子有些弱罢了。"

沈锦咬着唇看着楚修明,楚修明说道:"我让安宁把孩子抱过来好不好?"

"好。"沈锦的声音有些哑。

楚修明道:"不过你这次伤了元气,钱大夫也说要好好养养,所以孩子放在屋里,让安宁她们照顾。"

孩子才出生一天,并不好看,沈锦看了看孩子并无大碍,小嘴嚅动着,睡得正香,伸手轻轻碰了碰,就看向另外一个孩子。在有孕的时候,钱大夫他们就说肚中虽然是两个孩子,可是其中一个太过虚弱,几乎察觉不到。

楚修明把孩子小心翼翼地放在了沈锦的身边,从安怡手上接过小的那个,和姐姐南南相比,弟弟西西就瘦弱了许多,脸色也有些发黄。沈锦想伸手去摸摸孩子,可是手却有些发抖,她看向了楚修明,楚修明把孩子放到了沈锦的怀里,温言道:"我已经让钱大夫瞧过了,并无大碍,不过身体弱了一些,仔细养着就好。"

沈锦低头看着孩子,点了点头,其实心中明白,怕是没有楚修明说的这么轻松。楚修明也知道,从沈锦怀里把孩子接了过来,同样放到了沈锦的身边,然后让安宁去厨房重新端了碗鱼汤后,就喂着她喝了起来。

钱婶子轻轻叹了口气,没再说什么,安怡挽着钱婶子的胳膊说道:"钱婶子,我扶着你下去休息会儿吧。"

钱婶子点了点头:"厨房砂锅里熬着小米粥,等人醒了,喂她吃一些,可以打个鸡蛋进去。"

安宁看向了楚修明,说道:"将军,夫人怕是短时间不会醒,不如将军在一旁休息会儿,奴婢先照看着?"

楚修明道:"无碍的,你到隔壁房间休息会儿。"

安宁说道:"那奴婢和安怡轮换着照看小姐和小少爷。"

楚修明点点头,没再说什么。两个孩子被放在了一旁的小床上,安宁动作轻柔地给两个孩子解开包着的小被子,然后仔细地给他们盖好。

沈锦再一次醒来的时候,天已经黑了,楚修明不在屋里,安宁正抱着孩子准备出去。沈锦撑着身子坐起来问道:"孩子可是饿了?"

安宁听到声音说道:"夫人醒了?奴婢正准备抱着小姐去隔壁喂奶呢。"

"给我吧。"沈锦此时已经好了许多。安宁闻言就把孩子送了过去,然后让沈锦坐好,又把另外一个孩子抱了过来。南南虽然是个女孩,可是很有力气,一下子就扑到了沈锦的胸上,小嘴嚅动着使劲吸了起来。沈锦奶水充足,刚才都有些胀得难受,她轻轻地抱着孩子,扭头看向了小的那个,问道:"夫君呢?"

"将军和赵先生商量一些事情,马上就回来。"安宁温言道,"安怡在旁边屋里给那个奶娘清洗,钱婶子说夫人晚上会醒一次,所以她提前去给夫人准备吃食了。"

沈锦点点头,没再说什么。

安宁犹豫了一下才道:"夫人,小少爷力气小,都是把奶水挤出来用勺子喂的。"

沈锦抿了抿唇,只是低低应了一声。

楚修明进来的时候,两个孩子已经重新睡下了,沈锦正靠在软垫上吃东西,见到楚修明,就道:"安怡先去休息吧。"

沈锦看向楚修明问道:"你用饭了吗?"

"已经用过了。"楚修明在炭盆边站了一会儿,散去了身上的寒气,这才坐到了沈锦的身边。赵端明天一大早就要离开,所以今晚他陪着赵端一起用了饭菜。赵端要先把这些信件送回边城,然后再带些人来京城。

沈锦应了一声,低头继续吃了起来。

楚修明道:"太后已经到了闽中,钦天监已经选好了诚帝下葬和沈智登基的日子,礼部、户部等都开始准备了。"

沈锦"哦"了一声,又吃了几口小米粥,这才看向楚修明,问道:"你是要离开吗?"

"再等等。"楚修明温言道。

沈锦点点头。吃完以后,楚修明就把碗都给收拾了,用烫过的毛巾给沈锦擦了擦脸、脖子和手,又伺候着她漱口,弄完以后,就让她躺好,才说道:"西西的事情你也不用担心,会没事的。"

"好。"沈锦应了一声,扭头看了看小床,许久才闭上眼。

楚修明轻轻揉了揉沈锦皱起的眉头,见它舒展开了,才在心中叹了口气。看着小床上并排躺着的两个孩子,分开看还不明显,可是这般放在一起,这两个孩子根本不像是同一天出生的。

"要好好的。"他说道。

到了第四天，西西才会自己吃奶，可是力气很小，吃得也很慢，吃一会儿还要休息下再接着吃。沈锦本来说还是按照原来那般喂他，却被钱婶子阻止了，只说这样反而是对西西好。

沈锦抱着西西喂奶，楚修明抱着南南在屋里走动，沈锦忽然说道："你说南南的脾气像谁啊？"沈锦觉得自己脾气很好，楚修明的脾气也很好，怎么生了个女儿脾气这么差。

楚修明很喜欢女儿的脾气，任性点、脾气大点在他看来都不是什么大事，只要明事理、不骄纵就好。他看了看怀里正在啃自己小手的女儿，说道："我也不知道。"

南南最近长开了，皮肤又嫩又白，明显是随了沈锦，而且那一双杏仁眼看得人心都软了。楚修明格外喜欢这个女儿，而西西也胖了一些，但还是整天蔫蔫的，看着让人心疼。

西西吃饱以后，楚修明就把南南交给了沈锦，然后抱起了小儿子，轻轻抚着他的后背，等着他打了个奶嗝，又抱着他走了一会儿。和南南在楚修明怀里又是啃手又是蹬腿的样子截然相反，西西很安静，而且很少哭，就算哭了也很小声。

沈锦小声问道："楚原是不是和楚家有关系呢？"

楚修明愣了一下才看向沈锦，问道："怎么这么问？"

"那为什么叫楚原？"沈锦满心疑惑。

楚修明坐在床边，拿着梳子轻轻帮她顺发，说道："其实楚原才是楚家真正的根基。"

沈锦满脸惊讶地看向了楚修明，说道："那不是楚原赵家吗？"

楚修明应了一声："当初赵家的先祖是楚家先祖身边的谋士，而楚原也不叫楚原而是昌河，楚家先祖就是出生在昌河的，后来因为世道太差，就出去谋生了，阴错阳差地就跟着造反了。赵家先祖一直跟在楚家先祖的身边，两家的关系极好，后来想要互相给对方留条后路，这才分开装作不认识一般。只是每代家主都会知道这件事，赵家选择在昌河定居，把昌河改成了楚原。"

沈锦听得目瞪口呆，不过心中也明白，倒不是他们信不过当时的皇帝，而是信不过以后的，不过还真是深谋远虑。

楚修明给沈锦的头发全部编了起来，用布包好，这才接着说道："这也是为何我会这么信任赵端。"

沈锦点头，犹豫了一下问道："这件事，修远知道吗？"

楚修明道："不知道。若不是你问起，我也不会说的。因为'楚原'这个名字太过光明正大了，反而没有人会往楚家上联想。"

　　沈锦刚才就是随口一问，谁承想竟知道了这般大秘密，这可以说是楚家最后的退路。如果赵家出事了，也是赵家最后的退路。楚修明把梳子放到一旁，倒了红枣茶喂沈锦喝下，说道："以后这件事，我也只会告诉东东。"

　　沈锦应了一声，抓住楚修明的手咬了一口，说道："我觉得都被你宠坏了。"

　　有楚修明在身边的日子很轻松，就算整日只能在床上，沈锦的笑容也没有消失过。楚修明离开的那日，沈锦并没有去送他，她把给东东他们准备的东西交给了楚修明。等楚修明离开，沈锦脸上多了几分惆怅。

　　诚帝下葬的日子很快就到了，这次下葬的仪式倒是有些仓促和简陋了。沈锦坐足了双月子后，甲一和甲四就联系人送沈锦他们几人往楚原去了，钱大夫和钱婶子也跟着走了。

　　赵端已经把沿途安排妥当，就是赵家的事情也提前打好了招呼。

　　京城离楚原不算远，一般马车二十天就到，可是因为沈锦他们带着孩子，足足走了近四十天。谁知道到了赵家，竟还有一个惊喜在等着沈锦。沈锦的马车是从侧门直接进的赵府，赵府给沈锦安排的院子离侧门很近，人出入也方便。马车是停在了院子的门口，沈锦被安怡扶着下来，刚准备让安宁把孩子递给她的时候，就听见了嗷呜嗷呜的叫声，扭头看过去，就见一只雪白的大狗甩着舌头朝着她跑来，可是更让沈锦在意的是站在院子里的两个小男孩。

　　沈锦离开的时候，东东走路还需要人扶着，可是此时已经能稳稳当当地站着了。沈锦只看了一眼就认出了那是她的儿子，她许久没见到的东东。

　　安怡也注意到了，和钱婶子在后面抱着孩子，并没有去打扰，沈锦绕过小不点，快步朝着东东跑去，再也忍不住哭了出来。东东已经认不出沈锦了，可是在被送来之前，楚修明告诉他是来见母亲的，所以等沈锦蹲在他身前，小心翼翼摸他的脸时并没有躲开，不过抓着堂哥的手紧了紧。楚晨博眨了眨眼睛，看了看沈锦又看了看东东。

　　"东东，"沈锦没忍住把东东抱到了怀里，哭着说道，"东东，母亲好想你……"

　　这是她和楚修明的第一个孩子，可是他们两个都因为外事先后错过了孩子的成长，她最愧疚的就是对这个孩子了。到底是母子连心，被沈锦抱着的东东忽然大哭了起来："母亲、母亲……呜呜呜……别不要我……"

"不会的。"沈锦被东东哭得更加伤心,"不会的,母亲最爱你,不会不要你的。"

东东紧紧抱着沈锦,可是他的小胳膊抱不住,沈锦柔声哄着东东。楚晨博站在一旁看着,眼中有些羡慕,他没有母亲,而父亲也不像是父亲。沈锦柔声安抚着东东,然后扭头又看向了楚晨博,伸手也把他抱在了怀里,说道:"谢谢你一直照顾东东。"

楚晨博脸一下红了,他觉得沈锦身上的味道很好闻,低着头说道:"没有……"

沈锦抱不动两个孩子,等东东不哭了,才牵着他们的手往屋里走去。南南和西西两个孩子已经由奶娘接手。这两个奶娘是楚修明特意送来的,院子已经收拾好了,这里伺候的人都是跟着东东他们一起来的,赵府的人没有插手。

东东刚刚哭得有些猛了,时不时地抽噎一声,紧紧抓着沈锦的手。

就算心情激动,可是当吃到第一口点心的时候,沈锦就认出来了是赵嬷嬷的手艺!眼睛都亮了起来,问道:"可是赵嬷嬷来了? 安平呢?"

东东和沈锦坐在一张椅子上,楚晨博自己坐在一旁,拿了一块糕点尝了尝,还真没尝出什么不同来,为什么沈锦只用了一口就猜到是赵嬷嬷弄的了。

东东依赖地靠在沈锦的身边,说道:"是赵嬷嬷做的。"

话音刚落,就见安平扶着赵嬷嬷从外面走了进来,见沈锦的时候两人眼睛都红了,赵嬷嬷抖了抖唇,说道:"夫人都瘦了。"

沈锦点头:"嬷嬷,我很想你。"

赵嬷嬷擦了擦眼泪,带着安平给沈锦行礼道:"夫人,老奴来伺候您了。"

沈锦赶紧道:"快起来。"

赵嬷嬷和安平恭恭敬敬行礼后,这才站了起来,赵嬷嬷笑道:"老奴给夫人做了红枣酪、香酥卷、酸莓糕,这就去给夫人端来。"

沈锦觉得很久都没有吃到这些了,一时间竟觉得有些饿了。这一路上因为坐马车,她的胃口并不好。

"好的,我带东东他们去看看两个小的,嬷嬷与我一并去吧,让别人把东西端来。"

赵嬷嬷闻言说道:"还是老奴去端,她们不知道夫人喜欢放多少蜂蜜,一会儿老奴把东西送过去。"

沈锦点了点头,给楚晨博和东东一人一块糕点,自己又吃了两块,就带着他们往内室走去。有赵嬷嬷在,沈锦觉得轻松了不少,有些事情赵嬷嬷就可以直接处理了。他们还从边城带了人过来,也可以让安怡和安宁休息,分出一些人去找找安桃他们几个。沈锦一直没有提并非忘记了他们,而是那时候提了也没有用,反而会让安宁他们担心自己。

"甲一和甲四安排妥当了吗?"沈锦看向跟在身边的安平问道。

安平躬身说道:"已经安排好了,让人备了热水新衣给他们梳洗。"

"给他们多准备点肉。"沈锦道,"这几日你辛苦些,让安宁和安怡稍微休息下。"

"是,奴婢明白。"安平道。

"钱大夫和钱婶子也是,派个小厮再派个小丫鬟去伺候着。"沈锦知道他们二人都不喜欢太多人在身边伺候,所以才选了两个人。她又交代了一句:"懂事些的。"

安平笑道:"赵嬷嬷特意从将军府选了几个人,夫人放心就是了。"

沈锦点了点头:"青云那边,等他休息好了,就让他和东东他们一起玩,熟悉后一并去读书。"赵家是有家学的,来之前赵端就与沈锦说过了。

"是。"安平应了下来,她没有见过岳青云,那孩子更多的时间都是跟在钱大夫的身边。

刚进屋就听见西西的哭声,沈锦面色变了变,安平也是脸色一沉。安宁正抱着西西准备找沈锦,见到他们过来赶紧说道:"夫人,小少爷不肯吃奶娘的奶。"

"嗯。"沈锦应了一声,松开东东的手,揉了揉他们两个的头,先去一旁净手,这才把孩子从安宁怀里接了过来:"南南呢?"

"姑娘刚用完。"安怡抱着南南说道。

沈锦看了一眼,就见南南在安怡怀里也不老实,正在趴着看西西哭,还"啊啊"叫着,东东仰头看了看南南又看了看西西,眼睛带着好奇和喜悦,却没有开口。

"东东,你和小博先去陪南南玩好不好?"沈锦抱着哭得满脸委屈的西西问道。

"好。"东东点头。安宁伺候沈锦到了里屋,西西使劲往沈锦的胸上蹭,黑溜溜的眼睛看着沈锦,还时不时哼唧两声。

"挑食的宝贝。"沈锦看着儿子的小脸,笑道:"南南倒是好胃口。"

沈锦轻轻晃着西西,看向安宁说道:"你这几日与安怡好好休息,我这边有安平她们就可以了。"

楚晨博和东东都趴在小床上看着躺在里面的南南,就见东东拿了一个颜色鲜艳的拨浪鼓说道:"南南,我是哥哥哦。"

"南南好小啊。"楚晨博惊奇地看着小床上正伸手去抓拨浪鼓的南南,感叹道。

东东扭头看向了安平问道:"安平,我可以摸摸她吗?"

"可以啊,二少爷轻点就好。"安平柔声说道。

东东闻言就露出笑容,伸着小手去碰了碰南南的脸:"好软,哥哥你来摸。"

楚晨博并没有去碰南南,反而看向了站在一旁的安怡,安怡愣了下反应过来,笑道:"大少爷也可以摸的。"

东东疑惑地看了看楚晨博,又看了看安怡,然后捏了捏南南肥嫩嫩的小手。楚晨博这才伸出手指轻轻碰了碰南南的脸颊,然后戳了戳她的肚子。南南伸手抓住了东东的手指,弄得东东哈哈笑了起来。

沈锦第一次见楚晨博,她当初会收留岳青云不仅是因为那孩子的品行不错,还因为她一直觉得那孩子有些眼熟,可是却没有往别处想,可是如今见到楚晨博……沈锦捏了捏东东的脸,说道:"你们好好玩吧。"

赵嬷嬷已经备好了热水,沈锦舒服地泡在里面,坐月子的时候不能洗澡,刚出月子就上路了,路上也不好要求这么多。沈锦近三个月都没能舒舒服服地泡澡了,赵嬷嬷给沈锦按着肩膀,沈锦道:"嬷嬷,我收留了一个孩子,那个孩子和小博长得有点像。"

"什么?"赵嬷嬷也是一惊,说道,"夫人莫非怀疑……"

沈锦闭着眼睛点了点头,捧着蜜水喝了口,说道:"我想先不告诉他,等夫君见过以后再说。不过先让这几个孩子在一起玩玩。"

赵嬷嬷皱了皱眉头说道:"夫人思虑得对。"

沈锦睁开眼睛期待地看向赵嬷嬷:"所以我们晚上吃红焖羊肉吧!"

赵嬷嬷眼角抽了一下:"明日中午再给夫人做吧,将军专门运了几只羊羔,老奴帮夫人养着呢。"

楚晨博虽然长得也像楚修曜,可是仔细看还能发现,他有些地方随了那个女人,岳青云倒是完完全全像个楚家人。

赵嬷嬷心中确定了岳青云的身份,可是面上却不动声色,甚至还和安宁他们提了个醒。

楚晨博昨日听沈锦说有个孩子长得和他很像,心中也好奇,等真见了满是惊喜。东东抱着小不点,看看楚晨博又看看岳青云,说道:"两个哥哥。"

　　岳青云也是知道楚晨博和东东的身份的,眨了眨眼,对他们很有好感,只以为是巧合而已,给两个人行礼。赵嬷嬷阻止了他,说道:"夫人说让你们一起玩,不用计较身份。"

　　楚晨博点头说道:"我觉得我高一些,所以我当哥哥,你当弟弟好了,我会照顾你和东东的。"

　　岳青云很懂事,并没有因为赵嬷嬷的话真的把自己和楚晨博他们平等看待,别说只是当弟弟,就是当小厮和书童他也是愿意的,所以叫道:"哥哥。"

　　楚晨博笑着牵着岳青云的手,东东拍了拍小不点的大狗头,也叫了一声"哥哥"后,三个人就一起去和小不点玩了。

　　沈锦醒来得并不算晚,梳洗了一番后,就去用饭,然后看了看三个孩子,就带着赵嬷嬷准备好的礼物去见赵家的女眷。

　　赵儒保养得极好,举手投足间自带着一种儒雅和内敛。沈锦送给赵儒的东西是将军府带来的,还是瑞王妃帮着准备的,自然投其所好。赵儒与沈锦说了几句话,就离开了。赵岐是和赵儒一并离开的,招待沈锦的是赵岐的妻子和赵端的妻子,她们都是大家闺秀,性子很好,三个人聊起来也很开心,特别是她们知道沈锦对她们的儿子多有照顾,还与沈锦说了不少楚原的事情。

　　沈锦也不是不识好歹的人,别人对她好,她自然也会对别人好。她还见了赵岐的女儿,赵岐的女儿是个很文静的姑娘,长得并不漂亮,可是饱读诗书,话不多,人也很细心。

　　几个人聊了一会儿,沈锦就先告辞了。

　　沈锦虽然是借住在赵家,可是没有丝毫的不自在,她本就是随遇而安的性子,再加上赵家也能算是亲戚,身边伺候的都是将军府的旧人。她倒是悠闲了不少。楚晨博和岳青云两个人认识的字少,所以并没有直接去赵家家学。赵儒找了赵家旁系的一人来给他们启蒙,这人年纪不大,可是学识极好,只是给三个孩子启蒙,倒是有些大材小用了。

　　三个孩子有人教导,沈锦从来不会干预,既然能被赵儒老爷子推荐来,自然是有真才实学的。东东年纪小还没开始学写字,只是认字而已。楚晨博和岳青云开始学写字了,两个人都是吃过苦的,自然格外珍惜这个机会。

　　沈锦趁着天气好,带着两个孩子在外面晒太阳,西西趴在沈锦的怀里,小脑袋一直到处看,南南已经会坐了,正咿咿呀呀不知道说什么。小不点被洗干净趴在南南的身边,南南有时候坐累了,就直接趴到了小不点的身上,小手倒是很有力气,抓着小不点的毛,小不点也没有挣扎。

西西不喜欢动，比南南小了一圈，对沈锦特别依恋，只要看见沈锦就喜欢挨着她，沈锦不在的话就要挨着南南，若是沈锦和南南都不在，就该哭了。

东东年纪小，所以每天下学是最早的，见到沈锦就跑了过来，小脸红扑扑地叫道："母亲。"

沈锦抱着西西坐了起来，拿着帕子给东东擦了擦汗，说道："先坐下休息会儿，安宁给东东倒杯温水。"

"是。"安宁给东东倒了一杯温水，东东接过后就喝了起来。

等他喝完了，才说道："母亲，我能和妹妹玩吗？"

"可以。"沈锦并不拘着东东，只要完成了先生教导的功课，就随他玩。

沈锦说完，见东东还没有动，眼巴巴地看着自己，愣了愣，和东东对视了一下，见东东盯着西西看，就问道："你想和弟弟玩？"

东东扭头看了看在小不点身上爬来爬去的南南，说道："我会和弟弟玩的，可是我还想和妹妹玩。"

沈锦看了眼南南，又看着东东，觉得有些地方可能不对，眨了眨眼问道："你要和弟弟玩吗？"

"那好吧，我去和弟弟玩。"说完东东伸手摸了摸西西，就去找南南玩了。

沈锦看着东东和南南，又看向了怀里的西西，最后扭头看向一旁的赵嬷嬷，犹豫了一下问道："是不是东东误会了什么？"

赵嬷嬷其实早就猜到了，闻言说道："怕是东东少爷以为南南姑娘是弟弟，而西西小少爷是妹妹了。"

沈锦"哦"了一声，忽然抱着西西笑了起来。赵嬷嬷本以为沈锦又生了两个孩子后会长大一些，可是见沈锦的样子，心中缓缓叹了口气，怕是将军就喜欢夫人这般无忧无虑的样子。

西西不明白沈锦笑什么，就连东东和南南也看了过来，等沈锦笑够了，这才抱着西西坐到了他们两个的身边，沈锦道："东东，这个才是弟弟。"说着就把西西放到了东东的怀里，"南南是妹妹。"

东东傻乎乎地看了看怀里的西西。

"弟弟?"东东声音都有些飘,然后又看向了胖乎乎很活泼好动的南南,"妹妹?"

沈锦点头,说道:"是啊,弟弟身体有些不好,所以小,长得慢些。"

东东又看了看文文静静爱哭的弟弟,动了动唇不知道说什么好。

沈锦看着东东有些茫然的样子,又笑了起来,东东更委屈了,等笑够了,沈锦才揉了揉他的脑袋:"怎么了?"

"为什么南南是妹妹,西西是弟弟呢?"东东很奇怪地问道,"为什么不能西西是妹妹呢?"

"因为妹妹是女孩子,所以南南是妹妹,男孩子只能是弟弟啊。"沈锦柔声说道。

东东还是不明白,男孩子和女孩子有什么不同吗?

沈锦捏了捏东东的脸颊,说道:"等弟弟妹妹长大了,东东教他们认字好不好?"

"好。"东东又开心了起来,"我一会儿要告诉哥哥,西西才是弟弟。"

沈锦点头,说道:"那东东陪弟弟、妹妹玩好不好?"

东东抱着西西还有些吃力,所以沈锦把西西接了过来,让他靠在小不点的身上坐着。东东捏了捏西西的小手说道:"我会照顾弟弟和妹妹的。"

沈锦俯身亲了亲东东的脸颊,说道:"东东是个好哥哥。"

东东眼睛亮亮的,使劲点头:"嗯!"

沈锦和几个孩子在楚原赵府过得自在,京城中沈智还没有登基已经变得焦头烂额。英王世子的人至今找不到英王世子的消息,而英王世子的妻子却知道他是去干什么的,虽然英王世子要她保密,可是如今情况,她只得告诉了英王世子原来的亲信。可是当事情让第三个人知道后,就已经不再是秘密了。英王世子去见了楚修明,而楚修明活着在边城,英王世子和带去的人都失踪了……这些人便再没有顾忌。

楚修明的人还没有对英王世子残余动手的时候,那边已经彻底乱了起来,开始的时候有些人还是偷偷地投靠闽中或者朝廷,可是后来都是光明正大地走,还带走了不少英王世子剩下的粮草。除此之外,他们开始内乱,有人把薛乔的儿子推了出来,想让他继承。而第二天,薛乔连着她的儿子就惨死在了屋里。

不仅是薛乔,就连英王世子的妻子都没能活下去,一场大火把英王世子府给点燃了,而府中的不管是女主人还是下人,都被锁在了屋中,活活烧死,而府中稍微值钱的东西都被抢劫一空。

朝廷又开始争吵，有人提议要派兵去平定这些乱局，有的说要戒备闽中瑞王一脉，而承恩公那边却主张对付楚修明，而丞相依旧不开口，就像只是一个摆件似的。朝堂上已经有不少人暗中投靠了楚修明，特别是在知道楚修远的身份后，怎么可能让承恩公得逞？

最重要的一点，礼部、户部、工部、兵部、吏部，甚至钦天监都在默契地拖延着沈智登基的事情。

沈锦经常让人带着三个孩子出门，可是她自己从来不踏出赵府，毕竟她的身份尴尬。

就算如此，赵嬷嬷他们时常把事情都告诉她，沈锦戳了戳南南的肚子，点头说道："哦，也就是说要乱了。"

赵嬷嬷应了一声，说道："是的。"

沈锦缓缓叹了一口气，她没有见过英王世子妃，也没见过英王世子的那些妾室，只见过薛乔。如今她们都死了，她心中有些怅然。说到底，她们错就错在嫁给了英王世子这个人。她们开心过吗？沈锦不知道，就像是她的母亲，当初也是没有任何选择的权利，直接被抬进了瑞王府中。

赵嬷嬷微微垂眸说道："夫人太过心软了。"

沈锦扭头看向了赵嬷嬷，笑了笑说道："没有呢，只是觉得世事无常。"

不管那些人是死了可惜也好，死有余辜也罢，都和沈锦没什么关系了。

"以后不管是东东还是南南他们，我希望他们都能娶到和嫁给自己喜欢的人。"虽然都是父母之命媒妁之言，可是沈锦还是想让孩子们能有自己的选择，因为他们有这样的权利，不管是楚修明还是她都能为孩子做到这些。

沈锦看着孩子的眼神柔和，伸手捏了捏西西的小手："而且我喜欢他们都能遇到一心一意的人。"她不喜欢南南长大后大部分的时间花在如何管理后院丈夫的其他女人身上，因为她值得最好的对待。同理，她也不赞同东东和西西三妻四妾，不是女人越多就越好。沈锦想到了瑞王妃，若是瑞王能一心一意对待瑞王妃，瑞王妃也是会一心一意为瑞王打算的，而不是像现在这般。

赵嬷嬷也想到了瑞王妃："瑞王妃可惜了。"

沈锦没有说什么，反正她不会让女儿步瑞王妃的后尘。若是女儿很聪明，那就找一个能让她发挥聪明才智的人；若是女儿单纯，那就找一个能护着女儿让女儿单纯一辈子的人。到时候把要求告诉夫君，让夫君去头疼就好了。

这么一想，沈锦就不再担心了，若是嫁得不好，就把女儿接回来，反正夫君养得起。他们是有靠山的，楚修远登基后，这几个小家伙就有个皇帝叔叔了。这么一想沈锦心情就好了许多，没有什么比自己的儿女以后无忧无虑生活更能让沈锦满意的了。那样的话，她就可以和楚修明没有任何包袱地游山玩水了。

沈锦扭头看了看赵嬷嬷，她有点想把赵嬷嬷打包走啊，就是不知道赵嬷嬷愿不愿意。

其实沈锦还没明白，重要的并不是赵嬷嬷愿不愿意，而是楚修明愿不愿意带着赵嬷嬷。

京城中，有些知道内幕的人已经安排家人离开，甚至送了家中嫡子到边城去，为的就是先在楚修远那里有个好印象。众人都知道诚帝一脉大势已去，英王世子那边更是没什么指望了。

八月二十五，楚修远的身份公布于天下，这日正是先太子的忌日。

边城的事情都交给了王总管和赵管家，金将军跟着楚修明走，吴将军带着人马继续和蛮夷打游击，让他们没有精力骚扰天启朝，而于管事再次开启了互市。

只花了四个月的时间，楚修明他们就到了京城脚下，京城的大门是史俞带着众人亲手打开的。楚修远自出生后就没有来过京城。

楚修明在楚修远的右侧，史俞上马在楚修远的左侧，两人把他护在中间，而身后兵部尚书、礼部尚书等在行礼后，就跟在了后面，楚修远微微垂眸说道："哥，你说这一幕，史官会怎么写？"

"大势所趋。"楚修明看了楚修远一眼说道，"这江山皇位本该就是你的。"更何况他们布局几十年，牺牲了无数人才有了今日的胜利，甚至很多人至死也背负着骂名，为的不过就是今日和天启朝的明天。

楚修远抿了抿唇没有说什么，可是他心里明白，若不是几十年前诚帝做的事情，恐怕皇位真的轮不到自己。先太子光嫡子就有三个，下面的嫡孙更多，如今不过只剩下他一个。

"嗯。"楚修远看着皇宫的方向，他的父亲生前无数次提起皇宫，在楚修远心中那个地方……隐隐有个印象。

"走。"

宫门是打开着的,茹阳公主和昭阳公主一身麻衣跪在宫门口,亲迎楚修远进宫。楚修远下马,几个侍卫已经上前把两个公主隔开了,皇后和沈智也知道大势已去。他们不是没有想过要逃,可是在楚修明快到京城的时候,兵部尚书已经派人把承恩公府给围了起来,宫门、城门更是被人接管,他们根本逃不出去。皇后和沈智都不想死,也不愿意死,所以才会大庭广众之下一身麻衣恭迎。

楚修远看了他们一眼:"我想先去祖父的宫殿。"他说的正是先太子宫,那个已经被废弃了的地方。

"下官给殿下带路。"史俞躬身说道。

楚修远点了点头,道:"请皇后等回宫,任何人不得打扰。"言下之意是把人看管起来。

"是。"

自从进了宫后,楚修明就没有再说话,因为他知道,这时候的楚修远已经不再是他的弟弟了,而是天启朝新的皇帝。

已经长大了啊!楚修明扭头看向了宫外楚原的方向,以后他就可以全心全意陪在妻儿的身边了。

和外人所想的并不一样,楚修远没有住皇宫,反而在控制京城后,就住在了永宁侯府中。这是楚修明的府邸,虽然楚修远没有来过,可是沈锦当初收拾的时候,特意给楚修远收拾了一个院落出来。毕竟在沈锦的心中,楚修远也是楚家的一员,这里就该有他住的地方。

此时,楚修远就住在这个院子里,他端着茶喝了一口:"也没什么区别。"他现在喝的茶是宫中那些人特意送来的御品,专供皇室品尝的,只是楚修远觉得和边城时候喝的大碗茶没什么区别。

楚修远看向楚修明说道:"哥,你什么时候去接嫂子?"

"后天。"楚修明道,"我会顺便把赵老先生也给接过来。"

楚修远点了点头。他们讨论过这件事,到时候把赵儒接来给楚修远当老师,毕竟楚修远没有真正接触过如何管理朝政,除了赵儒外还有丞相史俞。史俞不仅有才华,还绝对忠心,能更好地辅佐楚修远。

楚修明拍了下楚修远的肩膀,说道:"修远,你该恢复本来的名字了。"

楚修远抿了抿唇。他叫沈源,这是他父亲给他起的名字,而这个名字他一直记得,可是却也很陌生。从小到大他只是记得而已,从来没有被人叫过。

"哥,你能叫我一下吗?"楚修远看向了楚修明,带着几许恳求地说道。

楚修明笑着敲了下他的额头,就像是小时候一样:"沈源,其实不管你叫沈源还是楚修远,你都是你,没什么区别的,不过是一个名字而已。"

楚修远闻言愣了愣,点了下头,笑了起来:"是啊,哥,是我想得太多了。"

楚修明摇了摇头没再说什么,他明白楚修远心中的感触,所以才会多留这几日,好让楚修远适应。

从京城到楚原需要二十天的路程,而楚修明带着人快马加鞭仅用了十三日就赶到了楚原。

沈锦并不知道楚修明已经来了的消息,她以为最少要等一个月楚修明才会到,可是看着眼前的人,沈锦眼睛都红了。她已经有快一年没有见到楚修明了,上一次见面,也只相处了短短一段时间。沈锦提着裙子朝着楚修明跑去,楚修明也快步上前把她抱到了怀里,低头在她的眉心处印上一吻:"我来接你了。"

"夫君……"沈锦小声呜咽着,双手紧紧抓着楚修明的衣服,"夫君……"

"嗯,我来接你了。"楚修明的手轻轻抚着沈锦的后背,"不是派了赵嬷嬷来吗?怎么还瘦了?"

沈锦没有听见楚修明后面的话,松开了他的衣服,双手搂着楚修明的脖子,把自己紧紧地挂在他的身上。

楚修明直接以这样别扭的姿势抱着沈锦往里面走去。他把沈锦放到床上,低头亲吻着沈锦的额头、眼角、鼻尖,最后落在沈锦的唇上,沈锦双手紧紧地搂着楚修明,主动回应着楚修明的吻……

屋外下学回来的东东被赵嬷嬷拦在了门口,东东疑惑看着赵嬷嬷,问道:"嬷嬷,我母亲呢?"

赵嬷嬷躬身说道:"少爷饿了吗?夫人特意让厨房给少爷做了水晶桂花糕。"

东东听见水晶桂花糕眼睛亮了亮:"母亲呢?"

"夫人正在补眠,晚些时候少爷就能见到夫人了。"赵嬷嬷并没有直接说楚修明来的事情,毕竟没办法和东东解释。

"少爷要不要陪姑娘和小少爷玩会儿?"

东东想了想才点头说道:"好,我来照顾弟弟妹妹,让母亲休息。"

赵嬷嬷笑着带东东离开了。

只不过东东今天还是没能见到沈锦,甚至连特意给沈锦留的糕点都没能亲手交给她。东东倒是见到了楚修明,在看见一身锦衣的楚修明时瞪圆了眼睛,猛地扑了过去叫道:"父亲,我好想你。"

楚修明把东东给抱了起来,让他坐在自己的肩膀上,东东哈哈笑了起来。楚修明也看见了楚晨博和岳青云,刚才赵嬷嬷已经和他说了岳青云的事情,就算早有准备,可是看见这两兄弟,楚修明心神还是动了一下。

几个人坐下后,东东还是坐在了楚修明的怀里,叽叽喳喳地说着弟弟妹妹的事情。楚修明听了半天才明白,原来儿子当初把妹妹当成了弟弟,而把弟弟当成了妹妹,他捏了捏儿子的小脸,看向楚晨博,问道:"最近都学了什么?"

楚晨博仔细地把自己学的东西都给说了一遍,楚修明点了点头又看向岳青云,问道:"那青云都学了什么?"

岳青云有些受宠若惊。在知道了楚家的事情后,他格外崇拜这个永宁侯,可是今天他不仅见到了永宁侯,永宁侯还问他学了什么功课。岳青云强忍激动地说了一遍,其实他学得和楚晨博差不多,甚至比楚晨博要差一些,毕竟楚晨博之前被楚修明教导过。

楚修明点了点头,没有丝毫不耐,听完以后说道:"明天把你们的功课拿给我看看。"

"是。"楚晨博和岳青云都说道。

东东仰着小脑袋,说道:"父亲,我也学会写字了。"

楚修明眼神柔和了许多,低头揉了揉怀里的儿子,说道:"好,明天父亲帮你检查。"

东东使劲点头,然后扭头看了看内室:"父亲,母亲怎么还不起来呢? 是不是不舒服?"

"母亲有点累了,父亲已经去看过了。放心吧,明天你就能见到母亲了。"

东东这才说道:"好。"

又说了几句,楚修明就让他们三个去玩了,自己去见了赵儒,也是感谢赵家对自家小娘子的照顾,还有说一下京城的情况和楚修远的意思。

沈锦醒来的时候就看见楚修明正坐在一旁的软榻上和两个孩子玩。两个孩子已经长大不少，可是楚修明还是看出了西西比南南身体要弱不少。

楚修明看到沈锦起来，就让安宁和安平看好孩子，自己倒了一杯水，把沈锦搂在怀里喂给她喝。

沈锦喝了一杯水，才好了一些，说道："把南南和西西抱过来吧。"

"是。"安宁和安平这才把两个孩子抱了过来，南南和西西本就亲近沈锦，一到床上就咿咿呀呀说个不停。

沈锦忽然说道："把东东也带过来。"

楚修明眼神闪了闪，明白了沈锦的意思，他们一家五口人还没有在一起过呢。

东东的房间离沈锦不远，所以很快就过来了，他眼睛亮亮地看了看沈锦又看了看楚修明，最后看向了弟弟妹妹，脸上是明显的渴望。楚修明直接伸手把东东给抱到了床上，沈锦摸了摸东东的头，说道："东东今天和我们一起睡好不好？"

"好。"东东赶紧回答，"我已经梳洗完了！"

"真是乖孩子。"沈锦笑了起来。

安宁她们也打水伺候了楚修明和沈锦梳洗，然后就带着人退了出去。楚修明熄了灯躺在床上，沈锦睡在最里面，楚修明睡在最外面，三个孩子睡在中间，东东一会儿摸摸沈锦的手，一会儿摸摸楚修明的手，然后碰了碰已经睡着的弟弟妹妹："我觉得很快乐！从来没有这么快乐！"

楚修明应了一声："以后我们一家人都在一起。"

"好。"东东说道。

沈锦觉得一辈子的幸福就是这样了，有夫君在，有孩子在，他们一家人都在一起。

"快乐而满足。"

"亦然。"

番外一
选后那些事

楚修远等楚修明把沈锦和赵儒一家接到京城,这才真正入住皇宫,不过他让人把先太子宫给收拾了出来,住在了那里。

诚帝的皇后和仅剩的儿子沈智一直被关在殿中,楚修远并没有亏待他们的意思,还有茹阳公主她们,只是不让她们随意走动而已。承恩公府的人全部被押解在了大牢中。

楚修明回来的时候,楚修远是亲自到城门口去接的,而进皇宫的时候,也是楚修明护送他去的。

这两件事情猛一看并没什么,可是仔细一想却又有深意在里面。楚修远告诉了天启朝所有人他和楚修明之间的感情。虽然他将改名,他要成为天启朝的新皇,可是在他心中,楚修明还是他的兄长、他的家人。

楚修远登基前,众人已经提出加封先太子和楚修远生父的事情了,自然是没有人反对的,紧接着就是加封先太子妃和当初被诚帝害死的几位皇子。诚帝的皇后在被宣布了众多罪行后,死在了冷宫中。

楚修远没有动沈智,反而封沈智爵位,把当初的承恩公府收拾出来,当成了他的府邸。除此之外还有众多有功之臣的封赏,其中封赏最多的就是楚修明。楚修明已经从永宁侯封为了宁王,沈锦被封为宁国夫人。楚修曜被封为侯爵。瑞王的食禄增加了不少,又赐了庄子,赐了爵位给他的二儿子沈熙……零零散散地下来,已经到了永安二年。

"永安"是楚修远登基后的年号,"安"这个字很简单,却是众人心中最希望的。

楚修远听取了赵端的意见,不再像以往那般朝堂上只设一个丞相,而是分了左右两个丞相。和诚帝重文轻武不同,楚修远注重文臣、武将对等。花费了近两年的时间,他才把被诚帝弄得乱糟糟的朝廷梳理好。楚修远没有当初诚帝的那些顾忌,直接派兵镇压了英王世子的残余,该收编的收编,有罪的全部处置了。

等这些动荡平静下来,朝堂上再一次提起了楚修远选后的事情。楚修远这次没有拒绝,直接说道:"朕早已考虑过这些,只是如今朕并无长辈。"诚帝的母亲当初的皇太后自然算是长辈,可是早就被瑞王接回了府中赡养。

史俞如今是右丞相,躬身说道:"陛下可大选,以充后宫。"

"如今蛮夷未灭。"短短两年,楚修远坐在皇位上已有了威严,"蜀中等地……朕决定把此事交与宁国夫人。"

史俞和赵儒对视了一眼,都不再提意见,这件事就定了下来。

楚修明已经很久不上朝了,在众人还担心楚修明揽权的时候,楚修明已经退了下去,如今就在家中陪着妻儿。下朝后,他们才知道这个消息。人说一孕傻三年,沈锦在回京没多久就忘记当初楚修远托付她的事情了,如今知道了就戳了戳走不稳的西西,说道:"我记下了。"

就算回了京,陈侧妃也没有回瑞王府,而是留在了沈锦的身边。她说道:"这事情交给你,不妥当吧?"

陈侧妃也知道选后之事的重要性,可是这事情落在了女儿身上,她害怕选不好,反而落了埋怨可就不好了。

沈锦说道:"母亲,没事的。"

楚修明知道陈侧妃的担忧,说道:"岳母放心就是了。"

陈侧妃见此也不再说什么,点了点头说道:"心中可有成算了?"

沈锦点头,说道:"我想问问母妃。"

陈侧妃闻言点头说道:"这般妥当。"

瑞王妃虽然不太出门,可是京中的事情几乎没她不知道的,而且最近瑞王妃也忙着给两个儿子选妻的事情,想来也早有了准备。

楚修明坐在一旁,伸手把女儿抛了起来再接住,弄得女儿笑个不停。西西也不羡慕,就依在沈锦的身边。他已经会走路了,可是并不喜欢走路,更多的时候都是安安静静的。可是楚修明和沈锦发现,小儿子很喜欢那些鲜活的东西,特别喜欢小不点,而小不点虽然也和东东他们玩,可是仔细观察就会发现,小不点也更亲近西西一些。

沈锦最近有些发懒,应该说自从楚修明在身边后,她就变得懒洋洋的。楚修远给了任务后,沈锦也一直没有出门,好像是根本没有放在心上,这可把外面的人给弄急了。有亲戚关系的自然想办法上门,没有亲戚关系的也要想办法连上关系,一时间京城都热闹了起来,不少人都觉得沈锦是故意如此的,想暗中探查什么。

沈锦不是忘了也不是没有放在心上,她不过就是懒,每天都想着明天一定要去瑞王府见见瑞王妃,可是每天早上起来又不想动了,就又推到了明天,这样一天推一天才造成了外面人的误会。

转眼间半个多月过去了,可是沈锦那边一点消息也没有,不少人坐不住了,找了各种借口上门来,就连宫中偶尔也会提起,倒是楚修远一点也不急,反而把人安抚了下来。他是知道沈锦这段时间的状态的,当时还找太医给沈锦看过,太医只说沈锦前两年累极了,所以一放松下来就格外懒散,并无大碍,让沈锦想吃什么就吃什么,想怎么睡就怎么睡。

等太医给诊治完了,楚修明和楚修远这才放心,而楚修曜也交由了太医和从民间找来的名医医治,情况一天天好转。他好像清醒了不少,偶尔会叫出楚修明的名字,这让众人格外欣喜。楚修远直接把那些大夫都送到了楚修明的府上。

沈锦这日终于不再偷懒,起来后抱着被子发了一会儿呆,就让安宁她们给她梳妆打扮了一番,并不隆重繁华,而是简简单单的。

楚修明今日要进宫,所以只是让岳文送的沈锦,沈锦没带孩子,丫鬟也仅仅带了安宁,剩下的都留在府中照顾孩子们。

到了瑞王府时,大管家亲自到门口来迎,沈锦看着熟悉的院子心中竟然有些怅然。只是短短的几年,她就从一个王府不受宠的庶女成了宁国夫人。

瑞王妃正在泡茶,沈锦学过如何姿态优雅地泡茶品茶,可是她却尝不出有什么区别。瑞王妃看了沈锦一眼,说道:"坐吧。"

沈锦坐在了瑞王妃对面的位子,瑞王妃泡好了一杯茶后,就先给沈锦倒了一杯。沈锦不知道这是什么茶,带着几许花香倒是不错,就多喝了两口。瑞王妃也喝了点,然后放下笑道:"我想着你这几日就该来了。"

"母妃,"沈锦笑着说道,"我来求母妃帮忙拿个主意呢。"

瑞王妃是个通透的人,早就猜到了沈锦的意思,看了眼翠喜,翠喜就拿出一张名单交给了沈锦。这上面不仅写着年龄适合的姑娘名字,后面还写了出身以及家里的情况,只是几句就把沈锦需要知道的都写清楚了。

"这几个姑娘我倒是见过。"瑞王妃的声音缓缓的,"性子极好。"

沈锦看了一眼,上面都是嫡出的姑娘,家里也没那种糊涂的人。瑞王妃问道,"这次是只选皇后吗?"

"嗯。"沈锦闻言说道,"陛下是在楚家长大的。"

瑞王妃一下子就听明白了,楚家的男人从来都是只娶一人的,除非到三十还无子嗣,才会纳妾。瑞王妃微微垂眸说道:"那找个机会,给这五位把把脉吧。"

沈锦疑惑地看向了瑞王妃,瑞王妃笑着说道:"看看身体怎么样。"像是宫寒这类的,平时是看不出来的,可是在子嗣上是有碍的,所以还是仔细探查一下好。

"哦。"沈锦点了点头,说道,"我知道了,母妃。"

瑞王妃笑了下没有说话,倒是沈锦说道:"其实我见过大舅舅的女儿。"她口中的"大舅舅"自然是瑞王妃的兄长,她记得那个姑娘人不错,可是这名单上并没有她。

"赵家……"瑞王妃闻言说道,"并不适合再出皇后了,也算是我的私心吧。"

沈锦想了下点头,明白了瑞王妃的意思。赵家有从龙之功,瑞王妃的二儿子沈熙又在外带兵,赵儒如今是左丞相,瑞王妃的两兄弟赵岐和赵端也身处要职,侄子赵骏、赵澈也是前途无量,若是再出一个皇后,就太打眼了,更何况如今的赵家也不需要女人来给他们争面子了。沈锦仔细地把名单收了起来,就不再提这件事,问道:"大姐姐还好吗?"

沈琦回京后,就带着女儿回了永乐侯府,如今的情况侯府的人自然不会说沈琦什么。只是当时沈琦离开,永乐侯为了府中不被牵累,就上书把褚玉鸿的世子位给了次子,甚至把褚玉鸿打发到了庄子上。褚玉鸿心中满是愤恨,就自甘堕落又纳了不少妾室。虽然永乐侯在楚修远身份曝光后,就对这个被忽略的儿子好了许多,可是也没能使得褚玉鸿和他们亲近。在楚修远进京后,永乐侯就赶紧派人去接了褚玉鸿,可是他不回来,坚持住在外面的庄子上,最后还是永乐侯亲自去接,这才使得他回府。

褚玉鸿对沈琦就不太好了,不是打骂就是不搭理,而沈琦心中有愧就加倍地对他好,可是适得其反。

瑞王妃摇了摇头,其实按照她的意思,直接和离就是了。如今瑞王府的地位,就算沈琦和离了再嫁也不难,可是沈琦就是憋着劲,也不知道怎么想的。

"日子是自己选的,她爱怎么样就怎么样吧。"

沈锦点了点头,两个人又聊了几句后,沈锦就告辞了。

楚修明亲自来接了沈锦,坐在马车里面,沈锦就把名单给他看了,和楚修明想的差不多,不过有几家并不在名单上面。楚修明也不觉得意外,他思考的方向更多是家族。

楚修远如今的地位是不需要靠着岳父家的势力来平衡朝政的,所以选皇后,并不需要家族显赫的,反而需要那种家族中没有糊涂人的,最重要的是人品和眼界。

虽说皇后只要管理后宫,养育子嗣让皇帝没有后顾之忧即可,可是这些往往很重要,一个母亲的影响对孩子的成长有很大的关系。

瑞王妃会把那几家人排除在外,想来是因为那几家的姑娘有什么不合适的地方。

沈锦道:"其实母妃的侄女很好。"她和那个姑娘相处了不短的时间,"只是不适合。"

楚修明微微垂眸,说道:"嗯。"

沈锦也不再说什么:"那我回去就写帖子。"

"再添几家。"楚修明道,"你准备怎么选?"

沈锦趴在楚修明的耳朵上小声说了起来,楚修明的眼中带着笑意,搂着沈锦的腰,索性把人抱到了怀里,捏了一块蜜饯放在她嘴里。沈锦就鼓着腮帮子慢慢地吃了起来,感觉半天还没到家,就打开车窗往外看了看,说道:"咦,不是回家的路。"

"你前天不是想试试西街的鱼脍吗?"楚修明虽然没有笑,可是他的声音很温柔。沈锦不过随意提的一句话,他就记在了心里。

果然,沈锦眼睛都亮了,使劲点了点头:"我也是听安宁提起的,岳文带安宁去吃了,说味道很好啊。"

楚修明捏了捏沈锦的手,当初瘦了许多的人,被他重新养胖了一些。可是楚修明一点也不满意,总觉得比初次见到的自家小娘子要瘦弱许多。

西街的那家鱼脍做得不错,鱼很新鲜,做的人手艺也好,据说老板当初是沿海那边讨生意的,家里祖传的手艺。沈锦并没有多吃,因为太医也说她身体有些虚,海鲜这类的都只能浅尝辄止。

用完东西以后,楚修明就找了一家成衣店,带着沈锦换上了他提前准备好的衣服,然后让马车停在一旁,在西街这边转了起来。西街有很多小吃,特别是晚上的时候格外热闹,有不少人都会带着家里人在这边玩,买上一些小玩意或者吃食。

沈锦还是第一次来这边,看着热热闹闹的场景,好像前段时间的那种疲惫懒惰都消散了,整个人都变得精神了。楚修明把沈锦护在了怀里,那些侍卫也换了装扮散开了跟在他们附近。

这边的东西并不贵,但是看着有趣,有竹编的各种小动物,还有稻草竹子一起弄出来的小阁楼。沈锦看着喜欢就多买了一些,除此之外还有泥人、面人一类的东西,沈锦还买了糖画,让人给包了起来。这些都是交给后面跟着的侍卫的,沈锦自然是知道有人跟着,只要不打扰到他们,她就不会在意。

走了一会儿,楚修明就带着沈锦往一家茶楼走去,准备歇歇脚,谁知道就看见茶楼不远处的一个角落里,一个衣着肮脏的乞丐蜷缩在那里,有几个人正在踢打。沈锦愣了愣:"没人管吗?"

楚修明看了一眼就不再关注,眼中倒是露出几分嘲讽:"谁知道。"

沈锦记得京城里面是有士兵巡防的,若是真的寻仇或者看这个乞丐不顺眼,这些人也不该在这种地方出现,若是被发现了,少则要关在牢中三五日,多则处罚得更重。楚修远不是心慈手软的,自他登基后,政律严明,应该不会有这样的事情发生。

看着眼前的场景,沈锦愣了愣说道:"那把他们都送……"

话还没有说完,就看见一个小厮已经上前驱赶了那些打人的男人,大声斥责道:"这个乞丐和你们有何冤仇,你们竟然如此狠毒! 我家姑娘都看不过去,你们还不快滚!"

"你知道我们是谁吗?"打人的小混混怒道。

小厮冷声说道:"你们若不服气,就到姚府……"

楚修明听到这里,就不再听下去了,低声问道:"还去喝茶吗?"

沈锦点了点头说道:"歇歇脚吧。"她有些累了。

楚修明应了一声,带着沈锦往茶楼走去,谁知道情况又起了变化。就见那几个打人的已经跑了,然后一个披着帷幔的少女被丫鬟扶着走到了乞丐的旁边,因为他们离得近,倒是听见少女的声音。少女让丫鬟拿了银子给那个乞丐,然后说道:"你有手有脚的,用这些钱做点生意吧。"

那个乞丐一瞬间红了眼睛,跪下来使劲给少女磕头,周围的百姓也看到了这些,都低声赞叹起了少女和姚府的家教。

沈锦和楚修明不再看,直接进了茶馆,要了一个包间后,楚修明就点了几样糕点,又要了一壶温水,温水是给沈锦喝的。楚修明给沈锦倒了杯温水,这才说道:"那个人是姚家的,应该是姚三。"

姚家三姑娘,如今十五六,正是该嫁人的年龄,也怪不得呢。他们虽然没有隐藏的痕迹,可是姚府能这么快查到还安排了这一幕……

"消息倒是灵通。"沈锦喝了几口水后道。

楚修明应了一声,他坐在窗户边随意地看着下面:"过犹不及。"

姚府这一幕,为的不过是把姚三推出来,一个善良却不会善良过度,还有见识的姑娘,是很适合皇后人选的,就算不是皇后,后宫中还有别的位置在。

可是从一开始楚修明和沈锦就觉得奇怪,其实姚府算计得很好,却没有去过边城,不知道那边的情况。楚修远对天启朝的治理很大程度借鉴了边城的治理,对城中百姓的管理外松内紧。

沈锦点了点头,没再说什么,反正姚三不在瑞王妃给她的名单上。

楚修明给沈锦杯中的水倒到八分满,才说道:"到时候也把她请来。"

沈锦疑惑地看向楚修明,楚修明笑着捏了捏沈锦的手说道:"她有几分心机,用她来试试其他人。"

"哦。"沈锦不再说什么,点了点头。

两个人休息了一会儿,就带着买的东西回府了。请人的请柬是沈锦亲手写的,因为有楚修明的指点,她的字比出嫁前好看了许多。请柬的纸是赵嬷嬷准备的,沈锦并不知道是什么纸,只是觉得挺漂亮的。可是接到的人都是识货的,这纸是贡品,粗看的时候普通,可是仔细看却会发现纸上带着暗纹,是梅兰竹菊、山河湖泊等图案,不会显得上面的字凌乱,却别有一番写意风趣。

接到请柬的人家自然高兴,没接到的心里也有数,有的沉得住气,有的开始活动想办法能让自家的姑娘跟着去,就算选不上,到贵人面前混个脸熟沾沾光也是好的。

楚修远登基后本想给楚修明换个更好的宅子,被楚修明拒绝了。楚家本就没多少人口,再大的宅子也是白放着。他们一家还住在当初的永宁侯府,永宁侯府的匾额换成了宁王府。

这一日楚修明并不在府中,陈侧妃也没有出来,府中的事情都交给了赵嬷嬷打点。赵嬷嬷选了一个院子作为待客所用之处,重新装扮了一番,瑞王妃早早地就带着沈琦来帮着沈锦接待。

请柬上写有时间,在时间到后,宁王府的大门就关上了。

到的人远比她邀请的多,有的是亲戚带来的,有的是把家里的姐妹都带来了,一个个打扮得各有不同。

瑞王妃正在和相熟的人说话,沈琦陪在沈锦的身边,低声和沈锦介绍着来人,沈锦只觉得眼花缭乱,不禁感叹道:"看着这些姑娘家,都觉得自己老了呢。"

沈琦看了她,眼神微微暗了暗,如今沈锦已经是三个孩子的母亲了,可还像个未出阁的少女一般,满身欢快,而她自己呢?总觉得早已苍老了。

"妹妹若说老了,可叫我怎么说自己好?"沈琦虽然嫉妒沈锦,可她也不是糊涂的。

沈锦挽着沈琦的手,笑着说道:"姐姐也年轻漂亮得很。"

"就你嘴甜!"

沈锦一一把人给记了下来,偶尔和几个姑娘交谈一下。沈锦本就是好性子,自然不会说那些让人不高兴的话,有的姑娘围在了她身边与她交谈,有的就坐在一旁,并不主动过来,等沈锦过去了,也只是矜持地点头,并不多言。

不管是沈锦还是沈琦都没有想过会再见到沈梓。如今她面色发黄,身边还带着两个姑娘,想来是小姑或者夫家的亲戚。沈梓远远地看见低声谈笑的沈锦和沈琦,眼中闪过恨意和妒忌,抿了抿唇,想到丈夫、婆婆的话,强压着心中的怒火。

只是这样一来,不管面子和里子都没有了。可是沈梓更怕的是被休弃,她心中明白,她至今没给丈夫产下一子,又和家中交恶,再没有一个得宠的母亲给她撑腰,甚至连父王的面都见不得,瑞王府的大门都踏不进,若是真被休了,就没有活路了。

沈梓握了下拳头,长长的指甲刺痛了她的手心,这才带着身边的两个姑娘上前,强忍着屈辱给沈琦和沈锦行礼,道:"大姐姐、三妹妹。"

沈琦看着沈梓的模样,心中有些感叹,就算两人之间有再多的过节,此时她也是可怜沈梓的。沈梓的情况沈琦倒是知道一些,自己的丈夫虽然纳妾众多,可是也是她不是在先,更何况因为她的身份,正室的体面还是保得住的,还有她的孩子,她哄着,丈夫也有回心转意的意向。而沈梓呢?如今连正室的面子都没有了。

沈琦看了看沈锦,沈锦看着沈梓笑着点了点头,态度很温和,可是这样的温和却与对别的人无二。沈梓心中松了一口气,微微垂眸把身边的两个人介绍了一下,其中一个是郑府的姑娘,一个是郑夫人娘家的姑娘。

沈锦看了看说道："都很漂亮，好好玩吧。"

那两个姑娘明显高兴了不少，眼睛亮亮的。郑府的姑娘娇声说道："我一直听嫂子提起两位姐姐，今日见了才知道，两位姐姐比嫂子说的还要漂亮呢。"

沈锦没忍住一下笑出声来，沈梓脸色也变了变，却没敢发脾气，因为这个小姑是郑府年纪最小的姑娘，不管是郑老爷还是郑夫人都很宠爱。

沈琦摇了摇头，说道："你们好好玩，妹妹走吧。"

"嗯。"沈锦应了一声，和沈琦一并离开了。

见到这样的情况，郑府姑娘脸色都变了，刚要追上去，却被一直跟在沈锦身边的安宁挡住，安宁笑着说道："两位姑娘，若是有什么需要告诉丫鬟一下即可。"

转了一圈，沈锦直接当着沈琦的面拿出一个名单，在上面画掉了不少名字，就是瑞王妃写的她也画掉了一个，沈琦皱了皱眉问道："这个余家的姑娘……"

"我觉得她可能不太想参加这次的选后。"沈锦特别注意了这几家姑娘，这个余家的姑娘就是那个离得远远的，就算沈锦过去也只是点了下头，然后没停留多久就离开了。

沈琦眼角抽了一下，那个姑娘想要表现清高端庄，可是太过头了，谁承想就这样被刷了下来。

晚上的时候，沈锦就把今天宴会的事情与楚修明说了："我觉得想要嫁给陛下是很正常的，毕竟陛下身份高，样貌好，如今又只选皇后，她们多多少少都该知道楚家的习惯。"

楚修明已经明白了沈锦的意思，笑着说道："是啊。"

沈锦动了动脚指头，说道："可是为什么不走正道呢？"

今日来的姑娘都打着什么心思，沈锦其实已经猜出来了。若真是那种清高的，就不会如此表现，就像沈锦与沈琦说的那个几乎不理她的姑娘，在装扮上格外用心，就算是赵嬷嬷近乎苛刻的眼光，也没能在那个姑娘身上挑出什么毛病。她举手投足更显气质卓然。其实这次选人，在她们刚踏进宁王府的时候，就已经开始了。

那种打扮漫不经心或者不适合的，直接被赵嬷嬷记住，然后偷偷地告诉了沈锦。这次主要选的是瑞王妃给的名单人选，可是不排除别人，就是那些托关系带进来的人，沈锦也仔细观察了。

今天那个姑娘若是直接站在沈锦面前说：我想嫁给陛下。可能沈锦更看好一些。

楚修明的手很漂亮，戳了下沈锦的额头，说道："别想这些了，明日我们一家去打猎，到时候在别院住几日。"

沈锦抓着楚修明的手指咬了一口，然后哈哈笑着躺倒在了床上："好，小不点怕是不想回来了。"

沈锦一家准备去的别院是楚修远刚刚赏赐的，离得不远，就是个狩猎场，而且皇家别苑也在这边。

他们到的时候已经是下午了，西西在马车里面睡着了，一家人也没有出去玩，各自回屋休息。

三个孩子醒来后，就被人带了过来，沈锦本想和他们一起玩，赵嬷嬷却过来说有人来找她，已经被请到了客厅。沈锦愣了愣，问道："是谁？"

赵嬷嬷躬身说道："是严家姑娘。"

沈锦有些疑惑，一时没有想起来，倒是楚修明愣了一下，心中猜到了。赵嬷嬷道："就是原来严御史的女儿。"严家本也是世家，不过不算是顶级的，可是不管家风还是别的都极好，可惜就是运气不太好。当初英王带兵进京，严家家破人亡，仅剩下被乳母带着逃走的严御史，后来诚帝登基，严御史发奋图强读书，以科举晋身，最后成了御史。

严御史对英王的仇恨，在英王世子作乱后，就直言让诚帝派兵平乱。诚帝当时一心忌讳楚修明，把严御史给罢了官，说严御史以权谋私，不思为国家大业，反而为了家仇而一意孤行。

严御史被罢官后，抑郁而终，家里也因为英王之乱贫穷。严御史此生只娶了一人，可惜严夫人在生子的时候难产而亡，只留下一女一子。严御史独自抚养两个孩子，在严御史死后，两个孩子年幼，就投奔了外祖家。

如今这个严御史的女儿来找她又是为何？

沈锦想了想说道："好，我这就过去，好生招待着。"

"是。"赵嬷嬷应了下来。

沈锦看向了楚修明问道："夫君，你说严姑娘找到这里来是做什么？"

楚修明微微皱了皱眉头说道："怕是为了选后的事情。"

沈锦愣了愣，点头说道："哦。"

楚修明道："去吧。"

就算是更衣，沈锦依旧是一身常服，出去的时候就看见严御史的女儿坐在椅子上喝茶。她的姿态很漂亮，见到沈锦就站了起来行礼，沈锦笑着点了点头，坐下后说道："严姑娘请坐。"

严姑娘坐下后，沈锦问道："我听下人说严姑娘有事找我？"

听到沈锦的话，严姑娘再也忍不住哭出声来，她直接起身跪在了地上，说道："求宁国夫人救救小女子。"

沈锦一脸疑惑，看了安宁一眼，安宁上前把严姑娘扶了起来。严姑娘根本不想起来，可是架不住安宁的力气，她根本不是安宁的对手。严姑娘有些诧异地看了安宁一眼，沈锦道："严姑娘，你若是有什么冤情的话，就直接去衙门或者大理寺，我可以让车夫送你。"

严姑娘使劲摇头说道："不是这样的，是……宁国夫人，求你救救我和我弟弟。"

沈锦皱了皱眉头，没有说话，她并非见死不救的性子，可是什么都没说，她也什么都不知道，就直接跪下来，让她有些不知所措。

严姑娘道："宁国夫人，我不愿意嫁给表嫂家的兄弟，他们根本是想谋夺我父留给我和弟弟的家业……"

沈锦想了想，忽然问道："严御史留下了多少家业？"

严姑娘愣住了，看向了沈锦，说道："应……应该不少，其中还有我母亲的嫁妆。"

"哦。"沈锦道，"那你想怎么办？"

"我就是不想嫁给我表嫂的……"

严姑娘的话还没有说完，就被沈锦打断了，问道："你不想嫁就不要嫁好了，你有弟弟，你表嫂没办法给你做主吧？你带着你弟弟回到你严家不就好了？来找我干什么？"

"可是……可是……"严姑娘说道，"我祖母也让我嫁啊，那个男人吃喝嫖赌。"

"你查过了？"沈锦问道。

严姑娘摇头说道："我听下人说的。"

沈锦看着严姑娘，其实她衣服的料子和首饰虽然不是极好却也不差，可见在外祖家没有被亏待，想来她外祖母也是疼她的。这样的人养了他们挺久，怎么忽然说让嫁给了什么表嫂的弟弟，一个这么差的人？沈锦并不相信，除非老太太糊涂了。就算糊涂了，老太太也该找自己娘家亲戚的孩子把外孙女嫁过去，更容易谋夺什么家业吧？而且当初严家被英王毁了后，可就落败了，就凭严御史的官职，恐怕也攒不了多少。

严姑娘咬牙说道："我严家祖上也是大户人家,想来他们……"

"你有证据吗?"沈锦问道。

严姑娘脸色变了变,摇头说道："没有。"

"那你不是'听说',就是'想来',就这样来找我?"沈锦觉得这个人有些奇怪,问道:"你若是真觉得他们要害你们姐弟,你直接去衙门好了。"

"可那是我外祖家啊。"严姑娘看向沈锦的眼神带着控诉,"我怎么可能去告他们?"

"你来告诉我这些,若是我插手了,他们的下场更不好吧?"沈锦不愿意再在这个人身上浪费时间了,说道:"送客吧,简直莫名其妙!"

严姑娘咬了下唇,说道:"宁国夫人,我们同是女人,为什么你能如此狠心,竟然……"

她的话还没有说完,就直接被两个粗使婆子给架了出去,沈锦不在意严姑娘,可是赵嬷嬷很在意,低声对婆子吩咐了几句后说道:"好好把人送回去。"

赵嬷嬷并没有说别的,只是让人火速去打探严姑娘口中那个表嫂的弟弟的情况,若是情况和严姑娘说的一样,那么就回来告诉沈锦,暗中帮把手,若是不一致……那么就把严姑娘今日的所作所为全部告诉她外祖家的人。

赵嬷嬷的行动并没有瞒着沈锦的意思,沈锦知道后也没阻止,因为她也知道赵嬷嬷是为了她好,她其实没有和严姑娘计较的心思,毕竟在她看来花费这般的时间还不如多陪着几个孩子玩一会儿。

谁知道这件事后续竟然弄出了一桩命案。

事情发生的时候,沈锦已经回到了宁王府,正在宴请剩余的那几个姑娘。菜品很丰富,不过众人是分开用的,每人面前一个小案,每个小案上的东西都是相同的,并非全部是京菜,有清淡的、酸甜的、酸辣的……什么口味的都有,其中夹杂着楚修远比较喜欢的口味。沈锦觉得夫妻两个人最重要的是口味相同,若是一人喜清淡一人喜甜辣,两个人用饭可以互相迁就,可是到底少了几分滋味。

楚修远并非铺张浪费的性子,就算成了皇帝,他们在一起用饭的时候,也就是六菜一汤,不过比边城更精细一些罢了。

等用完了饭,沈锦本来邀着众人去园子里坐一会儿,谁知道就见赵嬷嬷过来,低声在她耳边说了几句,沈锦闻言皱了皱眉,说道:"我知道了。"

赵嬷嬷没再说什么。沈锦看向请来的几位姑娘,笑道:"外面有点事,几位自己先在园子里转转,有事的话尽管吩咐丫鬟就是了。"

她出去的时候就见一个穿着官服的中年男人,身后还跟着两个人,见到沈锦就行礼。

沈锦坐下后,让人上了果点,才问道:"大人可是有什么要事? 若是如此的话,我派人去给夫君送个信。"

中年男人赶紧说道:"并无什么要事,就是因为一桩命案,所以与夫人了解下情况。"

沈锦疑惑地看向中年男人,中年男人赶紧解释了一番。

"严姑娘自杀了?"沈锦有些惊讶地看向了中年男人。

"是。"中年男人说道,"严姑娘的亲弟,拿着严姑娘的遗书状告宁国夫人……"

"啊?"沈锦更加迷惑,"她自杀为什么要告我?"

中年男人看向沈锦,发现她并不是故作疑惑,而是真的不明白,解释道:"说是几日前,严姑娘曾求见宁国夫人。"

"是啊。"沈锦并没有隐瞒,点头说道,"有这件事,她孤身来找我,说她外祖母想要把她嫁给一个很差的人,然后那个人是她表嫂的族弟,为的是严大人当初遗留下来的财物。我觉得这事情不该我管,就让她去衙门或者大理寺状告一下也可以,然后派人把她送回去了。"

赵嬷嬷在一旁说道:"送严姑娘的几个粗使婆子正在府中,老奴这就把人叫来。"

中年男人能走这一趟,本身就是个耿直的性子,否则顾忌楚修明,这件事根本不会管,所以闻言说道:"那就麻烦了。"

沈锦说道:"不麻烦的。"

赵嬷嬷不仅让人把粗使婆子带来,还把车夫和两个侍卫也带了过来。两个粗使婆子正是送严姑娘的人。赵嬷嬷把事情仔细地说了一遍,如果说刚才沈锦的话让他们怀疑那个严姑娘找宁国夫人其实是换了手段来图谋皇后之位的事情,那么赵嬷嬷的话就让几个人心中确认了。赵嬷嬷说道:"说到底,这是自家的事情,若是夫人贸贸然插手反而不妥。就算如此,夫人也派人送严姑娘回府,并让车夫路上慢行,还另派了人去打探消息,若是真如严姑娘所言,让人暗中帮上一把,总不能眼睁睁地看着一个姑娘落入火海。"

中年男人点头,也觉得此举妥当,就算是沈锦不管,谁也说不得什么。如此安排实属仁义。

赵嬷嬷接着说道:"侍卫很快就打听到了,严姑娘那表嫂的族弟,虽不算什么良才美玉,却也不差,是个读书人,家中富裕,人也老实厚道。大人可以从书院打听一番就知,只是这人有一点不好,祖父是商人出身。"

中年男人却觉得这样的人与严姑娘着实不差,严姑娘虽然是官家小姐,可是父母双亡,这般情况下,女子很难寻得良配。

想来若是没有那层亲戚关系,男方也是不愿意娶严姑娘的。可是严姑娘还有什么不满意的? 中年男人心中叹息,想来也是一个心气太高的,来求救是假,奔着皇宫才是真。

赵嬷嬷让侍卫把查到的经过和结果都仔细说了一遍,等中年男人点了头,才说道:"想来严姑娘的外祖母也是真心疼爱严姑娘的,老奴知道后,就让人与严姑娘的外祖母提了提,我家夫人脾气好,自然是无碍的,若是换成他人,怕是……"赵嬷嬷话并没有说完,只是她的意思众人也明白了,也深感这话没错。

中年男人心中已经信了八分,剩余两分他仔细探查就知道了,只是严姑娘的遗书句句血泪暗指宁国夫人,意为宁国夫人侮辱了她,她最终无脸面活于世上,有愧于严父的教诲。

沈锦忽然说道:"其实我觉得严姑娘可能不是自杀。"

"什么?"中年男人诧异地看向了沈锦,"夫人可是知道什么?"

沈锦摇了摇头说道:"我只是觉得,一个人真觉得难受或者痛苦的话,不该过去这么多天才想不开,就算再愤怒,三四天也足够消气了,更何况……那个严姑娘不像是会寻死的人,她的目标比较远大。"沈锦说得含蓄,可是众人也明白。

"而且她就算恨我,寻死了也对我没什么影响啊。"

中年男人点头,而且就算是因为沈锦,严姑娘寻死了,最多就是外界对沈锦的评价不好,剩余的一点伤害都没有,甚至连不好的评价也不会有,因为是严姑娘自己找上门的,被羞辱了也是自找的。

"所以我觉得怕是严姑娘不是自杀,此事也不会冲着我来的。"沈锦开口道。

中年男人点了点头,就算严姑娘真的是沈锦杀的,对沈锦来说也造成不了多大的影响,而且这么一说,他竟也觉得严姑娘的死……其实不简单。

又说了两句,中年男人就先告辞了,沈锦点了下头,赵嬷嬷扶着她回到了小园子。

下午楚修明回来的时候,就听下人说了这件事,他点了点头就让人带着孩子下去休息,他亲自把楚修曜送到了院子里。

楚修明回到屋里,就发现沈锦正在看话本,沈锦没有提这件事,他也没有问。刚过了五日,中年男人就特意派人送了消息,已经查明严姑娘的死因,确实是被害的,并非什么深仇大恨,下手的是她的贴身丫鬟。那丫鬟是严姑娘从严府带来的,一直伺候得很用心,长得也漂亮,府中倒是也有管事之类的想要娶她,却都被严姑娘拒绝了,只说要给丫鬟配个好的。这个丫鬟等着越来越无望,如今二十三了,那些管事有些身家的根本不愿意娶她,还传出她眼光高一类的话来。她想嫁人,多次说嫁人以后还愿意回来伺候严姑娘,可严姑娘就是不许。

本就积怨已久,这次严姑娘又发现了丫鬟与府中一个采买的儿子偷偷相会,一怒之下就要卖了这个丫鬟,还要把那个采买一家赶出府。丫鬟终是下了狠手,然后模仿着严姑娘的字迹写了这样一封遗书。

沈锦听后只是点了点头,严姑娘的死是个悲剧,可是这样的结局却是她自己造成的,而那个丫鬟,恐怕也没有什么好下场。

赵嬷嬷不再提这件事,沈锦和楚修明接着商量起了皇后的人选,最终沈锦选了两个人,到底选哪一个,就要楚修远自己决定了。

沈锦带着最后选出的那两位画像以及写下来的各种理由和楚修明一并进宫。楚修远直接把地点定在了御花园里,还让御厨准备了不少拿手的糕点。楚修明和沈锦行礼后才坐下。

楚修远身边的太监已经把那两张画像打开,沈锦双手捧着果茶,说道:"其实那两位姑娘比画像中漂亮不少。"这两张画像是沈锦从那两户人家要来的。

"陛下看看哪个更顺眼?"

"我看着都差不多。"年少慕艾,就算是楚修远此时也难免有些羞涩,还是依言看了看,然后说道,"嫂子给我说说吧。"

沈锦从赵嬷嬷那里拿了两张纸出来,交给了楚修远,这上面不仅写了两位姑娘习惯的衣服颜色,还写了她们的口味、性子一类的,甚至有她们两个说话的内容。楚修明坐在一旁并没有说话,沈锦说道:"那几句话是我从她们聊天时候选出来记下的,鹅黄衣服的那个姑娘是夏家的姑娘,紫色衣服的是石家的姑娘。"

"夏家姑娘性子比较喜静一些,是个爱笑的,而且笑起来有酒窝。"沈锦指了指画像的地方,道,"可惜画师画得不像。石家姑娘很会自己找乐子,骑马打猎这些很擅长。"

楚修远仔细看了看沈锦记下来的东西，就连把夏家姑娘逗得笑个不停的那几句对话都看了遍。可是他并不觉得好笑，只是觉得，有个爱笑的妻子也不错，毕竟在朝堂上已经足够严肃了。

"要见见吗？"沈锦忽然问道。

楚修远想了想，点头说道："见见吧。"

沈锦笑道："那不如后日，到时候我邀了这两家姑娘到庄子上玩，让夫君带着陛下躲在旁边看看。"

楚修远看向楚修明，楚修明说道："成亲本就是人生大事，见见也好，或者一起交谈一下，有时候缘分这样的事情很奇妙。"比如他一眼就认定了自家的小娘子。楚修明嘴角上扬看向了沈锦，沈锦正巧也看着他，回了一个笑容。

楚修远一直很羡慕哥哥和嫂子之间的感情，微微垂眸又看了看那两张画像，只希望以后他与妻子也能如此。

等沈锦出宫后邀请石家姑娘和夏家姑娘到别院赏花的时候，不少人心中已经有数了，怕是皇后就从这两家人中出了。只是这两个姑娘选得着实不错，家风清明不说，和众多势力又没有多少牵扯。有些贵妇是见过她们两个的，一静一动还都是端庄有礼之人，就算再挑剔的也认同了。不过另外几个没选上的，各方面也不比这两位差多少，不少人在家仔细分析了一下沈锦的选择，也没找出她到底是怎么选的。

沈锦在别院的安排很公平，有石家姑娘擅长的骑马投壶，也有夏家姑娘喜欢的画画写字。楚修明带着楚修远站在不远处的小楼上，看得一清二楚，楚修明发现楚修远的眼神更多地集中在了石家姑娘身上。其实楚修明也觉得楚修远可能会更欣赏石家姑娘，因为在边城的生活对楚修远影响很大，不过这只是欣赏，恐怕楚修远最后选的会是夏家姑娘。

楚修明没有说话，在一旁倒了杯茶放在了楚修远的手上，楚修远喝了口，说道："哥，你觉得夏家姑娘如何？"

"你自己选择。"楚修明并没有发表意见。

楚修远手指摸着杯底，道："皇后之位虽然好，可是宫中到底寂寞，我能陪着她的时间也有限，石家姑娘……并不适合。"

"不如见见。"楚修明道，"让你嫂子陪着，倒也不算失礼。"

楚修远想了下，点头说道："好。"

楚修明到门口和小厮吩咐了几句，就见那小厮跑着去安排了，没多久见赵嬷嬷过来，请了楚修明和楚修远到另一个院子。那院子有个水池，中间有个亭子，亭子已经布置好了，楚修明等楚修远落座后，这才在角落的位子坐下。

不一会儿，沈锦就带着两位姑娘来了，她先让赵嬷嬷招待了夏家姑娘坐在回廊中，自己带着石家姑娘进了亭子。从外面可以看见亭子里面的情况，却听不清楚里面人说话。夏家姑娘和石家姑娘心中都是又羞涩又紧张，还有些说不出的激动。

看着先进去的石家姑娘，夏家姑娘缓缓吐出一口气，端起赵嬷嬷送来的茶水喝了一口，稳定一下心神，这才有些羞涩地对着赵嬷嬷笑了笑："刚才是我失态了。"

赵嬷嬷闻言一笑并没有说什么，能这么快冷静下来还坦白承认自己的失态，夏家姑娘已经做得很好了。

石家姑娘倒是比夏家姑娘更加稳重一些，可就算如此，在进凉亭后还是羞红了脸，轻轻咬了下唇，姿态优美地给楚修远行礼，睫毛扇动，羞涩而端庄。楚修远赐座以后，就微微侧身坐下，她本就是世家女，一举一动没有丝毫不妥之处。

沈锦笑着给石家姑娘倒了杯茶，并没有说话，走到楚修明身边坐下。楚修明轻轻捏了捏沈锦的手指。楚修远笑道："朕有几个问题想要问石姑娘，所以才请了嫂子带石姑娘过来。"

石家姑娘听见楚修远提到沈锦，忽然想到自己刚才竟然因为见到楚修远一时昏了头，先沈锦落座，脸色白了白，可是此时再做什么都晚了，强自镇定地说道："不敢，陛下尽管问就是了。"

楚修远道："不知石姑娘觉得子嗣养在何处为佳？"

石家姑娘羞红了脸，强忍涩意刚想开口，就听见沈锦说道："陛下，此次是让石姑娘先来的，而夏姑娘多了时间冷静，公平起见，不若陛下先把几个问题一并说了，让石姑娘到一旁思索一番，我去领了夏姑娘来，让石姑娘把问题说给夏姑娘，并准备纸笔两人一并作答。"

言下之意就是要给石姑娘一些思索的时间。

楚修远闻言笑道："还是嫂子想得周全。"

沈锦抿唇一笑，有些得意地扫了扫楚修明。楚修明又捏了捏她的手指。石家姑娘心中更是明白了沈锦在楚修远心中的地位,不过因为沈锦刚才那一句话也是感恩的,所以对着沈锦羞涩一笑。楚修远接着说道:"其二,若有一日朕失踪,姑娘又当如何?"

这话一出,石姑娘脸色大变,倒是楚修明和沈锦像是没听出他的意思一般,楚修远说道:"最后一问,何为良君?"

问完了三个问题,沈锦就先让石姑娘坐在一旁休息,然后自己出去请了夏家姑娘。夏家姑娘走在沈锦的身后,进来后就先给楚修远行礼,等楚修远说起赐座后,又主动给楚修明和沈锦行礼,最后还对着一旁脸色苍白的石家姑娘点了下头,才半坐在了椅子上。赵嬷嬷已经准备了纸笔并铺好,楚修远把刚才的问题重复了一遍,说道:"给两位姑娘一炷香的时间。"

夏姑娘脸色也不好看,她惊讶地看了一眼石姑娘,可是石姑娘已经冷静下来了。她福了福身后就执笔开始写下自己的答案。她也是自幼习字,虽算不上大家,却也极好。夏姑娘看着那边点起的香,咬了咬唇也开始写了。她脑中一片空白,索性想到什么就写什么。

一炷香后,两个人都写完了,赵嬷嬷把东西收了,就听楚修远说道:"送两位姑娘回府。"

沈锦看了眼赵嬷嬷,赵嬷嬷微微点头,自去送人,还把已经准备好的两份礼物送去。

等人离开后,楚修远才开始看她们两人的答案,看完以后就递给了楚修明,让楚修明和沈锦一并看。夏家姑娘的字迹清秀,倒是比石家姑娘更胜一筹。第一个问题,石家姑娘所答,幼时养于身边,六岁后单独居住,选名师教导,十岁跟随在父亲身边。

夏家姑娘与石家姑娘所答差不多,不过没有最后一句。

楚修远看向沈锦,问道:"嫂子觉得第一问应该如何?"

沈锦想也没想地回答:"自然从小到大都该成长于父母身边,启蒙要夫君来,后来聘请名师,再长大点就让他们去游历,免得只会读书而不会用书。"

楚修远应了一声,楚修明看向楚修远,说道:"以后若有孩子,莫要忽视童年时期,因为一些好习惯应是自幼培养,父与母缺一不可,严慈并用才是。"

"是。"楚修远明白楚修明的意思。

第二个问题,石家姑娘可能看出了楚修远对楚修明夫妻的重视,回答的是立请宁王进宫,再请左右丞相及忠臣议事。

夏家姑娘回答的是请宁王、瑞王、左右丞相进宫，封锁城门。

楚修远问道："嫂子第二个问题呢？若是哥失踪了，你要怎么办？"

"啊？"沈锦想了想说道，"当然是护好孩子，派人去找了。"

楚修远愣了一下才明白过来，他的身份和楚修明不一样，可是那两位都从大局着想，却无一人提起寻找他的事情，可能是怕国家不稳。虽然没有错，可是楚修远心中到底有些怅然。

楚修明眼中带着笑意："就算是我也不全然可信，隐瞒消息，稳定朝政，而且以单数为佳。"最后一句说的是请人的事情，在不好决定的时候，也好发表意见分出个一二来。

"是。"

最后一题，何为良君？这句可以理解为什么样是好的夫君，也可以理解为什么样是好的国君。

石家姑娘想了比较多，写了不少，有少女对未来夫君的期待，也有赞扬楚修远的。

夏家姑娘则写着百姓丰衣足食，合家安乐。

楚修远看向了沈锦，没有问，意思也很明白了。沈锦也干脆地说道："我夫君这样的啊。"在沈锦心中，楚修明这样的就是最好的夫君了。

楚修明这次没再点评什么，说道："陛下按照自己的想法选吧。"

楚修远点了点头，用完饭就回宫了。三日后下了圣旨，封夏家姑娘为皇后。

番外二
楚修曜

楚修曜本以为他会死在战场,其实那日代替弟弟出征,他就没觉得能活着回来,将士战死沙场本就是一种宿命。楚修曜也憎恨过这样的宿命,特别是只能眼睁睁地看着家人一个个死去的时候。凭什么是他们?为什么牺牲的都是他的家人?

楚修曜会代替楚修明去,除了因为楚修明是他的弟弟,也更适合领导边城外,还因为楚修明已经是他仅剩下的家人了。很多时候活着的人比死去的更加痛苦。楚修曜一直知道,他虽然是兄长,却不如楚修明坚强。

自私吗?楚修曜看着那源源不断的敌人,连自嘲的力气都没有了。刀被他用布条缠在手上,他已经没有了握刀的力气。楚修曜最擅长的是长枪,可是长枪早已不知道落到了哪里,手中的刀还是从敌人那里抢来的。

身边的人一个个倒下了,楚修曜觉得下一个就该轮到自己了,所以在被狠狠击到头部从战马上摔下来的时候,他只是看了看天空。他其实是想回去的,不想留下弟弟一个人的……可惜血流进了眼睛,他看不清天空的颜色,也再见不到家人了,不知道弟弟以后的孩子会是什么样子……

所以当楚修曜看着面前的人时,第一反应竟然是震怒,然后是苦笑:"弟啊,你怎么也死了?"

楚修明只觉得心中酸涩,他知道,他的兄长已经醒了,真正回来了。

"哥,"楚修明咬了咬牙,强忍着泪意,说道,"你还真是……"

"弟啊,你怎么变得这么大了?"

楚修明扶着楚修曜起来,说道:"如今已经是永安五年了。"

"永安五年?"楚修曜只觉得浑身酸软,压着楚修明起身活动了一下,说道:"有点饿了。"

"我让厨房给你准备东西。"楚修明道。他不仅出门让小厮去准备东西,还让人给沈锦那边传了话,说楚修曜醒了,他今晚不回去休息了。

楚修曜点了点头,说道:"你和我说说吧。"

楚修明应了一声,和楚修曜缓缓地说起了他失踪和变傻以后的事情。楚修曜听后,目瞪口呆。诚帝被他自己的皇后给毒死了,然后楚修远登基了,弟弟结婚了,他有了两个侄子、一个侄女,还有两个儿子?

"多了六口人啊。真好。"

"是啊,真好。"楚修明知道楚修曜的意思,也感叹道。

楚修曜心中远没有表现出的这么平静,时不时地看看楚修明,觉得很神奇,好像只睡了一觉,弟弟就长大了,周围的环境和情况都变得陌生了。

楚修明自然看出楚修曜的茫然,可是只当没有发现,和他仔细地说着一切,包括放弃边城的兵权这般事情。

"也好。"楚修曜说道,"若是孩子们以后想要,让他们自己决定。"不要像他们,根本没有选择的权利。楚修曜不想让自己的晚辈经历他们当初的那些痛苦。

"等国库充足了。"楚修明道,"陛下就要派兵西征,平定蛮夷。"

楚修曜闻言想了想楚修远的样子,其实他已经不太记得了,只记得是一个挺懂事的小孩。

"弟妹是个什么样子的人?"楚修曜看向了弟弟。

"是一个……"楚修明想了想还真不知道怎么形容沈锦,"让我想把一切美好的东西都捧到她面前的人。"

楚修曜受不了地"吱"了一声:"肉麻。"

楚修明轻笑了下并没有反驳,楚修曜说道:"我们来秉烛夜谈吧。"

"嗯。"楚修明没有劝楚修曜去休息,问道,"谈什么?"

"谈谈几个孩子。"楚修曜是喜欢孩子的,特别是血缘相连的孩子们。

"东东长得不像楚家人。"楚修明并没有马上提起楚修曜的两个儿子,反而从自己的孩子说起,"倒是和先太子有几分相似,也因为和陛下相处的时间最久,陛下最疼他。南南和西西是龙凤胎,南南是姐姐,活泼得很,西西身子弱了一些,不过也养好了不少……

你的两个儿子是双胞胎,一个叫楚晨博,一个叫楚晨云,晨博是从慈幼院救回来的,当时又瘦又小,不仅懂事还很聪慧,如今跟着赵儒先生学习。能找到晨云就是缘分了,那时候沈锦藏身在京城周围的一个村中,因缘际会救了这个孩子,孩子没有父母就养在了身边,谁知道竟是你的另外一个儿子,我已经派人查过了。"

"哦。"楚修曤点了点头,没有说什么。

楚修明又说了许多孩子们的事情,不知不觉天已经亮了,楚修明这才问道:"要见见吗?"

楚修曤点了点头,不管什么事情都是该面对的。楚修明看了看时辰,说道:"他们该起来练武了,我们直接去练武场。"

"嗯。"楚修曤想了一下说道,"你说我用不用换身衣服?"

楚修明挑眉看了看,说道:"你不如梳洗一下。"

楚修曤点点头,这是第一次见儿子和侄子,自然想要留下个好印象。两个人梳洗一番后,楚修明就带着楚修曤往练武场走去。

到了练武场,三个孩子已经在了,都穿着一样的短打绕着练武场跑步,有个侍卫在旁边看着,见到楚修曤的时候,那个人眼睛都瞪大了:"三少爷!"

当看见楚修明和楚修曤的时候,那三个孩子都停住了脚步,然后猛地朝着他们的方向跑来:"父亲。"

楚修曤看着这三个孩子,有两个孩子长得很像,另外一个孩子明显更小一些。不知为何他就红了眼睛,蹲了下来,他一直在想自己的儿子会是什么样子的,就算楚修明说两个孩子和他长得很像,他也没有印象。可是当看见这两个男孩的时候,心中就有一个感觉,这就是他的儿子,他的儿子……

楚晨博和楚晨云看着傻笑的父亲,也没有惊讶,他们还不知道楚修曤已经好了,以前楚修曤也经常傻笑。楚晨博小手握着楚修曤的手,说道:"叔叔,父亲没事了吗?"

"嗯。"楚修明道,"放心吧,你们父亲醒了,大夫也看过说没事了。"

"哦。"楚晨博应了一声,楚晨云也抓住了楚修曤的手:"那我和弟弟练完就去陪父亲。"在楚修曤昏迷的这段时日,两个孩子都是早早练完武,然后就去陪着楚修曤的,功课都是在楚修曤屋里做的。

"你们父亲已经好了。"楚修明发现两个孩子没明白。

　　果然，楚晨博和楚晨云迷迷糊糊的，倒是楚修曜反应过来，说道："你们两个，你是晨博对吗？"他看向了一开始说话的那个孩子。

　　楚晨博整个人都愣住了，看向楚修曜的眼中有喜悦还有一些害怕。楚修曜伸手揉了揉楚晨博的头，把他的头发弄得乱七八糟的，又看向了楚晨云："你是晨云，我是你们的父亲。"

　　"父亲！"楚晨云说道，"父亲，你好了？"

　　"好了。"楚修曜道。

　　东东伸手抓住楚修明的手，歪头看了看楚晨博说道："伯伯，你认识哥哥们了？"

　　"认识。"楚修曜又看向东东，这就是他的侄子，三个孩子，楚家有后了！

　　楚晨博却有些害怕，他是知道他们的身世的，他有些害怕父亲不喜欢他们，可是看着父亲的样子又不像是如此。楚晨云边哭边问道："父亲，你会不要我们吗？"

　　"为什么会觉得我不要你们呢？"楚修曜有些奇怪地问道。他还没当过父亲，也不太清楚怎么和孩子们相处，索性直接坐在地上，把两个孩子抱在怀里。

　　"你们不知道，当我知道你们的存在时是多么高兴。"

　　"可是，可是我们的母亲……"楚晨博紧张地说道。

　　楚修曜也明白了两个孩子的想法，说道："我其实已经不记得你们的母亲是谁了，可是我很感谢她，因为她生下了你们，更何况被谁生下来也不是你们能选择的，所以你们为什么会觉得我不要你们，不喜欢你们呢？"

　　"父亲。"两个孩子再也忍不住在楚修曜的怀里大哭，"父亲，父亲……"

　　这一刻他们的心终于安定了下来，没有任何人能取代父亲，就算楚修明对他们很好，就算楚修曜当初神志不清，他们也更喜欢在父亲身边，他们有父亲了，父亲回来了……

番外三
瑞王府故人

沈锦没有想到，再一次听到沈梓消息的时候，竟然是她临死的时候。沈梓比她略大一些，真算起来如今也不过二十六。看着跪在地上的丫鬟，沈锦道："我知道了。"

那丫鬟，沈锦看着眼生，年纪也不大，想来是沈梓这几年刚放在身边的。想一想，沈锦竟觉得记不清沈梓的样子了。替楚修远选后的时候，沈锦见过她，只是那时候的沈梓让沈锦感觉太陌生了，她印象最深的还是那一身红衣的漂亮姑娘。

沈锦是不喜欢沈梓的，自然不会因为沈梓的事情感觉到悲伤或者难受，反而觉得有些怅然。看着小丫鬟惶恐的样子，沈锦也不愿意为难这么个孩子，说道："安平带着她下去吃点果子。"

小丫鬟咬着唇，跪在地上磕头说道："夫人您去看看我家夫人吧，就当……就当让我家夫人走得舒服些。"说完，她再也忍不住哭了起来。

沈锦看了安平一眼，安平上前扶起那个小丫鬟，说道："不要哭了，我带你下去梳洗下，用些果子。"

等小丫鬟下去了，赵嬷嬷才低声问道："夫人，你准备插手吗？"

沈锦道："让人把那个丫鬟送到母妃面前，问问母妃吧。"

听那小丫鬟的意思，怕是沈梓在郑家过得并不好，如今人不行了却连最后的体面都没有。按着沈锦的地位是不怕得罪郑家的，所以管或者不管都是无碍的。只是沈梓说到底也是瑞王府的姑娘，虽然瑞王说不认她，也不让她进瑞王府，出身却是不变的，若真和小丫鬟说的一样，连最后的体面也没有了，瑞王府也是要管上一管的，并非管沈梓的死活，而是瑞王府的面子。

果然没多久，瑞王妃身边的大丫鬟就过来了，不仅带了王府新做的一些糕点、庄子上新送来的野味等东西,还带来了瑞王妃的意思。这件事瑞王府不出面了,麻烦沈锦和沈琦去一趟,随他们处置了。

其实这件事确实不适合瑞王府出面,先不说瑞王的能力,就是沈梓和沈锦之间的纠葛,轻了不好重了不好,还不如直接让沈琦和沈锦出面。

这点两个人都清楚,沈锦觉得事情拖着反而不好,就和沈琦约了时间,把那个小丫鬟暂时安排在沈琦那里。楚修明知道这件事后,问清了时间,就没再多说什么,专门安排了侍卫和丫鬟,免得沈锦去了郑府被冲撞。

郑府也是世家,只是子孙无能,到如今不过是勉强维持着世家的面子,可是偏偏郑府还事事讲究,哪一个嫁进郑府的姑娘不是十里红妆?可是如今那些嫁妆又能剩下多少?

沈锦和沈琦的马车停在郑府的大门口,沈锦抬头看了看郑府的牌匾,如今郑府的光鲜多少是靠着沈梓的嫁妆撑起来的,可是沈梓又落得什么下场?

沈梓就算有千般不好万般不是,对郑家却没有丝毫的不妥,就算有再多的恩怨也是她们姐妹之间的,和郑府有什么关系?

沈锦没什么想法,这条路是沈梓自己选的,当初瑞王妃给了沈梓别的选择,可惜沈梓以为瑞王妃害她,执意选了郑家这门亲事。

看着门口的郑老夫人等人,沈锦扭头看了沈琦一眼,沈琦也收拾了情绪,面上没有丝毫的情绪。

沈琦和沈锦身上都是有诰命的,郑家众人都须跪迎。沈锦看了郑老夫人一眼,就和沈琦带着人走了进去。等众人进去后,随行的丫鬟才让众人起来,郑老夫人年岁已经不小了,被贴身丫鬟扶着,这才站稳当了。

"婆婆你看……"立于郑老夫人身边的大儿媳低声问道。

郑老夫人脸色苍白,闻言只是看了大儿媳一眼,微微摇了摇头。据她所知,那沈梓早就和瑞王府断了关系,又和沈琦、沈锦等姐妹关系极差,若非如此她们也不敢作践她,可是如今沈琦和沈锦突然到访,一来就弄了个下马威,不过若是真追究起来,大不了就把那个人交给瑞王府处置。

沈琦和沈锦根本没有和郑家人说话的意思,被沈梓派去求救的小丫鬟带着众人往沈梓所在的院落走去。

郑府毕竟辉煌过,此时还没完全败落,宅子倒是挺大,可惜有些地方因为年久失修倒是显得荒凉。

而沈梓住的院落就格外偏僻，别说假山流水花草石玩了，简直是杂草丛生。沈琦哪里见过这般的景象，眉头紧皱着。

沈琦瞪了身后的郑家人一眼，冷笑道："郑家……还真是让人大开眼界啊。"沈琦的声音温温柔柔的，没有丝毫的火气在里面，"我可记得沈梓并没除名。"不管瑞王府是个什么态度，只要沈梓一天没有除名，那么沈梓就是瑞王府的郡主。

这话一出，郑老夫人出了一身冷汗，郑府众人更是面色惨白。

沈琦说了一句后，就不再多言，只跟着沈锦一并进了院落，小丫鬟已经落泪了。她并不知道沈梓和沈琦她们之间的纠纷，在她看来都是瑞王府的郡主，可是沈梓过得实在凄苦了一些。

郑老夫人等人刚想进院，就被侍卫拦在了门口，那些人并没解释的意思，只是眼神冷漠地看着郑家众人。郑家的人面面相觑，心中更加不安。

沈锦和沈琦刚进屋就闻到一股异味，就连沈锦都忍不住蹙眉。这边屋子有些潮湿，因为沈梓的病，没有开窗户，还有一个婆子在屋中伺候，只是并不用心，猛地看到这么许多人，整个人都乱了起来。她本就是郑府的一个粗使婆子，若是有些后台也不至于被放在这边。

沈琦的丫鬟拦住了那个婆子，也不用她来动手，几个人就开始收拾了起来。沈琦看着病床上面色灰白的沈梓，叹了口气说道："把陈大夫请来。"

"是。"丫鬟很快就把陈大夫给领了进来，陈大夫行礼后并不多言，直接为沈梓诊断。

此番动静，沈梓才勉强睁开了眼，喘着粗气看向了沈锦："哈……"她的声音嘶哑难听。

小丫鬟赶紧倒了水，伺候着沈梓喝下，说道："夫人。"

沈梓听见声音，眼睛动了动，看向了小丫鬟。最终愿意留在她身边的仅此一人。她微微垂眸，低头喝了几口水，此番总是要为这个丫鬟谋个前程的，她并非什么心善之人，人之将死，才会动了恻隐之心吧。

沈锦一直没有说话，等陈大夫诊断完了，就看向了他，陈大夫低声说道："在下才疏学浅……"言下之意是沈梓没得救了，如今不过是在等日子罢了。

"先开药吧。"沈锦道。

"是。"陈大夫先让人熬了参汤,然后下去抓药熬药了。

沈梓没力气多说,沈锦和沈琦是不知道说什么好,一时间屋里都沉默了下来。丫鬟很快就把屋子重新收拾了,冷水换成了热茶,那些破败的茶具也都换成了自带的,屋里点起了灯,也亮堂了起来。

很快就有人端了参汤过来,小丫鬟一直不敢吭声,此时赶紧接过喂了沈梓喝下。也不知道休息了许久还是人参的作用,沈梓的气色倒是好了许多。

沈梓被丫鬟扶着坐了起来,沈锦注意到沈梓身上的衣物还是出嫁前在瑞王府的,如今不仅不再光鲜,就连边都毛糙了,头发仅用布带系着,身上更没有了一件首饰。

"落到今日我不甘心。"

沈锦道:"你想我们帮你做什么?"

沈梓咬牙说道:"我要让郑家家破人亡,百倍还我!"

沈琦叹了口气并没有说什么,沈梓看向沈锦说道:"借我几个人。"

"嗯。"沈锦应了下来,心中隐隐明白沈梓想要做的。

沈梓直接说道:"来人,把梅姨娘……"连着说了几个人名,有妾室有小厮有管事有丫鬟,"全部杖毙!"

丫鬟看向沈锦,等沈锦点了头,就直接去外面传话,没多久就听见外面哭闹求饶的声音,紧接着就是哀号,丫鬟躬身问道:"夫人可要堵嘴?"

沈锦看向沈梓,沈梓咧嘴一笑,说道:"我要听着他们死去。"

沈琦微微皱眉,也知道沈梓是恨极了,此时知道大限将至,更是无所顾忌。不过郑家的所作所为,这些个下人都敢作践王府之女,死有余辜了。

浓重的血腥味从屋外传来,哀号声足足响了半个时辰,才把沈梓说的人全部打死,尸体就堆放在一旁。

沈梓带着一种不正常的兴奋,等再无声音了,咳了血出来。小丫鬟被吓得够呛,倒了水给她漱口。沈梓咳嗽了几声,说道:"把我的嫁妆搬走,我死也不死在郑家,我要休了他!"

"自当如此。"沈琦说道。

沈梓看向沈琦:"我要带着这个小丫鬟……和这个婆子。"那个婆子笨手笨脚的,可是照顾她很用心,为了她没少被人欺负,郑家是死定了,沈梓也不想看着她们受罪。

沈琦点头说道："好。"

沈梓微微垂眸，手按在小丫鬟的手上："我不回瑞王府，给我找个庄子就好。"

沈琦还想再劝，就听沈锦说道："好。"沈梓风风光光地出嫁，按照她的骄傲怎么肯这般凄凄惨惨地回去？

"谢了。"可能真的要死了，沈梓忽然通明了许多，想到以往的那些恩恩怨怨，觉得可悲可笑，"谢"字说出口，沈梓就闭上了眼睛不再开口。

沈琦叹了口气，掏出瑞王妃早先派人送来的嫁妆单子直接交给了一个嬷嬷，又吩咐人弄了马车来，安排人抬着沈梓上了马车，根本没有见郑家人的意思，只是留了侍卫等来帮着嬷嬷收齐嫁妆，限郑家三日之内把嫁妆归还。

有瑞王府的面子在，虽然不合常理，可是依旧办理了这起休夫事件，郑家早就把嫁妆花得干净，有些早已送人，能要回来的都要回来，要不回来的直接换成了银子。为此，郑家更是把祭田祖产都给变卖了，才堪堪补上。

沈梓的死悄无声息的，在第二天早上小丫鬟去伺候她的时候，才发现她已经死了，不过小丫鬟和那个婆子的后路已经安排妥当。

对旁人来说，沈梓是千般不好万般不是，可是对小丫鬟来说，沈梓却是再好不过的。看着嗷嗷大哭悲痛欲绝的小丫鬟，沈琦心中惆怅："总归有一个人真心因她的死而流泪。"

图书在版编目(CIP)数据

将军家的小娘子:全三册 / 烟波江南著. —杭州:浙江文艺出版社,2018.4

ISBN 978-7-5339-5178-8

Ⅰ.①将… Ⅱ.①烟… Ⅲ.①长篇小说—中国—当代 Ⅳ.①I247.5

中国版本图书馆CIP数据核字(2018)第 002548 号

策划统筹　柳明晔
责任编辑　王晶琳
插　　画　唐　卡
版式设计　荆棘设计
封面设计　嫁衣工舍
责任校对　许红梅
责任印制　朱毅平

将军家的小娘子　全三册
烟波江南　著

出版　浙江文艺出版社
网址　www.zjwycbs.cn
经销　浙江省新华书店集团有限公司
印刷　杭州佳园彩色印刷有限公司
制版　浙江新华图文制作有限公司
开本　700 毫米×980 毫米　1/16
字数　849 千字
印张　51.25
插页　3
版次　2018 年 4 月第 1 版　2018 年 4 月第 1 次印刷
书号　ISBN 978-7-5339-5178-8
定价　129.00 元(全三册)